BASTEI LÜBBE TASCHENBUCH

Weitere Titel des Autors:

Final Cut

Seelenangst

Titel in der Regel auch als Hörbuch und E-Book erhältlich

Veit Etzold

TODES-WÄCHTER

Thriller

BASTEI
LÜBBE
TASCHENBUCH

BASTEI LÜBBE TASCHENBUCH
Band 16 991

1. Auflage: August 2014

Dieser Titel ist auch als Hörbuch und E-Book erschienen

MIX
Papier aus verantwortungsvollen Quellen
FSC® C006701
FSC
www.fsc.org

Originalausgabe

Ein Projekt der AVA international GmbH
Autoren- und Verlagsagentur
www.ava-international.de

Textredaktion: Wolfgang Neuhaus
Titelillustration: © shutterstock/Fer Gregory;
© shutterstock/Yanush; © shutterstock/NickSorl
Umschlaggestaltung: Massimo Peter
Satz: Urban SatzKonzept, Düsseldorf
Gesetzt aus der Garamond
Druck und Verarbeitung: CPI – Ebner & Spiegel, Ulm
Printed in Germany
ISBN 978-3-404-16991-7

Sie finden uns im Internet unter
www.luebbe.de
Bitte beachten Sie auch: www.lesejury.de

Für Saskia

Prolog

Ye subterraneous gods! Whose awful sway
The gliding ghosts, and silent shades obey:
O Chaos hoar! and Phelethon profound!
Whose solemn empire stretches wide around;
Give me, ye great, tremendous powers to tell
Of scenes and wonders in the depth of hell;
Give me your mighty secrets to display
From those black realms of darkness to the day.

– *Christopher Pitt, Aeneid VI, 371–378*

Die Augen bewegten sich.

Doch die Frau, der diese Augen gehörten, konnte sich nicht bewegen.

Ihr brach der Schweiß aus. Anfangs war es nur ein dünner Film auf der Haut, dann liefen ihr dicke Tropfen übers Gesicht.

Der Mann wusste, warum sie schwitzte.

Er wusste auch, warum ihr Gesicht unter der Maske sich allmählich blau verfärbte. Er blickte in ihre weit aufgerissenen Augen – das Einzige, was er von ihrem Gesicht sehen konnte, weil alles andere von der schwarzen Maske verdeckt wurde. Wie bei einem chirurgischen Eingriff, bei dem nur der Operationsbereich zu sehen ist.

Der Druck in ihrem Schädel ließ die Blutgefäße platzen. Ihr Augenweiß färbte sich rot. *Wie die Augen eines Dämons*, dachte der Mann und beobachtete, wie sie sich mit aller Kraft gegen das Unvermeidliche auflehnte. Sie zerrte an den Fesseln, bis ihre Handgelenke blutig waren und rote Rinnsale an ihren Fingern hinunterliefen. Verzweifelt versuchte sie, den Körper anzuheben, doch die Fesseln hielten sie in unbarmherzigem Griff.

Entgeistert sah der Mann, wie ein Ausdruck des Begreifens in ihren Augen erschien, während Panik über ihr Gesicht huschte. Sie erkannte die Aussichtslosigkeit ihrer Situation.

Du wirst es nicht schaffen, dachte der Mann, *auch wenn du es versuchst. Niemand kann sich gegen die Macht des Schicksals stemmen. Und niemand kann dir helfen.*

Fassungslos schaute er zu, wie die Frau sich quälte. Er *musste* zuschauen, er konnte nicht anders. Er wartete auf jenen Augenblick, in dem es passierte. Deshalb nahm er keine Sekunde den Blick von den blutroten Augen, obwohl es besser gewesen wäre, sich dieses Bild zu ersparen. Aber manche Dinge tut man, obwohl man weiß, dass man sie nicht tun sollte. Auf gar keinen Fall. Wie bei einem Horrorfilm, bei dem man hinschaut, obwohl man weiß, dass man die ganze Nacht Albträume hat.

Aber das hier war kein Film. Das hier war Wirklichkeit.

Wie gebannt blickte er in die Augen der Frau. Blutrote Augen.

Dämonenaugen.

Wobei er nicht wusste, wer von ihnen beiden der Dämon war.

Mittlerweile zuckte die Frau in heftigen Krampfanfällen. Er hörte ihre verzweifelten Laute, dumpf, erstickt, weil ihr Mund und die Nase von der Maske verschlossen wurden.

Mit einem Mal bebte ihr Körper so heftig, als wollte sie den Tod abschütteln, der immer mehr, immer schneller Besitz von ihr ergriff.

Jetzt sind es nur noch Sekunden, dachte der Mann.

Die wenigen Sekunden, in denen der Überlebenswille sich noch gegen die Macht des Todes behaupten konnte.

Ein letztes qualvolles Stöhnen, dann brach der Blick der Frau.

Es war jener unbeschreibliche Moment, den zu erleben der Mann an diesen Ort gekommen war.

Der Moment, in dem er sich wünschte, selbst zu sterben.

Der Augenblick des Todes.

Doch es war noch nicht zu Ende.

Der Tod ist erst der Anfang, hatte man ihm gesagt.

Erster Teil

Mein Platz ist eine stinkende Vertiefung in einem alten Grab, als Schreibtisch dient mir die Rückseite eines umgestürzten Grabsteins, und mein einziges Licht ist das Licht der Sterne und einer hellen Mondsichel. Und doch kann ich so deutlich sehen, als wäre es heller Tag.

– H. P. Lovecraft, Die geliebten Toten

1

Ich bin in der Hölle.

Anders konnte Clara Vidalis sich ihre Situation nicht erklären.

Sie war nackt und gefesselt. Eine einzige Wunde. Geschändet und zerfleischt, Arme und Beine zerschnitten von einer riesigen Klinge, die sich langsam ihrem Hals näherte. Der blutige Stahl blitzte matt im Schein der Deckenleuchte wie das Licht über einem Sektionstisch.

Nur dass Clara nicht tot war. *Vivisektion* nannte man Obduktionen, bei denen der Mensch noch lebte. Im Zweiten Weltkrieg hatte man solche Experimente gemacht. Und gehofft, so etwas würde sich nie wiederholen.

Aber das Grauen lebte weiter. Es lässt sich nicht töten.

Auch Clara war nicht tot. Und wurde trotzdem seziert.

Vivisektion.

Der Begriff hallte in ihrem Kopf wie ein Echo aus der Hölle.

Du bist nicht tot. Und sie werden dafür sorgen, dass du noch lange nicht stirbst.

In jede Körperöffnung hatten ihre Peiniger etwas hineingeschoben, auch tief in den Rachen. Clara schluckte, würgte, keuchte. Ein grässlicher Gedanke durchfuhr sie: *Wenn du dich jetzt übergeben musst, erstickst du am eigenen Erbrochenen.*

Sie lag auf Nägeln und Klingeln. Geschmolzenes Plastik tropfte auf sie, hinterließ schwarzrote Spuren auf ihrer Haut. Sie war schweißgebadet. Oder war es kein Schweiß? War es ihr Blut, das an Armen und Beinen herunterströmte und ihre

Augen verschleierte, sodass sie die Welt nur noch als blutrote Leinwand sah?

Eine Welt, in Blut gemalt.

Plötzlich wusste sie, was geschah.

Sie wurde gefoltert, zu Tode gequält von den Mördern, Vergewaltigern und Kinderschändern, die sie hinter Gitter gebracht hatte. Sie hatte diese Scheusale gejagt, damit sie niemanden mehr töten konnten, damit es keine weiteren Opfer mehr gab, kein weiteres Leid.

Nun aber hatten diese Ungeheuer den Spieß umgedreht. Nun war Clara selbst das Opfer. Und niemand wusste besser als sie, wozu diese Bestien fähig waren.

Sie, Clara Vidalis, Chefin der Abteilung für Pathopsychologie am LKA Berlin, hatte sich ihr halbes Leben lang mit Dämonen in Menschengestalt beschäftigt. Mit den gähnenden Abgründen ihrer Seele, den nachtschwarzen Schatten ihrer Persönlichkeit.

Nun war sie selber an diese Dämonen geraten, die sie hinunterzerrten in ihre Hölle aus Schmerz und Qual, um ihr die unaussprechlichen Dinge anzutun, mit denen sie all jene bestraften, die ihrem grausamen Treiben im Weg stehen.

Und *sie* würden entscheiden, wie lange Clara sich quälen musste.

Sie würden entscheiden, wie groß der Schmerz war.

Sie würden entscheiden, ob ihr Opfer Hoffnung schöpfen durfte und wann diese Hoffnung sich wieder zerschlug.

Sie würden entscheiden, wann Clara sterben musste und wie qualvoll. Sie wollten Kontrolle über ihr Opfer, sein Leben, sein Leiden.

Es würde so sein wie immer. Nur dass diesmal *sie* den Sieg davontragen würden. Diesmal war Clara in *ihrer* Gewalt.

Sabbernd, mit gierigen Blicken umstanden sie ihr nacktes Opfer und begafften es mit fiebrigen Augen.

Schaudernd blickte Clara auf die Werkzeuge ihrer Peiniger: Messer, Nadeln, Bunsenbrenner, Lötkolben. Das Handwerkszeug von Metzgern, Klempnern, Tischlern und Chirurgen, die hier eine ganz neue Verwendung fanden.

Die der Folter.

Der Schmerz war unerträglich, trotzdem war Clara bei vollem Bewusstsein und würde es bleiben. Diese Kreaturen würden unbarmherzig weitermachen. Wenn sie das Bewusstsein verlor, würden ihre Peiniger sie aufwecken und weiter foltern. Stundenlang, tagelang. Sie würden Clara spüren lassen, wer hier die Macht besaß.

Und je mehr Clara um Gnade flehte, je lauter sie schrie und weinte, betete und bettelte, umso mehr würde sie die düsteren Fantasien dieser Brut anheizen. Ihr Blut und ihre Tränen waren der Treibstoff, der die Foltermaschine am Laufen hielt.

Das ist die Quittung, dachte Clara. *Die Quittung für zehn Jahre Jagd auf den schlimmsten und scheußlichsten Abschaum der Menschheit. Serienkiller. Kindermörder. Triebtäter.*

Und wenn sie dann irgendwann nach ihrer Mama schrie wie ein achtzehnjähriger Soldat an der Front, würden ihre Folterer wissen, dass sie ihr Ziel erreicht hatten. Dann hatten sie ihr Opfer zerbrochen. Dann hatte das Böse doch noch gesiegt. Sie würden jubeln und grölen vor perverser Freude.

Und erst recht weitermachen.

Das Böse, ging es Clara verschwommen durch den Kopf, *ist nicht fassbar. Nur in seinen Taten. Und in seinen Gesichtern.*

Man hatte versucht, dem Bösen Gesichter zu geben. Satan, Luzifer, der Teufel – das waren die unsichtbaren Gesichter. Doch es gab auch sichtbare: Hitler, Stalin, Pol Pot.

Die wahren Gesichter des Bösen jedoch waren all jene, die nun auf die nackte, blutige Clara starrten und ihren Körper in eine einzige offene Wunde verwandelten.

Claras Herz schlug rasend schnell. Sie zuckte vor Schmerz

zusammen, als ihr etwas Hartes, Spitzes tief in den Hals eingeführt wurde. Sie spürte, wie heißes Blut ihre Speiseröhre hinaufschoss, um dann träge an den Mundwinkeln hinunterzurinnen, während ihre Magensäure sich mit Blut vermischte, sodass sie in einem Hustenanfall schieren Ekels blutiges Erbrochenes ausspie.

Lieber Gott, betete sie, *lass mich sterben. Lass mich das nicht zu Ende durchstehen müssen. Lass mich bewusstlos werden und sterben. Bitte, bewahre mich vor den Qualen der Hölle!*

Doch die Qualen hielten an.

Ich muss schon in der Hölle sein, dachte Clara. *Die Hölle, wenn es sie denn gibt, kann schlimmer nicht sein.*

Dann sah sie das Licht – ein helles Licht, das sie von der Seite anstrahlte und sie mit lautem, rhythmischem Lärm begrüßte.

Bin ich endlich tot? Ist dieses Licht das Leben nach dem Tod? Ist es der Himmel?

Das Licht flackerte und wurde dunkler, im gleichen Rhythmus wie der seltsame Ton, der in stetem Wechsel anschwoll und verebbte, während die lüsternen Fratzen, die gaffenden Augen, die Folterinstrumente und das Blut langsam hinter einem Vorhang aus Stille verschwanden.

* * *

Das Licht des Displays pulsierte in der Dunkelheit, als das Handy schrill klingelte.

Clara schreckte schweißgebadet aus dem Schlaf. Das schwarze Haar klebte ihr am Kopf wie ein Helm, die Boxershorts und das T-Shirt hafteten wie eine zweite Haut an ihrem Körper. Ihr Atem, ein heiseres Stakkato, ging so schnell und laut, dass er selbst das Klingeln ihres Handys auf dem Nachttisch übertönte.

Panikerfüllt strampelte sie die Decke weg. Schaute auf ihre Beine. Ihre Arme. Zog das T-Shirt hoch und blickte über ihren

Bauch und ihre Brüste. Tastete über die Haut auf ihrem Rücken.

Nichts.

Die Messer, Sägen, Bohrer, Lötkolben. Sie hatten nicht wirklich existiert.

O Gott, danke, es war nur ein Albtraum!

Aber er konnte wahr werden. Dinge verschwanden nicht, indem man sie verdrängte.

Clara nahm den Anruf an. Ihr Atem rasselte noch immer.

»Vidalis.«

»Guten Morgen, Señora«, sagte Kriminaldirektor Winterfeld, Claras unmittelbarer Vorgesetzter, seines Zeichens Leiter der Mordkommission 113 am LKA. Die Abteilung für die besonders schweren Fälle, in der auch Clara arbeitete.

Winterfelds Worte holten sie zurück in die Realität. Selten war sie so glücklich gewesen, seine Stimme zu hören.

»Wir haben einen Fundort, scheint aber eher ein Tatort zu sein. Hubertusallee. Eine Frau. Ermordet, wie es aussieht. Ein qualvoller Tod, meinen die Kollegen.«

»Was Sie nicht sagen.« *Ein qualvoller Tod.* Die Bilder des Albtraums erschienen wieder vor Claras Augen.

»Können Sie schon mal hin und die Spurensicherung überwachen?«, fragte Winterfeld. »Von Weinstein ist ebenfalls unterwegs. Ich komme so schnell wie möglich nach.«

»In Ordnung. Bis gleich.«

Clara beendete den Anruf und blinzelte in die Morgendämmerung.

Ein qualvoller Tod.

Diesmal war es kein Traum, es war Realität. Jeder Traum konnte Wirklichkeit werden, ganz besonders Albträume.

Clara schwang die Beine aus dem Bett, zog sich die schweißnassen Sachen aus und ging mit unsicheren Schritten in die Dusche.

2

Zwanzig Minuten später stieg Clara aus dem Wagen und blinzelte in den dunkelgrauen Morgenhimmel.

Es war sechs Uhr früh, und sie war noch nicht ganz wach.

Sie blickte zu dem Haus hinüber. Drei Polizisten standen mit dampfenden Kaffeebechern vor dem Eingang. Das Haus stand ein wenig abgelegen in einer der besseren Gegenden der Stadt. Es schmiegte sich an den Waldrand, als wollte es unbedingt erfahren, wie die Besucher auf die Schrecken reagierten, die es im Inneren bereithielt.

Eine der besseren Gegenden, dachte Clara. Das hatte nicht immer etwas zu bedeuten. Wie Kriminaldirektor Winterfeld sich auszudrücken pflegte: »Die schmutzigsten Leitungen führen durch die saubersten Viertel.«

Clara hatte schon so viele Tatorte gesehen, dass sie ein Gespür dafür entwickelt hatte, ähnlich ihrem sechsten Sinn für die Opfer selbst. So wie die Toten sie mit klagenden Augen anstarrten und durch ihre nächtlichen Träume geisterten, schienen auch die Tatorte zu Clara zu sprechen.

So wie dieses Haus.

Ich habe da etwas in meinem Bauch. Ihr werdet es finden, und ihr werdet es mitnehmen, und ich werde so sein wie vorher. Vielleicht. Vielleicht auch nicht. Vielleicht werden Kinder schreien und Katzen miauen, wenn sie mich betreten, weil sie riechen, *dass hier etwas Grauenhaftes geschehen ist. Vielleicht werden schmierige Makler in billigen Anzügen mich weitervermieten oder verkaufen und niemandem erzählen, was sich hier abgespielt hat. Das weiß nur ich. Und ich behalte es für mich, bis die Wahrheit ans Licht kommt und die Leute vor Angst schreien. Dann saugen meine Wände ihre Schreie auf. Denn ich war vor ihnen da und werde nach ihnen da sein.*

Clara ging ein paar Schritte in Richtung Gartenpforte. Und ertappte sich dabei, wie sie mit dem Haus sprach: *Was für Geheimnisse hast du, die nie jemand erfahren wird?*

In einem der Zimmer brannte Licht. Ein schwaches Leuchten, das gegen die Dunkelheit der sterbenden Nacht ankämpfte, als würde das Haus selbst gerade erst erwachen.

Die Eingangstür stand offen. Die Bereitschaftspolizisten grüßten Clara mit einem Nicken. Auf den Take-away-Kaffeebechern, die sie in der Hand hielten, erkannte Clara das Logo der Bäckerei, an der sie vorhin vorbeigefahren war. Einen Moment ärgerte sie sich. Sie hätte sich auch einen Kaffee besorgen sollen, denn der Albtraum in der Nacht zuvor hatte ihr das letzte bisschen Schlaf geraubt. Sie war zum Umfallen müde.

»Hauptkommissarin Vidalis?«, fragte einer der drei Polizisten, drehte die Abdeckung seines Kaffeebechers nach vorne und nahm vorsichtig einen kleinen Schluck. Der Mann hatte einen beängstigenden Bauch. Clara fragte sich, wie es wohl aussah, wenn er jemanden verfolgte.

Sie nickte. »Die Kollegen?«, fragte sie dann.

»Sind schon drin.«

»Und?«

Der Dicke zuckte die Schultern und zupfte an seiner Dienstmütze.

»Eine Tote.«

»Schlimm?«

»Sagen wir mal so«, antwortete der Dicke in gedehntem Berlinerisch und versuchte, den Bauch einzuziehen. »Eine hässliche Tat in schöner Umgebung.«

* * *

Das Zimmer war abgedunkelt, das Fenster gekippt. Ein Fliegenschwarm umschwirrte die Leiche, die in ein weißes Nachthemd gehüllt auf dem Bett lag. Auf einem weißen Laken. Clara trat näher und versuchte, den Geruch zu ignorieren, der sich bereits im ganzen Zimmer ausgebreitet hatte. Über dem Bett hing ein großformatiges Foto. Es zeigte eine etwa vierzigjährige Frau und einen Mann in ungefähr gleichem Alter, vielleicht ein bisschen älter. Waren das die Eheleute, die hier gewohnt hatten? Es war kein Hochzeitsbild, aber die Art Foto, die man beim Fotografen mit der Bemerkung »Es soll romantisch aussehen« in Auftrag gibt. Ob die Frau damals geahnt hatte, dass dieses Bild einmal auf ihre Leiche hinunterschauen würde? Claras Blick huschte vom Foto zu der Toten. *Mit Sicherheit ein und dieselbe Frau*, dachte sie.

Vor dem Bett ein Sessel.

Der Sessel war mit Absperrband markiert, denn es bestand die Möglichkeit, dass sich Spuren des Täters daran befanden. Es wäre nicht das erste Mal, dass ein Ermittler wichtige Spuren zerstörte, indem er sich unbedarft auf einen Sessel setzte.

»Weiblich, um die vierzig«, sagte von Weinstein, der seinen Dienstkoffer ausgepackt hatte und das Gesicht der Leiche untersuchte. Zwei Kriminaltechniker in weißen Papieranzügen stapften mit ihren ebenfalls weißen Überschuhen durchs Zimmer, klebten Faserproben ab, tupften mit Grafitpinseln auf der Oberfläche des Nachttisches und machten Aufnahmen. Die Blitze ihrer Kameras ließen Sterne vor Claras Augen tanzen.

Dr. von Weinstein war der stellvertretende Leiter des Instituts für Rechtsmedizin in Berlin. Sein gebräunter Teint und die silberne Designerbrille unter den gegelten Haaren entsprachen so gar nicht dem Klischee des graugesichtigen Rechtsmediziners, wie er häufig in Filmen auftaucht.

»Todeszeitpunkt?«, fragte Clara.

»Da ihre Körpertemperatur sich bereits der Umgebungstemperatur angeglichen hat«, antwortete von Weinstein, »lässt sich keine genaue Leichenliegezeit mehr berechnen.« Aus seiner rauen Stimme schloss Clara, dass auch er vor Kurzem erst aufgestanden war.

Sie verdrehte die Augen. »Wann *ungefähr* ist der Tod eingetreten?«

»Vor zwei bis drei Tagen. Der Körper weist bereits Grünfäulnis auf.« Grünfäulnis begann in der Regel als grünlicher Fleck im rechten Unterbauch, da hier der Darm direkt unter der Haut lag.

Clara fixierte das Bett, auf dem die Leiche lag, dann die Tote selbst. Die Augen waren rötlich und geweitet, das Gesicht blau angelaufen, was in bizarrem Kontrast zum knallroten Lippenstift stand, mit dem sie geschminkt war. Rechts und links neben der Toten standen große erloschene Kerzen. Clara stellte sich vor, wie sie noch gebrannt und den flackernden Schatten der Leiche an die Wände geworfen hatten, als würde die Seele der Frau im Zimmer umhergeistern und sich anschauen, was mit dem Körper geschehen war, den sie so lange bewohnt hatte.

Von Weinstein drehte mit einer Pinzette die Augenlider der Leiche um, sodass die Bindehaut sichtbar wurde.

»Petechien«, sagte er.

Punktblutungen, dachte Clara. Punktblutungen in den Augenbindehäuten, die dann auftraten, wenn hoher Druck auf die Gefäße ausgeübt wurde. Solche Blutungen an Prädilektionsstellen wie den Augenlidern, der Mundschleimhaut oder der Haut hinter den Ohren waren ein Hinweis darauf, dass jemand durch Gewalteinwirkung auf den Hals – zum Beispiel durch Erwürgen – ermordet worden war.

»Also ist sie ...«, begann Clara.

»Entweder erstickt oder stranguliert worden.« Von Weinstein nickte. »Der Hals sieht allerdings unauffällig aus.«

Erstickt.

Der Tod der Frau musste qualvoll gewesen sein. Die Angst vor dem Ersticken ist eine tief sitzende Urangst. Wenn man kein Kohlendioxid mehr ausatmen kann, sodass der CO_2-Gehalt des Blutes steigt, kommt es zur Panik, da das Gehirn auf einen CO_2-Anstieg im Blut mit Todesangst reagiert. Wer so stirbt, leidet grausam, bis der Tod eintritt.

Clara riss sich von diesem Gedanken los und ließ den Blick wieder über den Tatort schweifen. Die Kerzen rechts und links, das weiße Nachthemd, der knallrote Lippenstift. Die Hände der Leiche waren zu beiden Seiten ausgestreckt und mit Fesseln fixiert.

Clara trat näher heran.

»Was ist da in ihrer rechten Hand?«

Von Weinstein folgte ihrem Blick. »Wie es aussieht, ein Handy.«

»Ein Handy?« Clara schaute auf die Leiche. »*Ihr* Handy?«

Von Weinstein zuckte die Schultern. »Hellsehen kann ich nicht.«

Clara streifte einen Handschuh über und hob die Hand der Toten ein paar Millimeter. »Hat sie versucht, jemanden anzurufen?«

Erneutes Schulterzucken seitens von Weinstein. »Möglich. Dann muss die IT das Handy knacken. Das könnte Hermann übernehmen.«

Hermann arbeitete ebenfalls mit Clara im LKA 113. Das Knacken von Passwörtern war eines seiner Hobbys.

Clara schaute wieder auf das Handy.

Jemanden anrufen, dachte sie. *Aber wie hätte die Frau das anstellen sollen? Sie ist gefesselt. Wie soll sie da das Handy ans Ohr halten? Und warum sollte der Täter ihr das Mobiltelefon in die Hand legen?*

Draußen an der Tür sah sie den dickbäuchigen Polizisten, ein

Handy am Ohr. »Jawoll, Herr Winterfeld«, hörte sie ihn sagen, »sind alle schon da. Dann sehen wir uns in zehn Minuten.«

Clara trat einen Schritt zurück und wäre dabei fast über den seltsamen Ledersessel gestolpert, der vor dem Bett stand. Ein Gedanke schoss ihr durch den Kopf, der irgendwie mit dem Sessel zu tun hatte, aber er war sofort wieder verschwunden, verscheucht von der stillen und zugleich grässlichen Szenerie, die sie vor Augen hatte, und von den Bildern, die der Anblick in ihr auslöste.

Sie trat noch einmal näher an das Bett heran.

Es passte nicht zusammen.

Der grauenvolle Tod des Erstickens, gleichzeitig dieses friedliche, durch die Kerzen beinahe feierliche Herrichten der Leiche im Bett. Als wäre sie aufgebahrt worden.

Clara schaute in das Gesicht der Toten. »Könnte es sein, dass sie stark geschminkt ist?«

Von Weinstein nickte. »Ja, sieht so aus.«

»Könnte der Täter das getan haben?«

»Möglich.«

»Haben Sie eine Erklärung dafür?«, fragte Clara.

»Vielleicht wollte er seine Tat rückgängig machen, indem er die unnatürliche blaue Farbe aus dem Gesicht verschwinden ließ.«

»Die Blaufärbung der Haut, die durch den Erstickungstod hervorgerufen wurde?«

»Ganz recht.« Von Weinstein nickte erneut.

»Das hier lag unter dem Bett«, erklang die Stimme eines Kriminaltechnikers.

Clara blickte sich um. Ein Beamter von der Spurensicherung hatte einen schwarzen Gegenstand vom Boden aufgehoben. Jetzt hielt er ihn in seinen weißen Gummihandschuhen.

»Was ist das? Eine Kappe?«, fragte Clara.

Der Mann legte das formlose schwarze Etwas auf eine Asservatentüte. »Es hat einen Schlitz. Und unten zwei Löcher und noch einen Schlitz, aber die sind beide von der anderen Seite mit Plastikfolie zugeklebt. Nur der obere Schlitz ist offen.«

Clara blickte angestrengt auf das Latexgebilde.

»Das ist eine Maske«, sagte sie. »Wie man sie in SM-Kreisen findet.«

Auch von Weinstein betrachtete die Maske nun eingehend. »Ja, stimmt. Erinnern Sie sich an den Typen in dem Sexclub vor ein paar Monaten, der bei Würgespielen mit einer Domina draufgegangen ist? Der hatte auch so ein Ding.«

Clara erinnerte sich. Es war eine bitterkalte Winternacht gewesen. Und es hatte fast eine halbe Stunde gedauert, bis der Clubbesitzer endlich das UV-Licht aus- und das normale Licht eingeschaltet hatte. Im UV-Licht hatte der Boden an vielen Stellen weiß geleuchtet. Und da Clara wusste, um welche Art Club es sich handelte, war es nicht schwer zu erraten, *was* da leuchtete. Eiweißverbindungen kamen unter UV-Bestrahlung besonders gut zur Geltung.

Was ist dieses klebrige Zeug da auf dem Boden?, hatte einer der jungen Polizisten sie gefragt. *Ist das Cola?*

Ich glaube nicht, dass Sie diese Cola trinken möchten, hatte Clara geantwortet.

»Ja, der Mann damals hatte auch so eine Maske«, sagte sie nun. »Aber hier.« Sie zeigte mit der Linken, an der sie den Gummihandschuh trug, auf die Maske. »Hier wurden die Löcher für Nase und Mund zugeklebt. Das bedeutet, wenn man die Maske aufsetzt …«

Von Weinstein beendete den Satz. »Erstickt man, und zwar jämmerlich. Es sei denn, man setzt das Ding schnell wieder ab.«

»Könnte es sein, dass die Frau sich die Maske selbst aufgesetzt und dann die Polizei verständigt hat?«

»Der klassische Hilferufsuizid?«, fragte von Weinstein. »Wo

jemand sich bei vollem Haus halbherzig die Pulsadern anritzt, damit alle wissen, wie dreckig es ihm geht?«

»Wäre doch möglich.«

»Die Frau selbst wird dazu kaum in der Lage gewesen sein.« Von Weinstein wies auf die Hände der Toten. »Die Fesselspuren sprechen dagegen.«

Clara biss sich auf die Lippe. »Dann hat sie sich die Maske nicht freiwillig aufgesetzt. Und«, sie versuchte, gleichzeitig die Leiche, das Handy, die Maske und die Kerzen im Blick zu behalten, »jemand wollte, dass das Ganze nicht so schrecklich aussieht, wie es gewesen ist.«

Allmählich wurde ihr klar, was hier passiert war. Sie trat einen Schritt zurück und hielt die schwarze Latexmaske in die Höhe. »Aber der Reihe nach. Das hier ist die Mordwaffe, richtig?«

Von Weinstein nickte. »Richtig. Der Mörder hat die Frau gefesselt, hat ihr die Maske aufgezogen, sodass sie keine Luft mehr bekam ...«

»Und dann ist sie von alleine gestorben, ohne dass er noch Hand anlegen musste.« Clara blickte blinzelnd auf die Szenerie. »Aber warum dieser Aufwand? Er hätte sich die Sache doch viel leichter machen können.«

Von Weinstein zuckte die Schultern. »Vielleicht hat er sich nicht getraut, den Mord ... nun ja, direkter, unmittelbarer zu begehen. So wie dieser Kerl vor drei Wochen, der den Besoffenen im Bett mit Benzin übergossen und Feuer gelegt hat und dann abgehauen ist.« Von Weinstein untersuchte im Licht der Taschenlampe die blutigen Handgelenke der Leiche und wandte sich dann wieder dem Gesicht zu. »Manche Täter wollen töten, ohne das Sterben mit ansehen zu müssen, auch wenn sie genau dafür verantwortlich sind.«

Clara konzentrierte sich auf die Szene vor ihren Augen. Die Frau auf dem Bett. Die Latexmaske. Die Kerzen.

Die Kerzen, dachte Clara. *Friedlich, beinahe feierlich. Zugleich befremdlich und erschreckend in dieser Umgebung. So befremdlich und erschreckend wie die gesamte Szenerie.*

Weshalb dann die Kerzen? Damit andere sahen, dass der Mord nicht so grausam hatte sein sollen? Dass es nicht so *gemeint* war? Dazu würde auch die Schminke im Gesicht passen, um die Blaufärbung der Haut zu übertünchen, so, als wollte der Mörder die Tat rückgängig machen.

Ein Wort ging Clara durch den Kopf.

Undoing.

Was nichts anderes bedeutete als den Versuch, eine Tat ungeschehen zu machen.

Die meisten Tötungsdelikte, das wusste Clara, geschahen nicht aus Berechnung, sondern aus Wut und Kontrollverlust. In fünfundneunzig Prozent der Fälle war der Täter nicht viel nervenstärker als sein Opfer. Fälle von Undoing hatte Clara schon öfter gesehen. Ein junger Mann, zum Beispiel, hatte seine Mutter im Streit erschlagen. Irgendwann wurde ihm bewusst, was er Schreckliches getan hatte. Daraufhin hatte er die Leiche seiner Mutter auf die Couch gelegt, auf ihr Lieblingskissen, hatte ihr ein Glas mit ihrem Lieblingstee hingestellt und die Fernbedienung dazugelegt, als wollte er sagen: »Ich hab's nicht so gemeint.«

Undoing.

3

Der Regen prasselte auf die aufgeweichte Erde, als der Sarg an vier Seilen in die Tiefe gelassen wurde. Der kleine Junge, der an der Hand seiner Mutter neben dem Grab stand, blickte dem Sarg mit einer Mischung aus Furcht und Gleichgültigkeit hinterher, als sähe er etwas, das er zwar vermissen sollte, aber nicht vermissen würde.

Er schaute auf den Grabstein. Lesen hatte er gerade erst in der Schule gelernt.

Wach auf, der du schläfst, und steh auf von den Toten, las er.

Hoffentlich nicht, dachte der kleine Junge. *Schlafen kannst du, aber wach ja nie wieder auf!*

Es war sein Vater, der in dem Sarg lag. Und viel größer als die Trauer über den Tod dieses Mannes, den er nie geliebt hatte, war die Angst des Jungen, Papa könnte den Sarg öffnen und wieder zurückkommen. Aber das, so hatte seine Mama ihn gelehrt, war unmöglich.

Wenn die Eltern sterben, hatte sie ihm gesagt, *ist man erwachsen.*

Der kleine Junge hatte seine Zweifel, ob man überhaupt jemals erwachsen wurde. Vor allem, wenn sich die eigenen Eltern alles andere als erwachsen benahmen.

Sein Vater hatte getrunken, viel getrunken.

Er hatte Mama geschlagen. Und ihn.

Mit der Zeit war Papas Bauch angeschwollen. Immer mehr, jeden Tag, jede Woche. Keiner wusste warum. Und Papa hatte weitergetrunken.

Eines Tages hatten sie aus dem Badezimmer ein schreckliches

Geröchel und Geschrei gehört. Papa hatte auf dem Boden gelegen und Blut gespuckt. Er lag in einer roten Pfütze und sah aus wie ein riesiger zappelnder Fisch, den man aus einem blutigen Ozean gezogen hatte. Es war, als hätte sich all der Alkohol, den er in den vielen Jahren in sich hineingeschüttet hatte, in Blut verwandelt. Er hatte geschrien und gezuckt, bis er irgendwann still in seinem eigenen Blut lag.

Es war dunkelrotes, von schwarzen Körnchen durchsetztes Blut. Papa hatte es in so hohem Bogen ausgespuckt, dass die weißen Fliesen des schäbigen Badezimmers wie die Kacheln an den Wänden eines Schlachthauses aussahen, wo man es mit der Hygiene nicht so genau nahm.

Eigentlich sollte ein kleiner Junge so etwas nicht sehen, aber es hatte ihn nicht allzu sehr gestört. Im Gegenteil. Er war beinahe froh, dass es so war.

Sein Vater war auf so schreckliche Weise gestorben, wie er gelebt hatte.

Nachdem die Ambulanz gekommen war, hatte der Junge seinen Vater auf der Bahre liegen sehen, so friedlich, als würde er gleich wieder aufstehen. Aber das würde er nicht. Nie mehr. Das hatte man dem Jungen versprochen.

Doch meist sah er nicht das Bild, wie sein Papa auf der Bahre lag. Meist sah er ihn in seinem Blut, auf dem Boden des Badezimmers, mit geplatzten Äderchen in den weit aufgerissenen Augen, die ihm wie große weiße Murmeln aus dem knallroten Gesicht zu springen schienen.

Und dann sah der Junge das andere Bild.

Mama auf dem Fußboden des Schlafzimmers.

Und über ihr Papa, der sie gewürgt hatte.

Ich bring dich um, du Schlampe!, hatte Papa gebrüllt, hatte Mamas Hals umklammert und ihren Kopf immer wieder auf den Boden des Schlafzimmers gerammt, bis Mamas Schreie verstummt waren.

Der Junge war ins Treppenhaus und nach draußen gerannt, so schnell er konnte, denn er wusste, er war der Nächste, dem Papa wehtun würde, so wie vor ein paar Jahren, als Papa ihm den Arm gebrochen hatte. Damals hatte der Junge noch keinen Schlüssel gehabt, als er ins Treppenhaus geflüchtet war. Und Papa hatte weitergetrunken und darüber ganz vergessen, dass sein Sohn draußen im Treppenhaus stand. Mama hatte bewusstlos auf dem Schlafzimmerboden gelegen. Der Junge hatte die ganze Nacht im Vorraum des Kellers zugebracht, unter dem Treppenhaus der Mietskaserne in Reinickendorf.

Morgens hatte er Mama dann im Treppenhaus gesehen und war mit ihr in die Wohnung geschlüpft. Mama hatte rote Stellen am Hals, und ihre Stimme war brüchig und heiser. Sie hatte sich irgendwann aufgerappelt, ihr zerschlagenes Gesicht verdeckt und sich mit einem Glas von irgendeinem Fusel wimmernd in eine Ecke des stockfleckigen Wohnzimmers der elterlichen Bruchbude gesetzt.

Dein Vater war sehr krank, hatte der Arzt dem Jungen gesagt. Und der Junge hatte genickt, denn der Arzt hatte recht. Allerdings hatte er dem Jungen nichts Neues erzählt. Krank war Papa schon immer gewesen. Nur hatte er noch nie in hohem Bogen Blut gespuckt.

Und jetzt war er tot.

Du wirst einen neuen Papa finden, hatte eine entfernte Tante zu dem Jungen gesagt, als der Sarg in der Erde war und die Arbeiter das Grab zuschaufelten.

Und wenn nicht, hatte der Junge gesagt, *ist es auch nicht schlimm. Keinen Papa zu haben ist besser als so einen.*

4

Kriminaldirektor Winterfeld ging mit Clara in sein Büro, warf sein Sakko in die Ecke, lockerte die Krawatte und wischte sich den Schweiß von der Stirn.

»Verdammt heißer Tag für Juni«, sagte er mürrisch.

Es war in der Tat ein schwüler, heißer Tag, an dem die Luft sich wie ein nasses Handtuch über den Körper legte. Clara kam sich vor wie in einem verfluchten Gewächshaus, in dem giftige Blumen des Bösen wuchsen.

Claras »Blumen« jedoch waren in dieser Jahreszeit die Wasserleichen, die bei den steigenden Temperaturen nach und nach an die Wasseroberflächen der Berliner Seen ploppten. Nicht, dass es furchtbar viele gewesen wären, aber es waren mehr als genug. Oder erstickte Frauen, die in ihrem Schlafzimmer verwesten.

Mit neunundfünfzig Jahren war Winterfeld nicht mehr der Jüngste, aber hatte er sich erst an einem Fall festgebissen, hatten die Täter meist nichts zu lachen. Die Kollegen auch nicht unbedingt.

Winterfeld wies Clara einen Platz vor seinem großen, mit Papieren übersäten Schreibtisch zu, ließ seine blauen Augen und die große Adlernase wie einen Radar durchs Büro schweifen, griff nach der La-Paz-Zigarilloschachtel, klappte sie auf, klappte sie wieder zu und legte sie zurück auf den Tisch. Zwar hatte der Arzt ihm das Rauchen untersagt, doch alle im LKA waren froh, dass Winterfeld rückfällig geworden war. Ohne seine Zigarillos war er unausstehlich.

»Manche sind Stressesser«, sagte er immer. »Ich bin Stressraucher.«

»Aber Sie rauchen doch auch, wenn Sie nicht im Stress sind«, hatte Clara dazu bemerkt.

»Da können Sie mal sehen, wie flexibel ich bin«, hatte Winterfeld erwidert.

Auf dem Tisch lag die Fallakte samt Fotos, daneben ein Schreiben des Bundeskriminalamts. Winterfeld ließ sich in seinen Schreibtischsessel sinken und öffnete den Umschlag, den seine Sekretärin ihm auf den Tisch gelegt hatte und der den Stempel des BKA trug. Gemächlich faltete er den Brief auseinander.

»Nun hören Sie sich das an«, sagte er und blickte Clara an. »Das BKA macht eine Studie im Vogelpark Walsrode und will wissen, ob wir mitmachen.« Es war eine von Winterfelds Marotten, selbst unter Zeitdruck das Thema zu wechseln, auch wenn andere Dinge, wie die tote Frau auf dem Bett, viel wichtiger waren. Das Beste war dann, man ließ ihn gewähren; meist fand er schnell zum Thema zurück.

»Mitmachen heißt Geld zuschießen?«, fragte Clara.

Winterfeld zog eine Augenbraue hoch. »Was sonst! Alle schreien nach Geld!«

»Und was machen wir im Vogelpark? Lernen, wie man Verdächtige schneller zum Singen bringt?«

»Nicht ganz. Die haben da eine seltene Vogelart, sogenannte Truthahngeier.«

»Und?«

»Die Viecher sind Aasvögel, wie alle Geier, können aber noch aus tausend Meter Höhe Aas riechen, selbst dann, wenn es tief in der Erde verscharrt ist. Sogar, wenn es sich nur um eine tote Maus handelt.«

Er schaute Clara an, lächelte ein Lächeln, das es gerade noch bis zu seinen Augen schaffte, und nestelte wieder an der Zigarilloschachtel. »Die Geier werden darauf dressiert, Leichen aufzuspüren. Wenn man denen einen GPS-Sender umhängt, ist ein einziger Geier zehnmal effektiver als eine ganze Staffel Spürhunde.«

»Erinnert mich an den Zoll«, sagte Clara. »Die setzen mittlerweile abgerichtete Wespen ein, wenn sie Rauschgift in Autos suchen. Auch Wespen haben einen viel besseren Geruchssinn als die Hunde.«

»Arme Hunde«, sagte Winterfeld, »werden alle arbeitslos!« Er nahm die Fallakte zur Hand und lehnte sich zurück. »Aber zurück zum Thema, Señora. Was halten Sie von dem Fall?«

Clara überlegte kurz. »Allzu viel wissen wir ja noch nicht. Weder, wer verdächtig ist, noch was das Motiv sein könnte. Ich bin mir allerdings ziemlich sicher, dass es eine Beziehungstat war. Und dass das Opfer den Täter kannte.«

Winterfeld betrachtete sie aufmerksam. »Warum?«

»Die Leiche ist so hergerichtet, als wollte der Täter etwas wiedergutmachen. Das Make-up, das Foto, die Art und Weise, wie die Frau auf dem Bett lag, die Kerzen ...«

Clara legte einige der Fotos auf den Tisch. Das blaue, geschminkte Gesicht der Leiche mit den grellroten Lippen starrte sie und Winterfeld an.

»Undoing.« Winterfeld kaute auf seinem Bleistift. »Stimmt's?«

»Genau«, sagte Clara.

Es klopfte an der Tür.

»Ja?«, rief Winterfeld.

Hermann steckte den Kopf ins Zimmer. Er war die rechte Hand von Winterfeld und leidenschaftlicher Passwort-Knacker. Mit seinen eins neunzig und dem kahlrasierten Kopf konnte er einem Angst einjagen, wenn er wollte. Für Clara war Hermann eher ein Grizzlybär, der immer genug Honig bekommen musste, um ein braver Teddy zu bleiben.

»Wir haben die Personendaten«, verkündete er.

»Und?«

»Die Frau heißt Barbara Färber, Sekretärin in einer Unternehmensberatung. Wir sprechen gerade mit denen.«

»Und ihr Mann?«, fragte Clara und dachte an das Foto, das sie hinter der Leiche über dem Bett gesehen hatte. Wenn es sich tatsächlich um eine Beziehungstat handelte, war Barbara Färber höchstwahrscheinlich von einem ihr nahestehenden Menschen umgebracht worden, vielleicht sogar von ihrem Ehemann.

»Ihr Mann heißt Jochen Färber. Polizist.«

»Polizist?« Winterfeld stand auf. »Habt ihr schon mit ihm geredet?«

Hermann räusperte sich. »Wir finden ihn nicht. Wir haben bisher nur mit seinen Vorgesetzten gesprochen. Färber ist wie vom Erdboden verschluckt.«

5

Clara las den Bericht.

Ein ehrbarer Polizist als Mörder?

Sie erinnerte sich an eine Story aus den Siebzigerjahren, die Geschichte des amerikanischen Killers John Wayne Gacy. Er war Bauunternehmer gewesen. Als Clown verkleidet hatte er in seiner Freizeit Kinder zum Lachen gebracht. Er hatte sich sogar als Lokalpolitiker versucht. Und das alles, während er in seinem Keller Dutzende von Jugendlichen vergewaltigt und zu Tode gefoltert hatte.

Hunde, die bellen, beißen nicht, sagte man.

Aber Hunde, die nicht bellen, beißen.

Clara schaute auf die Akte.

»Hier steht, dass Jochen Färber verreist ist.«

»Ja«, sagte Hermann, »aber das gilt für beide. Für Jochen Färber und seine Frau. Kann aber ein plumpes Alibi sein, das Färber selbst eingefädelt hat, wozu ist er schließlich Bulle.« Er schaute in die Akte. »Jedenfalls, laut Auskunft der Nachbarn wollten Barbara und Jochen Färber für drei Wochen in Urlaub.«

»Sie ist jedenfalls häuslich und hütet die Wohnung«, meinte Winterfeld pietätlos und schaute auf ein Foto der Leiche.

Clara blickte ihn strafend an. »Aber wo ist der Ehemann? Allein im Urlaub?«

»Das weiß keiner. Wie gesagt, er ist wie vom Erdboden verschluckt. Niemand weiß, wo er steckt.« Er zuckte die Schultern. »Auch seine Vorgesetzten nicht.«

»Vielleicht *wollte* jemand, dass alle glauben, die Färbers sind nicht da. Damit niemand stört«, sagte Clara.

»Genau. Dieser Jemand könnte zum Beispiel Färber selbst sein«, warf Hermann ein.

Winterfeld hob den Kopf. »Warum?«

»Wir haben den Bericht des Labors«, sagte Hermann. »Jochen Färbers Fingerabdrücke sind am Tatort.«

»Nicht allzu verwunderlich«, erwiderte Winterfeld. »Der wohnt da schließlich.«

»Ja«, sagte Hermann, »aber laut erster Analyse sieht es so aus, als seien die Fingerabdrücke auch auf der schwarzen Maske, mit der das Opfer offenbar erstickt wurde. Das müssen wir aber noch genau untersuchen.« Er überlegte einen Moment. »Ich weiß nicht, auf was für Praktiken die beiden standen, aber Masken aufsetzen, die die Atmung unterbinden, gehört für mich nicht unbedingt zum Ehealltag.«

Clara blickte zu Winterfeld.

»Polizisten sind auch nur Menschen«, sagte der. »Es kommt vor, dass einer durchdreht.« Er schaute Hermann an. »Kannst du uns Färbers Polizeiakte holen?«

Hermann nickte. »Hab schon angefragt. Bin gleich wieder da.«

Er sprang auf und verschwand.

Ein Polizist als Täter, dachte Clara. *Konnte das sein?*

Das kam nicht allzu häufig vor. Und wenn, dann nicht in Beziehungstaten, so wie es hier der Fall zu sein schien. Im Extremfall konnte es geschehen, dass ein Polizist die Nase voll hatte und den Drogendealer, den er zehnmal verknackt hatte und der zehnmal per Gerichtsbeschluss wieder laufen gelassen wurde, über den Haufen schoss. Aber dass ein Polizist seine Frau auf eine solche Art und Weise tötete?

Polizisten und Serienkiller.

Clara hatte während ihres Studiums von Serienkillern gelesen, die gerne Polizeikleidung anzogen. Den Grund dafür vermutete man in der Sehnsucht nach Ordnung in der gestörten, chaotischen Seelenwelt dieser Täter. Vielleicht aber lag es auch nur daran, dass die Uniform eines Polizisten Vertrauen und Autorität signalisiert. Und weil die Killer ihre künftigen Opfer dann leichter einwickeln können. Clara hatte mit Martin Friedrich, dem Leiter der Abteilung für Operative Fallanalyse am LKA, darüber gesprochen. Viele Serienmörder in den USA und in Europa träumten davon, Polizisten zu sein. Clara dachte an den Fall des BTK-Mörders. BTK stand für »Bind Torture Kill«, was so viel wie »Fesseln, Foltern, Töten« bedeutete. Dieser Irre hatte es genossen, vor dem Spiegel in einer Polizeiuniform zu posieren. Das Ganze war rätselhaft. Wahrscheinlich waren manche Täter fasziniert von der Macht, die der Beruf eines Polizisten ihnen verschaffen könnte.

»Wer sagt eigentlich, dass es Mord war?« Clara schaute Winterfeld an.

»Was sollte es sonst sein? Ein Unfall?«

»Zum Beispiel«, sagte Clara. »Vielleicht haben sie irgendwelche Erstickungsspielchen getrieben, wie sie in der SM-Szene vorkommen.«

Sie dachte an den Tatort in dem Club, wo der Fußboden im UV-Licht so verräterisch geleuchtet hatte.

Winterfeld tippte mit den Fingern auf die Tischplatte. »Tja, auf dem Gebiet bin ich kein Experte«, sagte er. »Ich weiß nur, dass Ersticken zu Panik, Erhängen hingegen zu Glücksgefühlen führt. Aber da sollte von Weinstein uns mehr erzählen können. Wie weit ist der eigentlich?«

Clara blickte auf die Uhr. »Die Obduktion läuft gerade. Ich nehme an, wir hören bald von ihm.«

»Gut«, sagte Winterfeld. »Aber wenn das hier kein Unfall war und kein Mord, was dann?«

»Suizid vielleicht.« Clara merkte, dass ihr diese Erklärung selbst unwahrscheinlich vorkam.

»Kommen Sie, Señora«, sagte Winterfeld, »das glauben Sie

doch selber nicht. Suizid mit so einer Maske? Das ist ein zu schrecklicher Tod. Der Selbsterhaltungstrieb sorgt dafür, dass man sich das Ding runterreißt, egal wie dringend man ins Jenseits will.«

»Es sei denn, man bekommt die Maske nicht mehr ab.«

Winterfeld wackelte mit dem Kopf. »Kann sein. Aber wie ist es dann hier abgelaufen? Der Mann findet die Frau tot mit der Maske auf dem Gesicht, nimmt sie ihr ab und legt sie dann ins Bett, wo sie ruhig und friedlich daliegt?«

Clara zuckte die Schultern. »Wieso nicht?«

»Kommen Sie«, sagte Winterfeld, »der Mann ist Polizist. Er entdeckt die Leiche und ruft sofort seine Kollegen. Der Mann wusste doch eh, dass alles andere keinen Sinn macht.«

»Kommen *Sie*«, entgegnete Clara und lächelte. »Wir wissen beide ganz genau, dass Menschen in Extremsituationen gerne das rationale Denken vergessen. Dass die eigene Frau sich umbringt, ist in seinem Kosmos vielleicht nicht vorgesehen. Er schämt sich dafür. Richtet die Leiche so her, dass alles ... na ja, nicht so erschreckend aussieht. Und dann verschwindet er.«

»Oder er hat sie gleich umgebracht«, sagte Winterfeld. »Und ist dann abgehauen.«

Hermann kam zurück.

»Die Akte kriegen wir gleich«, verkündete er. »Die Kollegen fügen noch ein paar Dokumente ein. Der Mann war nämlich in polizeipsychologischer Behandlung!«

»Hört, hört«, sagte Winterfeld.

Clara blickte auf die Ermittlungsakte. »Da sind noch ein paar Dinge«, sagte sie und schaute Hermann an. »Was ist mit dem Handy, das die Frau umklammert hatte? Hat sie damit jemanden angerufen?«

Hermann schüttelte den Kopf. »Nein, das Guthaben von zwanzig Euro ist noch vollständig vorhanden. Ist ein Prepaidhandy. Wurde vor sechs Tagen aktiviert.«

»Was soll das Handy *dann?*«, fragte Clara.

Hermann musterte sie, als hätte sie ihn gerade nach dem Verbleib der Watergate-Protokolle gefragt. »Frag mich was Leichteres.« Er wühlte in seiner Mappe.

In das Schweigen hinein klingelte das Telefon auf Winterfelds Schreibtisch.

»Winterfeld. Ja, sind alle hier. In Kompaniestärke. Fertig? Sehr gut! Wir sind gleich da.« Er knallte den Hörer auf die Gabel, stand auf und griff nach seinem Sakko. »Von Weinstein. Sie sind durch mit der Leiche. Lassen Sie uns kurz hinfahren, Señora. Wenn wir zurück sind, haben wir hoffentlich Färbers Polizeiakte.« Er schaute Hermann an. »Okay?«

»Heißt das, ich soll hierbleiben und hinter der Polizeiakte her telefonieren?«

Winterfeld kniff ein Auge zu. »Irgendeiner muss sich darum kümmern.«

»Irgendeiner heißt auf Deutsch wohl *ich?*« Hermann zog ein gespielt langes Gesicht.

»Nicht nur auf Deutsch«, sagte Winterfeld. »Auf Berlinerisch auch.«

Hermann warf ihnen ein Radiergummi hinterher.

6

Barbara Färbers Leiche lag noch auf dem Obduktionstisch im rechtsmedizinischen Institut der Berliner Charité. Es herrschte angenehme Kälte, und das Abluftaggregat dröhnte auf vollen Touren. Dennoch hatte Clara den süßlichen Geruch des Todes bereits wahrgenommen, als sie von der Birkenstraße aus zum Nebeneingang des Instituts in Moabit gegangen waren.

Ein Sektionsassistent stand neben dem Obduktionstisch und hielt Nadel und Faden in der Hand, um die Brust- und Bauchhöhle wieder zuzunähen. Plastikgefäße und Röhrchen mit Gewebe- und Blutproben standen neben dem Sektionstisch, während von Weinstein gedankenverloren in der Ermittlungsakte blätterte und seine silberne Brille zurechtrückte.

»Barbara Färber ist erstickt«, sagte er schließlich. »Wir haben Punktblutungen in den Augenbindehäuten, in den Mundschleimhäuten, in der Gesichtshaut und hinter den Ohren. Außerdem unter der Herzaußenhaut und den Lungenüberzügen. Das ist immer dann zu beobachten, wenn Gefäße unter Druck stehen.« Er ließ die Akte sinken. »Durch den Todeskampf beim Ersticken entstehen diese äußeren und inneren Erstickungsblutungen. Außerdem sind durch den hohen Druck im Kopf die Gefäße im Augenweiß geplatzt, was dazu geführt hat, dass die Augen blutrot sind. So wie hier.«

Er drehte eines der Lider um. Clara blickte in das blutrote Auge und sah die roten Punkte in der Bindehaut. Es erinnerte sie an die fiebrigen Augen aus ihrem Albtraum vergangene Nacht. Die Augen eines Dämons.

»Und das ist mithilfe der Maske geschehen?«, fragte Winterfeld, der sich so nahe wie möglich über die Leiche beugte, ohne dabei zu riskieren, dass der Saum seines Sakkos oder seine Krawatte die Tote oder den Tisch berührten.

Von Weinstein nickte. »Wir haben hier schon alles Mögliche gehabt. Leute, die an Speisen erstickt sind, mit einer Tüte über dem Kopf oder mit einem Kissen. Passiert besonders häufig bei alten Erbtanten, deren Ableben die Angehörigen ein bisschen beschleunigen wollen, und das möglichst leise. Sie ersticken Tantchen mit einem Kissen oder spritzen ihr Luft in die Vene. Hier in Deutschland wird ja beim Tod sehr alter Menschen so gut wie nie obduziert, es sei denn, sie liegen ohne Kopf da. Ein Paradies für Erbschleicher und Mörder.«

»Der Tod ist ein Meister aus Deutschland«, sinnierte Winterfeld.

»Was das angeht, ja«, sagte von Weinstein. »Der Hausarzt stellt den Totenschein aus, und Oma wird verbuddelt und ist auf Nimmerwiedersehen verschwunden. Und der Mörder macht *dolce vita.*« Er zuckte die Schultern. »Wie auch immer. Barbara Färber ist höchstwahrscheinlich nicht mit einem Kissen erstickt worden, dann gäbe es Abschürfungen, wo das Kissen oder was auch immer auf die Atemöffnungen gepresst wurde.« Er zeigte auf Mund und Nase der Leiche.

»Hier kann man aber nicht so viel sehen«, entgegnete Clara. »Das Gesicht ist total blau angelaufen.«

Von Weinstein zuckte die Schultern. »Ja, aufgrund der massiven Blutstauung hat sich alles blau verfärbt. Das macht es in der Tat schwierig. Aber es gibt keine Abschürfungen, das können wir auch so feststellen.«

Clara blickte aus dem Fenster. Durch den nicht abgeklebten Fensterbereich sah sie den Garten des benachbarten Altenheimes, wo mehrere Bewohner im Schatten Karten spielten. Dass ein Altenheim neben der Rechtsmedizin lag, wie hier in Moabit, hatte schon etwas Makaberes.

»Und was ist mit Tüten?«, fragte sie.

»Dazu kommen wir gleich. Schauen Sie mal hier.« Winterfeld zeigte auf die Leiche. Die Bauchhöhle war aufgeschnitten, und aus der ebenfalls geöffneten Brusthöhle ragten die von der Rippenschere durchtrennten Rippenknochen wie die Planken eines Schiffes. »Hier«, er wies mit einem Metallstab auf die Stelle, wo sich die Lunge befand, die unter den Rippen bläulich rot schimmerte, »hier haben wir Punktblutungen unter der Pleura, den sogenannten Lungenüberzügen. Und hier«, der Stab wanderte weiter zum Herzen, »Punktblutungen unter der Herzaußenhaut. Das heißt, wir sprechen hier von inneren Erstickungsblutungen.«

»Ersticken ist schlimmer als Erhängen?«, fragte Clara.

»Ja«, sagte von Weinstein. »Es gibt im Gehirn zwei Atemzentren. Das eine reagiert auf den Verlust von Sauerstoff. Seltsamerweise gibt es dabei keine Panikattacken, sondern Glücksgefühle, so eigenartig es klingt.«

»Deshalb hängen sich manche Leute bei autoerotischen Experimenten auf ... beziehungsweise, sie würgen sich mit dem Seil?«, fragte Clara.

»So wie David Carradine.« Das war Winterfeld. »Der aus *Kill Bill.* Der hat sich 2009 in einem Hotelschrank in Thailand aufgehängt und ist dabei hopsgegangen.«

Von Weinstein nickte. Ein spöttisches Lächeln spielte um seine Lippen. »Genau. Obwohl sein Vater ihm früher immer gesagt hatte: Junge, mach nichts, wobei du nicht tot erwischt werden willst. Tja, das hat wohl nicht ganz geklappt.«

Clara wunderte sich immer, mit was für seltsamen Geschichten sich von Weinstein und Winterfeld befassten und dass sie offenbar in der Lage waren, sich solche komischen Storys auch noch zu merken.

»Zur Sache, Leute«, sagte sie. »Erhängen erzeugt also Glücksgefühle?«

Von Weinstein nickte. »Ja, es klingt seltsam, zugegeben, aber es ist so. Man weiß nicht genau, warum das Gehirn so reagiert. Wahrscheinlich ist ihm alles egal, solange Kohlendioxid abgeatmet werden kann. Und genau das ist beim Erhängen der Fall, da nur die Arterien durch den Strang blockiert sind. Die Atemwege sind frei. Es wird kein Sauerstoff zum Gehirn transportiert, aber es gibt die *Illusion*, dass es so ist. Man ist erst glücklich, dann bewusstlos, dann tot.«

»Könnte schlimmer kommen. Aber beim Ersticken ist das anders?«

»Ja. Man kann, wie hier bei der Maske«, von Weinstein zeigte auf den schwarzen, teuflischen Gegenstand, »kein Kohlendioxid mehr abatmen, und das löst Todesangst und Panik aus. Das Ding hier«, wieder wies er auf die Maske, »hat so fest gesessen wie ein Kondom. Die Frau konnte nicht mehr ausatmen und starb in Panik.«

»Und wenn es eine Tüte gewesen wäre?« Das war Winterfeld.

»Eine Tüte über dem Kopf?« Von Weinstein schaute ihn an. »Wäre auch nicht schlimm. Man atmet so lange Kohlendioxid in die Tüte aus, bis man davon – und vom Sauerstoffmangel – schläfrig wird. An Letzterem erstickt man dann, ohne es zu merken. Friedlich und schmerzlos.«

»Ach?«, sagte Winterfeld. »Erhängen oder eine Tüte über den Kopf sind die angenehmsten Suizidmethoden?«

Von Weinstein nickte. »Ja. Aber lasst euch damit bitte noch Zeit. Ich habe keine Lust, mich mit neuen Kollegen herumzuärgern. Okay, habt ihr hier genug gesehen?«

Beide nickten.

Von Weinstein blickte zu seinem Sektionsassistenten und wies mit dem Kopf auf die Leiche. »Kannst sie wieder zunähen. Danke.«

Clara schaute dem Sektionsassistenten zu, als er sämtliche

Organe, einschließlich Gehirn, als blutige Masse in die Bauchhöhle stopfte und dann die Bauchdecke zunähte. Clara kannte diese Vorgehensweise und wusste auch, weshalb das Gehirn nicht zurück in den Schädel verfrachtet wurde. Zu leicht konnten durch die offene Schädeldecke Blut und Flüssigkeit auf das Leichenhemd tropfen, was im Falle einer Aufbahrung seltsam aussehen würde. Unappetitlich obendrein.

»Sie ist also durch die Maske erstickt«, sagte Clara.

Von Weinstein nickte. »Ich fürchte, ja.«

»Wie lange kann so etwas dauern?«

»Drei Minuten. Fünf.«

Clara schaute Winterfeld an. »Dann wollte der Mörder vielleicht in Ruhe zusehen, wie sie leidet. Er wollte miterleben, wie sie stirbt. Es war sein persönlicher Gewaltporno.«

»Und was schließen wir daraus?«

»Entweder, er ist Sadist ...«

»Oder?«

»Oder er wollte sich rächen. Für was auch immer.«

7

Der Mann schaute in die Augen, die er so viele Male gesehen hatte.

Wahrscheinlich hatte er in seinem Leben als Erstes diese Augen gesehen. Damals, vor vielen Jahren, als er das Licht der Welt erblickt hatte.

Umso größer war nun der Schmerz.

Er saß auf dem kalten Betonboden des Raumes, den die Hitze des Sommers noch nicht erobert hatte, und betrachtete ihr Gesicht. Die Augen waren geschlossen, sie schien friedlich zu schlafen. Doch er wusste, dass sie nicht schlief. Er wusste auch, dass sie nicht tot war. Sie war irgendwo dazwischen. Und er hatte die Macht zu bestimmen, ob sie lebte oder starb.

Er sah die Flasche mit dem Mittel, das er in den Tee gemischt hatte – den Nachmittagstee, den er ihr gebracht hatte.

Sie hatte vorher noch mit ihm geredet, erst zusammenhängend, dann immer langsamer und lallender, bis ihre Stimme erstarb, bis sie nur noch den Mund bewegte und schließlich einschlief.

Von diesem Moment an sah er sie anders.

Ganz anders, als er sie sonst gesehen hatte.

Sie *hing* vor ihm.

Sie hing von der Decke, den Kopf in der Schlinge.

Sie zuckte nicht, strampelte nicht. Und quälte sich hoffentlich auch nicht.

Er schaute weiter in ihr Gesicht, das wie im tiefsten Schlaf aussah, der bald zum ewigen Schlaf werden würde.

Sie hing da, sanft hin und her schwingend wie das Pendel der großen Standuhr, die früher in ihrem Wohnzimmer gestanden hatte. Und so wie bei der Standuhr mit jedem Pendelschlag eine Sekunde verging, verrann mit jeder Sekunde ihre Lebenszeit. Nur war es hier viel endgültiger und gnadenloser.

Er schaute in ihr Gesicht, auf ihren Mund, der sich öffnete, auf die dünnen Speichelfäden, die ihr übers Kinn liefen, die geschlossenen Augen, die noch immer den Eindruck vermittelten, als würde sie friedlich schlafen.

Dann zuckte sie. Einmal, dann noch einmal. Dann liefen Krämpfe durch ihren ganzen Körper. Es war ein grässlicher Anblick; er musste die Augen schließen.

Genau so plötzlich, wie die Krämpfe gekommen waren, endeten sie wieder.

Sie pendelte hin und her, ein letztes Mal.

Da wusste er, sie war tot.

Tränen schossen ihm in die Augen, und er erbrach sich würgend auf den Boden.

8

Winterfelds schwarzer Mercedes glitt durch die Sommerhitze. Die Klimaanlage lief auf Hochtouren. Clara blätterte durch den Obduktionsbericht, als Winterfelds Handy klingelte, das in einer Dockingstation steckte.

Hermann, stand auf dem Display.

»Gehen Sie mal ran, Señora, ist eh für uns beide.«

»Muss ich das dafür rausnehmen?«

»Nein, das ist die Freisprechanlage!« Winterfeld drückte auf den Knopf. »Dachte immer, ihr jungen Leute kennt euch mit technischem Kram besser aus ... ja, Hermann, was gibt's?«

»Wir haben noch ein paar von den Nachbarn und Verwandten befragt«, drang Hermanns Stimme aus dem Lautsprecher. »Dabei haben wir noch einiges über Barbara Färber herausgefunden.«

»Schieß los.«

Clara zog ein Blatt Papier hervor, um sich Notizen zu machen.

»Die Dame schien ziemlich narzisstisch gewesen zu sein und hat sehr auf ihr Aussehen geachtet.«

Winterfeld nickte. »Sieht man ja auch auf den Fotos im Schlafzimmer. Jedenfalls, bevor sie zum Blauen Engel mutierte.«

Clara blickte Winterfeld strafend an. Doch da sprach Hermann schon weiter.

»Ein Bekannter sagte, die Frau konnte zwar ohne Essen und Trinken überleben, aber nicht ohne ihren Personal Trainer und ihre Cremes. Der Spaß dürfte einiges gekostet haben. Maniküre, Pediküre, Schönheitsbehandlungen und so weiter.«

»Aber bringt man deswegen seine Frau um?« Das war Clara.

»Vielleicht, wenn man selbst nichts davon hat, weil die Schönheit nur einem anderen nutzt.« Hermann machte eine kurze Pause. »Nun ja, es gibt offenbar noch einen anderen Grund. Einer Freundin zufolge hatte Barbara Färber schon seit einiger Zeit eine Affäre. Ich zitiere: ›Weil ihr Mann es nicht mehr brachte, weder als Mann noch finanziell.‹«

Winterfeld kniff die Augen zusammen. »Genau das, was man als Ehemann hören will.«

Winterfeld, das wusste Clara, war zweimal geschieden, allerdings aus gegenteiligen Gründen. Er konnte sich nicht für die Familie entscheiden, wenn die Wahl zwischen Familie und Arbeit stand. Jetzt war er mehr oder weniger alleinstehend und froh über sein Kriminaldirektorengehalt, das es ihm ermöglichte, trotz Unterhalt für drei Töchter aus zwei Ehen gut zu leben.

»Die Freundin«, fuhr Hermann fort, »hätte die Affäre nie verpfiffen, das war sie Barbara wohl schuldig. Aber in diesem Fall hielt sie es für klüger, wenn sie auspackt.«

»Vermutet sie, dass Jochen Färber der Täter war?«

»Ja, und sie hat Angst vor ihm.«

»Berechtigterweise?«

»Momentan nicht«, antwortete Herrmann, »der Typ ist ja nach wie vor über alle Berge.«

»Aber er könnte wieder auftauchen.«

»Könnte er. Das ist ein freies Land.«

»Haben wir eigentlich vom Abschnitt endlich die Akte?«, fragte Winterfeld.

»Ist auf dem Weg hierher. Ich dachte nur, ihr wollt vielleicht vorher mit dem Liebhaber sprechen.«

»Wer ist der Glückliche?«

»Michael Brunner, Partner in einer großen Unternehmensberatung am Potsdamer Platz. Ich habe sogar seine Handynummer.«

»Das ging aber schnell.«

»War auf Barbara Färbers iPad.« Hermanns Stimme hörte sich an, als wäre es die einfachste Sache der Welt. »Das Passwort war ihr Geburtstag. Vier Stellen. Tag und Monat. Achter Oktober. Dann haben wir die Mails gefunden, in ihrem Gmail-Account. Die beiden haben sich nur per Mail verabredet. Brunner wohnt in der Nähe der Färbers, in Zehlendorf, allerdings ein bisschen luxuriöser.«

Hermann gab ihnen Brunners Verbindungsdaten durch.

* * *

Als sie durch den Tiergartentunnel fuhren, hoffte Clara, dass nicht in der nächsten Sekunde der Empfang weg war, aber noch stand die Verbindung. Nach wie vor beschäftigte sie die Frage, welche Rolle das Mobiltelefon spielte, das die Leiche in der Hand gehalten hatte. Das Handy hatte eine Prepaidkarte, war aber nie benutzt worden. Wieso nicht? Wer eine Affäre hatte, würde doch ein geheimes Handy zur Verständigung benutzen. Aber das war offenbar nicht der Fall gewesen.

»Woher kennen sich die beiden?«, fragte Winterfeld.

»Barbara Färber hat eine Zeit lang halbtags als Sekretärin bei dieser Beraterfirma gearbeitet, damit sie sich auch mal was leisten konnte. Brunner hat sie als seine rechte Hand bezeichnet. Und irgendwann war *seine* rechte Hand dann wohl in ihrem Höschen.«

»Verstehe.« Winterfeld schaute Clara an. »Wollen wir gleich mal hinfahren? Der Potsdamer Platz ist nur drei Minuten von hier.«

Clara nickte.

»Okay, Hermann«, sagte Winterfeld, »wir sprechen mal mit diesem Brunner. Sehen uns dann gleich am T-Damm.«

Der T-Damm war der Tempelhofer Damm, der den Süden

Berlins von Kreuzberg bis fast nach Marienburg durchschnitt. Dort stand auch das Gebäude des LKA Berlin.

Winterfeld beendete das Gespräch und blickte Clara an. »Was halten Sie davon?«

Sie zuckte die Schultern. »Der Mann sieht sich als Versager, die Frau piesackt ihn, und dann geht sie auch noch fremd.«

»Und der Mann bringt sie um.«

Clara nickte. »Auf ziemlich brutale Art und Weise. Und durchgeplant, also nicht im Affekt.«

»Passt dieser Modus Operandi zu einem frustrierten Ehemann?«

Clara überlegte. »Wenn er frustriert und sadistisch genug ist, ja.«

9

Die Unternehmensberatung Emerson & Partner war im Kohlhoff-Tower am Potsdamer Platz untergebracht. Die rote Klinkerfassade hätte ein wenig vom New Yorker Flair der Zwanzigerjahre nach Berlin bringen können, wäre das Hochhaus nicht vergleichsweise bescheidene 100 Meter hoch gewesen. Aber in dieser Stadt, überlegte Clara, war es offenbar nicht erlaubt, dass irgendetwas allzu sehr herausragte. Fast alle modernen Hochhäuser in Berlin, sah man vom Potsdamer Platz ab, ähnelten umgekippten Kisten und verbeulten Umzugskartons, die sich in wirrer Unordnung und abstoßender Hässlichkeit aus der tristen grauen Landschaft erhoben.

»Übernehmen Sie das, Señora«, sagte Winterfeld, »ich melde mich nur zu Wort, wenn Sie mich brauchen. Okay?«

»Kein Problem.«

Sie betraten die Lobby des Kohlhoff-Tower.

»Guten Tag«, sagte Clara zu dem Herrn am Empfang, der von seinem Sudoku aufblickte. »Mein Name ist Clara Vidalis. Das ist mein Kollege Walter Winterfeld. Wir möchten mit Herrn Michael Brunner von Emerson & Partner sprechen.«

»Haben Sie einen Termin?«

»Jederzeit.« Clara zeigte ihre LKA-Marke. »Hier ist die Bestätigung.«

Der Mann zog die Augenbrauen hoch, blickte in seinen Kalender und griff zum Telefon. »Etwas Schlimmes?«, wollte er wissen.

»Schlimm ist relativ, oder?«

Der Mann schaute sie an. »Ich sage Bescheid, dass Sie da sind. Einen Moment.«

Clara blickte sich um. Anzugträger strömten in den Tower und hinaus. Diejenigen, die das Gebäude verließen, taten dies offenbar in freudiger Erwartung der Mittagspause, während die anderen, die hereinkamen, den obligatorischen Take-away-Pappbecher von Starbucks in der Hand hielten. Eine Gruppe japanischer Touristen, angeführt von einer Reiseleiterin, die einen kleinen Regenschirm hielt, pilgerte draußen an der Glasfassade vorbei.

»Frau Vidalis? Herr Winterfeld?«, sagte der Rezeptionist.

Clara drehte sich um. »Ja?«

»Nehmen Sie Aufzug vier.« Der Mann zeigte auf den Fahrstuhl, dessen Türen sich gerade öffneten. »Bringt Sie direkt in den zwanzigsten Stock. Dort wird man Sie in Empfang nehmen.«

»Danke.«

Clara warf einen Blick auf die Glasoberfläche des Empfangstresens, auf der sich ihr Abbild spiegelte. Für einen Moment kam der Albtraum von gestern Nacht zurück, doch resolut verscheuchte sie die Erinnerung.

Im zwanzigsten Stock wartete eine untersetzte Frau mit Hornbrille und Hochsteckfrisur auf dem Flur, als die Lifttür sich öffnete.

»Die Herrschaften vom LKA?«

»Das sind wir«, antwortete Clara.

»Herr Brunner ist gleich für Sie da. Kommen Sie bitte mit. Möchten Sie einen Kaffee?«

»Gerne«, sagte Clara, deren Nacht ja alles andere als erholsam gewesen war. Da konnte ein bisschen Koffein nicht schaden. Sie ließ den Blick schweifen. Der Warteraum entsprach den Erwartungen, die sie an den Wartebereich einer Unternehmensberatung gestellt hätte. Stylishe Ledersessel, bonbonfarbener

Teppichboden, eleganter flacher Glastisch, auf dem die *Financial Times*, die *Frankfurter Allgemeine* und das *Handelsblatt* lagen. Auf dem 75-Zoll-Fernseher, der mit gedämpfter Lautstärke n-tv zeigte, zogen die Börsenkurse über den unteren Rand des Bildschirms.

»Bisschen anders als bei uns«, sagte Winterfeld, »aber rauchen darf man hier sicher auch nicht.«

Nach zwei Minuten ging die Tür auf. Ein untersetzter Mann mit gebräunter Haut und blonden Haaren betrat den Raum. Er trug ein weißes Hemd zur grauen Anzughose; seine rote, mit weißen Punkten gesprenkelte Krawatte hatte er gelockert. Die Kleidung war elegant und teuer, genau wie die Brille, die er in die Hemdtasche gesteckt hatte, und die Rolex, die er am Handgelenk trug.

Er empfing Clara und Winterfeld im Meetingraum, nicht in seinem Büro, obwohl es im Vergleich zum Durchschnittsbüro eines Berliner Polizeibeamten mit seinem Linoleumfußboden und dem alten Pressholzschreibtisch sicher um Welten besser abgeschnitten hätte. Doch Leute wie Brunner schienen die ständige Befürchtung zu haben, fremde Besucher könnten zwischen all den Diplomen und VIP-Einladungen, die gewichtig an den Wänden hingen oder auf dem Tisch lagen, irgendetwas Persönliches entdecken. Schließlich verriet jedes Büro etwas über das Wesen, wenn nicht gar über die Seele des Menschen, der darin arbeitete, und sei es nur ein kleines bisschen. Ein Meetingraum hingegen war so neutral und antiseptisch, wie er nur sein konnte. Wenn ein solcher Raum eine Seele verkörperte, dann die eines Roboters.

»Michael Brunner?« Clara erhob sich. »Ich bin Kriminalhauptkommissarin Clara Vidalis vom LKA. Das ist mein Kollege, Kriminaldirektor Winterfeld.«

»Habe ich schon gehört«, sagte Brunner. Er drehte sich so schnell um, als wäre jemand hinter ihm her, und schloss die Tür, ehe er sich wieder den Besuchern zuwandte. »Ist es etwas Schlimmes?«

»Leider ja«, antwortete Clara. »Ich glaube, Sie sollten sich erst einmal setzen.«

»Ach du lieber Himmel«, sagte Brunner und nahm Platz. »Was ist denn passiert?«

Es war immer schwierig, einem Menschen mitzuteilen, dass jemand gestorben war, der dem Betreffenden etwas bedeutet hatte. Manche rasteten aus und mussten mit Psychopharmaka ruhiggestellt werden. Andere blieben gefasst, weinten allenfalls leise und bedankten sich manchmal sogar bei den Ermittlern für die Information. Mitleid durfte man dabei nicht zeigen, auch wenn Clara schon von Leuten gehört hatte, die sich japanisches Öl in die Augen rieben, um tränenreiches Mitgefühl zu heucheln. Aber Emotionen zu zeigen gehörte nicht zu den Aufgaben der Polizei. Man kam, überbrachte die schlechte Nachricht und ging wieder. Den Rest erledigten die Polizeipsychologen.

In diesem Fall aber war es nicht so einfach, denn Clara musste sich ein möglichst genaues Bild davon machen, wie Brunner auf die Nachricht vom Tod Barbara Färbers reagierte, wobei die allererste Reaktion besonders wichtig war. Die konnte niemand simulieren. Sie ließ erkennen, wie jemand wirklich zum Tod eines anderen Menschen stand.

Clara sagte ohne Umschweife: »Barbara Färber ist tot. Sehr wahrscheinlich wurde sie ermordet.«

»Barbara?« Brunner riss die Augen auf. »Tot? Ermordet?« Er suchte nach Worten. »Aber sie hat nie jemandem ... wer sollte ein Interesse haben ... Sie war doch immer so ...«

Clara schwieg, ließ die Nachricht noch eine Zeit lang auf Brunner wirken.

»War es schlimm? Ich meine ...«, sagte er schließlich. »Kann ich ... könnte ich sie sehen?«

Clara trat zu ihm und legte ihre Hand auf die seine, eine vertrauliche Geste, auf die sie normalerweise verzichtet hätte, aber Brunner schien ehrlich betroffen zu sein. »Sie sollten Barbara so in Erinnerung behalten, wie Sie sie gekannt haben.«

Brunner schluckte. Clara ließ ihm noch ein wenig Zeit, das Gehörte zu verdauen, bevor sie die nächste Frage stellte.

»Sie kannten Barbara Färber näher, nicht wahr?«

»Wir ...« Brunner knetete seine Hände. »Wir haben uns öfters gesehen. Wir waren gute Freunde ...«

»Vielleicht auch mehr?« Das war Winterfeld. Ganz zurückhalten konnte er sich nicht.

Brunner blickte ihn trotzig an. »Und wenn es so wäre? Hätte ich mich dann moralisch schuldig gemacht?«

»Es geht hier nicht um Fragen der Moral«, sagte Clara mit einem flüchtigen Blick auf den Fernseher, über dessen Bildschirm die Börsenkurse zogen. Stumm wünschte sie die verdammten Zahlenkolonnen zum Teufel. »Es geht darum«, fuhr sie fort, »dass wir den Mörder fangen. Das wollen Sie doch auch.«

»Natürlich!« Brunner ballte die fleischigen Fäuste. »Natürlich will ich, dass Sie das Schwein fassen, das Barbara ermordet hat. Wenn Sie irgendetwas brauchen ...«

»... kommen wir auf Sie zu«, beendete Clara den Satz. Sie ahnte, worauf Brunner hinauswollte. Leute mit viel Geld machten der Polizei nicht selten den Vorschlag, die Ermittlungen durch finanzielle Zuwendungen zu beschleunigen, nach dem Motto: »Wenn Sie Engpässe haben, lassen Sie es mich wissen. Ich kann da einiges bewegen.« Das mochte in Südamerika oder Indien funktionieren, aber nicht hier.

»Haben Sie eine Idee, wer der Täter sein könnte?«, fragte Clara.

Brunner blickte eine Zeit lang starr aus dem Fenster. In einiger Entfernung sah man links das Sony Center mit dem leuchtenden Trapezdach, das die Berliner »Fujiyama« nannten. Weiter vorne verlief die Ebertstraße, an deren Ende sich das Brandenburger Tor und das Hotel Adlon erhoben.

Wieder knetete Brunner seine Hände. Dann schaute er auf seine Rolex und schüttelte den Kopf. »Mir fällt niemand ein. Barbara hatte keine Feinde. Sie war zu allen nett und freundlich.« Er drehte sich um, blickte die Beamten an. »Sie war zweimal die Woche hier, hat Ablage für mich gemacht und solche Dinge. Auf diesem Gebiet war sie sehr gut.«

»Nur auf diesem Gebiet?« Winterfeld konnte es einfach nicht lassen.

»Ich dachte, das hier ist kein Moralseminar.«

»Ist es auch nicht. Aber wenn Barbara Färber für Sie mehr gewesen ist als nur eine Sekretärin, könnte das für andere ein Mordmotiv gewesen sein.«

»Ein Mordmotiv?« Für Brunner schien sich eine neue Welt zu öffnen. Ein Mann wie er kannte die Schlachten bei Fusionen, Übernahmen oder Kostensenkungsprogrammen, aber das hier war die archaische Welt des Blutes, der Rache und des Todes, grausam und endgültig.

»Hatte Frau Färber denn keine Beziehung?«, half Clara nach. »Mit einem anderen als Ihnen?«

»Wir wollten heiraten«, sagte Brunner ausweichend.

»Und da gab es niemanden, der im Weg gestanden hätte?«

Brunner schnaufte. »Doch, ja. Ihr Mann. Sie war verheiratet. Ich habe ihn nie kennengelernt. Babsy ... ich meine, Barbara ... sie hat sich immer über ihn aufgeregt. Er habe keinen Biss, hat sie gesagt. Ihm sei die Karriere egal. Und Kinder wollte er auch nicht.«

»Jochen Färber«, sagte Clara. »Barbaras Ehemann. Sie haben ihn nie gesehen?«

Brunner schüttelte den Kopf.

»Wissen Sie, ob Jochen Färber *Sie* kannte?«, fragte Winterfeld.

»Ich glaube nicht. Ich wüsste nicht, woher. Warum fragen Sie?«

»Gegenfrage«, sagte Clara. »Könnte Färber seine Frau aus Rache umgebracht haben, weil sie ihn betrogen hat?«

»Warum fragen Sie ihn das nicht selbst?«

»Weil wir ihn nicht finden.«

»Wo ist er?«

»Spurlos verschwunden.«

»Warum suchen Sie ihn dann nicht?«

»Das tun wir. Aber bisher haben wir ihn noch nicht gefunden.« Clara blickte Brunner an. »Zaubern können wir leider auch nicht. Aber es ist wichtig für *Sie*.«

»Für mich?« Brunner musterte sie verwirrt. »Wieso?«

»Falls es wirklich eine Beziehungstat war, ein Verbrechen aus Leidenschaft, könnte Jochen Färber sich verletzt fühlen und alle zur Rechenschaft ziehen, die mit seiner Erniedrigung zu tun haben. Und dann ...«

»Dann?«

»Dann könnten Sie der Nächste sein, hinter dem er her ist.«

10

Clara und Winterfeld saßen wieder in Winterfelds schwarzem Mercedes und fuhren über den Mehringdamm zum LKA Berlin.

»Glauben Sie wirklich, dass der Mann in Gefahr ist?«, fragte Winterfeld, während er an der Klimaanlage drehte. Clara war froh, dass sie in Winterfelds Einsatzwagen fuhren. Manche der anderen Einsatzfahrzeuge des LKA besaßen keine Klimaanlage und waren ungefähr so spritzig, als hätten sie einen Rasenmähermotor unter der Haube. Das war bei Winterfelds Mercedes anders.

»Ich bin mir nicht sicher«, antwortete Clara. »Wir sollten ihn vielleicht unter Polizeischutz stellen. Ich glaube nicht, dass er der Täter ist.«

»Brunner? Nie im Leben. Was soll das Motiv sein? Brunner war hinter der Frau her, und die ist tot. Geld hat er selbst genug. Wenn, hätte er den Mann getötet.«

Clara riss die Augen auf. »Hat er vielleicht auch.«

Winterfeld sah sie an. »Sie meinen, Jochen Färber ist gar nicht verschwunden, sondern tot?«

»Ist ja meistens dasselbe.«

Winterfeld kniff die Augen zusammen. »Aber Brunner ist Unternehmensberater. Partner sogar. Wie könnte ein solcher Mann so blöd sein, einen Mord zu begehen und seine Karriere aufs Spiel zu setzen? Leute wie Brunner lösen solche Probleme doch auf andere Art und Weise. Nun ja, eines stimmt jedenfalls. Wenn überhaupt, hätte Brunner tatsächlich eher Jochen Färber umbringen müssen, weil der ihm im Weg gestanden hat, und nicht die Frau, auf die er scharf war.«

»Hat er vielleicht auch. Färber hat seine Frau umgebracht, und Brunner dann Färber.«

Winterfeld runzelte die Stirn. »Immer langsam mit den jungen Pferden. Plausibler wäre in jedem Fall der Mord Färbers an seiner Frau.«

Clara nickte. »Klassisches Othello-Syndrom.«

»Othello?«

»Ja, der bei Shakespeare. Othello hat seine Frau umgebracht, weil sie angeblich fremdging, obwohl das gar nicht stimmte. Eifersuchtswahn wird seitdem als Othello-Syndrom bezeichnet. Eine pathologische Form der Eifersucht, aus der ein erhöhter Grad der Gewaltbereitschaft resultiert. So steht es jedenfalls im Lehrbuch.«

»Erhöhter Grad der Gewaltbereitschaft«, murmelte Winterfeld. Wahrscheinlich war vor seinem inneren Auge das blau angelaufene Gesicht der Leiche erschienen. »Das trifft es wohl.«

Wieder klingelte das Handy. Hermann war am Apparat.

»Was gibt's?«, fragte Winterfeld.

»Wir haben endlich die Polizeiakte.«

»Super, wir sind gleich wieder drin.«

* * *

In Winterfelds Büro breitete Hermann die Akte Jochen Färber aus. Sie hatten sich vorher jeder einen Kaffee aus der Kaffeeküche geholt. Nun standen die dampfenden Becher wie Türme auf einer Landkarte zwischen den Unterlagen.

Hermann, den Clara vorher kurz über das Gespräch mit Michael Brunner unterrichtet hatte, räusperte sich und blickte in die Runde.

»Also dann«, begann er. »Dieser Jochen Färber war mal ein ziemlich hohes Tier, ebenfalls beim LKA ...«

»Sieh einer an«, murmelte Winterfeld. »Das muss aber vor unserer Zeit gewesen sein.«

Hermann nickte. »Allerdings. Außerdem war er beim LKA 131 in der Keithstraße.«

»Die Sitte«, sagte Clara.

»Richtig.« Hermann atmete tief ein. »Färber war bei der Abteilung für Missbrauch und Sexualdelikte an Schutzbefohlenen.«

Clara und Winterfeld wussten, was das hieß: Kinderpornografie. Wobei Clara diesen Begriff irreführend fand. Pornodarsteller machten ihre Arbeit freiwillig und wurden dafür bezahlt. Einige mochten diesen Job sogar. Bei Kindern traf weder das eine noch das andere zu. Deshalb fand Clara, dass »Missbrauchsdokumentation« eine bessere Bezeichnung für die widerlichen Filme und Fotos gewesen wäre.

Hermann fuhr fort: »Färber war einer von den armen Schweinen, die sich tagein, tagaus auf beschlagnahmten Rechnern und Festplatten diese ekelhaften Kinderpornos anschauen müssen, sobald das LKA einen Pädophilenring gesprengt hat oder irgendwelche neuen Webseiten auftauchen. Der schlimmste Scheißjob, den das LKA zu bieten hat.«

Clara musste an ihren vorletzten Fall denken, die Jagd nach dem »Facebook Ripper«. Auch dieser Verrückte hatte der Polizei Filme geschickt, zwar keine Kinderpornos, aber die Bilder spukten ihr noch immer durch den Kopf.

»So was hält keiner lange durch«, sagte Hermann. »Irgendwann lassen sich alle versetzen. Und gehen vorher zum Psychologen. Bei Jochen Färber war es auch so.«

Claras Blick flog über die Unterlagen. »Okay, erst mal weiter.«

»Das hier«, Hermann zog ein paar zusammengeheftete Papiere aus der Mappe, »sind die Protokolle vom Polizeipsychologen und Färbers Traumatherapeuten. Ich hielt es für wichtig, dass wir diese Papiere haben, deshalb hat es so lange gedauert.«

Hermann blickte erst Clara, dann von Weinstein an, ehe er fortfuhr: »Färber war mehrmals in der Psychotrauma-Ambulanz, schon zu der Zeit, als er noch bei der Sitte war. Er sagte zu dem Psychologen, er könne an nichts anderes mehr denken als an diese Filme. Das Schlimmste für ihn war«, Hermanns Mundwinkel gingen nach unten, »dass er mal eine Erektion bekam, als er sich einen von diesen dreckigen Filmen angeschaut hat. Eine Erektion beim Anblick von Kindersex. So wie die Mistkerle, hinter denen er her war. Da wusste er, es ist vorbei. Wenn er nichts unternimmt, wird er auch zu einem solchen Scheusal.«

»Üble Story«, sagte Clara. Sie wusste, wie groß die Gefahr war, selbst zum Ungeheuer zu werden, wenn man ständig Ungeheuer jagte. *Wenn du lange in einen Abgrund blickst, dann blickt der Abgrund auch in dich hinein*, hatte Nietzsche gesagt. Besser konnte man die Gefahren in ihrem Job nicht umschreiben.

»Jedenfalls ist Färber beim LKA ausgestiegen«, fuhr Hermann fort. »Auf sein Drängen kam er sofort in eine andere Abteilung. Aber er hat es offenbar undiplomatisch mit seinem Vorgesetzten abgeklärt, denn er wurde als einfacher Kommissar versetzt. Sein Gehalt ist vermutlich in etwa gleich geblieben, aber wie es aussieht, hat er seiner Frau immer wieder erzählt, er werde bald zum Kriminaldirektor befördert und dann viel mehr verdienen. Die Messe war dann erst mal gelesen.«

»Wie weit war seine Frau denn eingeweiht?«, wollte Clara wissen.

»Das weiß niemand genau. Aber sie hat in ihrem Mann offenbar einen Versager gesehen, der keine Karriere machen will, und sich dann immer mehr von ihm entfernt. Das würde dann ja auch zu der Affäre passen, die sie mit diesem Brunner angefangen hat.«

Clara nickte. »Brunner hatte alles, was ihr Mann nicht hatte.«

»Nun …« Hermann räusperte sich. »Nach dem, was hier

steht, hatte Färber wohl noch etwas anderes.« Man konnte ihm ansehen, dass er nicht wusste, wie er weitersprechen sollte.

»Schieß los«, sagte Winterfeld, »wir sind unter uns.«

»Tja, also«, begann Hermann, »die Sache mit der Erektion, als Färber sich den Kinderporno angeschaut hat ... da blieb es wohl nicht bei dem einen Mal. Nicht, dass er sich so was regelmäßig angesehen hätte. Er wusste, wie hoch das Risiko war, erwischt zu werden, nachdem er nicht mehr in der Abteilung war. Vielleicht hat auch sein Gewissen es ihm verboten. Aber wenn er dem Psychologen die Wahrheit gesagt hat, hatte er kaum noch Interesse an Sex mit Erwachsenen.«

»Mit anderen Worten, mit seiner Frau«, sagte Clara.

Hermann nickte. »Anzunehmen.«

»Und da haben wir die alte Geschichte«, sagte Winterfeld. »›Du bringst es nicht mehr, weder im Bett noch auf dem Bankkonto.‹«

Clara lächelte bitter. Beziehungen gingen immer wieder aus ganz ähnlichen Gründen in die Brüche, doch bei Jochen Färber, der durch die Abgründe seines Berufs gebrochen wurde, lag der Fall besonders tragisch.

»Da ist ihm schließlich die Sicherung durchgebrannt, und er hat seine Frau umgebracht«, sagte sie.

»Sieht so aus«, pflichtete Hermann ihr bei. »Zum einen haben wir ein Motiv, zum anderen eine Verhaltensweise, die Täter immer dann an den Tag legen, nachdem sie etwas Schlimmes getan haben: Sie verschwinden.«

»Noch immer keine Spur?« Das war Winterfeld.

Hermann schüttelte den Kopf. »Die Kollegen im Abschnitt sagen, dass Färber seit zwei Wochen weg ist. Er hatte sich allerdings für eine Woche krank gemeldet, deshalb hat sich anfangs keiner was dabei gedacht.«

»Hat er größere Geldsummen abgehoben? Wäre logisch, wenn er eine Flucht vorbereitet hat.«

Wieder schüttelte Hermann den Kopf. »Wäre logisch, ja, vor allem aber auch, dass er in seinem Job nicht so blöd ist, mit Kreditkarte zu zahlen, wo man alles zurückverfolgen kann. Aber es fehlt nichts. Das letzte Mal hat seine Frau etwas vom gemeinsamen Konto abgehoben. Drei Tage, bevor ihre Leiche gefunden wurde. Laut Obduktion lebte sie zu dem Zeitpunkt noch.«

Winterfeld ließ die Gelenke knacken. »Na toll.«

Clara blickte über Winterfelds Büro, den großen Schreibtisch, den Ledersessel und das Bild von der HafenCity in Hamburg, wo Winterfeld früher Kommissar gewesen war. Draußen vor dem Fenster lagen das Tempelhofer Feld und der mittlerweile verwaiste Flughafen in der Sonne.

»War er es?«, fragte Winterfeld. »Oder war er es nicht?«

Clara erhob sich. »Ich glaube, ich muss mir den Tatort noch einmal ansehen. Manchmal komme ich dann auf neue Ideen.«

Clara und Winterfeld wussten beide: Um den Täter zu verstehen, musste man zum Opfer werden. Und das konnte man am besten am Tatort, auch wenn die Leiche natürlich längst nicht mehr dort lag.

»Gutes Gelingen, Señora«, sagte Winterfeld. »Wir hier suchen erst mal weiter nach Färber.« Er blickte sich um. »Wo ist eigentlich MacDeath?«

»An der Uni. Hält eine Vorlesung über Serienkiller.«

Winterfeld schnaubte. »Worüber sonst. Der soll seinen Hintern mal hierher bewegen, hier geht's nämlich um echte Mörder.«

Clara lächelte. »Ich komme sowieso an der Humboldt vorbei. Ich sammle ihn auf und fahre dann mit ihm zum Tatort, okay?«

Winterfeld nickte. »Vier Augen sehen mehr als zwei. Viel Glück!«

11

Es war Weihnachten gewesen, und der Vater des Jungen war verschwunden. Es sollte noch ein halbes Jahr dauern, bis er starb, doch er war damals schon sehr krank. Die Ärzte sagten, es liege am Alkohol, aber davon wollte der Vater nichts wissen.

Wahrscheinlich war er auch an diesem Abend wieder irgendwo auf Sauftour, weil er Weihnachten »scheiße« fand. So hatte der Junge mit seiner Mutter allein gefeiert. Deshalb war es besonders schön gewesen.

Nur manchmal hatte Mama in die Ferne geschaut. Es gefiel dem Jungen nicht, wenn seine Mutter so ins Leere starrte. Es bedeutete meist, dass sie über irgendetwas nachdachte, dass etwas nicht in Ordnung war.

Wahrscheinlich dachte sie an ihren Mann, der wieder das letzte Geld mit in die Kneipe genommen hatte, sodass Mutter und Kind nicht wussten, wie sie die Feiertage überstehen sollten.

Doch heute gab es Kuchen und abends Bratwurst mit Pommes, das Lieblingsessen des Jungen. Sie hatten sogar einen winzigen Weihnachtsbaum.

»Nimm das Scheißding da weg, ich will fernsehen«, hatte Papa gesagt, und der Junge hatte den Baum ein Stück weiter vom Fernseher weggerückt, wo sein Vater tagein, tagaus mit seinen Bierdosen und seinen billigen Zigaretten saß.

Es ist am schönsten, wenn Papa nicht da ist, dachte der Junge. *Und am allerschönsten wäre, wenn er sterben würde, lieber heute als morgen.*

Aber das traute er sich nicht zu denken und schon gar nicht zu sagen.

Jetzt saß er hier mit seiner Mama, aß die Bratwurst, die er so liebte, bewunderte die Kerzen an dem kleinen Baum und fühlte sich glücklich, während im Radio Musik dudelte, von der man beim Sender glaubte, sie würde an Weihnachten erinnern. Aber das alles war nebensächlich. Der Junge war glücklich und fühlte sich geborgen. Und zu Weihnachten wünschte er sich, dass er Papas schwere Schritte auf der Treppe, sein Gerülpse und sein röchelndes, schleimiges Husten nie mehr hören musste.

Irgendwann schlief er auf dem Schoß der Mama ein, während sie still und nachdenklich auf dem abgewetzten Sofa saß. Der Junge schlief immer noch, als später eine Nachbarin vorbeischaute, eine Freundin von Mama. Sie machte zwei Fotos von dem Jungen, wie er auf dem Schoß seiner Mutter schlief. Auf dem einen Foto schaute Mama auf den Jungen, auf dem anderen blickte sie nachdenklich zur Decke. Es war ein Bild des Friedens, der Wärme und der Geborgenheit, als trüge Mama einen kostbaren, zerbrechlichen Schatz auf dem Schoß.

Und das war ihr Sohn auch für sie.

Irgendwann entdeckte der Junge das Polaroidfoto in einem der Schränke. Das Bild, das ihn mit seiner Mutter zeigte, wie er am Heiligen Abend auf ihrem Schoß schlief. Als er das Bild sah, musste er hemmungslos weinen.

Er würde es bis zu seinem Lebensende behalten.

12

Clara hielt unweit der Friedrichstraße in der Nähe des italienischen Restaurants unter den S-Bahn-Bögen, wo stets ein dicker Mann mit Kochmütze im Auftrag des Restaurants Touristen ansprach und sie zu einem Besuch motivieren wollte. Clara kannte er schon, da sie öfter nach Dienstschluss hier war.

Er nickte ihr zu. »*Come stai?*«, fragte er auf Italienisch. »Wie geht's?«

»*Cosi e cosi*«, entgegnete Clara. »Geht so.«

Sie ging durchs Restaurant, das sich genau innerhalb des Bogens befand, über den die S-Bahn fuhr, und kam auf der anderen Seite wieder heraus. Vor ihr erhob sich der postmoderne Bau des Psychologischen Seminars der Humboldt-Universität. Sie ging durch den Eingang, fuhr eine Etage nach oben und betrat den Hörsaal, in dem die Vorlesung jenes Mannes stattfand, den sie abholen wollte.

MacDeath.

So hieß er natürlich nicht wirklich. Sein richtiger Name war Dr. Martin Friedrich. Er leitete die Abteilung für Operative Fallanalyse in der Mordkommission 113 des Berliner LKA. Nachdem er lange in den USA gearbeitet hatte, wo er an der FBI Academy in Quantico bei John Douglas und Robert Ressler das Profiling erlernt hatte, war er vor einem Jahr vom BKA abgeworben und in die Hauptstadt entsandt worden. Dem Berliner Senat war endlich aufgefallen, dass man Serienkiller nicht dadurch aufhalten kann, indem man ihre Existenz leugnet. Und hatte man ihre Existenz erst akzeptiert, half es sehr, sie zu verstehen, um ihre nächsten blutigen Taten besser einschätzen und mit der größtmöglichen Wahrscheinlichkeit verhindern zu können.

Genau diese Aufgabe hatte Martin Friedrich alias MacDeath, der diesen Spitznamen in den USA bekommen hatte, da er sich für schottischen Whisky und Shakespeares Dramen begeisterte, besonders für *Macbeth*.

MacDeath war mit seinem fein geschnittenen Gesicht, seinem eleganten, wenn auch ein wenig bohemehaften Kleidungsstil und den schwarzgrauen Haaren nicht unattraktiv, konnte aber nicht immer scharf zwischen Job und Privatleben trennen, was unter anderem dazu führte, dass er auf Abendgesellschaften Episoden aus seinem Job erzählte – manchmal mit der Folge, dass die eine Hälfte umso interessierter zuhörte, während die andere Hälfte sich entsetzt und angeekelt abwandte.

Dr. Martin Friedrich
Psychologische Profile von Serienmördern

stand an der Tür des Hörsaals, die Clara vorsichtig öffnete. Dann betrat sie mit leisen Schritten den Saal. MacDeath, im leichten Sommersakko und blauem Hemd mit Krawatte, als würde er die Hitze gar nicht zur Kenntnis nehmen, redete und ging dabei vor einer großen Tafel auf und ab, neben ihm ein dunkelhaariger Assistent, der ihn aufmerksam beobachtete.

»Unter Psychopathie versteht man eine schwere Form der dissozialen Persönlichkeitsstörung«, dozierte MacDeath. »Die Krankheit wurde erstmals 1941 von dem amerikanischen Psychiater Hervey Cleckley beschrieben.« Er machte ein paar Schritte in Richtung Auditorium. »Doch die gute Nachricht zuerst. Wer unter Psychopathie leidet, fällt zunächst *positiv* auf. Psychopathen gelten häufig als charmant, authentisch, wortgewandt und selbstsicher. Oft haben sie eine überdurchschnittliche Intelligenz. Außerdem wird häufig ein erhöhter

Dopamin- und Serotoninspiegel festgestellt. Durch die erhöhte Konzentration dieser Botenstoffe im Gehirn sind die Menschen aktiv und energiegeladen. Der Nachteil ist allerdings, dass ihnen jegliche Empathie und jedes Mitleid fehlt. Außerdem neigen sie zu impulsiven Reaktionen und verspüren Genugtuung, wenn sie andere kontrollieren können. Eine Therapie ist nur schwer möglich. Es gibt die kriminell unauffälligen Psychopathen. Die werden meistens Unternehmensvorstand oder Anwalt. Und es gibt diejenigen, die straffällig werden und die uns hier ganz besonders interessieren.«

Er klickte auf seinen Telepointer. »Dieser Mann hier ist ein Paradebeispiel des kriminellen Psychopathen.« Auf der Leinwand war das Bild eines hünenhaften Mannes mit halblangen Haaren und Schnauzbart zu sehen. Er trug einen der orangeroten Anzüge, wie man sie häufig in US-Gefängnissen und dort besonders im Hochsicherheitstrakt sieht. »Edmund Emil Kemper der Dritte«, sagte MacDeath. »Oder auch *Ed* Kemper.«

Clara setzte sich auf einen der hinteren Plätze des Hörsaals.

»Kommen die straffälligen und die nicht straffälligen Psychopathen manchmal miteinander in Berührung?«, fragte ein Student.

»Kaum«, sagte MacDeath, »außer, wenn ein Anwalt einen Psychopathen vor Gericht verteidigt. Das ist auch der Grund, weshalb sie sich meist so gut verstehen. Auf der Rangliste der Psychopathen-Berufe nach Kevin Dutton rangieren Anwälte übrigens auf Platz zwei.«

»Und wer ist auf Platz eins?«, fragte eine Studentin.

MacDeath schaute auf die Liste, obwohl er die Rangliste wahrscheinlich auswendig konnte. »Firmenchefs. Und auf Platz sieben ...« Er blickte unauffällig zu Clara, die er in den oberen Sitzreihen erspäht hatte. »Polizisten.« Er kniff ein Auge zu. »Aber schauen wir uns mal Ed Kemper an.«

Clara blickte auf die Tafel, auf der noch die Ergebnisse der ersten Vorlesung standen. An die Tafel geschrieben waren die typischen Kriterien, mit denen man einen Serienmörder im Profiling einordnete: Geschlecht, Rasse, Alter, Beziehungsstatus, Militärzugehörigkeit, Beruf, Intelligenzquotient, Ausbildung, bisherige Straftaten, Persönlichkeitsprofil und noch einige weitere Punkte, die wie Nebensächlichkeiten aussahen, es aber nicht waren, zum Beispiel die Art und Weise, wie eine Person argumentierte und gestikulierte, Farbe und Typ des Autos und anderes. Einen der letzten Killer, mit dem Clara zu tun gehabt hatte, den »Werwolf«, hatte MacDeath anhand seines Autos identifiziert. Eine Corvette in Rotmetallic.

Neben diesen Details waren die einzelnen Untersuchungsschritte, die man bei der Analyse des Opfers zu beachten hatte, an die Tafel gekritzelt. Das soziale Umfeld, die Autopsie-Ergebnisse, toxikologische Befunde, Fotos der Wunden und des Tatorts sowie Landkarten der nahen Umgebung. »MO« stand darunter, für »Modus Operandi«. Und die bekannte Gleichung für die Feststellung des Täters:

Warum + Wie = Wer

MacDeath fuhr fort: »Ed Kemper ist einer der wichtigsten noch lebenden Aktivposten in der forensischen Psychiatrie. Wir sprechen von der forensischen Psychiatrie, wenn es sich um strafrechtlich relevante Themen der Psychiatrie handelt. Der Begriff forensisch«, er machte eine ausholende Geste mit beiden Händen, »hat seinen Ursprung im römischen Wort Forum, was einen Hof bezeichnet. In früheren Zeiten wurde bevorzugt auf öffentlichen Plätzen Recht gesprochen, wo dann auch meist die Hinrichtung stattfand. Daher spricht man auch heute noch von Gerichtshof, vom Court of Law und so weiter.«

Clara sah die E-Mails auf ihrem Smartphone durch, während sie MacDeath mit einem Ohr zuhörte. Eine der Mails war von der Psychologin des LKA, die den Ermittlern stets »Supervisionsgespräche« anbot. Clara löschte die Mail.

»Der Psychiater kann dabei leicht in die Bredouille geraten«, fuhr MacDeath fort. »Eigentlich ist er wie ein Arzt oder ein Beichtvater dazu verpflichtet, gewisse Intima seiner Patienten für sich zu behalten, andererseits muss er die Gesellschaft schützen, besonders vor seinen Patienten. Geht es also um Geisteszustände, die dazu führen, dass ein Mensch psychopathisch, soziopathisch oder sonst wie gemeingefährlich wird, spricht man von der forensischen Psychiatrie.«

»Sie hatten von Ed Kemper gesprochen«, sagte ein Student. »Warum ist der ein Aktivposten?«

»Er sitzt seit Jahrzehnten im Gefängnis«, antwortete MacDeath, »aber trotz seiner Geisteskrankheit ist ihm durchaus bewusst, dass es nicht richtig war, was er getan hat – weder moralisch, noch vor dem Gesetz, noch sonst wie. Deshalb ist es ihm wichtig, mit den Ermittlern, besonders mit den Profilern zusammenzuarbeiten, um die Gesellschaft zu schützen. Außerdem ist er hochintelligent. Sich mit intelligenten Ermittlern zu unterhalten scheint ihm in der Tristesse des Gefängnisalltags eine willkommene Abwechslung zu sein. John Douglas, einer der Gründer der Abteilung für Verhaltensforschung beim FBI, sagte immer, dass Kemper ihm stets der Liebste war …«

»Der Liebste?«, unterbrach ihn eine Studentin.

»Ja«, sagte MacDeath. »Wegen seiner überragenden Intelligenz, seiner Einsichtsfähigkeit und besonders seiner Bereitschaft, sich der eigenen Schrecklichkeit zu stellen und sie bereitwillig zu teilen, indem er den Ermittlern gestattete, ein paar Schritte in seinen blutigen Schuhen mitzulaufen. Steht alles hier drin.« MacDeath hielt ein Buch in die Höhe, *Whoever fights Monsters* von Robert Ressler. *Wer mit Ungeheuern kämpft.*

»Robert Ressler, der Autor dieses Buches«, MacDeath zeigte auf das Cover, »hat mir das Profiling beigebracht und Dutzende von Interviews mit Kemper geführt. Bei einigen war ich selbst dabei.«

»War Kemper ein Serienkiller?«, fragte eine Studentin weiter hinten.

»Allerdings.« MacDeath nickte. »Ist jedem klar, was der Unterschied zwischen Serienkiller und Massenmörder ist? Das wird nämlich gerne durcheinandergebracht.«

Teilweise Nicken, teilweise Schulterzucken, soweit Clara es von ihrem hinteren Platz aus beurteilen konnte.

»Ein Massenmörder«, begann MacDeath, »möchte mit einem Mal so viele Menschen töten wie nur möglich. Ein solcher Täter überlebt seine Tat in der Regel nicht, da er sich anschließend meist selbst richtet. Vor diesem Hintergrund ist Anders Breivik aus Norwegen, der im Sommer 2011 siebenundsiebzig Menschen ermordete und dann *lebend* gefasst wurde, eine absolute Ausnahme. Ein Serienmörder hingegen tötet in der Regel jeweils nur ein einzelnes Opfer. Dafür tötet er immer wieder. Die Zielperson muss einem bestimmten Raster entsprechen, das der Killer vorher gedanklich festgelegt hat.« MacDeaths Blick huschte über die Reihen der Zuhörer. »Sie alle kennen Ozzy Osborne, nehme ich an.«

Die meisten nickten.

»Der ist aber doch kein Serienkiller«, sagte jemand aus dem Plenum.

»Nein, auch wenn er für einige von Ihnen vielleicht so aussieht.« Kichern unter den Zuhörern. »Aber es gab mal die Serie *The Osbornes,* wo man jeden Tag aufs Neue sehen konnte, was im Hause der Familie vor sich ging, immer wieder, in kleinen Dosen. Jeden Tag, jede Woche. Das ist vergleichbar mit einem Serienkiller.« MacDeath schaute sich um. »Und was ist bei dieser Metapher der Massenmörder?«

Kurzes Schweigen. Dann fragte jemand auf der rechten Seite des Hörsaals: »Das Ozzy-Osborne-Konzert?«

»Exakt! Oder Black Sabbath. Die haben ja gerade eine neue CD draußen.« MacDeath hob einen Daumen. »So viele wie möglich bedienen. Die große Zahl. Hier natürlich in durchaus erfreulicher Art und Weise.«

Clara schüttelte den Kopf. Den Unterschied zwischen Serienkillern und Massenmördern anhand von Rockkonzerten zu erklären, das brachte nur Martin Friedrich.

»Kommen wir zurück zu Ed Kemper«, fuhr MacDeath fort. »Dessen morbide Fantasien begannen früh in der Kindheit. So stand er oft als kleiner Junge, bewaffnet mit einem Messer und einem Hammer, vor dem Bett seiner schlafenden Mutter, die er zum Ende seiner Mörderkarriere schließlich ebenfalls ermordete. Dabei schnitt er ihr später die Kehle durch, da hier die Stimmbänder saßen, mit denen sie ihn, wie er sagte, immer angemeckert habe. Aber zurück zur Kindheit dieses Mannes.« Er schaute kurz in seine Unterlagen. »Kemper fand schon früh Gefallen daran, die Puppen seiner Schwester zu köpfen. Typisch für einen Serienmörder ist auch, dass er zuerst Tiere quält, bevor er sich Menschen zuwendet. Als Zehnjähriger begann Kemper damit, fremdes Eigentum zu zerstören. Dann ging er dazu über, Insekten und kleine Tiere zu quälen und zu töten.«

Das Bild wechselte und zeigte einen Erdhaufen in einem Garten.

»Ebenso tötete er die Familienkatze, indem er sie lebend vergrub, um sie später wieder auszugraben und zu enthaupten. Kempers Eltern wunderten sich anfangs über den Verbleib der Katze, doch als der junge Ed den abgeschlagenen Kopf des Tieres in seinem Kinderzimmer ausstellte, ahnten sie wohl schon, dass mit ihrem Sohn etwas nicht stimmte.«

Wieder wechselte das Bild. Nun war der Hinterkopf einer älteren Dame zu sehen, die grauen Haare zu einem Dutt gebunden. Das Einzige, was störte, war das Einschussloch unterhalb des Dutts.

»Kempers Großmutter«, sagte MacDeath. »Sie nahm dem jungen Ed das Gewehr weg, damit er keine Katzen und Vögel mehr töten konnte. Keine gute Idee, jedenfalls nicht aus Sicht der Oma, denn der Enkel zahlte es ihr heim, indem er sich ihr von hinten näherte und ihr eine Gewehrkugel in den Kopf jagte. Anschließend stach er mehrmals mit einem Messer auf die Leiche ein.«

Clara merkte, wie einige der Zuhörer zusammenzuckten.

»Nur weil sie ihm das Gewehr weggenommen hatte?«, fragte eine Studentin in der dritten Reihe.

»Nicht nur.« MacDeath lächelte wissend. »Im Protokoll sagte er aus, ich zitiere: ›I just wondered how it would feel to shoot Grandma.‹« MacDeaths Mundwinkel sanken nach unten. »›Ich wollte nur wissen, wie es ist, seine Großmutter zu erschießen.‹ Erklärungen können manchmal banal einfach sein.« Er schaute auf die Uhr. »Kommen wir zu Kempers Modus Operandi. Aufgrund seiner furchteinflößenden Statur könnte man sich fragen, wie es ihm gelungen ist, besonders junge Mädchen per Anhalter mitzunehmen, sie dann zu töten und anschließend seine kranken Spielchen mit ihnen zu treiben. Sein Vorgehen zeugt von seiner Intelligenz und dem Bemühen, seine Triebe und Begierden so gut es geht zu unterdrücken, um den Eindruck zu erwecken, den er gegenüber Anhalterinnen erwecken *musste.*«

Und welcher Eindruck ist das?, hätte Clara am liebsten gefragt, obwohl sie die Geschichte von Ed Kemper kannte.

Doch MacDeath sprach bereits weiter, während das Foto einer jungen Frau auf der Leinwand erschien. »Womit wir wieder beim Thema Psychopathen wären. Sie können sich perfekt anpassen. Kempers Vorgehensweise zeichnete sich dadurch aus, dass er sein Interesse nicht gezeigt hat und dank seiner Intelligenz extrem schlagfertig, aber auch skrupellos und eiskalt war. Einmal hat er auf einem Campus zwei Mädchen getötet. Mit den Leichen auf dem Rücksitz fuhr er an der Security vorbei. Er sagte den Leuten, er bringe zwei alkoholisierte Bekannte nach Hause, und durfte ungehindert weiterfahren.« MacDeath hob den Zeigefinger. »Wohlgemerkt, die Leichen lagen nicht im Kofferraum, sondern auf der Rückbank des Wagens. Kemper kam trotzdem durch, im wahrsten Sinne des Wortes.« Er machte eine Pause und schien den Augenblick der Stille zu genießen. »Wenn er neben einer jungen Anhalterin stoppte und sah, dass sie überlegte, ob sie bei ihm einsteigen sollte oder nicht, machte er auf gestresst, als würde das Mädchen ihm die Zeit stehlen. Nach dem Motto: ›Ausgerechnet da willst du hin? Dann müsste ich einen Umweg fahren, und ich bin eh schon zu spät.‹ Dann ein Blick auf die Uhr und eine noch gestresstere Miene. Und dann sagte er vielleicht so etwas wie: ›Okay, steig ein, aber nerv mich nicht. Ich muss über einiges nachdenken, ich habe nämlich einen wichtigen Termin.‹«

MacDeath hielt inne, schaute ins Auditorium. »Keine der Mädchen und Frauen glaubte, dass dieser arme, gestresste Mann, dem sie offenbar nur eine Last waren, ein Interesse an ihnen haben könnte. Dieser Mann machte nicht im Geringsten den Eindruck, als wollte er etwas von den Frauen. Und diese junge Dame hier«, MacDeath zeigte nach oben zur Leinwand, »dachte sich vermutlich: Er wird bestimmt froh sein, wenn er mich wieder los ist. Aber so weit kam es nicht mehr. Dieses Mädchen«, wieder ein Blick zur Leinwand, »wurde von Kemper erwürgt und seziert. Er entnahm ihr die Organe, machte Fotos, trennte Hände und Kopf vom Körper, säuberte die Leiche und missbrauchte, was davon übrig war. Und um das Grauen vollständig zu machen, aß er Teile seiner Opfer. Roh oder gekocht.«

Einige der Studenten schüttelten sich, was MacDeath nicht entging und was er nicht anders erwartet hatte. »Tut mir leid, ich kann Ihnen das nicht ersparen, es gehört zum Profil«, fuhr er fort. »Nekrophil motivierte Sexualität, wie man sie perfider kaum findet. Und in diesem Fall so perfekt geplant und durchgeführt, wie man es selten beobachten kann.«

Wieder blickte er in die Runde. Clara hatte den Eindruck, als würde es ihm schwerfallen, seine Bewunderung für Ed Kemper zu verbergen – eine Faszination des Bösen, die rein analytisch war, aber zur Folge hatte, dass MacDeath die schlimmsten psychopathischen Monster besser verstand als die meisten anderen. »Aber sparen wir uns weitere Details, die Sie ohnehin in unserem Reader finden«, er wies auf einen Papierstapel vor sich auf dem Tisch, »den Sie bitte bis nächste Woche durcharbeiten.«

Er schien die Vorlesung beenden zu wollen, als ihm noch etwas einfiel.

»Ach ja, *one more thing*«, sagte er in bester Columbo-Manier. »Kemper ist einer der wenigen Serienkiller, der sich irgendwann gesagt hat, okay, Junge, jetzt ist es genug. Aber erst, nachdem er seine Mutter getötet, ihr den Kehlkopf mit der verhassten Stimme herausgeschnitten und in den Müllschlucker geworfen hatte. Dann lud er eine Freundin seiner Mutter zum Essen ein. Er erwürgte sie, schnitt ihr den Kopf ab und legte ihn in sein Bett, während er sich neben die Leiche seiner Mutter legte.« Clara beobachtete, wie einige Zuhörer die Farbe wechselten. »Neben seiner toten Mutter hielt er in Ruhe ein Nickerchen. Dann machte eine lange Autofahrt, an deren Ende er die Polizei anrief. Kemper sagte den Beamten, sie sollten sofort kommen und ihn festnehmen. Als man ihn fragte, welche Strafe er in Anbetracht seiner Taten für angemessen hielt, sagte er: ›Ich möchte zu Tode gefoltert werden.‹« MacDeath machte eine Pause. »Wie Sie mittlerweile wissen, ist das nicht geschehen, sonst hätte es diese aufschlussreichen Interviews in diesem Buch nicht gegeben«, wieder hielt er Resslers Sachbuch in die Höhe, »dessen Lektüre ich Ihnen dringend ans Herz lege.«

Einige Studenten, die es vorhin versäumt hatten, notierten sich den Titel.

MacDeath schaute auf die Uhr. »Wie schnell die Zeit vergeht, wenn man über schöne Dinge redet. Das war's für heute. Nächste Woche machen wir mit einem besonders interessanten, aber auch besonders unheimlichen Psychopathen weiter: Charles Manson.« Noch einmal blickte MacDeath in die Runde. »Ich wünsche Ihnen noch einen schönen Nachmittag und eine schöne Woche.«

Die Studenten klopften auf die Tische und verließen einer nach dem anderen den Hörsaal. Einige gingen noch nach vorne zu MacDeath und seinem Assistenten, um Fragen zu stellen und gut Wetter zu machen.

Als alle verschwunden waren, stieg Clara die Treppen zum Auditorium hinunter.

13

»Das ist Karl Martinek«, sagte MacDeath anstelle einer Begrüßung zu Clara. Dabei zeigte er auf den jungen Assistenten, der sie aus wachen dunklen Augen anschaute. Unattraktiv war er nicht, und sein Gesicht kündete von hoher Intelligenz, aber auch einem Anflug von Nerdigkeit. »Karl arbeitet den Sommer über bei uns am LKA«, fuhr MacDeath fort. »Er hat in den USA Forensik und Profiling studiert, genau wie ich – und genau wie ich hat er ein Praktikum an der BSU absolviert, der Abteilung für Verhaltensforschung des FBI.«

»Mittlerweile heißt es Investigative Support Unit«, sagte Karl. »Die Amis meinen, das ›BS‹ in ›BSU‹ klinge zu sehr nach ›Bullshit‹.«

Clara lächelte, fand sein Benehmen aber ein bisschen altklug.

MacDeath zeigte auf Clara. »Karl, das ist Hauptkommissarin Clara Vidalis.«

»Freut mich!«

Die beiden schüttelten sich die Hand.

»Ihr zwei habt den Namenlosen gefangen, nicht wahr?«, fragte Karl. »Und den Werwolf.«

»Gefangen trifft es nicht ganz«, sagte Clara. »Der Namenlose hat sich in die Luft gesprengt, und den Werwolf habe ich erschossen.«

Karl konnte einen Anflug von Bewunderung in seinen Augen nicht unterdrücken. »Spart die Prozesskosten.«

»So kann man es auch sehen.«

Der junge Mann schob ein paar Unterlagen in eine schwarze

Ledermappe. Clara spähte auf den Titel eines Ringbinders. »Ed Gein?«, fragte sie.

»Der Prototyp des Psychopathen«, sagte Karl. »Darum ging es im ersten Teil der Vorlesung. Sie haben was verpasst.«

»Den Eindruck habe ich auch«, erwiderte Clara, doch im Grunde war sie froh, Auto gefahren zu sein, anstatt sich schon wieder Geschichten von Perversen, Mördern und Vergewaltigern anzuhören.

Doch aus Karl sprudelte es weiter hervor, während MacDeath seinen Laptop zusammenklappte. »Gein wurde streng religiös erzogen. Und seine Mutter hatte ihm verboten, sich Frauen auch nur zu nähern.«

»Klingt ja fast wie bei *Psycho*.«

»Oh, es klingt nicht nur so.« Karl erwärmte sich zusehends für das Thema. »Um die Kinder auf den rechten Weg zu bringen, las ihre Mutter ihnen täglich aus der Bibel vor. Natürlich nur die Stellen, in denen es um Tod, Verderben und Höllenqualen ging.«

»Der Drache lässt grüßen«, sagte MacDeath.

»Welcher Drache?«, fragte Karl.

Clara schüttelte den Kopf. »Fragen Sie nicht.«

Der Drache war Claras letzter Fall gewesen, ein hochgradig wahnsinniger, satanischer Ritualmörder, der nur Menschen getötet hatte, die nach außen hin eine vorbildliche gesellschaftliche Funktion ausübten, in Wirklichkeit aber abgrundtief Böses taten. Eines der Opfer des Drachen hatte Kinder aus Elendsgebieten nach Europa geholt, um ihnen scheinbar eine gute Ausbildung zu ermöglichen. In Wahrheit hatte er sie an Pädophilenringe verkauft.

»Gein hat seine Opfer nicht bloß umgebracht«, fuhr Karl fort, während er die Mappe zuklappte. »Er hat auch ihre Nasen und Geschlechtsorgane gesammelt. Und er machte sich Masken aus menschlicher Gesichtshaut.«

»Das klingt nun wirklich nach *Psycho*.«

»Nicht nur nach *Psycho*. Auch Leatherface hat es so gemacht.«

»Leatherface?« Clara schaute MacDeath an.

»Der Bösewicht in *Texas Chainsaw Massacre*«, sagte der und senkte die Stimme, als ein Mann vom Reinigungsdienst die Tafel hinter ihm für die nächste Vorlesung sauberwischte. »Leatherface trägt eine Maske aus Menschenhaut.«

Eine Maske aus Menschenhaut, dachte Clara. *Oder eine Maske aus Latex. Mit zugeklebten Öffnungen.*

Aus Karl sprudelte es bereits heraus: »Genau wie Jame Gumb in *Schweigen der Lämmer* sich einen Anzug aus Frauenhaut näht, um dadurch selbst zur Frau zu werden. Alle diese Filme würde es ohne die Inspiration durch Ed Gein nicht geben.«

Clara musterte Karl. Offenbar hatte MacDeath einen passenden Assistenten erwischt.

»Das wäre in der Tat ein herber Verlust für die kulturelle Vielfalt auf der Welt«, sagte Clara. »Ich hoffe, die Filmindustrie hat Ed Gein hinreichend gewürdigt.«

Natürlich hatte sie von Gein gehört, wusste aber nicht von seinem indirekten Einfluss auf die Horror-Industrie; wahrscheinlich, weil sie sich – anders als MacDeath – solche Filme nicht anschaute. Die Realität reichte ihr völlig.

Sie blickte auf die Uhr. »Und welche Frau wollte Gein werden?«

»Seine Mutter natürlich«, sagte MacDeath, als wäre das die normalste Sache auf der Welt. »Da aber das Original schon vergeben war, musste er es zunächst einmal töten.«

»Sei du selbst«, meinte Karl. »Jeder andere ist schon vergeben. Das ist von Oscar Wilde.«

»Die eigene Mutter zu töten ist sozusagen der Grundkurs im Verhaltenskodex der Serienkiller und Psychopathen«, sagte Clara. »Dieses Verhalten hat Ed Gein dann ja auch abgehakt.«

Karl nickte, ein wenig traurig, wie Clara fand.

»Wollen wir zum eigentlichen Thema schreiten?«, fragte sie dann. Sie sah, wie der Reinigungsmann länger an der Tafel stehen blieb, als notwendig gewesen wäre, und die Ohren spitzte. Offenbar bekam er solche Unterhaltungen nur selten zu hören. In der nächsten Vorlesung waren die Sozialpädagogen dran, da würde es nicht so spannend werden.

»Ein echter Mord?«, fragte MacDeath. »Im Hier und Jetzt?«

Clara nickte gequält. »Dummerweise ist es das, wofür wir bezahlt werden.« Sie schaute zur Tür. »Ich wollte eh noch mal zum Tatort fahren. Kommen Sie mit?«

MacDeath nickte. »Mit größtem Vergnügen.« Das war bei ihm tatsächlich ernst gemeint.

Clara blickte auf Karl. »Ich nehme an, der junge Kollege darf das auch sehen und hat die relevanten Dokumente unterschrieben?«

»Hat er.« MacDeath nickte.

»Dann los«, sagte Clara. »Tote warten nicht gern.«

»Und ihre Mörder auch nicht«, ergänzte MacDeath.

14

Während der Fahrt hatte Clara MacDeath und Karl über den Hintergrund des Mordes und die möglichen Verdächtigen informiert.

Nun standen sie wieder in dem Schlafzimmer, in dem heute Morgen noch Barbara Färbers Leiche gelegen hatte. Clara blickte sich um. Den Tatort noch einmal zu besuchen, nachdem die Tote abtransportiert und die Spurensicherung längst fertig war, war beinahe so etwas wie eine Sucht für Clara geworden. Es war die Zeit, in der die Obduktion entweder noch im Gange oder bereits abgeschlossen war und die Asservate in der Spurensicherung untersucht wurden.

Die Forensiker hatten mit Klebestreifen das Bett, den Teppich, den Sessel und die Bettdecke »abgeklebt«, wie man es nannte. Die Klebestreifen mit den Faserproben wurden anschließend ins Labor gebracht und untersucht. Dann wurde die Oberfläche angefeuchtet, sodass man mittels Wattetupfern mögliche DNA-Spuren aufnehmen konnte. Mittlerweile war es kaum mehr möglich, an einem bestimmten Ort, an dem man sich aufhielt, keine DNA-Spuren zu hinterlassen, es sei denn, man trug einen Anzug aus Papier, wie die Beamten von der Spurensicherung, und war zudem noch extrem vorsichtig. Denn der beste Papieranzug half nichts, wenn man am Tatort niesen musste und keinen Mundschutz trug.

Clara ließ die Stille des Zimmers auf sich wirken. Das Bett wirkte wie ein Sarg. Die Fenster wie die in einer kleinen Kapelle. Und das Bild über dem Bett wie ein Gruß aus der wirklichen Welt ins Jenseits.

Manipulation. Dominanz. Kontrolle. Darauf kam es den meisten Serienmördern an. Und die Fragen, die Ermittler sich im Hinblick auf den Mörder und sein Opfer stellten, waren immer dieselben. Zunächst der Mörder. Wie eilig hatte er es? Hatte er Angst, dass er beobachtet wird? Dass jemand früher als erwartet das Haus betreten könnte? Denn das stand nie in den Krimis: Der Täter hatte vor der Tat meist genau so große Angst wie das Opfer, wenn nicht sogar mehr. War der Täter hektisch? Unüberlegt? Oder war er kühl und strukturiert, wie die meisten Psychopathen? Besonders die von der schlimmsten Sorte konnten sich perfekt in ihr künftiges Opfer hineinversetzen, konnten es manipulieren und kontrollieren.

MacDeath hatte vorhin von den Eigenschaften der Psychopathen gesprochen. Sie gingen ähnlich vor wie die Profiler. Deshalb mussten die Ermittler versuchen, genauso zu denken wie die Täter. Was der Täter vor der Tat machte, machten die Ermittler nach der Tat. Nur dass es dann immer zu spät war.

Und schließlich das Opfer. Es war schon eine Ironie, dass man *das* Opfer sagte, aber genau das machten die Täter daraus – ein Neutrum, ein Objekt. Etwas, das keinen Namen und keinen Willen hat. *Das* Opfer: Was hat *es* zuletzt gesehen? Hat *es* Hinweise hinterlassen?

Der Sessel stand noch immer vor dem Bett, allerdings war jetzt das Absperrband entfernt worden.

»Hat der Sessel irgendeine Bedeutung?«, fragte Karl.

Clara zuckte die Schultern. »Keine Ahnung.«

»Sieht ja ganz bequem aus«, sagte Karl. Und schon hatte er sich auf den Sessel gesetzt.

Clara und MacDeath standen mit offenem Mund da.

»Lernt man das in den USA?«, schimpfte Clara dann los. »Sich auf Beweismittel zu setzen? Stehen Sie auf, Mann! Sie können froh sein, dass die Spurensicherung schon da war!«

Karl sprang auf wie von der Tarantel gestochen. Man sah ihm

an, dass er sich schämte. Er blickte Clara um Entschuldigung heischend an, doch sie schwieg. Sie dachte an Karls Worte. *Hat der Sessel irgendeine Bedeutung?*

Ihr Blick blieb auf dem Sessel haften.

Hat er irgendeine Bedeutung?

Sie schaute in die hintere Ecke des Zimmers. Würde ein Sessel nicht eher beim Fenster stehen? Ihr Blick schweifte dorthin. Gleich unter dem Fenster lag ein weißer Teppich. Teile davon waren vom Vorhang verdeckt.

Clara streifte einen Gummihandschuh über und zog den Vorhang beiseite. Auf dem Teppich waren schwach vier Eindrücke zu sehen.

»Verdammt«, sagte Clara. »Wie konnten wir das übersehen? Wieso hat die Spurensicherung es nicht bemerkt?« Sie besah sich die Stelle genauer. »Der Sessel hat vorher woanders gestanden.« Sie blickte zu dem Möbel und versuchte, die Abstände zwischen den Beinen zu schätzen. Auf den ersten Blick passte es genau. »Er stand ursprünglich hier unter dem Fenster.«

MacDeath kam zu ihr. »Ja, sieht so aus. Wäre auch seltsam, hätte er direkt vor dem Bett gestanden.«

Clara erhob sich und trat wieder an das Bett. »Sehen Sie sich an, wie der Sessel steht. Aus welcher Perspektive man das Bett sieht. Fällt Ihnen was auf?«

MacDeath stellte sich neben sie. »Interessant«, murmelte er.

»Nicht wahr?«, sagte Clara. »Stellt man sich hinter den Sessel, hat man einen geraden Blick auf das Bett und die Leiche, die dort mit ausgebreiteten Armen gelegen hat.« Sie zog eines der Fotos hervor und zeigte es MacDeath. »Wie sieht das aus?«

»Wie eine Opferung.«

»Genau. Und der Sessel steht so, als könnte er gar nicht anders stehen. Deshalb ist es vielleicht niemandem aufgefallen. Weil es so aussieht, als gehöre der Sessel zur Szenerie.«

»Sie meinen, wie ein Kinosessel in der ersten Reihe?«

»Richtig. Das heißt, der Täter hat den Sessel absichtlich dort hingestellt. Vielleicht, um sich alles in Ruhe anzuschauen.«

»Ein Logenplatz für einen Mord?«

»Nicht schlecht, die Formulierung. Von Weinstein sagte, der Todeskampf mit den Zuckungen und Krämpfen kann bis zu fünf Minuten dauern.« Clara schaute erst MacDeath an, dann Karl. »Könnte der Sessel eine Art Tribüne für ein grausames Schauspiel gewesen sein?«

»Und wenn es so wäre, spricht das für oder gegen Färber als Mörder?«, fragte MacDeath, der unterwegs die Akte gelesen hatte.

»Das weiß ich nicht«, antwortete Clara. »Aber wenn es ein Mord war und der Mörder tatsächlich so gedacht und gehandelt hat, dann hat er es nicht übers Herz gebracht, sein Opfer mit den eigenen Händen zu töten. Deshalb hat er die Leiche so hergerichtet, als müsse er etwas gutmachen. Stichwort *Undoing*.«

MacDeath nickte, als hätte er einen alten Bekannten wiedergetroffen. »*Undoing*. Die Tat rückgängig machen.« Es war eine seiner Spezialitäten; über dieses Thema hatte er mehrere Aufsätze veröffentlicht. Manche Täter depersonalisierten ihre Opfer, entpersönlichten sie, indem sie ihnen beispielsweise nach dem Tod das Gesicht zerschnitten. Der Mörder Barbara Färbers hingegen wollte, dass sein Opfer wieder normal aussah. Wahrscheinlich hatte er ihr deshalb den Lippenstift und das Make-up aufgetragen. Schminken und schön machen, allerdings post mortem.

Und er hatte ihr die Maske abgenommen. Doch man kann nur etwas abnehmen, was man vorher aufgesetzt hat.

»Er hat ihr die Maske aufgezogen, und sie ist erstickt. Sie starb, ohne dass er etwas tun musste.« Clara blickte MacDeath an. »Aber warum? Weshalb dann dieses ganze Theater? Das Schminken und das alles?«

MacDeath zuckte die Schultern. »Vielleicht hat er sich nicht getraut, sie umzubringen. Vielleicht haben wir es mit einem Mörder zu tun, der sich das Sterben seines Opfers aus der Distanz anschaut. Nahe genug dran, aber weit genug weg, könnte man sagen. Das Opfer stirbt von selbst, ohne dass der Mörder etwas tun muss. Doch als die Frau tot war, hat es ihm so leidgetan, dass er es wiedergutmachen wollte.«

»Das klingt plausibel«, sagte Clara. »Aber ich glaube, da war noch mehr. Er wollte es anders machen …«

Ihr Blick blieb auf dem Sessel haften, der plötzlich kein Sessel mehr für sie war, sondern eine Aussichtsplattform in die Hölle.

»Anders?«, fragte MacDeath. »*Wie* anders?«

»Er hat sich sehr wohl getraut.« Clara schluckte. »Er wollte sich in Ruhe anschauen, was passiert, ohne dass er sich anstrengen musste … ohne dass sein Opfer Widerstand leistet. Er hat sie gefesselt und ihr die Maske übergezogen, damit er ihren Tod in Ruhe genießen konnte, ohne Ablenkung. Von hier aus. Und dabei hat er in ihre Seele geblickt.«

Clara zückte ihr Handy und machte ein Foto.

»In die Seele geblickt …«, sagte MacDeath nachdenklich. »Die Maske hat die Augen des Opfers freigelassen, die Spiegel der Seele.«

Clara nickte. »Und das war Absicht. Das *musste* sein. Denn diesen Moment wollte er auskosten.«

Sie blickte in die leeren Augen der Leiche auf dem Foto.

»Er wollte ihre Augen sehen, in dem Moment, in dem sie stirbt.«

15

Zurück in seinem Büro servierte MacDeath wieder den obligatorischen Earl Grey. Auch nach fast einem Jahr am LKA konnte er sich nicht mit dem Gebräu anfreunden, den die rumpelnde und röchelnde Kaffeemaschine im dritten Stock ausspuckte, und den Beuteltee mochte er genauso wenig.

Clara saß vor dem Eichenschreibtisch, würdigte die antike Schrankwand mit der brüchigen Leder-Arzttasche und dem Totenschädel eines kurzen Blickes und schaute dann auf den großen Monitor, den MacDeath in ihre Richtung gedreht hatte.

Schon oft hatten sie hier zusammengesessen, an diesem Eichenschreibtisch vor der großen Bücherwand, hatten Earl Grey getrunken, hatten über die dunkelsten Abgründe der menschlichen Seele gesprochen und dabei das eine oder andere Monster geschnappt. Clara mochte MacDeath. Auch wenn sie seinen Humor nicht immer teilte, hatten seine Beobachtungen und Rückschlüsse eine Präzision, die frei von aller Subjektivität war, aber auch frei von allem Wunschdenken. Das Raster war immer das gleiche, nur die Täter waren unterschiedlich. Und Clara hatte gelernt, sich in diese Raster einzufügen.

MacDeath sagte immer: »Man kann nicht wie ein Serienkiller denken, dann wäre man selbst einer. Man kann aber eine Zeit lang in seinen blutigen Schuhen mitlaufen.«

Doch die Killer lernen, finden Gefallen an ihrer Arbeit, werden besser, vorsichtiger. Deshalb müssen die Ermittler noch schneller lernen als die Killer, wenn sie sie fassen wollen. Alles, was Rückschlüsse über die Hintergründe des Verbrechens geben kann, war von Interesse: *Was* ist passiert? *Wie* ist es passiert? Und *warum?* Wie sah der Tatort aus? Warum wurde eine Leiche nach dem Tod verstümmelt? Wieso wurden keine Wertsachen mitgenommen? Zählte man »Was«, »Warum« und »Wie« zusammen, erhielt man »Wer«. Es war die Formel, die MacDeath an der Humboldt-Uni auf die Tafel geschrieben hatte: *Warum* + *Wie* = *Wer.*

Für die meisten Serienkiller war der eigentliche Mord niemals so befriedigend wie in ihrer Fantasie. Sex ist besser als Masturbation, sagte man, doch bei Serienkillern war es oft umgekehrt, weil ihre perversen Fantasien häufig zu komplex waren, als dass man sie problemlos in der Wirklichkeit umsetzen könnte. In einem Verhör hatte ein Serienmörder einmal zu Clara gesagt: »Was ich *nicht* getan habe, kommt meinen Träumen am nächsten.« Oder, wie MacDeath es einmal formuliert hatte: »Die Fantasie ist dem wirklichen Mord immer einen Schritt voraus.«

Clara schaute auf den Monitor, auf dem die pdf-Dateien der Untersuchungsberichte geöffnet waren.

»Wenn der Täter sich wirklich daran weidet, das Sterben seines Opfers zu sehen«, murmelte sie, »muss er ein grausames Scheusal sein.«

»Ein sadistischer Psychopath«, sagte MacDeath. »Gehen wir doch mal dessen Merkmale durch.« Er lehnte sich zurück. »Zunächst einmal liegt die Absicht vor, das Opfer emotional zu traumatisieren, zum Beispiel durch Erniedrigung, und dadurch eine unvergesslich schreckliche Erinnerung an die Tat zu schaffen.«

»Unvergesslich schreckliche Erinnerung für das Opfer?«, fragte Clara. »Meist stirbt das Opfer und erinnert sich wohl nur noch im Nachleben daran.«

»Gut, dass wir für diesen Bereich nicht mehr zuständig sind. Das machen die himmlischen Heerscharen«, sagte MacDeath und fuhr fort: »Zweitens: größtmögliches Leiden und Quälen, dazu permanente Entstellung – das, was man im Englischen als ›disfigurement‹ bezeichnet. Haben wir das in diesem Fall?«

Clara schüttelte den Kopf. »Eigentlich nicht.«

»Sehe ich auch so«, pflichtete MacDeath ihr bei. »Das Opfer terrorisieren, seine Hilflosigkeit ausnutzen – *das* haben wir.«

Clara nickte gequält. »Wer andere fesselt und erstickt, dem kann man so etwas unterstellen.«

»Drittens: Verlängerung des physischen Leidens.« MacDeath wiegte den Kopf. »Da bin ich mir nicht so sicher.«

»Ich auch nicht«, sagte Clara. »Er hat sie zwar mit der Maske erstickt, aber es gab keine Misshandlungs- oder Folterspuren vor ihrem Tod. Post mortem übrigens auch nicht. Das gilt genauso für extreme körperliche Schäden.«

»Ganz recht. Das, was man als ›Overkill‹ bezeichnet. Mit viel mehr Kraft zu töten, als erforderlich ist.« MacDeath verschränkte die Arme. »Wir haben also einen Psychopathen, der aber nicht alle Anzeichen von Sadismus zeigt.«

Clara breitete die Fotos vor sich aus. »Und er hat etwas gutzumachen. So wie er die Leiche platziert hat.«

Sie blickten auf ein Foto der Toten. Der Mund war geöffnet, und die Zunge trat dick und bläulich hervor.

»Richtig. Undoing«, sagte MacDeath. »Die Indizien sind eindeutig: das weiße Laken, das Make-up, der rote Lippenstift.«

Clara nickte. »Der Täter hat die Frau nach dem Mord hergerichtet. Er hat sie schön gemacht, als wollte er sie um Vergebung bitten. Oder als wollte er sie vorbereiten auf das, was kommt.«

»Und *was* kommt?« MacDeath blickte sie erwartungsvoll an.

»Die Reise ins Jenseits vielleicht. Möglicherweise hatte er das mit einkalkuliert.«

Reise ins Jenseits. Zugegeben, es klang verrückt, aber Clara hatte es sich in ihrem Beruf längst abgewöhnt, logisch zu argumentieren. Logik galt nicht für die Täter. Und manchmal auch nicht für diejenigen, die die Leiche fanden. Von Weinstein hatte sich oft über Rettungssanitäter und Polizisten geärgert, die an Tatorten die Fenster geöffnet hatten, um »die Seele herauszulassen«, und damit die Umgebungstemperatur veränderten und die Todeszeitberechnungen erheblich verkomplizierten. Logik galt nur, wenn es darum ging, die Tat aufzuklären. Das waren die Raster.

»Undoing«, fasste MacDeath zusammen, »ist ein typisches Nachtatverhalten, das vor allem bei Beziehungstaten beobachtet wird. Der Täter versucht, die Tat symbolisch rückgängig zu machen. Der Mörder drapiert die Leiche oder lässt bestimmte Gegenstände zurück. Dadurch drückt er persönliche Gefühle und Bedürfnisse aus. Auf diese Weise will er sich bei der Toten entschuldigen.«

»Ein bisschen spät, wenn Sie mich fragen.«

MacDeath zuckte die Schultern. »Der Täter denkt vermutlich: Lieber spät als gar nicht.« Er schaute auf die Fotos. »Die Aufnahmen bestätigen unsere Vermutung. Es handelt sich um eine Beziehungstat, als hätte tatsächlich der Polizist seine Frau getötet. Dann hat es ihm leidgetan, und er wollte alles zurückdrehen. Dass Täter und Opfer sich kannten, sogar sehr gut kannten, dürfen wir als gegeben voraussetzen. Auch, dass das Opfer dem Täter wichtig ist. Beziehungsweise wichtig war.«

»Dann war Jochen Färber der Mörder?«

MacDeath nippte an seinem Tee. »Es spricht einiges dafür. Er möchte Rache nehmen an seiner Frau, liebt sie aber irgendwie doch. Er tötet sie auf schreckliche Weise in den eigenen vier Wänden und erkennt dann, dass er einen schweren Fehler gemacht hat. Es tut ihm alles furchtbar leid, aber es ist zu spät. Er kann die Tat nicht rückgängig machen. Also entschuldigt er sich bei der Toten, indem er sie so herrichtet, wie wir es gesehen haben, und macht dann, dass er verschwindet.« Er schaute in die Akten, blickte dann Clara mit durchdringenden Augen an, als wollte er sie analysieren wie einen seiner Serienmörder. »Er ist doch noch flüchtig, oder?«

»Das ist meine letzte Information.«

MacDeath nickte. »Bei anderen Formen des Undoings wird das Opfer nach Eintritt des Todes gewaschen«, sagte er und schaute auf die Fotos. »Das war hier nicht erforderlich, da es kein Blutvergießen gab. Andere verdecken das Gesicht des Opfers mit irgendetwas, was das Ganze feierlich aussehen lässt. Nicht, um das Opfer zu verstecken, sondern um dadurch so etwas wie Reue auszudrücken.« Er zog ein weiteres Foto hervor. »Sie sagten, dass die Frau stark geschminkt war, wobei wir nicht herausfinden können, ob sie sich selbst geschminkt hat oder ob es der Täter war?«

Clara nickte. »Korrekt.« Sie dachte an vorhin, als sie im Obduktionssaal gestanden hatten und ihr das Make-up der Leiche aufgefallen war.

»Es ist durchaus möglich, dass der Täter die Leiche geschminkt hat.« MacDeath zeigte auf das Foto. »Das würde zu dem Lippenstift passen, den er so übertrieben aufgetragen hat. Auf diese Weise will er die Leiche wieder zu der Frau machen, die sie gewesen ist. Er zeigt, dass ihm ihr Wohlergehen wichtig ist und dass er weiterhin bemüht ist, dabei zu helfen, dass seine Frau attraktiv ist.«

»Für Michael Brunner war sie sicher attraktiv genug. Jedenfalls, als sie noch gelebt hat.«

»Ja, die Story habe ich gehört«, sagte MacDeath. »Und ich teile die Ansicht, dass dieser Brunner nichts mit der Tat zu tun hat. Wenn aber Jochen Färber ausgerastet ist, was ich vermute, und es ihm dann leidgetan hat, halte ich es für sehr unwahrscheinlich, dass er sich als Nächstes Brunner vorknöpft.«

Clara trank von ihrem Tee. »Wieso?«, fragte sie dann.

»Weil er anscheinend wieder zu sich gekommen und dann geflüchtet ist.« MacDeath klickte zum nächsten Bild und lehnte sich zurück. »Wir hatten doch vor ein paar Wochen diesen Fall, wo ein Mann den eigenen Sohn erwürgt und sich dann selbst umgebracht hat. Als Rache an seiner Frau, die ein Verhältnis mit einem anderen angefangen hatte. So ähnlich wie hier.« Er setzte sich an seinen Computer und öffnete die Datei. Gleichzeitig erschienen Fotos auf dem Monitor. Und mit den Bildern kamen die schrecklichen Erinnerungen an den Fall. Der Mann hatte die gemeinsame Wohnung mit Graffiti vollgesprüht. *Schlampe,* stand in riesigen, blutroten Lettern an der Wand. *Nutte. Du hast alles kaputt gemacht.* Daneben hatte er die Höschen der Frau an die Wand genagelt. Ihre BHs und Slips hatte er auf dem Fußboden verstreut und Handcreme darauf verteilt, sodass es wie Sperma aussah. MacDeath klickte weiter. »Vorher musste der Sohn, der nicht wusste, was ihn erwartete, der Mutter einen Brief schreiben. Erinnern Sie sich?«

»Und ob«, sagte Clara. Der Abschiedsbrief, geschrieben mit unsicherer Kinderhand, war noch vor ihrem inneren Auge, als hätte sie ihn gestern erst gesehen.

Hallo, Mami, ein letzter Gruß vor dem langen Schlaf. Ich liebe Dich! Dein Lukas.

»Der Junge lag vollständig bekleidet im Schlafzimmer der Eltern auf dem Ehebett, über und neben seinem Kopf drei brennende Kerzen«, sagte Clara. Ihr waren damals die Tränen gekommen.

»Eine davon war seine Taufkerze«, sagte MacDeath. »Die andere die Hochzeitskerze der Eltern.«

Clara erinnerte sich noch deutlicher. Neben dem Jungen standen Hochzeitsbilder, Bilder der Familie. In der Hand hielt der Junge ein Kruzifix, und am Fußende lag ein selbst gemaltes Bild des Jungen, das die Familie zeigte.

Clara hatte den ganzen Abend geheult wie ein Schlosshund, hatte eine ganze Schachtel Zigaretten weggequalmt und vier Whisky getrunken. »Bevor er sich selbst umbrachte, hat der

Mann noch mit seiner Frau telefoniert und mit der Ermordung des Jungen gedroht, obwohl er zu dem Zeitpunkt bereits tot war.«

»Auch das kann als Wunsch gedeutet werden, die Tat ungeschehen zu machen und um Vergebung zu bitten«, sagte MacDeath. »Indem er indirekt etwas beichtet, was längst geschehen ist.«

»Hier sieht es fast genau so aus.« Clara kaute auf einem Kugelschreiber. »Erst schaut er sich an, wie die Frau qualvoll stirbt, dann tut es ihm leid.«

»Ja«, sagte MacDeath. »Fassen wir zusammen: Wir haben einen eifersüchtigen Ehemann, der sich zurückgesetzt fühlt, wir haben eine Frau, die fremdgeht und erstickt auf ihrem Bett gefunden wird, und wir haben den Tatbestand des Undoing. Passt für mich alles zusammen. Jetzt müssen wir diesen Färber nur noch finden.«

Das Telefon klingelte. MacDeath nahm den Anruf an. »Friedrich.«

Jemand sprach am anderen Ende. Während MacDeath zuhörte, blickte er Clara an und bildete mit den Lippen ein Wort: *Spusi*, die Abkürzung für Spurensicherung. »Ja«, sagte er schließlich in den Hörer, »Frau Vidalis ist auch hier. Ja, sicher, sage ich ihr. Schauen wir uns gleich an. Danke.«

Er legte auf.

»Wenn alle Fälle so einfach wären.«

»Was ist denn?«

»Wir haben nicht nur den Teilfingerabdruck auf der Latexmaske eindeutig zuordnen können, wir konnten auch noch eindeutig DNA zuordnen.«

»Von wem?«, fragte Clara, obwohl sie es bereits wusste.

»Von Jochen Färber.«

16

Die Seele ist ein Ort für sich, wo der Himmel zur Hölle werden kann und die Hölle zum Paradies.

Diese Worte aus John Miltons *Das Verlorene Paradies* waren in seinem Kopf, als er die alte Frau aus der Schlinge hob. Sie wog nur 45 Kilo. Es war ein dünnes Hanfseil, an dem sie gehangen hatte, gerade mal einen Zentimeter im Durchmesser. Sie hatte dreißig Minuten gehangen, dann hatte er sie vom Seil genommen.

Nun betrachtete er ihren Hals. Die rötliche, tiefe Strangmarke. Dort war die Haut abgeschürft, deshalb schminkte er diese Stelle über. Mit der grünlichen Camouflage, die dort lag. Grün war die Komplementärfarbe von Rot; die beiden Farben neutralisieren einander.

Er tupfte die Camouflage auf den Hals der Leiche, über die rote Furche, wie ein Maskenbildner es tun würde. Über die Maske des Todes kam die Maske des Lebens. Ihm war, als würde das Leben wieder in sie zurückkehren, als würde sie tatsächlich von den Toten auferstehen. Nur das Funkeln in den Augen kam nicht zurück.

Und dann sah sie wieder normal aus.

Der Himmel und die Hölle.

Vielleicht, sagte er sich, konnte er ihre Seele wiedererwecken, wenn der Körper wieder so aussah, als wäre sie gar nicht gestorben. So normal, wie eine Tote aussehen konnte.

Er legte sie auf das Bett, das an der Wand hinter der Schlinge stand, und zündete die Kerzen an.

Setzte sich vor sie ans Bett.

Schaute sie an, Tränen in den Augen.

Und wartete.

Er spürte den Schmerz, der in ihm wütete. Spürte die Trauer, die Angst.

Vielleicht, überlegte er, *geschieht etwas, wenn ich sie nur lange genug anschaue. Vielleicht sterbe ich dann selbst.*

17

In Hermanns Büro lagen die Ergebnisse der KTU, der Kriminaltechnischen Untersuchungsstelle, auf dem Tisch.

Hermann hatte einen Ventilator eingeschaltet, der munter Haftnotizen und andere Zettel durchs Zimmer wehte, ohne dass Hermann Notiz davon nahm.

»Wir haben die DNA-Spuren vom Tatort mit der DNA am Rasierapparat und der Zahnbürste von Jochen Färber abgeglichen«, sagte er. »Es ist ein und dieselbe.«

Das war die schnellste Methode, DNA zuzuordnen, die möglicherweise nicht in einer Datenbank gespeichert war: Man untersuchte persönliche Gegenstände der verdächtigen Person, beispielsweise Rasierer, Haar- oder Zahnbürsten, nahm DNA-Proben und glich die DNA dann mit der vom Tatort ab.

»Seine DNA«, fuhr Hermann fort, »ist im ganzen Haus zu finden.«

»Kein Wunder«, entgegnete Clara. »Schließlich hat er da gewohnt.«

Hermann nestelte an seinem Tablet. »Anders wird es aber, wenn Spuren von ihm dort sind, wo sie eigentlich nicht sein sollten. Hier!« Er ging mit dem Tablet zu Clara und MacDeath. »Ein Teilfingerabdruck von Jochen Färber.« Er wies auf ein Foto, das er auf sein Tablet geladen hatte. Es zeigte die schwarze Latexmaske. Mittlerweile hatte die Hightech auch beim LKA Berlin Einzug gehalten. »Auch hier konnten wir seine DNA zuordnen. Und an der Maske. Teilweise auch an der Kerze.«

»Warum nur teilweise?«

»Ist nicht so einfach.« Hermann kratzte sich den kahlen

Schädel. »Wegen der Paraffinoberfläche haftet auf einer Kerze kaum etwas. Aber hier haben wir auch noch was.«

Er hob eine Tüte in die Höhe, in der sich ein Feuerzeug befand.

»Hat er damit die Kerzen angezündet?«, fragte Clara.

»Sieht so aus. Hier«, Hermann zeigte durch die Plastikumhüllung auf das Feuerzeug, »an diesem Rädchen, das man mit dem Daumen dreht, sind Hautschuppen von ihm zurückgeblieben. Außerdem hat die Spurensicherung den Sessel unter die Lupe genommen. Hier sind die Ergebnisse, die du nachgefordert hattest. Auf dem Sessel ist ebenfalls Färbers DNA. Außerdem wurden DNA-Spuren einer bisher nicht identifizierten männlichen Person gefunden.«

Clara und MacDeath sahen sich an.

»Die werden von unserem tapsigen Karl sein«, sagte Clara.

Hermann hob verdutzt den Blick. »Wer ist Karl?«

»Unser Praktikant«, sagte Clara. »Er hat sich versehentlich auf den Sessel am Tatort gesetzt. Den Rest erzählen wir dir später. Okay, das dürfte dann wohl alles sein, oder?«

»Nein«, sagte Hermann und machte ein Gesicht wie ein Kind bei der Bescherung. »Das ist noch nicht alles.«

Er förderte einen weiteren Plastikbeutel zutage.

»Fragt mich bitte nicht, was so etwas am Tatort zu suchen hat.«

18

Seine Mama hatte einen neuen Freund.

Schon drei Monate, nachdem sein Papa gestorben und beerdigt worden war.

Der Junge konnte es nicht begreifen. Es hatte ihm um seinen Vater nicht sonderlich leidgetan; seine größte Sorge war gewesen, dass sein Papa eines Tages wieder aus dem Sarg herauskommen würde. Doch auch wenn das nicht geschehen war, wunderte es ihn, wie schnell Mama über Papas Tod hinweggekommen war.

Vielleicht, weil er Mama immer geschlagen hatte.

Aber dieser neue Freund, der sich Kevin nannte, behandelte Mama genauso mies. Wobei *Freund* ein seltsames Wort für so einen Kerl war. Er war sofort bei Mama eingezogen und hatte sich in ihrer Wohnung breitgemacht.

»Ich brauche Geld«, sagte er oft.

»Wir haben kaum noch was«, antwortete Mama dann immer. »Die paar Mark sind das Letzte, was wir für diese Woche haben.«

»Das Letzte?«, schimpfte Kevin dann jedes Mal. »*Du* bist das Letzte!«

Und dabei starrte er Mama und den Jungen feindselig an.

»Der ist im Jugendknast aufgewachsen«, hatte mal ein Bekannter über Kevin gesagt. Der Junge hatte nicht genau gewusst, was damit gemeint war, aber irgendwie war dieser Satz bei ihm hängen geblieben, vielleicht auch, weil der Bekannte dabei so seltsam geschaut hatte – wissend und besorgt zugleich.

Der Junge hatte den Eindruck, dass er noch mehr unter Kevin leiden musste als Mama, denn Kevin hatte einen Hund. Dieser Hund war das Einzige, was er aus seiner Dreckswohnung mitgebracht hatte. Ein undefiniertes, schmutziges, heiser bellendes Vieh, einer von diesen stinkenden, kläffenden Straßenkötern, für die man, wie Kevin immer sagte, das Wort Gnadenschuss erfunden hatte.

Einen Namen schien der Hund nicht zu haben, genau so wenig wie eine definierbare Rasse. Kevin nannte ihn immer »Keucher«, aber wie er ihn nannte, war eigentlich egal, weil der Hund ohnehin nicht auf seinen Namen hörte und auch nicht aufhörte zu bellen. Es gab nur eine Möglichkeit, den Kläffer zum Schweigen zu bringen. Kevin hatte es dem Jungen gezeigt, und von da an war es seine Aufgabe.

»Du musst ihm einen runterholen«, hatte Kevin gesagt, »dann hält er das Maul.«

Der Junge hatte erst nicht gewusst, was Kevin damit meinte. Dann hatte er es dem Jungen gezeigt. Und der Junge hatte sich nicht getraut, nein zu sagen. Der Hund hatte gehechelt und sich tatsächlich entspannt. Der Junge allerdings hatte sich danach vor Ekel erbrochen.

Nun saß er mit Mama und Kevin am Frühstückstisch, einem hässlichen weißen Möbel in einer Ecke der winzigen Wohnung, wo Radio und Fernseher gleichzeitig dudelten und plärrten. Kevin, der immer wieder aus der obligatorischen Bierdose trank und lautstark rülpste, blätterte hektisch in einer Umsonstzeitung. Zwischendurch warf er Mama feindselige Blicke zu.

Und dann war der Schlag gekommen, wie aus dem Nichts.

Kevins Faust hatte Mama an der Wange getroffen, als sie gerade ihren Kaffee getrunken hatte. Die Tasse war zersplittert. Porzellan und Kaffee waren nach allen Seiten gespritzt. Blut schoss Mama aus der Nase, und das trockene Knacken, als die

Tasse zerbrach, vermischte sich mit dem hässlichen nassen Knacken, als ihr Nasenbein zertrümmert wurde.

»Verdammtes Miststück!«, hatte Kevin geschrien. »Ich schlag dir die Fresse ein, du elende Schlampe!«

Mama krümmte sich. Auf ihrem Schoß dampfte der heiße Kaffee, und um sie her klirrten und knirschten die Porzellansplitter. Sie presste die Hände auf den Mund, hustete, würgte. Es war eine Geste, die flehend und schutzsuchend aussah. Dann spuckte sie zwei Zähne in die Handflächen und blickte aus tränenden Augen darauf, ängstlich und angewidert zugleich.

»Du dämliche Nutte!«, schrie Kevin und schlug mit der flachen Hand von unten gegen Mamas Hände. Es klatschte, und die beiden Zähne flogen zur Decke.

Kevin stemmte sich hoch.

Der Junge zuckte zurück, denn es kam ihm so vor, als läge plötzlich ein dunkler Schatten auf Mama.

»Mach das noch mal!«, krächzte Kevin mit lallender Stimme. »Mach das noch einmal!«

Mama hob den Blick.

»Was denn?«, fragte sie.

Ihre Stimme war so hilflos, so völlig ohne Hoffnung, dass dem Jungen Tränen in die Augen schossen.

»Das weißt du genau!«, geiferte Kevin, packte ihr Kinn mit seiner schmutzigen Pranke und schmetterte ihren Kopf mit brutaler Wucht gegen die Wand.

Blut spritzte aus Mamas Mund, und sie zuckte noch zwei-, dreimal, bevor sie auf dem Stuhl erschlaffte, die blinzelnden Augen zur Decke gerichtet, der Mund weit geöffnet, wo die zwei neuen Lücken in ihrem schadhaften Gebiss zu sehen waren. Ein langer Speichelfaden, vermischt mit hellem Blut, kroch träge auf ihren Schoß, wo er sich mit dem angetrockneten Kaffee zu einer hellbraunen Masse vereinte.

Kevin sprang auf, nahm seine Bierdose und stapfte zur Tür. »Du bekloopptes Miststück!«, brüllte er beim Hinausgehen, und seine heisere Stimme hallte in dem mit Graffitis vollgeschmierten Treppenhaus. »Mach das noch mal, und ich schlag dich tot, dich und dein Balg!«

19

»Das hier haben wir in der Bettritze gefunden.«

Hermann hielt einen weiteren Asservatenbeutel in die Höhe.

Clara trat näher heran. »Sieht aus wie eine Münze.«

»Es *ist* eine Münze. Die KTU hat Fotos gemacht.« Hermann wischte wieder über sein Tablet. »Hier.«

Die Münze war aus Gold und an einigen Stellen mit dicker Patina überzogen.

Clara beugte sich vor. »Was steht da? Imp… Ces… Ner… Trajan. Imperator? Caesar? Und das ist eine Art Porträt.« Sie schaute MacDeath an. »Der römische Kaiser Trajan. Wann hat der gelebt? War das nicht kurz nach Christi?«

»So um hundert nach, wenn mich nicht alles täuscht. Unter seiner Herrschaft hatte das römische Imperium seine größte Ausdehnung.«

»Danke, Professor«, sagte Clara. »Viel wichtiger aber ist die Frage, ob die Münze etwas mit unserem Mann zu tun hat.«

»Hat sie.« Hermann nickte. »Wir haben wieder einen partiellen Fingerabdruck und DNA-Spuren von Färber.«

Clara blickte gleichzeitig auf das Gesicht des Kaisers auf der Münze und auf das Foto von Jochen Färber in seiner Polizeiakte. Was konnten die beiden miteinander gemeinsam haben? Warum die Münze?

»Könnte es sein, dass Färber sie dort absichtlich platziert hat?«

»Gut möglich«, sagte MacDeath. »Es könnte ein Symbol sein. Eine Geste.«

»Oder es war Zufall.« Clara wusste, dass die Realität manchmal simpel und prosaisch sein konnte. »Die Münze könnte zufällig in der Bettritze gelandet sein. Färber hat sie bei einem Einsatz gefunden und steckt sie heimlich in die Tasche, um sie später zu Geld zu machen. Dann legt er sich für ein Nickerchen aufs Bett, die Münze rollt aus der Hosentasche und landet in der Ritze.«

»Möglich.« MacDeath schien nicht ganz überzeugt zu sein.

Hermanns Blick wechselte wie bei einem Pingpongspiel zwischen den beiden hin und her.

»Sie sprachen von Symbolik oder Gestik.« Clara versuchte, ihre Gedanken zu sammeln. »Demnach könnte die Münze ein Geschenk sein. Eine Art Entschuldigung vielleicht, oder etwas Ähnliches?«

MacDeath nickte. »Genau an so etwas dachte ich.«

»Aber wenn die Münze Teil des Undoing-Prozedere ist und Färber wollte seine Frau mit diesem postmortalen Geldgeschenk wieder gnädig stimmen, warum versteckt er sie dann in der Ritze?«

MacDeath seufzte. »Genau das frage ich mich auch. Vielleicht ist es doch Zufall.« Er schaute Hermann an. »Schon irgendeine Spur von Färber?«

Hermann schüttelte den Kopf. »Der ist und bleibt wie vom Erdboden verschluckt. Niemand weiß, wo er sein könnte, weder seine Freunde noch seine Kollegen.«

Clara klappte die Fallmappe zusammen. »Die schönsten Theorien über den Täter helfen uns leider nicht, wenn wir ihn nicht finden. Wir müssen ...«

In diesem Moment ging die Tür auf, und Winterfeld steckte den Kopf ins Zimmer.

»Weil's so schön war«, sagte er. »Wir haben noch eine Leiche.«

20

»Was für eine Leiche?«, fragte Clara, als sie mit Winterfeld und MacDeath zur Tiefgarage ging, wo die Einsatzfahrzeuge des LKA und Winterfelds Mercedes standen.

»Eine circa achtzigjährige Frau«, sagte Winterfeld und zog sich sein Sakko über. »Ihr Leiche wurde in einem stillgelegten Pflegeheim gefunden.«

»Von wem?«

»Von einem Obdachlosen, der dort schläft.«

»Er schläft da drin? Warum?«, fragte Clara.

Winterfeld schnaufte. »Wahrscheinlich, weil es drinnen weniger regnet als draußen.«

Wer eine dumme Frage stellt, dachte Clara, *bekommt eine dumme Antwort.*

Winterfeld stieß die Tür zur Tiefgarage auf und steuerte seinen Mercedes an. Der Schlüssel in seiner Hand blinkte, und die Türschlösser öffneten sich.

»Rein mit euch«, sagte Winterfeld und setzte sich ans Steuer.

»Wo müssen wir hin?«, fragte Clara.

»Nord-Reinickendorf, ins Niemandsland zwischen dem Flughafen und den Seen.«

Er ließ den Motor an und fuhr langsam durch die Tiefgarage. Schranke und Absperrgitter öffneten sich. Der Mercedes glitt die Einfahrt hinauf. Winterfeld bog links ab, auf den Tempelhofer Damm Richtung Stadtmitte.

»Wer ist von den Kollegen schon vor Ort?«, fragte Clara.

»Drei Leute. Von Weinstein fährt von Moabit aus direkt dorthin.«

»Todesursache?«

»Erhängen, wie es aussieht. Sie hängt aber nicht mehr.«

»Was soll das heißen?«, fragte Clara. »Hat jemand sie abgenommen?«

Winterfeld zuckte die Schultern und gab Gas, um noch schnell eine dunkelgelbe Ampel zu überqueren.

»Ich nehm's an«, sagte er. »Sie selbst wird's kaum gewesen sein.«

* * *

Es war früher ein Pflegeheim, hatte Winterfeld gesagt. Clara hatte keine guten Assoziationen bei dem Wort »Pflegeheim«. Ihre Großmutter hatte dort vier endlose Jahre verbracht, bis sie endlich starb. Es roch dort nach verbrauchter Luft, Erbsensuppe, Putzmitteln und Urin.

Und dieses Gebäude sah selbst wie ein Pflegefall aus.

Die Einsatzwagen hielten vor der abgebröckelten Fassade, aus der die Fenster wie tote Augen in die trostlose Gegend starrten. Die abblätternde Farbe ließ den Schluss zu, dass das Haus früher einmal weiß gewesen war. Überall wucherte verdorrtes Gras, und auf dem Flachdach eines Nebengebäudes wuchs ein kleiner Baum, der dem grauen Ambiente einen winzigen, hoffnungsvollen Farbtupfer verlieh.

Die Sonne hatte die Wände ausgeblichen. Staub wirbelte auf wie in einem schlechten Western, als die Fahrzeuge vor dem Gebäude hielten. Zwei Polizisten standen bereits am Eingang. Einer knabberte Erdnüsse aus einer Tüte vom Automaten. Er hatte die seltene Gabe, gleichgültig und besorgt zugleich in die Gegend zu schauen, während er mit beinahe meditativer Andacht auf den Erdnüssen kaute.

»Leiche schon identifiziert?«, erkundigte sich Winterfeld.

»Nein«, sagte der Polizist zwischen zwei Kaubewegungen.

»Todesart?«

Der Mann zuckte die Schultern. »Da hängt ein Strick von der Decke. Erhängen, vielleicht.«

»Tja, Ertrinken wohl kaum«, sagte Winterfeld und schaute in die staubige Ebene, in der das Heim lag. »Alter?«

»Siebzig bis achtzig.«

Winterfeld blickte Clara und MacDeath an. »Ist ja heute fast wie bei Derrick«, sagte er. »Reiche Erbtante wird ermordet, weil der Nachwuchs an ihr Geld will. Na, gehen wir mal rein.«

Sie durchquerten einen dunklen Gang, der so mit Graffiti vollgesprüht war, dass es Clara vorkam, als wäre sie in einem psychedelischen Erlebnis-Tunnel gelandet. Es roch nach bröckelndem Putz und Exkrementen. In den Ecken lagen Bierdosen und stockfleckige Decken, dazu Holzkohle und Brennholz, wo Obdachlose sich einmal ein wärmendes Feuerchen angezündet hatten.

»Hier lang«, sagte einer der Polizisten.

Die Leiche der alten Frau lag auf einem pritschenartigen Bett, das wohl noch von früher hier stand. Unter ihr ein weißes Laken, das an beiden Längsseiten gefaltet war und den gesamten Körper bedeckte. Es ließ nur den Kopf frei und erinnerte Clara an ein Leichentuch oder eine Mumie.

Zur Rechten und zur Linken der Toten stand je eine Kerze. Beide waren zur Hälfte heruntergebrannt. Wahrscheinlich hatte ein Windstoß sie gelöscht.

Wieder die Kerzen.

Mitten im Raum, wie eine Warnung, hing ein dünner Strick, der mehrmals um einen stählernen Deckenpfosten gewickelt war. Der Strick endete in einer Schlinge mit einem sechsfachen Henkersknoten.

Zwei Techniker der Spurensicherung machten bereits Abklebungen von dem Strick. Von Weinstein war ebenfalls schon vor Ort und sprach mit sonorer Stimme in sein Diktiergerät.

»Keine Ausweispapiere, nichts, was uns sofort Auskunft über die Identität der Leiche geben könnte«, sagte einer der beiden Männer von der Spurensicherung zu Winterfeld. »Dafür haben wir Hanffasern am Hals der Leiche. Also hat sie wirklich gehangen.«

Clara blickte auf das Gesicht der toten Frau, das friedlich und irgendwie künstlich zugleich aussah. Clara wusste, wie die Strangmarken von Menschen aussahen, die erhängt worden waren oder sich selbst erhängt hatten. Dieser Hals sah fast normal aus.

»Die Strangmarke kommt mir seltsam vor«, sagte sie. »Untersucht das doch mal.«

Einer der beiden Spurensicherungsbeamten strich mit einem Wattebausch über den Hals der Leiche.

»Schminke«, sagte er. »In grünlichem Farbton.«

Clara schaute zu Winterfeld. »Wahrscheinlich, um das Rot zu übertünchen.«

Winterfeld nickte.

Clara blickte zwischen der Leiche und dem Strick hin und her. »Könnt ihr mal für mehr Licht sorgen?«, sagte sie. »Ich sehe kaum was.«

»Waren das nicht Goethes letzte Worte?«, fragte Winterfeld. »Mehr Licht?«

MacDeath schüttelte den Kopf. »Ich glaube, er sagte eher: Mehr nicht.«

Clara schaltete sich ein. »Wir haben eine Leiche, die nach ihrem Tod hergerichtet wurde, ähnlich wie Barbara Färber. Richtig?«

»Sie meinen, wir hätten es auch hier mit Undoing zu tun?«, fragte MacDeath. »Ja, könnte sein. Wobei es mir unwahrscheinlich vorkommt, dass es derselbe Täter war. Was sollte hier das Motiv sein?«

»Wir wollen nicht glauben, wir wollen wissen.« Winterfeld

wandte sich an Clara. »Hermann soll das sofort checken. A: Wer ist die Leiche? B: Wer in ihrem Umfeld könnte Interesse an ihrem Tod haben? Und C: War diese Dame oder jemand aus ihrem Umfeld mit Jochen Färber bekannt?«

»Gebe ich weiter«, sagte Clara.

»Wenn ich mal etwas dazu sagen darf ...«, warf MacDeath ein. »Es könnte sich tatsächlich um Suizid handeln. Allein schon die Jahreszeit spricht dafür.«

Clara nickte. Frühling und Sommer waren in der Tat nicht nur Hochsaison für Urlauber, sondern auch für Mörder und Selbstmörder. Die Geschichte, dass sich gerade zu Weihnachten die meisten Menschen umbrachten, war nur ein weiteres Weihnachtsmärchen. Doch Clara glaubte nicht so recht, dass sie es hier mit Suizid zu tun hatten.

»Aber wenn sie sich umgebracht hat, wieso hängt sie dann nicht mehr, sondern wird fein säuberlich abgehängt und aufgebahrt?« Winterfeld schaute MacDeath verwundert an.

»Das hatten wir doch schon häufiger«, sagte MacDeath. »Ich habe das in den USA und auch hier gesehen. Oft ist es den Angehörigen peinlich, wenn sich jemand aus der Familie, also aus dem unmittelbaren Umkreis, das Leben nimmt. Sie wollen ihn aus einer sogenannten kompromittierenden Haltung befreien. Besonders, wenn der Suizid als solcher peinlich ist.«

»So wie bei Lars Keppler?«, fragte Clara.

»Zum Beispiel.«

Lars Keppler war ein tragischer Fall gewesen. Er war bei einem sogenannten autoerotischen Unfall gestorben, so wie David Carradine. Sein Vater, bei dem Lars noch wohnte, hatte ihn gerufen, aber er war nicht gekommen. Die Stereoanlage oben im Haus lief mit voller Lautstärke. Als der Vater wütend in Lars' Zimmer gestürmt kam, war alles voller Spiegel, Masken, SM-Literatur, Videos und Sextoys. Und inmitten des Ganzen hing eine seltsame Lackpuppe mit einer blonden Perücke von der Decke. *Verdammt, was soll dieses Scheißding,* hatte der Vater gebrüllt und auf die Puppe eingeschlagen. Dabei war ihr die Perücke von Kopf geflogen. Der Vater hatte feststellen müssen, dass es keine Puppe war, die dort hing, sondern die Leiche seines Sohnes.

»Das ist gar nicht so selten«, sagte MacDeath. »Man versucht, dem Toten einen Gefallen zu tun und das Ganze nicht so schlimm aussehen zu lassen. Das geschieht auch, wenn jemand mit heruntergelassener Hose auf dem Klo stirbt. Oder man macht einen autoerotischen Unfall zu einem Suizid, weil Selbstmord immer noch besser klingt als Tod bei einem autoerotischen SM-Hängespiel.« Er wandte sich Clara zu. »Deshalb hatte Kepplers Vater einen fingierten Abschiedsbrief seines Sprösslings geschrieben. Es wäre ihm sonst zu peinlich gewesen.«

Clara nickte. »Auf dem Computer. Und die Unterschrift seines Sohnes hatte er mehr schlecht als recht gefälscht.« Verstehen konnte sie den Mann trotzdem.

»Dennoch«, sagte Winterfeld und fächerte sich mit der Ermittlungsakte Luft zu, was er aufgrund des Leichengeruchs, den er sich dabei zufächerte, schnell wieder bleiben ließ. »Wenn jemand sich umbringt, tut er das doch eher bei sich zu Hause und nicht in einem verfallenen Gebäude, oder?«

»Es sei denn«, sagte Clara, »er will, dass möglichst wenige Leute etwas davon mitbekommen.«

»Aber dann ist es doch umso unwahrscheinlicher, dass ein Angehöriger noch schnell hinterherfährt und die Spuren des Suizids verwischt. Wäre der Obdachlose nicht gewesen, hätte niemand diese Frau entdeckt.«

Clara biss sich auf die Lippen und blickte MacDeath an. »Auch wieder wahr. Und woher wusste der oder die Angehörige von diesem Ort? Könnte das abgesprochen sein? War es vielleicht gar kein Suizid, sondern doch Mord?«

Sie schaute von Weinstein an.

Der zuckte die Schultern. »Das sehen wir gleich im Institut, wenn wir uns die Leiche bei vernünftigem Licht anschauen und nicht in dieser Dunkelkammer.«

»Na schön«, sagte Winterfeld. »Also, was wissen wir? Ob es Suizid war? Nein, wissen wir nicht. Ob es Färber war? Wissen wir auch nicht. Wir wissen nur, dass auch diese Leiche posthum geschminkt wurde. Ansonsten haben wir erst einmal keine Gemeinsamkeiten.«

»Ich rufe Hermann an«, sagte Clara. »Er soll die Vermisstenmeldungen der letzten Tage durchforsten. Vielleicht wird die Dame ja vermisst, und wir können schnell herausfinden, wer sie ist. Und dann haben wir hoffentlich schon ein Ergebnis von der Rechtsmedizin.« Sie schaute Winterfeld an. »Macht das Sinn?«

Der lächelte. »Was immer Sie sagen, Señora!«

21

Der Arzt war gekommen und hatte der Mama des Jungen geholfen. Sie wollte erst keinen Arzt, aber das Bluten hörte nicht auf.

Auch die Zähne hatte der Arzt gefunden. Sie lagen in einer Ecke der kleinen Küche. Man könne sie nicht wieder einsetzen, hatte der Notarzt gesagt, das sei zu teuer, aber es gäbe andere Lösungen. Wie es denn passiert sei, hatte er dann wissen wollen. Mama sagte irgendetwas von »gegen die Tür gerannt«. Der Arzt schaute skeptisch drein, beließ es aber dabei und verschwand.

Nur der Junge beließ es nicht dabei.

Er ging zur Polizei. Aber die schauten ihn nur mit großen Augen an und sagten ihm, Mama müsse sich dann selbst bei ihnen melden, nicht er, ein kleiner Junge. Dann ließen sie sich Mamas Telefonnummer geben. Gleichzeitig schauten sie auf die Uhr, denn es war bald Feierabend.

Zwei Tage später klingelte es an der Tür. Mamas Mund war immer noch geschwollen, und die fehlenden Zähne verwandelten ihr Gesicht in eine fremdartige Fratze. Sie bewegte sich unsicher, als sie zur Tür ging.

Zwei Männer standen dort.

Der Junge hörte irgendetwas wie »Hauptkommissar« und »Sie müssen es nur sagen, dann können wir …«

Kevin saß im Wohnzimmer. Der Fernseher dröhnte, doch er besaß den Instinkt eines Raubtiers. Als er die Stimmen an der Tür hörte, drehte er die Lautstärke leiser, rührte sich aber nicht.

»Wir können Sie hier rausholen«, sagte der Kommissar noch

einmal zu Mama. »Wir bringen Sie in ein Frauenhaus. Sie müssen es nur wollen.«

»Nein«, sagte Mama.

Der Junge verstand die Welt nicht mehr.

»Möchten Sie Strafanzeige erstatten?«

»Nein«, sagte Mama wieder. Ihre Augen blickten so unendlich traurig, dass sogar die Polizisten einander betreten anschauten.

»Dann müssen wir jetzt gehen. Wenn Sie es sich anders überlegen, rufen Sie einfach an.«

Der Mann gab Mama eine Karte.

Die Tür fiel ins Schloss.

Im selben Moment erschien Kevin, in der Hand eine brennende Zigarette. Er hatte mit seinem Raubtierinstinkt ein paar Sekunden gewartet, bis die Polizisten außer Hörweite waren.

»Schlagen kann ich dich nicht mehr«, sagte er zu Mama. »Du bist schon verbeult genug. Aber es geht auch anders.«

Er näherte die Zigarette ihrem Unterarm.

»Ich habe nichts gesagt! Ich habe wirklich nichts gesagt!« Mama heulte fast und versuchte, der Zigarette zu entkommen.

»Und woher wussten die Scheißbullen, dass sie herkommen mussten?«

Mama sagte nichts. Die Stille war gefährlich, das wusste der Junge. In diesem Augenblick drehte sich der schwere, unrasierte Schädel Kevins in seine Richtung, und die blutunterlaufenen Augen starrten ihn an wie die eines Kampfhundes.

»Du!«, stieß er hervor. *»Du bist zur Polizei gegangen, du kleiner Scheißer!«*

Seine Stimme überschlug sich. Im Hintergrund kläffte der stinkende Köter.

Kevin umfasste den Kopf des Jungen mit beiden Händen wie ein Schraubstock und zog ihn zu sich hoch.

»Kevin! Bitte nicht!«, schrie Mama.

Es half nichts. Kevin zerrte den Jungen zu sich hoch, bis ihre Gesichter auf gleicher Höhe waren.

»Wenn du noch mal die Bullen rufst, erwürge ich die Schlampe! Ist das klar?«

»Ja ...«, brachte der Junge gepresst hervor.

Kevin ließ ihn fallen. Der Junge prallte auf den Boden. Der Köter bellte noch lauter. Die Ohrfeige, die den Jungen dann traf, schmetterte seinen Kopf gegen die Wand. Sterne tanzten vor seinen Augen.

»Und jetzt geh zu Keucher!«, brüllte Kevin und zeigte auf den Köter. »Und hol ihm einen runter!«

22

Es war 21 Uhr. Die Sonne ging unter an einem Tag, der Clara und ihrem Team zwei Leichen beschert hatte.

»Ich fahre Sie nach Hause, Señora«, sagte Winterfeld, der am Steuer des schwarzen Mercedes saß, die Hände in 10-vor-2-Position am Lenkrad. »Die Vermisstenmeldung läuft. Mehr finden wir heute sowieso nicht raus. Morgen ist dann auch die Obduktion durch.«

Clara war es recht – müde, wie sie nach dem Albtraum der letzten Nacht war. Schließlich war die Nacht um fünf Uhr morgens zu Ende gewesen, und tief und erholsam geschlafen hatte sie nun wirklich nicht.

MacDeath saß neben ihr auf der Rückbank und schaute sich auf seinem Tablet die Tatortfotos an.

»Der geschminkte Hals«, sagte er. »Auch ein typisches Zeichen von Undoing. Genau wie bei Barbara Färber.«

»Heißt das, wir haben in beiden Fällen die Schminke, weil es sich um Undoing handelt oder weil es der gleiche Killer ist?«, fragte Clara.

»Vielleicht beides. Wenn es der gleiche Killer ist, will er möglicherweise erreichen, dass die Toten zu hübsch aussehenden Puppen werden. So hübsch jedenfalls, wie es in Anbetracht ihres Zustands noch möglich ist.«

»Eine Art Depersonalisierung?«

MacDeath schüttelte den Kopf. »Nein, das wäre das genaue Gegenteil. Jeffrey Dahmer zum Beispiel, der Kannibale von Milwaukee, kochte die Leichen seiner Opfer aus und errichtete aus den Knochen Schreine und Altäre in seiner Wohnung. Dann malte er die Knochen an, damit sie alle gleich aussahen. *Das* ist Depersonalisierung. Oder wenn der Täter ein Opfer nach dem Mord entstellt. Hier ist es genau anders herum.«

»Aber die Schminke lässt doch alle ähnlich aussehen?« Das war Winterfeld.

»Richtig, aber auch der Tod lässt die Menschen ähnlich aussehen. Die Schminke, die ganze Inszenierung sollen den Tod aussperren und die Opfer wieder zu denen machen, die sie zu Lebzeiten waren. Barbara Färber wird geschminkt, damit man das Blau nicht sieht, bei der gehängten Leiche wird die Strangmarke überschminkt. So, als ob nichts gewesen wäre.«

»Also könnte es der gleiche Täter sein?«

MacDeath zuckte die Schultern. »Die Opfer sind Frauen. Sie wissen ja, die meisten Serienmörder sind Männer und töten gemäß ihrer sexuellen Präferenz. Und die meisten Männer sind heterosexuell, was Frauen zur klassischen Opfergruppe macht.«

»Dann hätten wir eine sexuelle Komponente bei einer fast achtzigjährigen Frau?« Das war wieder Winterfeld.

»Kommen Sie«, sagte MacDeath, »das haben wir doch alles schon erlebt. Das Alter ist oft nebensächlich. Auch wenn es in beiden Fällen nicht zu einer Vergewaltigung oder Sexualkontakt kam. Wir haben den gleichen Opfertypus und das gleiche Nachtatverhalten. Und alle Morde ereignen sich in kurzer Abfolge in Berlin. Wie bei einer Mordserie.«

Schon wieder ein Serienmörder?, dachte Clara. *Das fehlte mir gerade noch.*

»Aber was ist dann das Motiv?«, fragte Winterfeld vom Fahrersitz aus, während der Wagen am Kurt-Schumacher-Platz vorbeifuhr, den man in Berlin »Kutschi« nannte. »Bei Jochen Färber ist es klar. Er ist traumatisiert von seinem beschissenen Kinderpornojob, kriegt keinen mehr hoch und ist frustriert. Dann muss er auch noch feststellen, dass seine Frau fremdgeht. Daraufhin bringt er sie um und verschwindet.« Er drehte sich um. »Wenn das hier ebenfalls Färber war, was ich nicht glaube, heißt das doch, dass er auch noch irgendwo in Berlin ist. Dann ist er *nicht* über alle Berge.«

MacDeath blätterte weiter durch seine Fotos auf dem Tablet. »Vielleicht ist er ja auf den Geschmack gekommen.«

»Aber dann muss er das Opfer doch ebenfalls kennen«, sagte Clara. »Undoing ist typisch für eine Beziehungstat.«

»Vielleicht ist er auf den Geschmack gekommen bei Leuten, die er kennt?« MacDeath war offenbar nicht gewillt, locker zu lassen. »Oder er will, dass wir einer falschen Spur folgen.«

»Ich weiß nicht«, sagte Winterfeld. »Vielleicht ist es einfach nur Zufall. Hier leben dreieinhalb Millionen Menschen, und einige davon haben ziemlich einen an der Klatsche. Es ist Sommer, es ist heiß. Da kann es doch mal passieren, dass zwei Leichen auftauchen, die postmortal geschminkt wurden. Beim ersten Fall ist die Undoing-Komponente ganz klar. Der Mann ist sauer auf seine Frau und bringt sie um, und dann tut es ihm leid. In dem Fall der alten Dame ist es schon nicht mehr so klar. Es kann auch, wie wir ja schon sagten, ein Nachtatverhalten sein, um das Opfer aus einer kompromittierenden Situation zu befreien. Es könnte aber auch ein völlig anderes Motiv und ein ganz anderer Täter sein.« Er blickte kurz nach hinten. »Was meinen Sie, Señora?«

Clara unterdrückte ein Gähnen. »Solange wir nicht wissen, wer die Frau ist und ob es nicht doch Suizid war, bringen die ganzen Spekulationen nichts.« Sie schaute aus dem Fenster auf die klassizistischen Häuser von Pankow und Prenzlauer Berg, die im warmen Licht der Abendsonne strahlten. »Ich weiß nur, dass ich hundemüde bin. Ich hatte einen verdammten Albtraum letzte Nacht, und dann klingelte in aller Herrgottsfrühe das Telefon. Aber ich werde noch ein bisschen über alles nachdenken, ich habe die Akte ja hier.« Sie klopfte auf die Tasche.

»Schlafen Sie sich lieber aus, Señora«, sagte Winterfeld und stoppte den Wagen vor Claras Wohnung an der Schönfelder Allee. »Wir sehen uns dann morgen!«

»Ja«, sagte Clara. »Bis morgen.«

Sie trat auf die Straße und schlug die Autotür hinter sich zu.

Eine Tür, dachte sie, *eine Tür bringt dich von einer Seite auf die andere.* Allerdings konnte die Welt hinter der Tür vollkommen anders sein als die, in der man eben noch gewesen ist. Gerade noch, im Auto, war Clara in der Welt der Morde, des Blutes, der Angst und des Todes gewesen. Jetzt war sie wieder in der Welt des Lichts. Die Cafés waren voll besetzt, die Vögel zwitscherten in den Bäumen, und Musik klang aus den zahlreichen Kneipen und vorbeifahrenden Autos. Spatzen hüpften über die Bürgersteige und pickten an Croissants und Pizzaresten. Pärchen spazierten Hand in Hand die Straße entlang, während die untergehende Sonne die Stadt und den Himmel in leuchtende Rot- und Orangetöne tauchte. All die Schrecken, die Clara gesehen hatte, schienen zu einer anderen Welt zu gehören.

Ein Serienkiller, dachte sie. Es sprach vieles dagegen. Aber wenn es so wäre, hätte es immerhin einen Vorteil: Es gäbe nur einen Mörder, den sie jagen müssten.

Clara schloss die Eingangstür auf. Ihre Finger zitterten. Hier, in dieser Wohnung, hatte sie letzte Nacht einen der schlimmsten Albträume ihres Lebens gehabt.

Erneut verließ sie die Welt des Lichts und des Lebens und trat ein in ein Reich der Stille und des Alleinseins. Sie ging hinauf ins erste Stockwerk, verschwand in ihrer Wohnung und warf ihre Tasche auf das Sofa im Wohnzimmer. Über den Fall nachdenken konnte sie immer noch, falls sie später nicht schlafen konnte. Ein paar Minuten wollte sie sich heute auch einmal entspannen.

Sie öffnete die Balkontür, ging in die Küche und holte eine Flasche Grüner Veltliner aus dem Kühlschrank. Sie schenkte sich ein Glas ein und wühlte in der Schublade im Flur nach den Zigaretten. Sie hatte ein paar Tage nicht geraucht und soeben beschlossen, jetzt wieder damit anzufangen.

»Willst du unbedingt fett werden?«, hatte eine gute Freundin sie gefragt, als Clara wieder einmal mit dem Rauchen aufgehört hatte. Nein, das wollte sie bestimmt nicht. Sie war stolz auf ihre Figur, und damit war sie nicht alleine. Den Mann fürs Leben hatte sie dadurch zwar noch nicht gefunden, aber dass Männer sie attraktiv fanden, das wusste sie.

Clara vermied es, ins Schlafzimmer zu blicken, wo sie den furchtbaren Albtraum gehabt hatte, und setzte sich mit dem Weißwein und der Zigarette auf den Balkon, der einen Blick auf die Schönhauser Allee bot. Sie zündete die Zigarette an und blies den Rauch in die Abendluft, wo er am orange-blauen Himmel zerfaserte. Er jetzt merkte sie, wie müde sie wirklich war.

Sie nippte am Wein, genoss den fruchtigen Geschmack auf der Zunge und am Gaumen. Es schmeckte nach Sommer und Sonne, nach guter Laune und Unbeschwertheit, was so gar nicht zu der Welt passte, mit der sie eben noch zu tun gehabt hatte. Eine Welt, die den Menschen draußen weitgehend fremd war, weil sie diese Welt nie zu Gesicht bekamen. Clara hingegen hatte ständig mit dieser Welt zu tun, wie auch mit den Toten, die ihr Produkt waren und zugleich Spiegel einer Gesellschaft, die gerne ihr helles, strahlendes Abbild feierte.

Doch es gab auch einen anderen Spiegel – den, der die dunkle Seite zeigte. Und es war nicht immer die dunkle Seite des Handelns, wie Mord, Totschlag, Missbrauch und Vergewaltigung, es war auch die ebenso dunkle Seite des Nichthandelns: Die Ignoranz gegenüber den Mitmenschen, die Teilnahmslosigkeit und Anonymität.

Menschen, die fünf Jahre tot in ihrer Wohnung lagen, ohne dass es jemandem auffiel, waren ein doppeltes Zeichen sozialer Verwahrlosung von Menschen, die sich bereits zu Lebzeiten aufgegeben hatten und in ihren von Müll und Fäkalien überquellenden Wohnungen einsam starben. Aber ganz sicher war es auch eine soziale Verwahrlosung der Mitmenschen, die zuließen, dass diese Leute in einen solchen Zustand gerieten und elend und einsam zugrunde gingen. Diese Toten waren für Clara der Seismograf, der ihr die Abgründe der Gesellschaft zeigte, die all jene, die sicher und behaglich lebten, ungern sahen, die aber nichtsdestotrotz existierten.

Und auch wenn Clara die Mörder hasste, den Tod als solchen konnte sie in seiner drastischen Ehrlichkeit nicht geringschätzen. Denn der Tod, mit dem sie es täglich zu tun hatte, war ähnlich wie sie – direkt und kompromisslos.

Er zeigte alles so, wie es war, und beschönigte nichts.

Klar und gnadenlos, wie der Schnitt eines Skalpells.

Tote lügen nicht.

23

Als Clara am nächsten Tag um kurz vor 9 Uhr ins Büro kam, war dort bereits die Hölle los. Hermann kam ihr mit stampfenden Schritten entgegen. Auf seinem Gesicht lag ein Ausdruck, als wäre er der Weihnachtsmann und Clara ein Kind bei der Bescherung.

»Wir wissen, wer die Leiche ist«, sagte er.

»Das ging ja schnell!«

»Wir haben eine Vermisstenmeldung bekommen. Es geht um eine Martha Gerling. Die Meldung kam von ihrem Sohn Andreas.« Clara folgte Hermann in sein Büro, die Tasche noch in der Hand. Er nahm die Akte vom Tisch. »Die beiden haben offenbar täglich telefoniert. Gerling hat sich dann gewundert, als er seine Mutter drei Tage nacheinander nicht erreichen konnte.«

»Hat denn im Heim niemand etwas bemerkt?«

»Sie war nicht im Heim. Sie wurde zu Hause gepflegt.«

»Eins nach dem anderen«, sagte Clara. »Ich brauche erst mal einen Kaffee.«

»Gute Idee.«

Sie ging mit Hermann zur Kaffeeküche, wo die altersschwache Kaffeemaschine laut röchelnd Wasserdampf ausstieß. Clara trank den immer etwas bitteren LKA-Kaffee mit langsamen Schlucken.

»Also dann.« Hermann schaute auf seine Unterlagen. »Die Dame besaß eine große Villa in Zehlendorf. Sie konnte anhand von Fotos identifiziert werden. Sicherheitshalber wird auch noch ein DNA-Abgleich vorgenommen.«

»Eine Villa in Zehlendorf?« Clara horchte auf. »Dann scheint die Dame Geld gehabt zu haben.«

Hermann nickte. »Die Grundstückspreise in der Gegend sind astronomisch. Anscheinend hat sie auch über einige Barmittel verfügt.«

»Und ihr Sohn?«

»Sie hat zwei. Andreas Gerling – das ist der, der die Vermisstenmeldung aufgegeben hat –, und Gerhard Gerling.« Er schenkte sich selbst einen Kaffee ein und kratzte sich dabei den kahlen Kopf. »Gerhard ist Anwalt. Wir haben schon mit seinem Büro gesprochen. Zurzeit nimmt er an einer Konferenz in den USA teil, an der Harvard Law School. Dort konnten wir wegen der Zeitverschiebung bisher niemanden erreichen.«

»Und der andere, der die Meldung aufgegeben hat?«, fragte Clara.

»Andreas. Er ist Banker in Frankfurt.«

»Kann er herkommen?«

Hermann lächelte. »Er ist gleich hier. Hat einen frühen Flieger von Frankfurt aus genommen.«

»Tüchtig! Er wohnt in Frankfurt?«

»Ja.«

»Dann können wir ja gleich mit ihm sprechen.«

»Sollten wir auch.«

Clara trank noch einen Schluck Kaffee und ordnete ihre Gedanken. »Nehmen wir mal an, es war einer der beiden Söhne.« Sie schaute Hermann an. »Das Motiv ist klar.«

»Geld?«

»Natürlich. Wer war es dann eher? Der Anwalt oder der Banker?«

»Der Banker ruft besorgt an und gibt eine Vermisstenmeldung auf«, sagte Hermann. »Das macht ihn erst einmal unverdächtig.«

Clara nickte. »Vielleicht. Vielleicht auch nicht. Möglicherweise auch nur, weil er der Erste ist, der von dem Vermisstenstatus weiß. Weil er selbst dafür gesorgt hat.«

Hermann pustete in seinen Kaffee. »Kann sein. Und jetzt spielt er den pflichtschuldigen Sohn, der in Frankfurt alles stehen und liegen lässt und herkommt.«

»Und der Anwalt?«

Hermann zuckte die Schultern. »Der ist über alle Berge. Oder in Harvard.«

»In Kürze wissen wir, wie lange die Frau schon tot ist. Würde mich nicht wundern, wenn es zum Zeitpunkt des Abflugs vom Sohnemann passt. Er bringt seine Mutter um, setzt sich in den Flieger und tschüss. Jedes Mal geht es um Geld.«

»Zumal die alte Dame reichlich davon hat. Es wäre nicht das erste Mal, dass das Ableben reicher Mütter oder Tanten von den Nachkommen beschleunigt wird.« Hermann las den Spruch auf der Kaffeetasse, die mal jemand aus England mitgebracht hatte. *Me boss, you not,* stand da.

Auf dem Flur waren schwere Schritte zu hören. Clara schaute nach draußen und entdeckte Winterfeld, der zum Fenster ging, es öffnete und sich einen Zigarillo anzündete. Es war schon lange eine seiner Marotten, das große Fenster an der Kaffeeküche zu öffnen, unabhängig von der Jahreszeit, und »nach draußen zu rauchen«, wie er es nannte. Seit Jahren ging das so, bis auf die wenigen Monate, als er unter der Woche auf das Rauchen verzichtet hatte.

Clara und Hermann gingen zu ihm, während er genüsslich inhalierte und den Rauch bedächtig ausstieß.

»Ich dachte, Sie rauchen nur noch am Wochenende?«, sagte Clara.

Winterfeld hatte Anfang des Jahres ein ernstes Gespräch mit seinem Arzt geführt, der ihm das Rauchen ganz verbieten wollte. Schließlich aber hatten sie sich auf einen Kompromiss geeinigt.

»Am Wochenende, ja. Und eine morgens und abends.« Winterfeld schaute sie an und blies Rauch in die morgendliche Sommerluft. »Was gibt's Neues?«

Sie brachten Winterfeld kurz auf den aktuellen Stand.

»Das ging ja schnell«, sagte er und zog an dem Zigarillo. »Und ihr meint, dieser Banker hat echt die Eier, seine Mutter abzumurksen und dann als braver Bürger hierher ins Revier zu kommen, in die Höhle des Löwen? Mit der Morgenmaschine geradewegs aus Frankfurt?«

»Er kommt ja nicht, um sich als Mörder zu outen.«

»Schon klar. Aber der Anwalt ist außer Landes. Könnte ein Hinweis sein.«

Clara nickte. »Mit dem können wir aber nicht sprechen. Wir rufen gegen Mittag in Harvard an, wenn die Jungs da drüben wach sind.«

»Eine Sache ist ähnlich wie bei Barbara Färber«, sagte Winterfeld und nahm einen weiteren Zug. »In beiden Fällen ist ein möglicher Täter von der Bildfläche verschwunden. Habe gerade noch mal mit den Kollegen gesprochen. Jochen Färber ist immer noch wie vom Erdboden verschluckt.«

»Das stimmt«, sagte Clara, »nur leider sind es hier verschiedene Täter. Ich glaube nicht, dass Jochen Färber, der Polizist, irgendetwas mit diesem Mord zu tun hat, auch wenn MacDeath mal wieder gerne seinen Serienkiller hätte.«

»Na klar, MacDeath«, sagte Winterfeld, »unter Serienkillern tut der es nicht.«

»Hermann«, sagte Clara. »Nur für den Fall der Fälle: Kannst du deinen Jungs noch mal deutlich sagen, sie sollen alle Querverbindungen zwischen Jochen Färber, Martha Gerling und ihren Söhnen checken? Vielleicht gibt es doch einen Zusammenhang. Dass Färber allerdings einfach losrennt und wildfremde Menschen umbringt, kann ich mir trotzdem nicht vorstellen. Vor allem, da er ja verschwunden zu sein scheint und …«

Silvia, Claras Sekretärin, die sie sich mit einem Kollegen teilte, kam den Gang hinunter.

»Frau Vidalis? Herr Andreas Gerling aus Frankfurt ist da.«

»Wunderbar«, sagte Clara. »Bringen Sie ihn in einen der Räume. Ich bin sofort da.« Sie schaute Hermann an. »Kommst du mit?«

»Klar, er hat ja mit mir gesprochen.« Er grinste.

»Viel Erfolg wünsche ich«, sagte Winterfeld und nahm einen letzten Zug, bevor er den Zigarillo ausdrückte und aus dem Fenster ins Gebüsch warf. »Und denkt daran, wir brauchen Fingerabdrücke und DNA von den beiden, beziehungsweise erst mal von dem Banker, denn der ist ja hier.«

»Machen wir!« Clara und Hermann machten sich mit eiligen Schritten auf den Weg zum Besprechungsraum.

* * *

Sie hatten Andreas Gerling absichtlich nicht in einen der Verhörräume gebracht. Schließlich war er freiwillig gekommen. Auch wenn sie schon Täter erlebt hatten, die ihre Tat selbst zur Anzeige brachten, um auf diese Weise von sich abzulenken, machte das Andreas Gerling zu einem möglichen, nicht aber zu einem definitiven Verdächtigen.

Gerling war Investmentbanker, saß in einem teuren Anzug, der so gar nicht zur frugalen Atmosphäre des Besprechungsraumes passen wollte, auf einem zerschlissenen Stuhl und wippte mit dem Fuß. Die Haare grauschwarz, das Gesicht gebräunt, die Augen müde, was an dem frühen Flieger, vielleicht aber auch an seinem Job liegen konnte. Auf seinem Gesicht lag ein verzweifelter Ausdruck.

»Wir wissen es zu schätzen, Herr Gerling, dass Sie so schnell zu uns kommen konnten.«

Gerling nickte und trank von dem Kaffee, den man ihm hingestellt hatte. »Ich bin eigentlich gekommen, um meine Mutter zu sehen. Ich hoffe, ich schaffe das heute noch. Aber mit Ihnen spreche ich natürlich auch gern.« Er schaute abwechselnd Clara und Hermann an. »Sie sagten, die Umstände ihres Todes seien noch nicht ganz geklärt?«

Clara nickte. »Wir werden Ihnen sehr bald Auskunft dazu geben können. Selbstverständlich können Sie sich anschließend von Ihrer Mutter verabschieden.« Jetzt war es Zeit, zur Sache zu kommen, denn die Informationen, die von Zeugen oder Verdächtigen kamen, waren meist zielführender als die von Befragten, weil diese ausreichend Zeit hatten, sich ihre Antworten zurechtzulegen.

»Waren Sie in den letzten Tagen ausschließlich in Frankfurt?«

Gerling überlegte einen Moment. »Ja. Wobei ich auch oft in London oder Zürich bin. Da müsste ich mal in meinen Kalender schauen.« Dann hielt er kurz inne. »Wieso?«

»Wir sammeln Informationen über die Personen, die mit Martha Gerling in Kontakt standen. Außerdem nehmen wir die Fingerabdrücke. Nichts Dramatisches.«

Gerling schien ein Licht aufzugehen. »Ich bin also verdächtig?«

»Sie sind zunächst mal ein Zeuge«, beruhigte ihn Clara. »Und von denen müssen wir einiges wissen.«

»Meine Sekretärin kann Ihnen gerne meine sämtlichen Termine aus meinem Outlook zukommen lassen, wenn es Ihnen hilft.« Er reichte Clara eine Karte über den Tisch. »Solange ich dabei helfen kann, den Tod meiner Mutter aufzuklären, bin ich zu allem bereit.«

»Ihr Bruder«, wechselte Clara das Thema, »Gerhard Gerling, haben Sie viel Kontakt zu ihm?«

Der Banker zuckte die Schultern. »Wir arbeiten beide sehr viel. Er ist ja Strafverteidiger, kümmert sich um dicke Fische. Ab und zu mailen wir mal. Die letzte Info ist die, dass er zu einer Konferenz nach Harvard wollte.«

»Die Info haben wir auch.«

»Na, sehen Sie!«

»Können wir offen sprechen?«, fragte Clara nach kurzer, bedeutungsvoller Pause.

Gerling kniff die Lippen zusammen. »Ich bin Banker. Mir müssen Sie keine rosarote Welt vormalen, ich bin harte Fakten gewohnt. Worum geht es?«

»Falls es möglich sein sollte, dass Ihre Frau Mutter keines natürlichen Todes gestorben ist ...«

»Keines natürlichen Todes?«

»Ja. Sondern Unfall, Mord oder Selbstmord.«

»Selbstmord?«

»Suizid.« Clara nickte. Hermann beobachtete beide aufmerksam.

»Also, wenn wir den Unfall auch noch rausnehmen, haben wir nur noch den Mord ...«

»... sozusagen die harten Fakten«, ergänzte Hermann.

Gerlings Gesicht verlor alle Farbe. »Mord?«

»Könnte es jemanden geben, der am Tod Ihrer Mutter interessiert ist?«

Gerling schwieg eine Zeit lang, in Gedanken versunken. »Dieser Pfleger«, sagte er dann mit gedämpfter Stimme.

Clara hob die Augenbrauen.

»Welcher Pfleger?«

»Nun, meine Mutter ist dreiundachtzig. Sie weigert sich, in ein Heim zu gehen, und hat ihre Villa altersgerecht eingerichtet. Ich gönne es ihr. Sie kommt aus Vorpommern, aus armen Verhältnissen, hat sich hier mit ihrem Mann alles wieder aufgebaut und schwer dafür geschuftet. Also soll sie auch in Würde alt werden. Sie kann sich eine ambulante häusliche Pflege problemlos leisten. Warum also nicht?«

Hermann nickte. »Finden wir auch. Und wo liegt das Problem?«

»Sie hat einen privaten Pfleger, der sich um sie kümmert. Sie hält große Stücke auf ihn. Er ist immer für sie da, ist nett und charmant. Ich selbst …« Er schien nach Worten zu suchen. »Ich selbst habe ihn allerdings nie gemocht.«

Vielleicht bekommt er einen Teil vom Erbe, und das passt den Söhnen nicht, überlegte Clara. »Warum nicht?«, fragte sie.

»Hören Sie sich mal um«, sagte Gerling, als wäre das eine Information, die die Spatzen überall von den Dächern pfiffen. »Der Mann hat als Pfleger auf unterschiedlichen Stationen in Alten- und Pflegeheimen gearbeitet und wurde jedes Mal gefeuert. Sie können sich vorstellen, warum?«

»Warum?« Clara stellte sich dumm, obwohl sie es sich denken konnte.

»Diebstahl, Nötigung, sexuelle Belästigung.« Gerling seufzte und nippte am Kaffee. »Meine Mutter mochte ihn trotzdem. Würde mich nicht wundern, wenn er es war, auch wenn meine Mutter von meinen Einwänden nie etwas wissen wollte. Vielleicht ist das jetzt der Preis für ihr Vertrauen. Was der Kerl so alles auf dem Kerbholz hatte!«

»Er hatte viel auf dem Kerbholz?«, fragte Hermann.

»'ne Menge«, sagte Gerling und machte ein Gesicht, als wäre er der Kommissar.

»Hat er auch einen Namen?«

»Timm. Bernhard Timm.«

Clara blickte Hermann an. Den Namen würden sie sich sofort per Einwohnermelderegister ziehen.

Claras Handy klingelte.

»Weinstein hier«, sagte die Stimme am anderen Ende. »Wir sind mit der Leiche durch.«

Claras Gesicht hellte sich auf. »Wir sind in fünfzehn Minuten bei euch!« Sie blickte Gerling an. »Wir haben einen wichtigen

Termin im Zusammenhang mit Ihrer Mutter.« Dass es sich um die Leichenschau handelte, verschwieg Clara. Sonst hätte sie noch zehn Minuten mit Gerling reden und ihm klarmachen müssen, weshalb er nicht mitkommen durfte. »Wie lange sind Sie noch in Berlin?«

Er zuckte die Schultern. »Heute noch. Ich kann fliegen, wann ich will. Solange bin ich im Büro.«

»Sie haben auch ein Büro hier in Berlin?«

Er lächelte. »Meine Bank hat überall Büros.«

»Wir melden uns!«

* * *

Ein Kollege kümmerte sich um die Fingerabdrücke und die Personalien von Andreas Gerling, während Clara und Hermann im Eilschritt den Gang hinunterliefen.

»Dieser Pfleger«, sagte Hermann. »Was meinst du?«

Clara war sich nicht sicher. »Vielleicht war es gar kein Mord, sondern wirklich ein Suizid? Die Alte wollte nicht mehr, wollte auch niemanden damit behelligen, aber einiges konnte sie einfach nicht mehr allein machen. Sie hatte Gicht und Gedächtnisverlust, Rheuma und Arthritis. Darum hat sie sich von diesem Pfleger das Versprechen abnehmen lassen, dass er sie aus der kompromittierenden Lage befreit, nachdem sie tot ist, und sauber aufs Bett legt, damit ihre Angehörigen oder wer auch immer sie nicht am Seil hängend finden. Vielleicht vertraute sie ihm so sehr, dass sie ihm den letzten Schritt überließ. Und dafür bekam er Geld.«

»Unter der Hand, damit ihre Söhne nichts merken?« Hermann wiegte den Kopf. »Mal sehen, wie Bernhard Timm sich aus der Affäre zieht. Mit dem sprechen wir als Nächstes.«

»Das kann allerdings auch für die Söhne gelten«, führte Clara ihren Gedanken fort. »Sie nehmen ihre Mutter aus der Schlinge und erben das Geld. Je mehr ich darüber nachdenke, desto weniger ist die Sache mit dem Suizid für mich vom Tisch.«

Sie betraten den Aufzug, um in den dritten Stock zu fahren.

»Du kümmerst dich um Gerling und die Personalien von Timm, ich schaue mir die Leiche an, okay?«

»Hab schon verstanden.« Hermann seufzte und setzte ein beleidigtes Gesicht auf. »Du machst die spannenden Sachen und ich den langweiligen Scheiß!«

24

»Schlampe!«

So schallte es an diesem Morgen bestimmt zwanzig Mal durch die kleine, schmutzige Wohnung.

Sie hatten sich schon den ganzen Morgen gestritten. Wobei »gestritten« bedeuten würde, dass man sich gegenseitig anschreit. Hier aber hatte nur Kevin ununterbrochen die Mama angebrüllt. Dabei drängte er sie immer mehr aus der Wohnung heraus, mit jedem Schritt, als wollte er von dem Besitz nehmen, was ihm gar nicht gehörte. Und Mama wehrte sich nicht. Schließlich kauerte sie oben am Treppenabsatz wie ein Lamm, das zur Schlachtbank geführt werden soll.

Kevin zog den Gürtel aus der Hose und bewegte sich langsam auf Mama zu. Sie zitterte vor Angst und blickte ihrem Peiniger entgegen, die Lider flatternd vor Furcht.

Er warf ihr abscheuliche Beleidigungen an den Kopf.

Und dann trat er zu.

Sie wurde nach hinten geschleudert, versuchte, sich mit der Hand am Geländer festzuhalten, griff aber ins Leere. Mit einem schrillen Schrei kippte sie hintenüber und stürzte kreischend die Treppe hinunter, bis sie wimmernd und zuckend am Fuß der Treppe liegenblieb.

Die Nachbarn hielten sich heraus.

Sollte eine der Türen geöffnet gewesen sein, schloss sie sich wieder wie von Geisterhand, sobald drinnen jemand das Gefühl hatte, es könnte ungemütlich werden. Oder er müsste helfen.

Das wusste der Junge schon seit Langem. Von den Nachbarn

würde ihm niemand helfen. Und der Mama auch nicht. Die Nachbarn waren auf Kevins Seite. Mama und er waren allein.

Kevin kam die Treppe herunter.

Mamas Blick huschte ängstlich nach oben. Kurz schaute sie zu dem Jungen, dann auf Kevin, der vor ihr stehenblieb und sie hasserfüllt anstarrte.

»Glotz nicht so dämlich, Miststück!«, brüllte er.

Und trat noch einmal zu, diesmal von oben nach unten.

Das trockene Geräusch seines Trittes an Mamas Kopf vermischte sich mit dem Schrei, den der Junge am oberen Ende der Treppe ausstieß.

Mamas Kopf flog zur Seite und knickte nach unten.

Sie zuckte heftig.

Einmal. Zweimal.

Und bewegte sich nicht mehr.

Kevin hatte es plötzlich eilig. Die Eingangstür zum Treppenhaus fiel krachend hinter ihm ins Schloss.

Mama lag da wie tot.

Der Junge rannte zu ihr. »Mama!«, rief er. »Was ist? Mama? Mama!«

Sie gab ein ersticktes Stöhnen von sich, schlug die Augen auf und blickte ihren Sohn mit flatternden Lidern an.

»Du musst nach oben, Mama!«, drängte der Junge. »Oben können wir den Krankenwagen rufen!«

Kevin war verschwunden. Offenbar hatte er die Tragweite seines Tuns richtig eingeschätzt und es vorgezogen, das Weite zu suchen.

»Du musst nach oben, Mama!«, flehte der Junge noch einmal.

Mama nickte und verzog das Gesicht vor Schmerzen. Blutiger Speichel rann aus ihren Mundwinkeln, als ihr Sohn sie unter den Armen packte und die Treppe hinaufzerrte, eine Stufe nach der anderen. In der Wohnung würden sie sicher sein. Er würde abschließen und den Schlüssel abbrechen.

Aber Mama war so schwer, so furchtbar schwer!

»Oben holen wir den Arzt, Mama. Wir rufen den Arzt an. Aber du musst … nach oben … du musst.« Er schwitzte und keuchte, als er Mama eine Stufe nach der anderen hinaufzerrte. Dann hatte er die Wohnungstür erreicht, schob Mama in den Flur, bettete ihren Kopf auf seinem Bein und zog mit der anderen Hand die Tür zu.

Der Lärm der Straße und die Geräusche des Treppenhauses waren nur noch gedämpft zu hören.

Sie waren zurück in der Wohnung.

Eine Wohnung, deren Stille sie wie ein Grab empfing.

25

»Sie ist seit ungefähr zwei bis drei Tagen tot«, sagte von Weinstein, als er mit Clara, MacDeath und Winterfeld am Sektionstisch stand, auf dem die Leiche der alten Frau lag. Das grelle Licht des Scheinwerfers beleuchtete die Szene. Clara kam die Gruppe aus Ermittlern, Sektionsassistenten und Rechtsmedizinern, die um den Obduktionstisch stand und die Leiche betrachtete, jedes Mal vor wie die Hirten und Engel in einer Anbetungsszene der Krippe von Bethlehem, wie man sie auf Renaissancegemälden fand.

Doch Weihnachtsstimmung wollte nicht so recht aufkommen, dafür sorgten nicht nur der neuerliche Mord, sondern auch die brütend heißen Temperaturen, gegen die zum Glück die Klimaanlage des Obduktionssaals fleißig ankämpfte.

»Zwei bis drei Tage«, sagte Winterfeld und rümpfte die Nase. »Das riecht man auch.«

Clara konnte ihm nur beipflichten. Es waren zwei Substanzen, die bei bakteriell bedingter Zersetzung von Eiweißverbindungen im Körper entstanden und den typischen Geruch erzeugten: Cadaverin und Putrescin. Die Begriffe leiteten sich vom lateinischen *cadaver* ab, was so viel wie Leiche hieß, und dem Verb *putrescere,* was so viel wie »faulen« bedeutete. Der Geruch beider Substanzen war ausgesprochen penetrant. Hatte man ihn erst eingeatmet, bekam man ihn für den Rest des Tages kaum noch aus der Nase, wie jeder bezeugen kann, der einmal in einem Obduktionssaal gestanden hat. Einzig irreführend war der Begriff »Leichengift«, denn beide Stoffe, sowohl Cadaverin als auch Putrescin, waren vollkommen ungiftig. Gefährlich waren eher verschiedene Fäulnisbakterien, die bei der Verwesung entstanden und hochinfektiös waren.

»Ein klassischer Hänger«, fuhr von Weinstein fort und deutete auf die Füße der Leiche. »Wir haben Leichenflecken an den Fußsohlen, dort hat sich Blut gestaut. Sie hing also frei.«

Hänger, dachte Clara. In der Rechtsmedizin hatten sie ihre eigenen Bezeichnungen, die Außenstehende immer mit einem gewissen Staunen quittierten. Leichen, die sich erhängt hatten oder erhängt wurden, nannte man »Hänger«. Fäulnisveränderte Leichen wurden als »Faule« bezeichnet.

Clara erinnerte sich an einen Fall, als sie einmal eine vier Wochen alte »faule« Leiche in einem vollkommen zugemüllten Wohnzimmer entdeckt hatten und eine Nachbarin sagte, der Kerl habe ja schon zu Lebzeiten immer »den ganzen Tag faul auf dem Sofa herumgelegen«. In solchen Situationen fiel es selbst Clara schwer, sich das Lachen zu verkneifen.

»War es Suizid?«, fragte Winterfeld. »Oder hat da jemand nachgeholfen?«

»Jemand hat nachgeholfen«, sagte von Weinstein kurz und knapp. »Sie weist die vitalen Zeichen des typischen Erhängens auf«, fuhr er fort, während Clara die Leiche betrachtete. Kopf, Brust und Bauchhöhle waren bereits geöffnet, ein langer Schnitt ging von der Drosselgrube, dem Bereich zwischen den Schlüsselbeinen, bis zum Schambein hinunter. Auf dem Organtisch am Fußende der Leiche lagen die Organe säuberlich nebeneinander aufgereiht. Einige waren bereits in der Toxikologie gewesen.

»Speichelabrinnspur, Ansatzblutungen und die sogenannten Simonschen Blutungen, also Einblutungen in das vordere Längsband der Wirbelsäule. Klassische Anzeichen!« Von Weinstein zuckte die Schultern.

Okay, dachte Clara. *Dann passt die Theorie vom Freiwillig-aus-der-Welt-scheiden also doch nicht. Oder hatte jemand der Dame den Suizid so angenehm wie möglich machen wollen?*

»Warum unfreiwillig?«, fragte Clara.

Von Weinstein hob ein Glas mit einer Gewebeprobe und zeigte es allen.

»Zuerst wurde sie mit K.o.-Tropfen bewusstlos gemacht. Die Tropfen wurde in einer Konzentration verabreicht, die absolute Handlungsunfähigkeit hervorruft.«

»Was für ein Zeug ist das?« Das war Winterfeld.

»GHB«, erklärte von Weinstein.

GHB, dachte Clara. *Ein alter Bekannter.*

Gammahydroxybutansäure.

In geringen Mengen, zum Beispiel mit Alkohol vermischt, konnte GBH aufputschend wirken und wurde daher oft auf Partys genommen. In hohen Dosen allerdings wirkte es narkotisch. Daher wurde GBH oft von Banden eingesetzt, die Touristen oder Clubgäste ausrauben oder sogar vergewaltigen wollten. Es machte die Opfer wehr- und willenlos. Deshalb war der inoffizielle Name, neben »K.o.-Tropfen«, auch »Vergewaltigungsdroge«.

»Es kommt zum Kreislaufzusammenbruch, dann zu tiefem Schlaf«, fuhr von Weinstein fort. »Manchmal auch zu Atemdepression. In jedem Fall wird man davon bewusstlos.«

»Aber sie hat noch gelebt, als sie aufgehängt wurde?«, wollte Clara wissen.

Von Weinstein nickte. »Ja, aber sie war nicht mehr bei Bewusstsein.«

»Wie ist das dann gelaufen?«, fragte Winterfeld. »Hat der Täter sie in die Schlinge gehievt?«

»Hat er.« Von Weinstein zeigte mit seinem Metallstab auf den Oberkörper der Toten. »Hier sind Einblutungen an Armen und Brustkorb zu sehen. Das heißt, jemand hat die Frau an den Armen und am Oberkörper festgehalten und in die Schlinge gehoben. Das ist oft auch dann zu beobachten, wenn ein Suizid vorgetäuscht werden soll. Hatten wir vor Kurzem erst.«

Clara kannte den Fall. »Da hatte ein Albaner sein Opfer erdrosselt und dann aufgehängt, weil er dachte, wir doofen Bullen hielten es für Suizid.«

»Tja«, sagte Winterfeld, »die doofen Bullen haben dafür gesorgt, dass er jetzt erst mal fünfzehn Jahre absitzt.«

»Wenn's dabei bleibt«, sagte Clara.

»Jedenfalls sprechen diese Merkmale hier *gegen* einen Suizid«, fuhr von Weinstein fort. »Wer sich umbringen will, steigt normalerweise selbst in eine solche Schlinge und lässt sich nicht reinheben.«

»Ginge das denn so einfach mit dem Reinheben?«

Von Weinstein nickte. »Klar. So ein zierliches achtzigjähriges Mütterchen, das gerade mal fünfundvierzig Kilo wiegt. Das sollte machbar sein.« Er redete darüber, wie andere über das Mittagessen oder über das Bilderaufhängen bei einem Umzug reden.

»Also wurde sie betäubt und dann in die Schlinge gehängt?«, fragte Clara.

»Ja«, antwortete von Weinstein.

»Gestorben ist sie aber an Sauerstoffmangel, bewirkt durch das Hängen?«

»Richtig. Das GHB sorgt dafür, dass die Person nichts davon mitbekommt. Wenn man jemanden unter GBH setzt, kann man so ziemlich alles mit ihm anstellen. Man kann ihn auch in eine Schlinge heben, ohne dass er Gegenwehr leistet. Ohne Mittel ist das nicht so einfach, weil der Betreffende sich mit Zähnen und Klauen verteidigen würde.«

»Sich selbst hat sie nicht unter GHB gesetzt und dann erhängt?«, fragte Clara.

Von Weinstein schüttelte den Kopf. »Nein, dafür war die Dosis viel zu hoch. Ein eigenmächtiger Suizid ist unter derart starker medikamentöser Beeinflussung nicht mehr möglich. Das Opfer wäre schon kurz nach der Einnahme nicht mehr handlungsfähig. Die Zeit, die man braucht, um das Mittel einzunehmen, dann aufs Podest zu klettern und sich zu erhängen, ist zu kurz.«

»Könnte sie nicht an einer Überdosis K.o.-Tropfen gestorben sein?«, wollte Clara wissen.

»Eine berechtigte Frage«, antwortete von Weinstein, »gerade in dem Alter kann eine Überdosis von dem Teufelszeug dafür sorgen, das man den Löffel abgibt. Ich zeige euch aber gleich, dass sie in dem Moment, als sie in die Schlinge schlüpfte, noch frisch und munter war …«

Den Löffel abgeben … frisch und munter in die Schlinge schlüpfen, dachte Clara. Von Weinstein eignete sich definitiv nicht als Mitarbeiter der Telefonseelsorge.

»Hier seht ihr zum Beispiel …«

Claras Handy klingelte. Es war Hermanns Nummer.

»Einen Moment!« Sie drehte sich vom Obduktionstisch weg. »Ja, Hermann, was gibt's?«

»Es sieht folgendermaßen aus«, sagte Hermann. »Dieser Pfleger, Bernhard Timm, ist tatsächlich wegen Diebstahls und sexueller Belästigung aufgefallen. Er ist bei einigen Pflegeheimen rausgeflogen und deswegen bei seinem letzten Arbeitgeber per Aufhebungsvertrag gekündigt worden.« Clara hielt sich das linke Ohr zu. »Alle Anklagen wurden aber fallen gelassen, es kam also nie zu einer Gerichtsvorhandlung. In seiner Akte steht deshalb auch nichts. Aber zwischen den Zeilen kriegt man das alles so erzählt. Die alte Dame, Martha Gerling, mochte ihn tatsächlich und hat ihm vertraut. Und offenbar hat er sich bei ihr nie etwas zuschulden kommen lassen.«

Bis auf jetzt vielleicht, dachte Clara, während sie aufmerksam zuhörte und den Lärm einer oszillierenden Säge vom Nebentisch ignorierte, so gut es ging.

»Nur«, sagte Hermann, und seine Stimme senkte sich um zwei Oktaven. »Timm ist seit zwei Wochen an der Ostsee, in

Grömitz. Er macht da Urlaub, so eine Art Club-Urlaub mit Vollpension. Er wollte sich mal was gönnen. Es gibt massenhaft Leute, die ihn dort gesehen haben, und zwar durchgängig. Timm kann es also nicht gewesen sein.«

»Dann vielleicht doch der andere Sohn? Der Anwalt?«

Hermann rieb sich das Kinn. »Wenn er sich im Erbrecht gut auskennt ... Und der Banker ist ja auch noch nicht vom Tisch. Jedenfalls, solange die DNA und die Fingerabdrücke nicht quergecheckt sind.«

»Ja, der Anwalt«, sagte Hermann, »Soviel ich weiß, ist er Strafverteidiger. Ist er wirklich an der Harvard Law School?«

»Da haben wir gerade angerufen. Die haben uns mit der zuständigen Abteilung verbunden, aber da konnten wir keinen erreichen.« Hermann machte eine Pause. »Die Flüge hat er aber gebucht.«

»Man kann auch Flüge buchen und nicht fliegen«, sagte Clara. »Wissen wir, ob er im Flieger war?«

»Wir arbeiten dran«, sagte Hermann. »Bei den Fluglinien haben wir noch keinen Druck gemacht, weil wir nicht wussten, wie hoch die Prio ist.«

Clara lächelte. »Jetzt ist sie hoch.« Sie überlegte eine Sekunde. »Auch wenn er Businessclass oder sogar First Class fliegt – wenn er wegen eines Fluges ein Alibi hat, muss er erst mal Geld ausgeben. Aber er kriegt durch das Erbe seiner Mutter wieder ordentlich was rein.«

»Okay, Chefin, ganz wie du willst.« Hermann schien sich Notizen zu machen. »Ich kläre das mit der Lufthansa.« Er schwieg einen Moment. »Kann dieser Mord etwas mit dem Mord vorher zu tun haben? Der Fall Barbara Färber?«

»So eine Art Tandem?«, fragte Clara »Halte ich für ziemlich unwahrscheinlich. Im ersten Fall geht es um Rache, hier geht es um viel Geld. Wenn die Mutter tot ist, erbt der Sohn alles – das Geld, die Villa in Zehlendorf und was sonst noch.«

»Die Söhne, meinst du wohl?«

Clara nickte. »Das muss er wohl in Kauf nehmen. Er teilt durch zwei. Dafür wirkt er aber auch nicht so verdächtig, als wenn er Alleinerbe oder Einzelkind wäre.«

»Und der andere?«, fragte Hermann. »Der Banker?«

Clara zuckte die Schultern und blickte auf den Obduktionstisch, wo von Weinstein gerade ein Messer hervorholte.

»Einer ist da, einer ist weg«, sagte Clara. »Der Polizist Färber ist weg, der Unternehmensberater Brunner ist da. Der Anwalt Gerhard Gerling ist weg, der Banker Andreas Gerling ist da. Wer ist mehr verdächtig?«

»Eigentlich der, der nicht da ist. Kann aber auch Absicht sein.«

»Könnte sein, könnte auch nicht sein. Wir haben in jedem Fall zu viele ›könnte‹ und zu wenige ›ist‹.«

»Wir hatten auch mal geglaubt, dass Färber tot ist. Weil Brunner ihn umgebracht hat.«

Clara schüttelte den Kopf. »Dann wäre Brunner auch der Mörder der alten Dame? Das wird ja immer abstruser.« Sie schaute zum Tisch, wo von Weinstein das Skalpell ansetzte. »Ich bin gleich wieder im Revier, Hermann. Hier wird es jetzt spannend.«

»Bei dir ist es spannend«, maulte Hermann, »und ich mach den Papierkram.«

Clara lächelte. »Das nennt man Arbeitsteilung.« Sie beendete die Verbindung und drehte sich zum Tisch zurück.

26

»Kommen wir zur Sache«, sagte Clara, als sie sich wieder dem Obduktionstisch zugewandt hatte. »Die Frau lebte also noch, als sie erhängt wurde?«

»Ja. Die Strangmarke verläuft ansteigend um den Hals herum in Richtung Nacken, wo sich auch der höchste Punkt befindet.«

»Das heißt, am Nacken war am wenigsten Druck, am Kehlkopf am meisten?«

»Nicht ganz«, antwortete von Weinstein. »Der größte Druck lag auf den Halsschlagadern. Wie ich vorhin schon sagte: Beim Erhängen werden die Halsschlagadern zugedrückt. Gleichzeitig wird das Gehirn nicht mehr ausreichend mit Sauerstoff versorgt. Und dieser Sauerstoffmangel führt seltsamerweise zu Glücksgefühlen, nicht zu Panik. Sie wissen ja, die Autoerotiker, die sich aufhängen und so weiter ...«

»Dann hat der Mörder sie im Grunde auf humane Weise umgebracht, wer immer es war?«, fragte Winterfeld, der in seinen Taschen nestelte und offenbar nach seinen Zigarillos suchte.

»Ja.« Von Weinstein machte eine Geste mit seinem Metallstab. »Er hat sie betäubt und dann erhängt. Humaner kann man einen Menschen kaum töten.«

»Ich glaube, ich ruf mal in Oslo an«, sagte Winterfeld, »der ist ja Kandidat für den Friedensnobelpreis.« Er beugte sich nach vorne. »Also, zur Sache, Sie wollten uns etwas zeigen.«

Von Weinstein zeigte auf den Oberkörper der Toten. »Die Leiche ist blass und weist keine Punktblutungen auf, wir haben es also nicht mit atypischem Erhängen zu tun. Und gelebt hat sie auch. Hier.« Er zeigte mit dem Metallstab auf das Gesicht der Leiche. »Wie ich schon sagte, haben wir Vitalitätszeichen, zum Beispiel eine Speichelabrinnspur im Mund.« Die Speichelspur war auch auf den Fotos festgehalten. »Das ist nur dann zu beobachten, wenn die Person noch lebt. Außerdem müssten wir innere Strangmarken und Einblutungen im Halsmuskel haben.« Er hob das Skalpell. »Wir haben uns das Beste bis zum Schluss aufbewahrt. Jetzt werden wir uns gemeinsam die Halspartie der Leiche anschauen. Wir haben da nämlich im CT etwas gesehen!«

»Etwas gesehen?«, fragte Clara. Von Weinstein gab seine Geheimnisse manchmal genauso widerwillig preis wie die Toten auf seinen Obduktionstischen.

»Na ja«, sagte er, »wir haben nicht nur aus Tradition mit dem Halspaket auf Sie gewartet.«

»Sondern?«

»Sondern weil dort diese interessante Auffälligkeit im CT zu sehen war. Eine röntgendichte, offenbar metallartige Struktur im Mundraum, von der wir noch nicht wissen, was es ist.«

»Und was ist ein Halspaket?«

»Werden Sie gleich erfahren.«

Clara beugte sich nach vorne. »Und das schauen wir uns jetzt an?«

»Genau so ist es!«

Von Weinstein wechselte das Skalpell, das er die ganze Zeit in erkennbarer Erwartungshaltung in der Linken gehalten hatte, in die Rechte. »Einen Schnitt haben wir schon.« Er zeigte auf den langen Schnitt vom Schlüsselbein bis zum Schambein. »Jetzt kommt der nächste, und zwar in Gegenrichtung.« Er setzte das Skalpell noch einmal an und vollführte einen Schnitt vom Hals auf Höhe des Adamsapfels bis zum Kinn.

Mit einem hässlichen Geräusch, das irgendwie nass und schmatzend klang, löste er die Haut an der Halspartie von den

Halsmuskeln und legte die roten Halsmuskeln nach oben über den Kopf der Leiche, sodass sie wie bizarre Luftschlangen auf dem Gesicht lagen. Clara biss die Zähne zusammen. Sie konnte auch nach zehn Jahren noch nicht von sich behaupten, dass es ihr Spaß machte, das Herumschnippeln an Menschen zu sehen. Zwar war es eine Leiche, und Blut floss auch nicht, dennoch war das Zerschneiden von Haut und Fleisch etwas extrem Unappetitliches, das es nicht geben sollte. Dass es ihr Job war, Menschen zu jagen, denen genau so etwas Spaß machte, war eine der vielen Ironien ihres Lebens.

Von Weinstein zeigte auf die Halsmuskeln. »Hier ist die innere Strangmarke. Wir sehen die Einblutungen ins Unterhautfettgewebe und in die Halsmuskulatur sowie in sämtlichen Schichten im Bereich der Strangmarken. Sie hat also noch gelebt, als sie gehängt wurde.«

Clara sah die Speise- und die Luftröhre, dahinter die Wirbelsäule.

Von Weinstein nahm ein dünnes, spitzes Messer zur Hand, stieß es durch die Mundbodenmuskulatur hinter dem Kinn und schnitt dann mit einem knirschenden Geräusch das Gewebe entlang des Unterkieferknochens Richtung Kinn auf. Er zog das Fleisch auseinander, griff zwischen die beiden Hautlappen und hatte im nächsten Moment die Zunge nebst Zungenbein in der Hand. Dann vollführte er noch einen Schnitt hinter dem Gaumenzäpfchen und einen weiteren entlang dem Schlüsselbein und der Wirbelsäule. Dann hielt er es in der Hand.

»Das Halspaket«, sagte er, als würde er in einem Supermarkt einen Kunden bedienen, und hob ein schleimiges, rötliches Knäuel aus Zunge, Kehlkopf, Zungenbein, Luftröhre und Speiseröhre aus dem Hals heraus. Das Ganze erschien Clara wie ein misslungenes Alien aus einem billig produzierten Science-Fiction-Schocker.

Von Weinstein legte das »Paket« auf den Ablagetisch am

Fußende der Leiche und ging der Reihe nach mit seinem Metallstab die einzelnen Stationen durch.

»Das Zungenbein, hier, ist gebrochen. Indiz für Erhängen. Die Kehlkopfhörner sind ebenfalls gebrochen und auch noch unterblutet. Das sind Vitalitätszeichen.«

»Bluten kann nur, wer noch lebt«, murmelte Clara.

»Exakt.«

Allmählich reichte es Clara mit den Unterweisungen in Blut und Schleim. Aber sie hatte von Weinstein gefragt, und nun wollte der auch liefern.

Clara schaute blinzelnd auf das seltsame Gebilde. Dann blickte sie auf das blitzende Metall, das inmitten des glitschigen Grauens aus Zunge, Kehlkopf und Halsmuskeln lag.

»Und was ist das, was da so glitzert?«

»Das, was ich Ihnen zeigen wollte. Was wir vorhin im CT gesehen haben«, sagte von Weinstein. »Es lag unter der Zunge.«

»Das gibt's doch nicht«, rief Clara aus.

Im grellen Schein der Neonlampe blitzte, blut- und schleimbedeckt, in bronzener und goldener Farbe eine Münze. Es war die gleiche Münze, wie sie in der Bettritze von Barbara Färber gelegen hatte.

27

Der Kopf der Mutter war auf dem Schoß des Jungen.

Ihr Gesicht war fast blauschwarz. An ihrer linken Schläfe wuchs unter der aufgeplatzten Haut eine riesige Beule. Um Nase und Mund war blutiges Erbrochenes festgetrocknet.

»Ich …«, begann sie. Blut floss zwischen ihren Mundwinkeln hervor. »Ich liebe …«

Der Junge wusste, was sie sagen wollte.

Ihr letzter Blick galt ihm.

Ihr letzter Blick, bevor das geschah, woran er sich sein Leben lang erinnern würde.

Ihre Augen brachen.

Ihr letzter Blick galt ihm. Und dann geschah es.

Das feuchte Schimmern, das brillantartige Funkeln, verschwand von einer Sekunde auf die andere. Einen Lidschlag später waren die Augen nur noch zwei Murmeln aus Eiweiß, die kalt und gleichgültig zur Decke stierten.

»Mama!«, schrie der Junge. »Mama! *Mama!*«

Doch Mama bewegte sich nicht mehr.

Er hob ihre Hand. Sie fiel schlaff wieder herunter.

Er bewegte ihren Kopf zu sich. Er fiel wieder zurück.

* * *

Der Junge saß auf dem schmutzigen Flur der Wohnung. Links die Küche mit dem schmutzigen Geschirr, geradeaus das Wohnzimmer, wo Kevin, wie schon sein Vater zuvor, sonst den ganzen Tag fernsah und trank. Nur heute nicht.

Auf seinem Schoß lag Mamas Kopf.

Der Kopf seiner Mutter.

Seiner toten Mutter.

Der Junge saß dort genauso mit ihr, wie sie damals an Weihnachten mit ihm auf der Couch gesessen hatte. Das Polaroidfoto, das irgendwo im Schrank lag, erschien vor seinem inneren Auge. In diesem Moment kamen die Tränen, und sein Inneres wurde überschwemmt von so tiefer Trauer, so schwarzer Verzweiflung, dass sich das Grauen und die Angst in einem lang gezogenen, unendlich gequälten Schrei Bahn brachen.

»Mama!«, schrie er. »Meine Mama ist tot!«

Dann sank sein Kopf auf den ihren, und seine Tränen vermischten sich mit dem Blut, das aus ihren Mundwinkeln strömte. Das Zittern und Schluchzen des Jungen übertrug sich auf den toten, allmählich erkaltenden Körper seiner Mutter.

Langsam wurde es Nacht, und die Sterne und die dünne Mondsichel warfen ihr fahles Licht in den finsteren Innenhof und die stille dunkle Wohnung, wo der Junge noch immer mit seiner toten Mutter auf dem Boden kauerte. Seine Augen konnten die Dunkelheit durchdringen, als wäre er bereits Teil jener Geisterwelt, in die seine Mama entglitten war. Doch hier auf Erden fühlte er ihren Körper, der allmählich härter und kälter wurde und der die Wärme aus seinem eigenen Körper zog, während seine Seele so schwer war von Schmerz, dass es ihm vorkam, als würde er in einem unendlichen Sumpf versinken.

Einem Sumpf aus Schwärze und Schweigen.

Ich bleibe bei ihr, dachte der Junge. *Ich werde so lange bei ihr bleiben, bis ich auch sterbe.*

Zweiter Teil

Und hintendrein kam eine lange Kette
So vielen Volks – ich glaubt's im Leben nicht,
Dass je der Tod so viel' erschlagen hätte.
Alsbald gewahrt' ich ein bekannt Gesicht.

– Dante, Die Göttliche Komödie, Inferno, Dritter Gesang[1]

1 Aus: Peers, Cavy (Hrsg.): Dante Alighieri, Die Göttliche Komödie, Emil Vollmer Verlag, Essen, 1980

1

Zuerst konnte sie nichts sehen und nichts hören.

Die Stille schien genau so schwarz wie die Finsternis.

Dann vernahm sie das Geräusch. Das schrecklichste Geräusch, das sie jemals gehört hatte.

Und dann spürte sie es.

Irgendeine warme Flüssigkeit spritzte ihr in rhythmischen Fontänen ins Gesicht.

In diesem Moment wusste sie, was für ein Geräusch sie gehört hatte.

Das einer Klinge, die Fleisch durchschnitt. Das Aufplatzen einer Arterie. Das gluckernde Geräusch von Blut.

Es war der gleiche Moment, in dem ihre Augen sich an die Dunkelheit gewöhnt hatten.

Jetzt erkannte sie auch, was ihr da ins Gesicht spritzte. Und was sie sah, erschien ihr wie die schlimmste Höllenvision. Sie kannte die Abbilder der Hölle in der Kunstgeschichte. Die Albtraumgemälde eines Hieronymus Bosch, das Jüngste Gericht von Michelangelo, den Triumph des Todes von Breughel. Sie hatte die Gemälde während ihres Studiums gesehen und sich immer gewundert, wie Menschen sich solche Bilder in ihrer Fantasie ausmalen konnten.

Von Fantasie war hier allerdings nicht die Rede. Denn die Bilder, die sie sah, gab es wirklich. Hier und jetzt.

Und dann entdeckte sie *ihn*. Und auch das war keine kranke Fantasie, keine Einbildung.

Der junge Mann hing mit ausgestreckten Armen an der Wand. Wie bei einer Kreuzigung. Rechts am Hals war eine klaffende Wunde, aus der im Rhythmus des Herzschlags ein roter Bogen an die Wand spritzte. Und auf sie. Etwas Klebriges, Feuchtes, das warm an ihrer Haut herunterlief.

Und sie sah die Klinge, die nun auch links über seinen Hals glitt.

Wieder das Geräusch, wie der Stahl das Fleisch durchtrennte. Es war ein so feiner Schnitt, dass er anfangs kaum zu sehen war. Er erinnerte allenfalls an eine Unregelmäßigkeit auf der Haut. Und Blut strömte auch noch nicht.

Dann aber spritzte es auch hier. In bogenförmigen, rhythmischen Fontänen. Einmal, und noch einmal, wobei es groteske Muster auf die weiße Wand warf, gemalt von der Hand eines Wahnsinnigen. Blut, das herausschoss im Rhythmus des Sterbens, der eigentlich ein Rhythmus des Lebens war, im Rhythmus eines Herzens, das bald nicht mehr schlagen würde, weil es sich selbst tötete, indem es das Blut aus dem Körper pumpte.

Die Frau starrte mit weit aufgerissenen Augen, ohne zu atmen. Immer wieder spritzte ihr ein warmer, klebriger Schwall Blut ins Gesicht, verwandelte ihre Züge in eine Fratze des Grauens.

Irgendwann wurden die Fontänen kleiner, schwächer, weil auch das Herz schwächer wurde. Die Augen des jungen Mannes zeigten einen Ausdruck der Fassungslosigkeit, der aber rasch verschwand. Denn ein Teil von ihm schien bereits zu wissen, dass es vorbei war.

Wie um diese grausame Erkenntnis zu bestätigen, verdrehte er die Augen, blickte nach oben, als suche er bei einer höheren Macht nach einer Antwort auf die Frage, weshalb er so enden musste.

Dann wurden die Augen leer. Er fiel in Bewusstlosigkeit und sank am Andreaskreuz in seinen Fesseln zusammen. Krämpfe ließen ihn zucken.

Dann erschlaffte der Körper.

Die Augen brachen, der Atem stockte.

Für immer.

Die Frau hingegen saß immer noch dort und lebte. Und sie konnte den Blick nicht abwenden, denn ihr Kopf war fixiert, Hände und Beine gefesselt.

Sie hoffte, dass sie als Nächste starb. Denn nach dem, was sie gesehen hatte, wollte sie nicht weiterleben, konnte sie nicht weiterleben.

Denn der junge Mann, der jetzt weiß und tot in den Fesseln hing und dessen Blut sich auf ihr verteilt hatte, war nicht irgendwer gewesen.

Und das schlaffe Gesicht mit dem offenen Mund und den gebrochenen Augen gehörte nicht irgendwem.

Der Tote am Andreaskreuz war in ihr gewesen, in ihr gewachsen. Solange er lebte, hatte sie sich um ihn gekümmert.

Der Tote war ihr eigener Sohn.

2

Clara saß an ihrem Schreibtisch und brütete über den Akten und Fotos von der Obduktion der Leiche Martha Gerlings.

Die Münze, dachte sie. Es war die gleiche Art Münze, wie sie auch am Tatort im Fall Barbara Färber gelegen hatte. Clara hatte beschlossen, mit MacDeath darüber zu sprechen. Sie wollte gerade aufstehen, als Hermann den Kopf ins Zimmer steckte.

»Der Fall wird immer seltsamer«, sagte er. »Oder was meinst du?«

»Tja, mir kommt es fast so vor, als hätten wir mehrere Morde und mehrere Täter«, entgegnete Clara und ordnete die Akte, als würde dadurch auch Ordnung in den Fall einkehren. »Es ist ein bisschen so, als würden wir die Nadel im berühmten Heuhaufen suchen.«

»Aber wie sagt man so schön?« Hermann trat näher und ließ sich auf den Stuhl vor Claras Schreibtisch sinken. »Um die Nadel im Heuhaufen zu finden, braucht man erst mal einen Heuhaufen.« Er legte eine Akte auf den Tisch.

»Wer hat das denn gesagt? Bellmann?« Bellmann war der Direktor des LKA Berlin. Und wenn man in Ruhe arbeiten wollte, sollte man dafür sorgen, dass dieser Mann nicht alles wusste.

»Fast«, sagte Hermann. »General Keith Alexander, der Chef der NSA.«

»Wenn wir den hätten, hätten wir vielleicht auch schon die Täter. Diese Jungs überwachen wirklich alles.« Sie beugte sich nach vorne. »Was hast du für mich?«

Hermann klappte die Mappe auf. »Informationen über Martha Gerling. Sie war in der Tat ziemlich wohlhabend. Was auch an ihrem verstorbenen Mann lag.«

»Was hat der denn gemacht?«

»Kennst du die Berliner Tabakwerke?«, fragte Hermann zurück. »Die 2002 an diesen großen US-Konzern verkauft wurden?«

»Ja. Was ist mit denen?«

»Die hat Heinrich Gerling gegründet, ihr Mann. Das Unternehmen lief richtig gut, jedenfalls bis hier der Gesundheitswahn und das Raucher-Bashing losgingen.« Er blätterte durch die Akten. »Martha Gerling hat zunächst als Sekretärin für ihn gearbeitet, wurde dann aber so etwas wie eine Mischung aus operativer Chefin der Firma und gutem Geist des Hauses.« Er zog die Ausdrucke von einigen Zeitungsberichten hervor. Heinrich Gerling war darauf zu sehen, im Smoking und in Begleitung seiner Frau. »Gerling hat mehr als einmal gesagt, das Unternehmen gäbe es ohne Martha gar nicht. Deshalb hat er ihr den Großteil der Aktien überschrieben.«

»Aber wohl nicht nur aus Dankbarkeit«, sagte Clara. »Die meisten Firmenchefs machen das so, damit die Firma nicht in die Insolvenzmasse muss, falls sie selbst mal Privatinsolvenz anmelden müssen.«

»Sei doch nicht so unromantisch«, erwiderte Hermann. »Das war eine der letzten großen Unternehmensstorys in Berlin. Heinrich Gerling ist 2000 gestorben. Zwei Jahre später hat Martha die Anteile verkauft und das Geld in eine Stiftung überführt.«

»Läuft ja häufig so«, sagte Clara. »Hatten ihre Söhne da irgendwas zu melden?«

Hermann zuckte die Schultern. »Versuchen wir gerade herauszufinden.« Er lächelte wissend. »Falls Gerhard Gerling sich in Harvard weiterbilden wollte, um anschließend die Stiftung zu übernehmen, ist das misslungen.«

Gerhard Gerling, dachte Clara. Der zweite Sohn des Opfers. Mit dem ersten, Andreas, dem Banker, hatten sie ja gerade gesprochen. Der zweite Sohn nahm offiziell an einer Tagung an der Harvard Law School teil.

»Warum?«

»Der ist nie in Harvard angekommen! Wir haben eben angerufen.«

»War er denn dort angemeldet?«

Hermann nickte. »Das schon. Und auch für den Flug. Aber dort hat ihn niemand gesehen. Keine Abmeldung, keine Absage, nichts.« Hermann lehnte sich zurück. »Wir haben versucht, ihn per Handyortung zu erwischen. Ich hoffe, die Daten sind bald da.«

»Das ist verdächtig.« Clara schaute Hermann konzentriert an. Der nickte nur.

»Wir müssen sofort die Fahndung nach diesem Gerhard Gerling einleiten«, fuhr Clara fort. »Und seinen Bruder Andreas lassen wir nicht aus den Augen. Kannst du das bitte sofort veranlassen?«

»Läuft schon.«

Clara schaute angestrengt aus dem Fenster und knabberte an ihrem Kugelschreiber.

»Also, noch mal ganz langsam«, resümierte sie. »Wir haben zwei Tote und einen Haufen Verdächtiger. Gleichzeitig sind die Verdächtigen allesamt verschwunden.«

Hermann zuckte die Schultern. »Wäre ja auch zu schön, wenn es einfacher wäre.«

»Außerdem dachten wir bis vor Kurzem, die Morde könnten nichts miteinander zu tun haben, aber …«

»… aber wegen der Münzen am Tatort«, ergänzte Hermann, »hat es ganz den Anschein, als gäbe es doch einen ähnlichen Modus Operandi und damit vielleicht ein und denselben Täter.«

»Richtig«, sagte Clara. »Und dann hatten wir überlegt, ob es eine Verbindung zwischen Jochen Färber und Martha Gerling gibt, aber das scheint nicht der Fall zu sein, oder?«

»Stimmt. Wir haben sämtliche Daten durch den Rechner gejagt, und die Kollegen haben während der letzten Stunden daran gesessen. Gerling und Färber haben sich wahrscheinlich nicht mal zufällig gesehen.«

»Wenn es nur einen Killer geben würde«, Clara hob einen Finger, »gäbe es auch einen Zusammenhang zwischen Barbara Färber und Andreas oder Gerhard Gerling, so wie es einen Zusammenhang zwischen Barbara Färber und Jochen Färber gibt, richtig?«

»Richtig«, sagte Hermann. »Den gibt es aber nicht. Es sei denn, die kennen sich nicht direkt, sondern nur über den Killer. Das ist aber nicht sehr wahrscheinlich. Vor allem nicht bei allen Fällen.«

»Und«, Clara hob den zweiten Finger, »dann könnte es auch einen Zusammenhang zwischen Jochen Färber und Martha Gerling geben, so wie es ihn zwischen Martha Gerlings Söhnen und Martha gab, oder?«

»Sollte es«, sagte Hermann, »gibt es aber auch nicht.«

»Da nun beide Verdächtigen weit weg sind«, folgerte Clara, »wie wäre es dann mit einem Zusammenhang zwischen genau diesen beiden?«

»Den Söhnen von Martha Gerling und Jochen Färber?«

»Andreas, der Banker, hat gesagt, er kennt Jochen Färber nicht«, sagte Clara. »Das kann stimmen, kann aber auch gelogen sein. Von Gerhard Gerling wissen wir es nicht. Warum? Weil er weg ist! Was sagt denn sein Büro?«

»Wir haben versucht, ihn in seiner Kanzlei zu erreichen. Nichts. Sein Büro sagt das Gleiche. Laut seiner Sekretärin ist er wirklich in Harvard.«

»Seine Sekretärin ist wahrscheinlich die Letzte, die die Wahrheit erfährt«, sagte Clara. »Wie auch immer, wenn wir zwischen

Opfer A und Täter B, also zwischen Barbara Färber und Gerhard Gerling, schon keinen Zusammenhang finden, warum versuchen wir dann nicht, zwischen Täter A und Täter B einen zu finden?«

Hermann hob die Augenbrauen. »Du meinst, die beiden kennen sich wirklich? Jochen Färber und Gerhard Gerling?«

Clara nickte. »Sie haben zwei Dinge gemeinsam: Sie sind verdächtig. Und sie sind weg. Das sind mehr Parallelen, als wir in dem ganzen Fall sonst haben.«

»Gute Idee«, sagte Hermann, »ich kläre das gleich mal.«

»Ich komme mit.« Clara steckte die Fotos in die Mappe. »Muss eh in den vierten Stock.«

»Zu MacDeath?«

»Genau. Wir müssen herausfinden, was diese seltsame Münze bedeutet.«

3

Der Junge wusste nicht, wie lange er dort gelegen hatte.

Er lag an ihrer Schulter, zusammengerollt wie ein Embryo im Mutterleib. Oder wie der kleine Sohn, der er war. Er merkte, dass Mama neben ihm immer kälter wurde. Und auch sonst wurde es sehr kalt.

Dunkel, kalt und still.

Mamas Freund (Freund war eigentlich ein komisches Wort für diesen Mann) kam nicht. Und es war gut, dass er nicht kam. Außerdem war er, der Junge, ja nicht allein. Mama war bei ihm. Auch wenn sie nichts mehr zu ihm sagte und sich nicht mehr bewegte.

Irgendwann stand der Junge auf, um eine Decke zu holen. Nun wurde es ihm doch zu kalt. Und Mama fror vielleicht auch. Als sie dann zusammen unter der Decke lagen, wurde es wärmer.

Es geht Mama wieder gut, dachte der Junge, nachdem er wieder unter ihren Arm geschlüpft war. *Und wenn sie aufwacht, kann ich wieder mit ihr sprechen.*

Und dann war der Junge in einen traumlosen Schlaf gefallen.

Als er irgendwann erwachte, merkte er, dass er Mamas Arm nicht mehr bewegen konnte. Irgendwie fühlte der Arm sich ganz steif an. So starr und steif, dass der Junge sich nicht mehr aus ihrem Griff befreien konnte. Er wollte Mama fragen, wie es ihr ging, doch irgendetwas sagte ihm, dass es unklug sei, wenn er jetzt, auf dem dunklen Flur, in der Tiefe der Nacht, die eigene Stimme hörte.

Und vor allem, wenn er dann von Mama keine Antwort bekäme.

Er versuchte es noch einmal, konnte sich aber einfach nicht aus Mamas Griff befreien. Aber vielleicht wollte er das auch gar nicht. Vielleicht war es besser, hier genauso zu liegen wie Mama. Sie war schließlich seine Mama, und die durfte er nicht allein lassen. Auch wenn sie kalt und seltsam hart wurde.

Er kuschelte sich trotzdem an sie, aber das wurde immer schwieriger. Er hatte vorhin ihre Hand hochgehoben, um zu sehen, ob es ihr besser ging, aber Mamas Hand war einfach heruntergefallen, ganz schlaff und schwer, und war mit einem dumpfen Geräusch auf den Boden geprallt.

Jetzt nahm er ihre Finger. Sie fühlten sich nicht mehr an wie die Finger, mit der Mama früher im Winter immer seine Hände gewärmt hatte. Diese Finger waren wie kalte harte Wäscheklammern. Er hielt ihre Hand trotzdem. Es war ja seine Mama. Er musste sie festhalten, musste bei ihr sein. Sie hatte doch sonst keinen. Und sie sollte nicht alleine sein.

Wenn sie tot war, würde auch er tot sein. Er würde bei Mama bleiben.

Und es war dem Jungen, als läge er nicht auf dem Flur der schmutzigen kleinen Wohnung, sondern als wären sie beide, Mutter und Sohn, gemeinsam in einem großen Sarg auf einem riesigen Friedhof.

Plötzlich erschienen Bilder von diesem Friedhof vor den Augen des Jungen. Es war ein Friedhof mit uralten Grabsteinen, krumm und schief, von Wind und Wetter glattgeschliffen. Und am Himmel standen Sterne, die auf die Gräber schauten wie Löcher in einem schwarzen Leichentuch. Zwischen den Sternen hing eine dünne Mondsichel wie eine silberne Klinge. Überall waren umgestürzte Grabsteine, windschiefe Kreuze, verwelkte Blumen. Und über allem lag der Geruch von faulender Vegetation.

Langsam kroch das Licht des Morgens durch die schmutzigen Fenster und erreichte den dunklen Korridor, in dem Mutter und Sohn die ganze Nacht gelegen hatten. Bleich und vorsichtig kroch das Licht in den Flur und verlieh Mamas Gesicht einen fahlen und falschen Farbton. Es schimmerte in ihren Augen, die leer und verloren zur Decke starrten. Dann, nach und nach, fiel das fahle Licht auf den Körper des Jungen und den seiner Mutter, wie sie zusammen auf dem staubigen Flur lagen – ein Bild des Grauens, der Verzweiflung und der Ergriffenheit zugleich.

Als das Licht dann immer heller in den Korridor fiel, sah der Junge die Flecken.

Rote Flecken in Mamas Gesicht und an den Händen.

Hände, die sich gar nicht mehr wie die von Mama anfühlten, sondern wie etwas Hartes, Fremdes.

Der Junge wusste nicht, dass die roten Flecke Leichenflecke waren, die entstanden, wenn der Kreislauf stillstand, weil das Herz nicht mehr schlug, sodass das Blut nach unten sank und durch die Haut hindurchschien.

Aber das wusste der Junge nicht – noch nicht –, und so lag er neben Mama auf dem Boden des Flures, zitternd vor Kälte und erfüllt von einer ausweglosen Traurigkeit, aus der ihm der Tod der beste Ausweg zu sein schien.

* * *

Irgendwann klopfte es an der Wohnungstür.

Der Junge hörte es, reagierte aber nicht sofort. Denn bevor er aufmachte, fragte er immer seine Mama. Er überlegte, ob er Mama auch diesmal fragen sollte, fürchtete aber irgendwie, dass sie nicht antwortete.

»Polizei und Feuerwehr!«, rief eine Stimme. »Ist jemand da drin?«

Der Junge wollte antworten, merkte aber erst jetzt, dass er nicht sprechen konnte. Oder nicht sprechen wollte. Vielleicht wollte er seine Stimme nicht hören.

Nicht hier. Nicht jetzt.

Denn es war kein Traum gewesen, es war Wirklichkeit. Die Wohnung, in der er mit Mama eng umschlungen im Flur lag, war ein großes Grab, in das sanftes Morgenlicht fiel wie die Sonnenstrahlen des Frühlings in eine verlassene Krypta. Doch es war und blieb ein Grab. Und in einem Grab spricht man nicht.

Und was die Grabräuber da draußen anging – denen würde der Junge nicht die Tür aufmachen.

Dann hörte er einen Knall.

Die Tür flog aus den Angeln.

Draußen stand die Polizei. Und Feuerwehrleute mit einem Rammbock.

Die Männer mussten sehr viel Kraft aufwenden, um den Jungen aus den Armen seiner Mama zu befreien.

Totenstarre, murmelte einer.

Schon länger tot, der andere.

»Lasst mich!«, kreischte der Junge und erkannte, dass es seine Stimme doch noch gab. »Lasst mich bei Mama! Ich muss bei Mama bleiben!«

Er trat um sich, als die Polizisten ihn aus dem Klammergriff seiner toten Mutter herausschälen wollten.

»Junge, deine Mama ist tot«, sagte einer der Feuerwehrleute, der es mit Psychologie wohl nicht so hatte. »Willst du bei einer Leiche bleiben?«

Der Junge verstummte, während ihm die Tränen über die Wangen liefen, als wäre eine Schleuse geöffnet worden, aus der das Wasser still herunterlief. Keine Schluchzer. Überhaupt kein Laut. Stumm. Einsam. Er weinte, wie ein Toter weinen würde.

Wenn Tote weinen könnten.

* * *

Der Polizist erzählte später, die Nachbarn hätten eine blutige Schleifspur auf der Treppe gesehen. Sie kam von der Mama, als ihr böser Freund ihr eins auf die Nase gehauen hatte. Die Spur führte die Treppe hinauf und endete an der Wohnungstür, wo der Junge mit seiner Mama wohnte.

Und dann war da noch der Geruch, der die Nachbarn verwundert hatte.

Der Geruch, den der Junge erst jetzt bemerkte.

4

Es war warm in dem Zimmer, in dem die Öfen standen. In den anderen Räumen, die gekachelt waren, war es kühler, manchmal nur fünf Grad. Aber hier war es warm.

Ein Sarg aus hellem Pressspanholz lag auf dem Förderband vor dem Ofen. In dem kühleren Raum befanden sich verschiedene Särge. Aus hellem und dunklem Holz ruhten diese Särge auf eisernen Liegen, während die Verstorbenen auf ihre letzte Reise warteten.

Gerade waren wieder zwei Tote aus dem Krankenhaus gekommen, einer noch in Inkontinenzwindeln, die andere noch mit Kanülen in den Armvenen. An ihren Knöcheln hingen die Namensbänder. Sie alle sahen aus, als wären sie im Sterben geschrumpft. Zu viel Haut für zu wenig Körper.

Gleich würden sie die Leichen präparieren und ihnen die weißen Totenhemden überziehen. Und dann würden sie in die Särge kommen.

Und so wie es reiche und arme Menschen gab, so gab es prächtige und ärmliche Särge. Doch der Sarg, der jetzt auf dem Förderband vor dem Ofen lag, sah besonders ärmlich aus. So wie die Särge nun mal aussehen, für die der Staat bezahlte, weil sonst niemand dafür zahlen konnte.

Der Mann, der in dem Raum arbeitete, war heute für die Öfen zuständig. Man wechselte sich immer ab. Mal arbeitete man am Ofen, wo eher technisches Wissen zur Bedienung der halbautomatischen Steuerung erforderlich war, mal in den Aufbahrungsräumen, wo eher seelsorgerische Fähigkeiten gefragt waren. Es ging hier um das, was man Psychohygiene nannte.

Denn wenn man jeden Tag nur am Ofen arbeiten würde, würde man wahrscheinlich den Verstand verlieren. Und irgendwann selbst in den Ofen springen.

Vorhin war der Mann im Aufbahrungsraum gewesen – dort, wo die seelsorgerischen Fähigkeiten gefragt waren.

Seelsorgerisch, dachte der Mann. Vor seinem inneren Auge stand das traurige Gesicht des Jungen, der dort mit einem Mitarbeiter des Jugendamts gestanden hatte. Der Mann hatte die Geschichte des Jungen gehört, und sie hatte ihn betroffen gemacht. Auch wenn er schon viele Geschichten gehört hatte – diese war besonders traurig.

Der Junge und seine Mama.

Nun lag seine Mama hier, in diesem schmucklosen, billigen Sarg, wie bei einer Sozialbestattung üblich. Gemäß Paragraf 74 Sozialgesetzbuch konnte man einen Antrag auf Übernahme der Bestattungskosten stellen, wenn kein Cent da war. Entsprechend billig war alles. Die Spanholzsärge, die das Amt widerwillig bezahlte, waren so dünn, dass einer der Kollegen des Mannes einmal in einen Sarg eingebrochen war, als er aus Versehen dagegen trat, sodass er mit einem Fuß auf der Leiche stand.

Jeden Morgen um sieben fingen sie an. Erst heizten sie den Ofen auf sechshundert Grad. »Es ist wie bei einer Zigarre«, hatte ihm der alte Kollege damals vor fünfzehn Jahren gesagt, als der Mann hier angefangen hatte. »Die musst du auch richtig anzünden, sonst zieht sie nicht.«

Hier war es genauso. Es war wichtig, dass der erste Leichnam, der hereinkam, gut brannte, damit die Wärme im Ofen auf einem hohen Niveau blieb. Wenigstens was das angeht, überlegte der Mann, brauchte die Mutter des Jungen, die nun im Spanholzsarg lag, sich keine Sorgen zu machen. Der Ofen behandelte alle gleich. Eine Stunde lang würden sie alle brennen. Wer reich war, wurde nicht besser verbrannt als jemand, der arm war.

Doch ganz ließ sich das Leben nicht aus dem Tod verbannen. »Was du zu Lebzeiten gelebt hast, das lebst du auch im Tod«, hatte sein früherer Chef einmal gesagt. Und so brannten die muskulösen, kräftigen Menschen länger als die gemütlichen Dicken. Denn Muskeln brannten länger als Fett.

Wenigstens im Tod, überlegte der Mann und musste unwillkürlich schmunzeln, *sind die Dicken schneller als die Schlanken.*

Der Ofen war schon seit vier Stunden in Betrieb. Mittlerweile musste die Temperatur fast siebenhundert Grad betragen. Da brannte jeder Sarg von allein. Erst brannte der Sarg. Dann die Haare der Leiche. Dann verflüssigte sich das Körperfett zu Öl und zerkochte das Fleisch wie in einer großen Kasserolle. Am Ende blieben verkohlte Knochen, Asche und medizinische Implantate, beispielsweise künstliche Hüftgelenke oder Herzschrittmacher, die man übersehen hatte.

Erst sollte der Sarg brennen, dann die Leiche. Diese Reihenfolge war dem Mann wichtig: Nicht der Körper des Toten wurde angezündet, sondern der Sarg. Der Körper löste sich dann im Feuer von allein auf. Hinter den Öfen arbeitete ein Filtersystem aus fauchenden Röhren, das den Staub fraß und den Ruß verschluckte, damit über der Stadt kein schwarzer Rauch der Toten aufstieg.

Der Mann öffnete die Klappe, während er den Sarg langsam in die Öffnung gleiten ließ. Nur kurz erblickte er das brüllende Inferno des Feuers dahinter, roch für eine Sekunde die stickige Luft. Dann war das Ofentor schon wieder geschlossen und der Sarg mit Inhalt in seinem Inneren verschlossen.

Eine Stunde würde es dauern, bis aus Sarg und Körper Asche geworden war. Dann war alles verschwunden. Selbst DNA konnte man dann nicht mehr zuordnen.

Aus Staub bist du gemacht. Und zu Staub sollst du werden, bis der Herr dich auferweckt am Jüngsten Tage.

So hatte er es oft in der Kirche gehört.

Und es stimmte.

Es gab das Feierliche. Den Abschied. Und später die Bestattung der Urne. Dann gab es die Betreuung der Angehörigen. Die Bestatter trösteten, beruhigten, wiesen manchmal unartige Kinder zurecht, wenn die Eltern dazu nicht in der Lage waren. Sie waren nie überschwänglich in der Bekundung des Mitgefühls, denn das würde man ihnen nicht abnehmen. Dennoch ließen sie es nie daran fehlen. Und nie ließen sie ihre Kunden in jener letzten, schrecklichen Nacht über der Erde allein.

Und dann gab es die anderen Prozesse, die eher an eine Sterbeindustrie erinnerten als an eine Bestattung. Die Asche wurde nach Metallteilen wie Hüftgelenken, Herzschrittmachern und Sargnägeln gefiltert. Oder nach Edelmetallen, auch wenn Goldketten die Hitze nicht überstanden und dabei unwiederbringlich verlorengingen.

Der Mann wusste nicht, ob diese Frau jemals eine Goldkette besessen hatte.

Eher nicht.

Wahrscheinlich hatte sie nur den Jungen gehabt.

Und der hatte jetzt gar nichts mehr.

Der Mann wusste nicht, wer den Antrag ausgefüllt hatte. Der Junge war es bestimmt nicht gewesen. Der Mann wusste nur, dass das alles eine üble Sache war. Für ihn war die Geschichte vorbei gewesen, als er den Sarg in die dunkle, fauchende Öffnung geschoben hatte.

Aber für den Jungen fing es jetzt erst an.

* * *

Es regnete, als sie die Urne in das anonyme Rasengrab senkten und der Junge zwischen einer Mitarbeiterin vom Jugendamt und einer Frau vom Kinderheim stand, während seine Tränen sich mit dem Regen vermischten, als wären beide eins.

Eigentlich hätte der Junge nicht bei der Beisetzung dabei sein sollen, aber er hatte so lange getobt und geschrien, bis man keine andere Möglichkeit gesehen hatte, ihn zu beruhigen, außer indem man ihm seinen Wunsch erfüllte.

Er hörte noch die Worte des Priesters, die sich als Nachklang in seinem Kopf mit dem Prasseln des Regens vermischten. Eigentlich wäre bei solch einer Sozialamtsbestattung gar kein Priester verfügbar gewesen, nur ein Friedhofsmitarbeiter, aber irgendjemand hatte irgendwie einen Priester besorgt.

Keiner von uns lebt sich selber, sagte der Priester.
Und keiner stirbt sich selber.

Ein anonymes Rasengrab. Darin war jetzt das, was von seiner Mama übrig war. Vielleicht war ihre Seele beim Verbrennen befreit worden, dachte der Junge. Denn ihr Körper hatte ja immer schon in einem Grab gewohnt, in der engen Wohnung, der schmutzigen Küche und schließlich auf dem dunklen, bitterkalten Flur.

Leben wir, so leben wir dem Herrn.
Sterben wir, so sterben wir dem Herrn.
Ob wir leben oder ob wir sterben,
wir gehören dem Herrn.

Jetzt hatte Mama statt der winzigen Küche wenigstens einen riesigen Park. Einen richtigen Garten, auch wenn es ein Friedhof war.

Herr, gib ihr und allen Verstorbenen die ewige Ruhe.
Und das ewige Licht leuchte ihnen.
Lass sie ruhen in Frieden.
Amen.

Dann war die schmucklose Urne im Grab verschwunden.

Ein letzter Blick zum Grab. Dann nahmen die Frau vom Kinderheim und die vom Jugendamt den Jungen an der Hand. Unsicher setzte er einen Schritt vor den anderen, als die Frauen mit ihm davongingen.

Wie ferngesteuert.

Nur seine Tränen strömten weiter.

5

»Es ist in der Tat die gleiche Münze«, sagte MacDeath, der mit einem dampfenden Earl Grey an seinem Schreibtisch saß und die beiden Fotos verglich. Eines zeigte die Münze in der Matratzenritze bei Barbara Färber, das andere die Münze, die die Ermittler unter der Zunge von Martha Gerling gefunden hatten.

»Das kann doch kein Zufall sein.« Clara blätterte durch die Unterlagen und Protokolle des ersten und zweiten Mordes. »In beiden Fällen die gleiche Münze. Beide um das Jahr hundert nach Christi geprägt, und beide mit dem Porträt von Kaiser Trajan.« Sie schlug die Beine übereinander. »Hat das auch etwas mit Undoing zu tun?«

MacDeath trank mit spitzen Lippen von seinem Tee. »Durchaus möglich. Die Leiche ist geschminkt und wird schön hergerichtet. Gleichzeitig wird ihr Geld gegeben, als sollte die Mord-Tat wiedergutgemacht werden.« Er hob das Kinn. »Wir hatten doch letztens diesen Typen in Wedding, der seine Freundin mit dem Hammer erschlagen hat. Das war ein ähnlicher Fall von Undoing.«

Clara erinnerte sich nur zu gut. »Ja, sie haben beide gerne und viel getrunken und sich nach ihren Sauf-Eskapaden gegenseitig verprügelt. Bis der Freund zu hart zugeschlagen hat. Und dann hat er ihr mehrere Flaschen Schnaps neben das Totenbett gestellt, damit es ihr im Jenseits an nichts mangelt.«

»Alkohol oder Geld«, sagte MacDeath, »das könnte fast eine ähnliche Bedeutung haben.«

»Aber eine Münze als Gabe für die Toten? Klingt irgendwie archaisch.«

»Das klingt nicht nur so.« MacDeath stand auf und schaute auf das große Bücherregal hinter sich. »Ich habe hier ...«

Es klopfte an der Tür, und Hermann steckte den Kopf ins Zimmer.

»Sorry, wenn ich störe, aber ich weiß jetzt, wo Gerhard Gerling zuletzt gewesen ist«, sagte er und blinzelte wissend.

»Und wo?«, fragte Clara.

»Da, wo auch sein Handy zuletzt war. Und wo es immer noch liegt!«

»Und wo ist das?«

»In seinem Büro. Im Cumberland-Haus am Ku'damm.«

»Lag das Handy die ganze Zeit dort?«

Hermann nickte. »Zwei Leute von uns waren gerade da. Der Akku war fast leer. Es war auf stumm geschaltet und lag in der Schreibtischschublade. Der Vibrationsalarm war auch aus.«

Damit es nicht auffällt, dachte Clara.

»Hat er sein Handy vielleicht absichtlich dort gelassen, damit ihn niemand tracken kann?«

»In der Tat ungewöhnlich für einen Anwalt, der auf Geschäftsreise geht«, ergänzte MacDeath. »Die sind doch alle so abhängig von ihren Blackberrys und Smartphones wie ein Drogensüchtiger von Heroin.«

Hermann schmunzelte. »Darum nannte man die Dinger ja auch Crackberrys. Jedenfalls, bis sie vom iPhone überholt wurden.«

»Okay, wie auch immer«, sagte Clara. »Dieser Anwalt ist weg. Entweder, weil er selbst es so wollte, oder jemand anders wollte es.«

»Und in Harvard ist er auch nicht?« Das war MacDeath.

Clara schüttelte den Kopf. »Da ist er offenbar nie angekommen.«

MacDeath schürzte die Lippen. »Da verpasst er was.« Clara wusste, dass MacDeath einmal in Harvard studiert hatte.

Hermann klopfte zum Abschied an die Tür.

»Ich bin dann weiter an den Verbindungen zwischen Färber und Gerling dran. Wenn ihr mich braucht ...«

Mit diesen Worten verschwand er.

MacDeath nahm das Buch vom Regal, das er eben schon zutage fördern wollte, und ließ es auf den Tisch fallen.

Clara spähte auf den Titel.

»Griechische Mythologie«, erklärte MacDeath, schlug das Buch auf und blätterte eine Weile gedankenverloren darin herum, während Clara ungeduldig mit den Fingern auf die Tischplatte klopfte.

»Ah, hier«, sagte er dann, »da haben wir's. Der Charonspfennig.« Er blickte Clara durch seine Brille hindurch an. »Sagt Ihnen das was?«

»Charon? War das nicht der Wächter der Unterwelt, der auch bei Dante auftaucht?«

»Richtig. Charon ist der Fährmann, der die Toten nach Entrichtung eines Wegegeldes über die Ströme der Unterwelt an das Tor des Hades übersetzt.« Sein Blick huschte weiter über den Text. »Und der Charonspfennig«, sein Finger zog über die Zeilen, »war eine Art Obolus, der den Toten in den Mund oder in die Hand gelegt wurde.«

»Also ist es nicht Undoing, sondern ein antikes Begräbnisritual?« Clara legte die Stirn in Falten.

»Oder beides, wer weiß.« MacDeath griff zum Telefon. »Ein alter Freund von mir ist Professor und Experte für Begräbnisriten.« Er kniff ein Auge zu. »Wenn mich nicht alles täuscht, arbeitet er jetzt am Neuen Museum hier in Berlin.«

6

»Kevin Bormann«, schnitt die Stimme des Staatsanwalts durch den Gerichtssaal, »angeklagt wegen Körperverletzung mit Todesfolge.« Er hielt ein Dokument in die Höhe. »Die Obduktion ergab Tod durch Genickbruch sowie einen Bruch der Halswirbelsäule. Außerdem wurden diverse alte Hautunterblutungen und ein älterer Rippenserienbruch rechtsseitig festgestellt.«

Rippenbruch, dachte der Junge. Er hatte das Bild, als der neue Freund seiner Mama ihr in die Rippen getreten hatte, noch vor Augen wie die Szene aus einem Horrorfilm.

Der Junge schaute den Mann an. Den neuen Freund seiner Mama. Den Mann, der sie umgebracht hatte. Der dem Jungen nun gegenüber saß und abwechselnd blöde und desinteressiert in die Gegend glotzte. Der Junge wünschte sich nichts sehnlicher, als dass man diesem Mann sehr weh tat. Das war sein allergrößter Wunsch.

»Das bedeutet«, fuhr der Staatsanwalt fort, »dass Bormann seine Lebensgefährtin des Öfteren verprügelt und misshandelt hat.« Er schaute den Jungen an. »Kannst du das bestätigen? Was hat er mit deiner Mutter gemacht?«

Der Junge antwortete wie in Trance. »Er hat Mama oft getreten und gehauen.« Er merkte, wie ihm Tränen in die Augen schossen. »Und einmal hat er sie geboxt, die Treppe runtergeschubst und dann noch einmal zugetreten. Er hat ...« Schluchzer erstickten seine Stimme.

Der Pflichtverteidiger, der mit hochmütiger Miene neben Bormann saß und eine Büroklammer verbog, hob die Stimme. »Du weißt, Junge, dass du vor Gericht nicht lügen darfst!«

»Was erlauben Sie sich!«, fuhr der Staatsanwalt ihn an. »Wir vernehmen den Jungen als Zeugen, und Sie bezichtigen ihn der Lüge?«

Die Frau vom Jugendamt, die den Jungen begleitete, drückte seine Hand, sagte aber nichts.

Der Junge nahm seinen ganzen Mut zusammen. »Sie können die Nachbarin fragen, die immer das Geschrei gehört hat«, sagte er. »Und den Polizisten, der bei uns war.«

Der Blick des Staatsanwalts richtete sich auf die Nachbarin, die ebenfalls im Zeugenstand saß.

»Stimmt das?«, fragte er. »Ist es häufig zum Streit gekommen? Und wenn, warum haben Sie nicht eingegriffen? Sie wissen, dass es den Straftatbestand der Unterlassung gibt?«

»So schlimm ...«, die Frau schien nach Worten zu suchen, »so schlimm war es ...« Sie senkte den Blick, war bemüht, dem Jungen nicht in die Augen zu schauen.

»So schlimm war es nicht, möchte die Zeugin sagen«, meldete der Anwalt sich zu Wort. »Der Junge übertreibt!«

Der Junge übertreibt.

Da wurde dem Jungen klar, was hier passierte: Die Nachbarin hatte ihm damals die Hilfe verweigert, und jetzt log sie auch noch. Und irgendetwas sagte seinem Verstand, der dem eines normalen Zehnjährigen weit überlegen war, dass die Frau damit durchkommen würde. Dass hier *alle* gegen ihn waren. Dass es in diesem Land offenbar erlaubt war, dass ein Mann einem die Mama wegnahm, indem er sie umbrachte.

Doch alles in ihm wehrte sich dagegen. Das konnte doch nicht sein? Am Ende würde doch alles gut werden? Ja, bestimmt. So wie damals zu Weihnachten. Auch wenn das ganze Jahr furchtbar gewesen war und das Geld nie gereicht hatte, war Weihnachten immer alles wieder in Ordnung gewesen. So würde es auch diesmal kommen. Oder etwa nicht?

»Hohes Gericht«, sagte der Anwalt. »Wie Sie sehen, ist die

Beweislage äußerst unklar. Außerdem, wenn man den Befragungen der Nachbarn glauben darf: Warum behauptet die Staatsanwaltschaft so genau zu wissen, dass die älteren Verletzungen gerade von meinem Mandanten stammen? Sie können die älteren Verletzungen der Frau meinem Mandanten gar nicht zuweisen. Bei der«, damit meinte er die Mutter des Jungen, »sind doch die Männer ein und aus gegangen.« Er wandte sich an Bormann. »So war es doch?«

»Klar«, sagte der mit schwerer Zunge und glotzte in den Saal wie ein Frosch, der unter der Wasseroberfläche hervorschaut, »die Schlampe hat mehr Schwänze gesehen als 'ne Schützenfesttoilette.«

Der Kopf des Staatsanwalts zuckte nach vorne. »Ich beantrage eine Geldstrafe für den Angeklagten wegen obszöner Verleumdung des Opfers!«

Der Richter schreckte aus seinen Gedanken auf. »Noch eine solche Bemerkung, Herr Angeklagter, und die Geldstrafe wird fällig!«

Bormann schloss den Mund und musterte seinen Anwalt mit stumpfem Blick.

Dem Staatsanwalt war seine Wut deutlich anzusehen, als er sich dem Verteidiger zuwandte. »Die tödlichen Verletzungen der Frau wurden von Ihrem Mandanten bewusst in Kauf genommen, das haben Obduktion und DNA-Analyse eindeutig ergeben.«

»Bewusst in Kauf genommen«, äffte der Anwalt ihn nach, »dass ich nicht lache. Und wir wissen doch alle, dass in diesem Milieu gelegentliche Prügeleien und Schubsereien zum Alltag gehören.«

»Zum Alltag?«, herrschte der Staatsanwalt den Verteidiger an. »Er hat die Frau die Treppe hinuntergestoßen und ihr das Genick gebrochen. Was ist das, wenn es Ihrer Ansicht nach zum Alltag gehört? Eine Rückenmassage?«

»Spielen Sie hier nicht den Sozialromantiker, Herr Verteidiger«, mahnte der Richter den Anwalt. »Einen Menschen zu töten ist keine Schubserei.«

Der Verteidiger nickte. »Zugegeben, mein Mandant«, er blickte Bormann mitleidig an, »leidet unter einer schweren Alkoholabhängigkeit. Während der Tat war er nach eigener Aussage im Vollrausch. Das psychiatrische Gutachten hat das bestätigt. Wir können also gemäß Paragraf 20 StGB von einer aufgehobenen Schuldfähigkeit ausgehen.« Er las vor: »Ohne Schuld handelt, wer bei Begehung der Tat wegen einer krankhaften seelischen Störung, wegen einer tiefgreifenden Bewusstseinsstörung oder wegen Schwachsinns oder einer schweren anderen seelischen Abartigkeit unfähig ist, das Unrecht der Tat einzusehen oder nach dieser Einsicht zu handeln.«

»Dass ich nicht lache«, entgegnete der Staatsanwalt. »In diesem Fall liegt weder eine krankhafte seelische Störung noch eine Bewusstseinsstörung vor. Und auch kein Schwachsinn.« Er schaute abschätzig auf Bormann. »Auch wenn der Angeklagte diesen Eindruck macht.«

»Sie scheinen die Gesetze nicht zu kennen, verehrter Kollege.« Der Anwalt hatte schon wieder ein Buch zur Hand. »Paragraf 21 StGB: Ist die Fähigkeit des Täters, das Unrecht der Tat einzusehen oder nach dieser Einsicht zu handeln, aus einem der in Paragraf 20 bezeichneten Gründe bei Begehung der Tat erheblich vermindert, so kann die Strafe nach Paragraf 49, Absatz 1, gemildert werden.« Er hob den Blick. »Das spricht in jedem Fall gegen eine Gefängnisstrafe für meinen Mandanten.«

Der Richter meldete sich wieder zu Wort. »Zuerst hören wir uns an, was die psychiatrische Gutachterin dazu sagt.« Er nickte einer elegant gekleideten Frau zu. Diese hielt mit gestelzter Stimme einen langen Vortrag, angefangen mit der schweren Kindheit des Angeklagten und den Misshandlungen durch seinen gewalttätigen Vater.

Der Junge verstand nicht alles, was die Frau sagte, begriff aber, dass sie der Meinung war, Mamas böser Freund sei gar nicht an allem schuld, was er Mama angetan hatte. Wenn überhaupt, sei der Alkohol schuld daran. Damals, als der Junge selbst von Kevin misshandelt worden war, war es derselben Psychiaterin völlig egal gewesen. Misshandlungen spielten offenbar nur eine Rolle, wenn man Täter war. Niemals, wenn man Opfer war.

Die Frau sprach mit sonorer Stimme weiter.

Das kann doch nicht sein, dachte der Junge. *Mama und die Lehrer haben doch immer gesagt, man muss dazu stehen, wenn man was falsch gemacht hat. Gilt das nur für Kinder, nicht für Erwachsene?*

Währenddessen ratterte die erlesen gekleidete Dame weiter ihr Gutachten herunter. Sie schloss damit, sie könne eine aufgehobene Schuldfähigkeit wegen eines Vollrausches zum Tatzeitpunkt nicht ausschließen.

So einfach ist das?, fragte sich der Junge. *Man musste sich nur betrinken, schon kann man tun und lassen, was man will? Sind so die Gesetze in diesem Land? In unserem Land* konnte er nicht mehr sagen, denn es verband ihn nichts mehr mit diesem Ort.

Der Junge umklammerte die Hand der Frau vom Jugendamt, während er wieder Tränen in den Augen spürte. In was für einer ungerechten Welt lebte er?

* * *

Nach schier endlosen Verhandlungen wurde das Urteil verkündet.

»Der Angeklagte Kevin Bormann«, begann der Richter, »leidet an einer schweren Alkoholabhängigkeit. Er hat sich einer Körperverletzung mit Todesfolge schuldig gemacht, begangen an Chantal Wauer. Die Tat wurde im Vollrausch verübt. Eine nicht vorhandene Zurechnungsfähigkeit nach Paragraf 20 StGB kann damit nicht ausgeschlossen werden. Unbestreitbar liegt bei dem Fall eine verminderte Schuldfähigkeit oder schwere Störung gemäß Paragraf 21 StGB vor.« Er hatte das gleiche Buch in der Hand, aus dem auch der Anwalt vorgelesen hatte, als hätte der dem Richter seine Worte ins Ohr geflüstert. »Der Angeklagte Kevin Bormann nimmt bekanntermaßen alkoholische Getränke und andere berauschende Mittel im Übermaß zu sich. Die an Chantal Wauer begangene Tat erfolgte ebenfalls im Alkoholrausch. Das Gericht kann daher eine aufgehobene Schuldfähigkeit nicht ausschließen und verurteilt den Angeklagten Kevin Bormann zur Unterbringung in einer Entziehungsanstalt, gemäß Paragraf 64 StGB, da die Gefahr besteht, dass der Angeklagte infolge seines Hangs zum missbräuchlichen Alkoholkonsum weitere rechtswidrige Taten begehen wird.«

Der Verteidiger hörte mit lauerndem Blick zu, da er das Strafmaß noch nicht kannte. Bormann selbst saß blöde dreinblickend neben ihm, starrte auf seine tätowierten Unterarme oder stierte Löcher in die Luft, als ginge ihn das alles gar nichts an.

Währenddessen fuhr der Richter fort: »Das Gericht möchte verhindern, dass weitere Gewalttaten folgen. Gleichzeitig geht das Gericht davon aus, dass eine konkrete Aussicht besteht, den Anklagten Bormann durch die Unterbringung in einer Entziehungsanstalt zu heilen und damit von der Begehung künftiger rechtswidriger Taten abzuhalten, die auf seinen Hang zum Alkoholmissbrauch zurückzuführen sind.« Er ließ den Blick durch den Gerichtssaal schweifen. »Die Einweisung in den Zwangsentzug erfolgt unverzüglich und wird auf eine Dauer von zwölf Wochen festgesetzt.«

Der Junge verstand nicht alles, was hier gesagt wurde. Er sah nur den Richter an seinem Pult, den Verteidiger mit seinem höhnischen Grinsen, den Staatsanwalt, dem vor Empörung der Mund offen stand, und schließlich Bormann. Er grinste den Jungen zähnefletschend an.

Hinter dessen Tränenschleier versank alles in einer grauen Welt der Verzweiflung.

7

Sie blickte auf die Leiche, die sie vor sich sah. Die aufgeschnittenen Halsschlagadern und das Blut, das rechts und links wie Fontänen an die Wand gespritzt war und die Leiche wie ein höllischer Torbogen umrahmte.

Sie wusste nicht, wie lange sie vor dem Toten gekauert hatte. Aber sie erinnerte sich an die Stimme, die zu ihr gesprochen hatte. Vor ein paar Minuten. Oder Stunden. Oder Tagen. In der filzigen Dunkelheit, in der sie sich befand, hatte sie jedes Zeitgefühl verloren.

Du musst es bald machen, hatte die Stimme gesagt, von der sie nicht mehr wusste, ob sie aus der Dunkelheit des Zimmers kam oder aus ihrem Kopf. *In wenigen Stunden kannst du den Mund nicht mehr öffnen. Dann sind die Kiefermuskeln wie erstarrt, und die gehören zu den stärksten Muskeln des menschlichen Körpers.*

Was für eine seltsame Information, die überhaupt nicht zu dem Grauen passte, das bleich und tot vor ihr an den Fesseln an der Wand hing.

Ihre Finger zitterten, als sie die Hand hob, in der sie den Gegenstand hielt, den sie nur für diesen Moment aufbewahrt hatte. Den Gegenstand, den *der andere* ihr gegeben hatte.

Sie näherte sich der Leiche. Legte die Hand an den Unterkiefer. Zog das Kinn herunter. Sie spürte nur einen leichten, wächsernen Widerstand, den sie überwinden konnte. Es war noch nicht zu spät, die Kiefermuskeln waren noch nicht zu steif geworden. Dennoch musste sie würgen, als sie das knirschende Geräusch hörte und der Kiefer sich mit einem leichten Schmatzen öffnete wie eine vergessene Tür, wobei sich ein schleimiger Speichelfaden zwischen Ober- und Unterkiefer in die Länge zog.

Das Gesicht des Toten war blass. Blutleer. Auch aus dem Zahnfleisch war alles Blut gewichen. Es hatte eine grau-hellrosa Farbe angenommen wie ein ausgespucktes Kaugummi und war deshalb kaum mehr von den Zähnen zu unterscheiden. Die Zunge lag schlaff, einem gekochten Stück Fleisch gleich, weißlich grau zwischen den Zahnreihen.

Sie unterdrückte den Würgereiz, zog den Unterkiefer noch ein Stück nach unten und hob die weißliche Zunge an. Dann nahm sie die Münze und legte sie darunter.

So hatte sie ihrem Sohn einst den Mund geöffnet, als er seinen ersten Zahn bekommen hatte. So hatte sie ihm die Brust gegeben. So hatte sie ihn gefüttert.

Und jetzt legte sie die Münze in den Mund ihres toten Sohnes.

Das Ganze war grauenhaft, unvorstellbar.

Als Letztes schloss sie den Kiefer, der sich mit einem bizarren Knirschen schloss wie das Tor zur Hölle.

Ihr Auftrag war erfüllt.

Ihr wurde endgültig schwarz vor Augen, und sie fiel und fiel in einen bodenlosen Abgrund.

8

MacDeath hatte gerade den Hörer abgehoben, um den Professor im Neuen Museum anzurufen, als Claras Handy klingelte. Es war Hermann.

»Hallo«, sagte er, »bei MacDeath ist besetzt. Seid ihr soweit fertig?«

Clara schaute MacDeath an. »Richtig fertig ist man doch erst, wenn man tot ist.«

»Dann haben wir einen gefunden, der rundum fertig ist.«

Clara spürte einen Stich in der Magengegend. »Schon wieder eine Leiche?«

»Ja, und ziemlich blutig. Kommt am besten runter.«

Clara stand abrupt auf. »Gehen wir«, sagte sie zu MacDeath, »wir müssen zu einem Tatort.«

»Verstehe.« Er legte den Hörer auf. »Bevor wir uns um Charon kümmern, kümmern wir uns erst mal um die, die zu ihm wollen.«

Unten trafen sie auf Hermann. Winterfeld stand hinter ihm und nestelte bereits an seinem Autoschlüssel herum.

»Und?«, fragte Clara.

»Eine stillgelegte Fabrik im Norden der Siemensstadt«, antwortete Winterfeld. »Soll eine große Inszenierung sein.«

»Was ist denn da?«

»Eine Leiche. Ein Mann.«

»Diesmal ein Mann?« Clara hob die Augenbrauen.

»Ja. Ein junger Mann, wie es aussieht.«

MacDeath steckte sein Notizbuch in die Tasche. »So viel zu unserer Theorie, dass nur Frauen die Opfer sind.«

»Wenn es der gleiche Killer ist ...«, begann Winterfeld.

»Wenn es mehrere wären, hätten wir noch mehr Arbeit«, sagte Hermann.

»Auch wieder wahr.«

»Und sonst?« Das war Clara.

»Sonst ist alles voller Blut«, sagte Hermann. »Wahrscheinlich wurden dem Opfer irgendwelche Gefäße durchgeschnitten. Die Kollegen sind gerade erst angekommen, die Spurensicherung ist unterwegs, und von Weinstein müsste jede Minute eintreffen.« Er schaute auf einen Zettel, auf den er ein paar Notizen gekritzelt hatte. »Sieht wohl aus wie ein Mord.«

»Könnte bestimmt auch Suizid sein«, sagte MacDeath. »In der Psychiatrie haben wir häufig Fälle, die sich mit geklauten Brotmessern oder den scharf geschliffenen Griffen von Zahnbürsten die Gefäße durchschneiden.«

»Der hier war gefesselt.«

Winterfeld klatschte in die Hände. »Am besten, wir schauen es uns an, statt hier Hypothesen aufzustellen. Abmarsch!«

Sie nahmen den Aufzug nach unten in die Tiefgarage.

Vor ihrem inneren Auge sah Clara groteske rote Muster an einer Wand. Es waren ähnliche Muster wie die, die sie letzte Nacht in ihrem Albtraum gesehen hatte.

9

Das Leben in der Wohngruppe war ganz anders, als er es von zu Hause kannte. Der Junge lebte mit zwei Betreuerinnen und drei anderen Kindern in einer Wohnung. Kinderheime, sagte man ihm, gäbe es nicht mehr. Und so sei es ja auch viel familiärer.

Es war auf alle Fälle anders. Eigentlich war es besser.

Er hatte gelernt, sich wegzuducken, wenn jemand den Arm hob. Weil er wusste, dass danach ein Schlag kam. Aber hier kam kein Schlag. Er hatte immer die Minuten gezählt, bis jemand losschreien oder einen Wutanfall kriegen würde, wie er es von seinem Vater und dessen Nachfolger kannte, dem Freund, der Mama totgeprügelt hatte. Aber hier passierte nichts dergleichen.

Er hatte die Gesten der anderen gelernt, die man lesen musste, um zu überleben. Was das anging, war er wie eine Antilope, die einen Löwen beobachtet.

Er war mit Gewalt groß geworden. Wenn sein Vater oder später Kevin Bormann betrunken nach Hause gekommen waren, hatte der Junge die feinsten Signale wahrnehmen können: Wie ist er heute drauf? Wie muss ich gehen, mich bewegen, damit er nicht ausrastet? Schlägt er wieder Mama? Was muss ich tun, damit er nicht in mein Zimmer kommt?

Das alles brauchte er hier nicht. Niemand schrie. Niemand schlug ihn. Sicher, es gab Rangeleien mit den drei anderen Kindern und ab und zu Streit mit den Betreuern. Aber das Ganze kam ihm nicht schlimmer vor als ein Kriegsspiel auf dem Computer.

Ein Kriegsspiel für jemanden, der gerade aus einem echten Krieg zurückgekehrt war.

* * *

Irgendwann waren der Mann und die Frau gekommen. Beide waren Anfang oder Mitte vierzig, genau konnte der Junge es noch nicht schätzen. Sie waren lange mit ihm spazieren gegangen. Hatten mit ihm gesprochen. So, als wäre er schon viel älter, als er tatsächlich war. Was vielleicht daran lag, dass er weiter war, als es seinem Alter entsprochen hätte. Vielleicht lag es aber auch daran, dass diese beiden Erwachsenen ihn ernst nahmen, was er vorher noch nie erlebt hatte.

Seine Betreuerin hatte ihm gesagt, sie hätten alle Anträge ausgefüllt, was immer das für Anträge waren. Und dass die Leute ihn, den Jungen, kennenlernen wollten, auch wenn er viel älter war als die Kinder, die normalerweise adoptiert wurden. Doch diese Leute, seine zukünftigen Eltern, hatten vor zwei Jahren ihren Sohn verloren. Er war bei einem Verkehrsunfall von einem abbiegenden Lkw übersehen worden. Er war nur drei Jahre älter gewesen als der Junge jetzt.

Nun war die schlimmste Zeit der Trauerphase für die Eltern vorbei, wie seine Betreuerin ihm sagte. Jetzt wollten sie einem anderen Kind ein Zuhause geben, eine Chance – auch sich selbst. Einem Kind, das ähnlich alt war wie ihr verlorener Sohn.

»Die beiden machen einen sehr tüchtigen und netten Eindruck«, hatte die Betreuerin zu dem Jungen gesagt. »Überleg dir, ob du bei ihnen bleiben willst.«

Der Junge sagte, er werde bis morgen seine Entscheidung treffen.

Aber eigentlich hatte er sich schon entschieden.

10

Sie fuhren auf dem Tempelhofer Damm Richtung Ringbahnstraße, dann auf die Stadtautobahn A 100. Winterfeld lenkte den schwarzen Mercedes, Clara und MacDeath saßen auf der Rückbank.

»Siemensstadt«, sagte Winterfeld. »Wenn das der alte Siemens wüsste ...«

Siemensstadt war ein Ortsteil am Ostrand von Spandau, der ursprünglich durch die Ansiedlung von Siemens-Werken und den dazugehörigen Arbeiterunterkünften entstanden war.

Nach zehn Minuten Fahrt bogen sie am Flughafen Tegel links ab und nahmen Kurs auf den Siemensdamm. Die Gegend um die alte Fabrikhalle war bereits abgesperrt. Die Halle war offenbar schon lange nicht mehr in ihrer ursprünglichen Funktion benutzt worden. Farbspritzer an den Mauern und den Bäumen in der Nähe des Gebäudes ließen erkennen, dass Gotcha- und Paintball-Spieler das Gelände nutzten.

Die Halle erhob sich wie ein lauerndes Ungeheuer vor dem dunkelblauen Abendhimmel. Die untergehende Sonne tauchte den Beton in blutrotes Licht. Die Fenster wirkten wie Schießscharten, und das offene Stahltor empfing die Ermittler wie ein gieriger Rachen, der sein Geheimnis nur dann preisgab, wenn er jene, die ihm zu nahe kamen, verschlang und in einen Abgrund des Schrecken riss.

Güterzüge ratterten in einiger Entfernung über rostige Gleise. Weichen kreischten. Streifenpolizisten hatten Position bezogen.

Ein uniformierter Beamter kam ihnen entgegen.

»Winterfeld? Vidalis?«, erkundigte er sich.

»Sind wir«, sagte Clara. »Und Dr. Friedrich.« Den Spitznamen »MacDeath« kannten die meisten Streifenpolizisten nicht.

Der Beamte nickte. »Kommen Sie bitte mit.«

»Wer hat die Leiche gefunden?«, fragte Winterfeld.

»Zwei Männer, die hier Geocatchen gespielt haben«, antwortete der Polizist, nahm seine Dienstmütze ab und kratzte sich am Kopf. »Oder wie immer man das nennt.«

»Geocaching«, verbesserte Clara ihn. »Eine Art moderne Schnitzeljagd. Da werden irgendwo per Smartphone Anweisungen gegeben, wo die Spieler als Nächstes hin müssen, und da gibt es dann wieder Hinweise. Zettel, Schatzkarten, was auch immer.«

»Oder eine Leiche?«, fragte MacDeath. »Haben die Geocaching-Spieler einen Hinweis auf die Leiche erhalten?«

Der Polizist schüttelte den Kopf. »Nein, sie haben die Fabrikhalle nur ausgewählt, weil die so morbide und cool ist, wie die Spieler es ausdrückten. Jetzt sind sie erst mal beim Polizeipsychologen.«

MacDeath zuckte die Schultern. »War wohl etwas zu morbide.«

»Gehen wir erst mal rein.« Winterfeld bewegte das Kinn Richtung Eingang.

* * *

Dr. von Weinstein stand bereits vor der Leiche.

»Tod durch Verbluten«, sagte er.

»Was ist passiert?«, fragte Winterfeld. »Her mit den blutigen Details.«

Von Weinstein trat zur Seite.

Jetzt sah Clara die Leiche.

Der Mann war ungefähr zwanzig Jahre alt und nackt bis auf

die Unterhose. Er war an einer Apparatur, die einem Andreaskreuz glich, an die Wand gefesselt. Beide Seiten seines Halses waren aufgeschlitzt. Aus den Wunden war das Blut in hohem Bogen an die weißgekachelten Wände gespritzt.

Weiße Kacheln, dachte Clara.

Offenbar war dies hier früher ein Raum gewesen, in dem irgendwelche Apparaturen gereinigt wurden. Er erinnerte sie an ein Bad, aber viel mehr noch an ein Schlachthaus. Clara erschienen die Spritzer wie bizarre rote Flügel, die den Toten wie einen bleichen Schmetterling einrahmten.

»Ja, man hat ihm beide Halsschlagadern durchgeschnitten.« Von Weinstein schien Claras Gedanken zu lesen. »Der durchschnittliche systolische Blutdruck beträgt einhundertzwanzig. Wenn man unter Stress steht, weil man gefesselt ist und sich obendrein jemand einem mit einem scharfen Messer nähert«, er zeigte auf den Tatort, »so wie hier, schnellt der Wert in die Höhe.« Er verzog das Gesicht. »Das Blut spritzt dann meterweit.«

»Wie beim Schächten«, sagte MacDeath. »Im Judentum und Islam werden Tiere so ausgeblutet. Allerdings werden sie dann über Kopf gehängt.«

»Meinen Sie, das ist wieder ein religiöser Ritualmörder?« Winterfeld blickte MacDeath alarmiert an. Der Drache steckte ihm noch in den Knochen.

»Ich kommentiere nur, was ich sehe«, sagte MacDeath. »Haben wir die Tatwaffe noch hier?«

Von Weinstein schüttelte den Kopf. »Bisher hat die Spurensicherung nichts gefunden.« Er leuchtete mit einer Taschenlampe auf die Schnittwunden am Hals der Leiche. Das Licht der aufgebauten Scheinwerfer reichte nicht, um Details erkennen zu können. »Wie es aussieht, war das Messer sehr scharf, denn die Wundränder sind glatt, nicht porös und unregelmäßig, wie es der Fall wäre, hätte der Täter ein stumpfes Messer benutzt.«

Clara nickte. Es gab perverse Killer, die absichtlich ein stumpfes Messer benutzten, damit das Opfer sich mehr quälte. Das war hier glücklicherweise nicht geschehen.

»Können wir anhand der Wunde etwas über die Art des Messers sagen?«, fragte MacDeath.

Von Weinstein schüttelte den Kopf. »Er hat das Messer ja nicht in die Wunde gestochen.«

»Und wenn er zugestochen hätte, könnte man dann anhand der Wundwinkel Aussagen darüber treffen, ob es sich bei der Tatwaffe um ein ein- oder zweischneidiges Messer gehandelt hat?«

»Ja«, sagte von Weinstein, »das könnte man.«

»Und könnte man auch etwas über die Länge der Klinge sagen? Was die Tiefe der Wunde angeht?«

Von Weinstein schüttelte den Kopf. »Das geht leider nicht.«

Clara wollte noch eine Frage stellen, aber von Weinstein sprach weiter. »Ich weiß«, sagte er, »das Gerücht hält sich hartnäckig. Angeblich können wir anhand des Wundkanals die Breite und Länge einer Klinge schätzen und dadurch eine ungefähre Vorstellung bekommen, was für ein Messer benutzt worden ist. Dieser Irrtum ist darauf zurückzuführen, dass Thomas Noguchi behauptet, er hätte auf diese Weise den Messertypus bei den Manson-Morden ermittelt.«

»Der Mord an Sharon Tate?«, fragte Clara. »Hat Noguchi darüber geschrieben?«[2]

Thomas Noguchi war zurzeit des Massakers an Sharon Tate durch die Manson Family im Jahr 1969 der Chef-Rechtsmediziner von Los Angeles.

»Ja, hat er«, sagte von Weinstein, »in seinem Buch *Coroner*. Nur stimmt es eben nicht, dass man anhand der Wundtiefe die

---

2 Beschrieben in: Thomas Noguchi, Coroner, S. 134, Simon & Schuster, New York 1983

Länge und Struktur eines Messers ermitteln kann. Das ist leider nicht so einfach.« Clara erkannte, dass von Weinstein wieder zu einem seiner berühmten Vorträge ausholte, nur schien es diesmal wirklich wichtig zu sein. »Im menschlichen Körper bieten nur zwei Strukturen einem Messer Widerstand, die Knochen und die elastische Haut. Um durch die Haut zu kommen, muss man mit großer Kraft zustechen. Dadurch werden die Weichteile hinter der Haut komprimiert, dann kann das Messer sehr tief eindringen. Doch die Weichteile entfalten sich wieder, sobald das Messer herausgezogen wird – mit der Folge, dass der Stichkanal deutlich länger sein kann als die Klinge. Auf diese Weise kann durch eine, sagen wir, zehn Zentimeter lange Klinge ein dreizehn Zentimeter langer Stichkanal verursacht werden. Ähnlich wie bei einer Ziehharmonika. Diese Analyse würde uns also keine korrekten Daten liefern.« Er machte eine Pause. »Außerdem wurde hier mit dem Messer nicht zugestochen, es wurde nur die Arterie durchschnitten. Und die liegt ziemlich dicht unter der Hautoberfläche. Dafür muss er nicht sehr tief schneiden.«

MacDeath verzog enttäuscht das Gesicht. »Na schön«, sagte er. »Wir sind also nicht schlauer als vorher.«

Claras Blick glitt an der Leiche nach unten.

»Was ist das?«

Eine Kamera blitzte auf.

»Habe ich auch schon gesehen«, sagte von Weinstein. »Offenbar hat man ihm noch in die rechte Flanke gebohrt. Allerdings post mortem. Es ist kein Blut mehr ausgetreten, und die Wundränder sind avital.«

»Könnte es derselbe Täter gewesen sein wie in unseren anderen Fällen?«, fragte Clara.

»Möglich, ja«, entgegnete Winterfeld.

»Jemand hat den armen Kerl gefesselt und ihm dann die Halsschlagader durchgeschnitten.« MacDeath trat näher an das

Opfer heran. »Andere Verletzungen sehe ich nicht, bis auf die Wunde, die post mortem beigebracht wurde.« Er holte ein Notizbuch hervor und schrieb etwas hinein. »Es könnte sich um einen Mord handeln, bei dem es dem Täter um die Schockwirkung geht. Das viele Blut und so weiter.«

»Ist der Täter Sadist?«

»Nicht unbedingt, es sei denn, er hat das Opfer lange mit dem Messer bedroht. Aber das wissen wir nicht. Jedenfalls hat er das Opfer nicht lange gequält und sich höchstens daran geweidet, als das Blut meterweit aus den Adern spritzte. Das ist zwar krass, aber nicht zwangsläufig ein Zeichen von Sadismus. Eher ein Fall von Dominanz.«

»Warum der Stich post mortem?« Das war Winterfeld.

MacDeath zuckte die Schultern. »Das weiß ich noch nicht.«

»Haben Sie mal Handschuhe für mich?«, fragte Clara.

»Aber klar.« Von Weinstein reichte ihr ein Paar Gummihandschuhe.

Clara näherte sich der Leiche.

»Was haben Sie vor?«, fragte von Weinstein.

»Ich möchte etwas feststellen.«

»Die Leiche wird nachher sowieso obduziert.«

»Das dauert mir zu lange.«

MacDeath machte ein Gesicht, als ahnte er, was Clara vorhatte. Auch Winterfelds Blick folgte ihr gespannt.

Sie trat an die Leiche heran und legte die Hände an den Ober- und Unterkiefer. Der Kiefer öffnete sich nur langsam und schwergängig wie ein rostiges Scharnier. Clara musste ihre ganze Kraft aufbieten, um den Mund wenigstens zwei Zentimeter weit zu öffnen. Behutsam tastete sie unter der Zunge des Toten und zog mit spitzen Fingern etwas hervor.

»Bei Gott«, sagte sie, »das ist kein Zufall!«

In der Hand hielt sie, inmitten von getrocknetem Schleim und Speichelfäden, eine antike Münze.

11

Der Junge hatte neue Eltern. Es kam ihm so unglaublich vor, dass er durch einen Traum zu wandeln glaubte, als er die Straße mit den hohen Eichen entlangging, an deren Ende das elterliche Haus stand – sein Zuhause, das jetzt endlich ein richtiges Zuhause war. Denn der Mann und die Frau, die das Haus bewohnten und den schönen großen Hund hatten, einen braunen Labrador namens Nimbus, der manchmal so fröhlich kläffte und mit dem Schwanz wedelte, diese beiden waren jetzt sein Papa und seine Mama. Das hatten sie ihm auch schon mehrmals gesagt. Nicht, dass er sie so nennen musste. Aber sie wollten ihm zeigen, dass sie für ihn da waren wie richtige Eltern. Und der Junge musste zugeben, dass sich das richtig anfühlte. Eigentlich alles.

Er lebte jetzt in einem Haus, nicht mehr in einer winzigen Schmuddelwohnung. Der Vater schlug die Mutter nicht, was den Jungen zu Anfang wunderte, denn er kannte es nicht anders. Der Vater trank auch nicht den ganzen Tag. Wenn, dann mal ein Glas Wein, und das auch nur abends.

Seine Schritte wurden schneller, als er in die Straße einbog, in der sein Elternhaus stand. Der frische Wind des Frühlings trug nur noch einen leichten Hauch des Winters mit sich. Es kam dem Jungen so vor, als würde der Wind auch die dunklen Wolken seiner Erinnerungen für immer davontragen.

Die Zeit heilt alle Wunden, hatte mal jemand zu ihm gesagt. Er hatte diesen Spruch nie ernst genommen, doch mittlerweile glaubte er, es könnte wirklich etwas daran sein. Die Narben allerdings blieben. Aber vielleicht taten die Narben irgendwann nicht mehr weh.

Der Frühlingswind wehte ihm die Haare ins Gesicht, während er die Amseln und Spatzen beobachtete, die nach dem langen Winter wieder von Baum zu Baum flogen. Dann glitt sein Blick über die anderen Häuser in dieser Gegend und über die altehrwürdigen Villen hinweg, deren klassizistische Fassaden hinter gepflegten Gärten, hohen gusseisernen Zäunen und alten Eichen zu sehen waren.

Es war nicht das erste Mal, dass der Junge diesen Weg nahm und die architektonische Schönheit der Häuser, die knorrige Wildheit der Bäume und das alte, holperige Kopfsteinpflaster bewunderte, über das nur selten ein Auto fuhr. Doch jedes Mal entdeckte er etwas Neues, wie der Prinz im Märchen. Gleichzeitig kam es ihm vor, als wäre er diesen Weg schon hunderte Male gegangen, als würde er hierhergehören, als wäre es schon immer so gewesen.

In ungefähr hundert Metern Entfernung sah er bereits die Spitze seines Elternhauses, die sich in den blassblauen Frühlingshimmel erhob wie ein Schiff auf endloser See. Ein Vogel flog über den Dachgiebel, eine Schwalbe, die durch das frühlingshafte Panorama glitt. Die Blicke des Jungen folgten ihr, bis sie verschwunden war.

Dann schaute er auf die Baumreihen, auf das Kopfsteinpflaster und die Straße, an deren Ende das hohe Haus stand. Er fühlte sich so glücklich wie lange nicht mehr. Die schwarzen Schatten der Vergangenheit, sein brutaler Vater, seine gedemütigte Mutter, Kevin Bormann, der Mama die Treppe hinuntergestoßen und umgebracht hatte, die ewig lange Nacht mit seiner toten Mama, der Gerichtsprozess – das alles war unter einer so dicken Schicht verborgen, dass der Junge sicher war, dass es nie wieder an die Oberfläche kommen würde.

Er öffnete die Gartenpforte, schloss die Eingangstür auf und betrat den Flur, in dem es sauber und heimelig roch und wo das fröhliche Bellen von Nimbus ihn erwartete.

Ja, dachte er, als er den Schlüssel auf die Ablage legte, *ich bin zu Hause. Ich bin endlich zu Hause.*

12

»Der Tote heißt Tobias Steffen«, sagte Hermann, als er mit Winterfeld und MacDeath in Claras Büro eine kurze Lagebesprechung abhielt. »Zweiundzwanzig Jahre. Studiert an der TU Berlin Ingenieurwissenschaften.«

»Was ist das für ein Typ?« Das war Winterfeld.

»Hat eine Vorgeschichte mit psychischen Problemen, wie es häufig bei Kindern von Psychologen und Psychiatern der Fall ist. Die haben öfters einen an der Klatsche.«

»War schon immer so«, sagte Winterfeld. »Pastors Kinder, Müllers Vieh, gedeihen selten oder nie, wie es schön heißt. An die Stelle der Pastoren sind heute die Psychiater getreten.«

»Das heißt, die Eltern sind Psychiater?«, fragte Clara.

»Die Mutter«, sagte Hermann. »Der Vater, Thomas Steffen, lebt seit längerer Zeit in den USA. Sie sind geschieden. Sarah Steffen, die Mutter, hat nach der Scheidung den Namen ihres Mannes behalten. Sie arbeitet als Psychiaterin in der Forensischen Psychiatrie der Karl-Bonhoeffer-Klinik.«

»Bonnies Ranch«, murmelte Clara. Das war der inoffizielle Name dieser Institution, die man im politisch inkorrekten Sprachgebrauch auch als Irrenanstalt bezeichnen würde. Clara war dieser düstere Ort noch von ihrem letzten Fall in Erinnerung, besonders die unheimliche Patientin, die blutverdünnende Mittel zu sich genommen hatte, um sich dann die eigene Zunge abzubeißen und am Blutverlust zu sterben. Tod durch Verbluten, ähnlich wie hier.

»Arbeitet sie bei Marquard?« Mit Professor Marquard hatte Clara bei dem Fall damals zu tun gehabt.

»Nein, andere Abteilung. Mit ihrem Chef werden wir auch noch sprechen.«

»Habt ihr Sarah Steffen selbst denn schon erreicht?«

»Nein, jetzt kommt's«, sagte Hermann. »Sie ist seit zwei Wochen krank, sollte eigentlich ab nächste Woche wieder anfangen. Laut Personalabteilung wollte sie längst ein Attest schicken, hat es aber bisher nicht getan.«

»Dann nichts wie zu ihr. Kannst du schnell die Adresse herausfinden?«

Hermann war schon an der Tür. »Mach ich!«

* * *

Clara blieb mit MacDeath in ihrem Büro. MacDeath hatte sich ein Buch unter den Arm geklemmt, das Clara schon ein paar Mal gesehen hatte.

»Psychische Probleme«, sagte sie. »Kann es passieren, dass man sich dann mit den falschen Leuten anlegt? Oder an die Falschen gerät?« Sie zeigte auf die Tatortfotos.

»Möglich«, antwortete MacDeath. »Denken Sie an unseren letzten großen Fall. Der Drache und seine Untergebenen. Solche Gurus ziehen oft psychisch labile Menschen an. Und die Strafen in solchen Kulten sind drakonisch.«

»Schon wieder ein Satanskult?« Clara schaute ihn mit großen Augen an. »Das glauben Sie doch hoffentlich selbst nicht!«

»Ich hoffe immer noch, dass es nur ein Täter ist«, sagte MacDeath, »dann hätten wir auf einen Schlag all unsere Probleme erledigt, wenn wir ihn fassen. Aber dieser Mord hier unterscheidet sich stark von dem vorherigen, jedenfalls, was den Modus Operandi angeht. Das klingt weder nach Ritualmord noch nach Serienkiller. Diese Tat könnte auch für sich stehen. Außerdem trägt dieser Mord eine andere Handschrift.«

»Inwiefern?«

»Statt nur zu töten, war dem Täter die Schockwirkung wichtig. Das umherspritzende Blut hatten wir in keinem der anderen Fälle.«

Er zeigte auf das Foto.

»Der Mord an Barbara Färber war sadistisch«, sagte Clara. »Offenbar hat der Killer zugeschaut, wie sie erstickt ist. Und er hat es gerne getan. Bei Martha Gerling war es beinahe human.«

»Wie meinen Sie das?«, fragte MacDeath.

»Wegen der K.o.-Tropfen, die er ihr vorher gegeben hat.«

»Ja, so gesehen haben Sie recht«, sagte MacDeath. »Ein Mord sadistisch, der andere nicht. Auch hier war es eher kurz und schmerzlos. Aber die beiden Morde vorher waren nicht so effektvoll – ich meine, mit dem Blut und allem. Die Schockwirkung ist hier viel größer.«

»Aber nur für uns. Das Opfer selbst ist sofort verblutet. Und ich glaube nicht, dass man beim Verbluten allzu große Schmerzen erleidet.«

»Richtig«, sagte MacDeath. »Das Opfer war ungefähr eine halbe Minute bei Bewusstsein, dann war es vorbei.«

»Könnte das Blut gar nicht für das Opfer bestimmt sein, sondern für jemand anderen? Der noch lebt? Und der die Leiche sieht?«

MacDeath kniff ein Auge zu. »Könnte. In der Tat. Dabei fällt mir eine Sache ein.« Er ging zurück zum Schreibtisch. »Eine der Wunden war postmortal beigebracht worden. Stellt sich die Frage, warum?« Er rieb sich das Kinn. »Gleichen wir es mal mit den großen Lehrmeistern ab.«

Er zog ein Buch heran, das auf dem Tisch lag, und schlug es auf. Es war ein schwarzbraunes Buch mit roter und weißer Schrift auf dem Cover.

Clara kannte das Standardwerk, das nicht nur vom FBI in den Vereinigten Staaten, sondern immer mehr auch von europäischen und deutschen Behörden zurate gezogen wurde. Das

Crime Classification Manual von John Douglas und Robert Ressler, bei denen MacDeath in den USA das Profiling gelernt hatte.

»Warum dann der Stich?«, fragte Clara.

»Vielleicht wollte der Täter das Opfer *doch* quälen«, antwortete MacDeath, aber Clara sah an seinem Gesicht, dass er selbst nicht so recht daran glaubte. Er hob die Augenbrauen. »Er hatte gehofft, sein Opfer quälen zu können, mit viel Blut und Schockeffekten, war dann aber enttäuscht, als es zu schnell starb. Vielleicht war der Stich in die Seite eine Wutreaktion auf das schnelle Ableben. So, als wollte er der Leiche noch einen mitgeben, obwohl sie schon tot war.«

»Aber man muss nicht Medizin studiert haben, um zu wissen, dass jemand bei einem Schnitt in die Arterie schnell verblutet und nicht lange leidet.«

»Das denke ich auch«, sagte MacDeath. Er las in dem Buch, das er aufgeschlagen hatte, und murmelte vor sich hin. »Prolonging the duration of a victim's physical suffering. Exceptional degree of physical harm. Amount of damage. Disrespect for the victim after the fact. Intent to emotionally traumatize the victim, maximizing terror through humiliation or to create an indelible emotional memory of the event.« Er fasste zusammen. »Also, möglichst viel Qual erzeugen, großer physischer Schaden und … hm, das passt nicht, Verachtung des Opfers. Und, ja, der Wille, das Opfer zu traumatisieren, durch Erniedrigung und auch, indem man die Folter zu einem unvergesslichen Erlebnis macht. Na ja«, er schürzte die Lippen, »dazu müsste das Opfer noch leben. Der Stich in die Flanke wurde ja erst nach dem Tod zugefügt. Passt also auch nicht. Dann haben wir noch: Carrying out a crime in order to terrorize others. Ein Verbrechen begehen, um andere zu erschrecken, zu terrorisieren.« Er schaute noch einmal auf eines der Fotos. »Das passt, vor allem mit dem vielen Blut. Man könnte beinahe von Posing sprechen.

Der Täter hat erkennbar die Absicht, den Anblick der Tat für mögliche Betrachter so schrecklich wie möglich zu machen. Das hatten wir bei den ersten beiden Morden in dieser Tragweite nicht.«

»Und vor allem«, Clara war gerade etwas eingefallen, »er hat das Opfer nicht geschminkt, hat post mortem nichts mit der Leiche angestellt. Wie die Kriminaltechnische Untersuchungsstelle sagte, hing Tobias Steffen sowohl während des Mordes als auch posthum an dem Andreaskreuz. Der Mörder hat die Leiche nicht abgenommen. Kein Undoing oder so etwas.«

MacDeath fixierte Clara. »Was glauben Sie, warum?« Sie kam sich vor wie Clarice Starling im Gespräch mit Jack Crawford.

»Das blutleere, bleiche Gesicht war Kunstwerk genug für ihn«, sagte sie. »Und der Stich in die Seite?«

»Hat irgendetwas zu bedeuten. Was, wissen wir noch nicht. Oder er wollte wirklich noch mal nachstechen, weil das Opfer zu schnell tot war.«

»Dann doch jemand anders?«, fragte Clara. »Doch ein Einzel- und kein Serientäter?«

»Nun, es gibt eine Sache, die für einen Serientäter spricht.« Wieder fixierte er Clara, als würde sie als Patientin auf seiner Couch liegen. »Sie wissen, welche?«

»Die Münze.«

»Exakt.« MacDeath legte das Buch beiseite und schaute sich nacheinander die Fotos von den verschiedenen Tatorten an. »Von der Münze ist nichts an die Presse gelangt. Ich gehe also mal davon aus, dass es intern keine undichten Stellen gibt. Das schließt einen Nachahmer mehr oder weniger aus.«

»Kann es Zufall sein?«

»Drei voneinander unabhängige Morde, und bei allen spielt eine antike Münze eine Rolle? Wohl kaum.«

»Zwei Morde, bei denen die Münze unter der Zunge des

Opfers lag«, sagte Clara. »Beim ersten Mord lag sie lediglich in der Bettritze.«

»Schön«, sagte MacDeath, »aber statistisch so gut wie unmöglich. Ein Zufall ist ausgeschlossen. Wir müssen also herausfinden, was diese Münze soll.«

»Ein bisschen wissen wir ja schon.« Clara dachte an den Obolus, den man in der Antike an den Fährmann entrichten musste, um die Überfahrt ins Totenreich zu bezahlen.

»Ein bisschen ist aber nicht genug.« MacDeath nahm sein Handy, dann fragte er Clara: »Möchten Sie mal wieder was für die Bildung tun?«

Sie lächelte. »Sie wollten doch Ihren Freund anrufen. Den Professor aus dem Museum.«

»Richtig. Er schuldet mir einen Gefallen. Er ist Professor für antike Totenkulte und altorientalische Studien am Neuen Museum hier in Berlin. Wie wär's, wenn wir ihm einen Besuch abstatten?«

»Wenn es uns hilft.« Clara zuckte die Schultern. »Rufen Sie ihn gerne an. Verschwiegenheitserklärung und der ganze administrative Zirkus kann über mein Sekretariat gehen. Wir müssten ihn nur zeitnah treffen.«

»Das kriegen wir schon hin.« MacDeath wählte die Nummer.

Hermann steckte den Kopf zur Tür herein. »Ich hab die Adresse von Sarah Steffen. Wollen wir los?«

»Natürlich!« Clara wandte sich an MacDeath. »Bin in ungefähr einer Stunde wieder da. Dann fahren wir zum Professor, okay?«

MacDeath nickte.

»Welcher Professor?«, fragte Hermann.

»Erkläre ich im Auto.«

13

Nach ungefähr fünfzehn Minuten hatten Clara und Hermann die Wohnung in der Kastanienallee zwischen Prenzlauer Berg und Pankow erreicht, in der Sarah Steffen mit ihrem Sohn wohnte. Das Haus stand etwas südlich von der Ecke Schönhauser Allee und Kastanienallee, dort, wo wieder eine lange Schlange vor Konnopke's stand, Berlins berühmtester Currywurstbude. Hermann hatte vorgeschlagen, dort nachher einzukehren, doch es war fraglich, ob Zeit dafür blieb.

»Da sind wir ja fast Nachbarn«, sagte Clara, als sie mit dem Aufzug in den vierten Stock fuhren, wo Mutter und Sohn eine Dachgeschosswohnung mit großem Balkon bewohnten, der Clara schon von unten aufgefallen war.

Hermann klingelte.

Einmal. Zweimal. Dreimal.

»Nicht da.«

Clara schaute auf die Uhr.

»Später Nachmittag. Vielleicht ist sie noch einkaufen. Das wird sie ja können, auch wenn sie krankgeschrieben ist. Oder sie hat sich hingelegt.« Sie schaute auf die Tür gegenüber. »Fragen wir mal die Nachbarn.« Den Gedanken, Sarah Steffen könnte tatsächlich verschwunden sein, wehrte sie zunächst ab.

Sie klingelten an der Nachbarstür. Eine junge Frau mit leicht alternativem Aussehen öffnete. Clara erkundigte sich nach dem Verbleib von Sarah Steffen.

»Frau Steffen?«, fragte die Nachbarin, als Hermann die LKA-Marke vorgezeigt und die Frau ihren ersten Schreck überwunden hatte. Eine dicke Katze strich um ihre Beine. »Die habe ich schon ewig nicht gesehen. Ihren Sohn auch nicht.«

Clara und Hermann tauschten einen raschen Blick. Konnte Sarah Steffen so krank sein?

»Ist was Schlimmes passiert?«, fragte die junge Frau.

»Wahrscheinlich nicht.« Clara wusste, dass es manchmal besser war zu lügen. Jedenfalls, wenn man das Gespräch zielgerichtet zu Ende führen wollte. »Haben Sie eine Vermutung, wo sie sein könnte?«

»Die ist wahrscheinlich zu ihrem Ex-Mann gefahren, der wohnt drüben in den USA. Aber trotzdem komisch ...«

»Wieso?« Das war Clara.

»Na ja, meistens hat sie sich vorher bei mir gemeldet. Ich hab mich dann um den Briefkasten gekümmert und die Blumen und so. Sie hat das bei mir auch gemacht. Aber vielleicht hatte sie keine Zeit, weil ihr Mann ihr Ärger gemacht hat.«

»Was für Ärger?«

Die Frau schaute Clara schräg an. »Das bleibt doch alles unter uns?«

Clara nickte. »Wir sind nicht die Presse, wir sind die Polizei.«

»Na gut.« Sie schaute kurz nach drinnen, ob sie die unerwarteten Gäste hereinbitten sollte, überlegte es sich dann aber anders. »Die beiden sind geschieden. Schon seit zwei Jahren. Und friedlich ist die Trennung nicht gelaufen. Der Thomas, also ihr Ex-Mann, musste einiges an Geld auf den Tisch blättern. Er hat ja auch genug. Der verdient sich dumm und dämlich in Kalifornien und hat ihr dann noch diese schöne Dachwohnung hier gekauft.«

»Aber sie besucht ihn trotzdem noch, auch wenn er ihr Ärger macht?«

»Er will wohl seinen Sohn regelmäßig sehen, hat aber kein Recht mehr darauf, weil der Sohn schon zweiundzwanzig ist.

Deshalb versucht er es auf die nette Tour und bezahlt Frau und Sohn immer den Flug. Die Mutter ist jedes Mal dabei, weil der Junge Flugangst hat. Da kann sie wohl schlecht Nein sagen. Und Kalifornien ist ja auch sehr schön. Waren Sie schon mal da?«

14

Auf dem Rückweg telefonierte Hermann mit dem BKA, um Informationen über Thomas Steffen einzuholen, während Clara am Steuer saß. Außerdem wurde vom Staatsanwalt eine Hausdurchsuchung bei Sarah Steffen angeordnet. Vielleicht lag ja auch sie tot in ihrer Wohnung.

Nach ein paar Sätzen klappte Hermann das Handy zu. Fakt war: Sarah Steffen war verschwunden. Möglicherweise war sie bei ihrem Ex-Mann in den USA. Aber dann hätte sie doch den Sohn mitgenommen? Der aber lag tot im Kühlraum in Moabit.

»Na bitte«, sagte Hermann.

»Was hast du rausgefunden?« Clara schaute abwechselnd auf die Straße und zu Hermann.

»Thomas Steffen ist im Silicon Valley, hat da ein paar Unternehmen für Data Mining.« Als er Claras fragenden Blick sah, wurde er präziser. »Du weißt schon, diese Firmen, die aus Tausenden von Daten die wichtigen rausfiltern. Walmart, zum Beispiel, hat durch so eine Auswertung mal erfahren, dass Pampers und Bier immer zur gleichen Zeit von den gleichen Kunden gekauft werden. Dieses Verfahren nennt man Data Mining. Daraufhin hat Walmart Windeln und Bier in möglichst großer Anzahl gut erreichbar nebeneinander in die Läden gestellt, und sie haben von beidem viel mehr verkauft als zuvor.«

»Warum gerade Pampers und Bier?«

»Weil es Väter waren, die immer zwischen siebzehn und achtzehn Uhr von der Arbeit kamen und von ihren Frauen den Auftrag erhalten hatten, Windeln mitzubringen. *Nur* Windeln.«

»Klar«, sagte Clara. »Wenn es mehr wird, vergessen die Männer eh die Hälfte. Das wissen die Frauen.«

»Genau«, sagte Hermann. »Und dann bringen sie auch noch was für den Eigenbedarf mit, was sie natürlich *nicht* vergessen: Bier!«

Clara zuckte die Schultern. »Wäre schön, wenn man damit auch Verbrecher fangen könnte.«

»Kann man.« Ein Grinsen huschte über Hermanns Gesicht. »Es gibt in den USA das NGI-Projekt. Aus sogenannten Metadaten von E-Mail und Mobilfunk, Video- und Audio-Überwachung sowie Mimikanalyse von Beobachtungskameras wird ein Persönlichkeitsprofil erstellt.«

Metadaten, dachte Clara. Das war seit der NSA-Affäre für niemanden mehr ein Fremdwort, obwohl die meisten wohl nicht wussten, was genau dahintersteckte. »Und so etwas hat dieser Thomas Steffen gemacht? Oder macht es? Dann ist er ja fast ein Verbündeter.«

»Könnte man so sagen. Steffens Data-Mining-Unternehmen arbeiten für die Geheimdienste und für das FBI. Auf der Basis von Persönlichkeitsprofilen errechnen Analyseprogramme Verhaltensprognosen. Was jemand als Nächstes tun wird, lässt sich aus seinem Verhalten der vergangenen Stunden, Tage oder Wochen vorhersagen. Droht eine Abweichung von definierten Verhaltensnormen, lösen Sicherheitssysteme Alarm aus. Obama hat für so was nach dem Bombenattentat von Boston eine Milliarde Dollar bereitgestellt. Davon dürfte Steffen auch profitiert haben.«

»Und er arbeitet für das FBI?«

»Auch.« Hermann nickte. »Schwerpunktmäßig allerdings für die CIA und die NSA. Eine seiner Firmen heißt SiX-Solutions. Sie waren offenbar auch am Prism-Programm zur Überwachung und Analyse elektronischer Medien und gespeicherter Daten beteiligt. Die haben einen Algorithmus zur Personenüberprüfung errechnet. In einer ersten Stufe wertet die Software aus, wie jemand sich verhält. Entspricht sein Verhalten einem verdächtigen Muster, werden seine Mails, Facebook-Postings, Tweets und Telefongespräche hinsichtlich der Metadaten sowie inhaltlich überwacht. Diese Auswertung soll dafür sorgen, dass eine Prognose seines Verhaltens möglich wird, sodass die Polizei am besten schon am Tatort ist, bevor der Überwachte dort erscheint, um seine Tat zu verüben.«

»Kannst du die Kontaktdaten von diesem Thomas Steffen herausfinden und anfragen, ob seine Frau bei ihm ist?« Clara lächelte. »Auch ohne NSA und Metadaten? Zur Not müssen die Kollegen vom FBI über Interpol mithelfen.«

»Kriegen wir hin!« Hermann machte sich eine Notiz.

»Ich hoffe es«, sagte Clara. »Denn es gibt so viele offene Fragen, dass ich langsam Angst bekomme.«

»Zum Beispiel?«

»Dauernd verschwinden Angehörige der Ermordeten. Oder sie sind gar nicht erst da.« Clara schaltete einen Gang herunter und bog in den Kanzlertunnel am Hauptbahnhof ein. »Barbara Färber ist tot, Jochen Färber verschwunden. Martha Gerling ist tot, einer ihrer Söhne, Gerhard Gerling, ist weg. Jetzt ist Tobias Steffen tot. Und Sarah Steffen, seine Mutter, ist vielleicht ebenfalls verschwunden. Warten wir ab, was bei der Hausdurchsuchung rauskommt. Aber in jedem Fall ist das sehr seltsam, findest du nicht auch?«

Hermann zuckte die Schultern. »Ich würde erst mal warten, was dieser Thomas Steffen in den USA sagt. Vielleicht ist seine Ex-Frau bei ihm und genießt den kalifornischen Sommer. Und Jochen Färber ist möglicherweise untergetaucht, weil er Barbara Färber umgebracht hat. So wie Gerhard Gerling verschwunden ist, weil er schneller an sein Erbe wollte und ein bisschen nachgeholfen hat. Die alle sind vielleicht gar nicht verschwunden, sondern haben sich abgesetzt – aus nachvollziehbaren Gründen.«

»Sarah Steffen auch? Warum sollte die untertauchen, wenn ihr Sohn umgebracht wird? Oder glaubst du etwa ...?«

»Dass sie selbst ihren Sohn umgebracht hat?« Hermann kaute an seinem Stift. »Das kann ich mir nicht vorstellen.«

»Und ihr Mann?«, fragte Clara. »Ich weiß, es hört sich verrückt an, aber vielleicht ist es ihm irgendwie gelungen, inkognito hierher zu kommen, den Sohn zu ermorden, um der Frau eins auszuwischen, und dann wieder wegzufliegen.«

Hermann schüttelte den Kopf. »Nichts wird so intensiv überwacht wie der Luftverkehr. Und die Idee, mal eben im Lagerraum einer Militärmaschine mitzufliegen, ist eher Krimistoff. Außerdem mochte er den Jungen.«

Claras Handy klingelte. Es war die Nummer der Rechtsmedizin. Sie erkannte von Weinsteins Durchwahl, stellte die Anlage auf laut und aktivierte die Freisprecheinrichtung.

»Seid ihr durch?«, fragte sie.

»Ja«, erklang die Stimme am anderen Ende. »Ich schicke euch gleich das Obduktionsprotokoll als pdf vorweg, das Original kommt hinterher. Todesursache wie erwartet. Tod durch Verbluten. Einen Suizid können wir ausschließen.«

»Wegen der Fesselspuren?« Clara sah vor ihrem inneren Auge die Stricke, die neben der Leiche lagen.

»Ja. Wir haben Hautschuppen an den Seilen, die von Steffen stammen. Er ist lebend gefesselt worden, und zwar ziemlich straff. Wir haben Hautunterblutungen und Hautschürfungen an den Stellen, wo die Fesseln waren.« Von Weinstein atmete hörbar aus. »Er wurde gefesselt, damit der Täter ihn in Ruhe ... nun ja, *schneiden* kann. Wäre er nicht gefesselt gewesen, und der Täter wäre mit dem Messer auf ihn losgegangen, hätten wir Abwehrwunden an Händen und Unterarmen. Die haben wir aber nicht.«

Damit der Täter ihn in Ruhe schneiden kann.

Ein Bild erschien vor Claras innerem Auge. Tobias Steffen,

wie er voller Grauen auf die Klinge starrt, während er sich verzweifelt in den Fesseln aufbäumt, sodass er sich die Haut abscheuert, und er hilflos mit ansehen muss, wie die funkelnde Klinge sich seinem Hals näherte. Dann hört er das ratschende Geräusch des Schnittes, spürt den Schmerz und sieht, wie ein Teil seines Blutes in pulsierenden Fontänen an die Wand spritzt, während ein anderer Teil warm und klebrig an seinem Oberkörper herunterläuft.

»Er ist eindeutig verblutet?«, fragte Clara und verscheuchte das grässliche Bild. »Was das angeht, waren Sie ja am Tatort schon ziemlich sicher.«

»Nun, die Schleimhäute der Leiche waren blass, damit war das eindeutig.« Sie hörte, wie von Weinstein durch die Akte blätterte. »Zahnfleisch und Gesicht waren hell wie gekochtes Fleisch, und es gab kaum Leichenflecken.«

Hermann kritzelte ein paar Notizen auf seinen Block.

Kaum Leichenflecken, dachte Clara. *Entweder, weil er die ganze Zeit aufrecht gestanden hat und sich deshalb kein Blut auf der Haut stauen konnte, oder schlicht und einfach, weil kein Blut mehr da war.*

»Wir haben kaum flüssiges Leichenblut, lediglich etwas Herzblut, kein Schenkelvenenblut. Bei den inneren Organen ist es genauso«, fuhr von Weinstein fort. »Alle inneren Organe weisen eine überdurchschnittliche Blutarmut auf. Besonders die Nieren haben ihre rosige Farbe verloren, weil sie völlig ausgeblutet sind, und wieder ihre graugelbe Eigenfarbe angenommen.«

»Also ist er an den Schnitten in die Halsarterie gestorben?«

»So ist es.«

»Der Stich in den Unterleib erfolgte also tatsächlich post mortem?«

»Richtig«, sagte von Weinstein. »Die Wunde an der Flanke wurde ihm postmortal zugefügt, das hat die Sektion bestätigt. Fragen Sie mich aber nicht, was der Täter mit diesem Stich bezweckt hat. Wir machen jetzt noch eine toxikologische Untersuchung, um herauszufinden, ob der Täter ihn vielleicht betäubt hat, um ihn zu fesseln. Wir haben nämlich keinerlei Anzeichen für Gegenwehr. Ich melde mich wieder, wenn ich das Ergebnis habe. Ach ja, und die seltsame Münze, die im Mund der Leiche steckte …« Er verstummte.

»Was ist damit«, fragte Clara. »Habt ihr schon eine Idee, was die bedeutet?«

»Keine Ahnung. Jedenfalls ist nur die DNA des Toten daran, sonst nichts. Antik sieht die Münze aus, aber dafür bin ich der falsche Ansprechpartner.«

»MacDeath hat da einen Experten, der sich mit antiken Grabritualen auskennt. Früher wurden Münzen den Toten mitgegeben, damit sie den Fährmann bezahlen konnten, der sie in die Unterwelt fährt.«

»Don't pay the ferryman«, sagte von Weinstein.

»Bitte?«

»Oh, nichts. Ein alter Songtext. War vor Ihrer Zeit. Jedenfalls ist es heute viel einfacher geworden. Fürs Sterben muss niemand mehr zahlen. Es sei denn, er engagiert einen Auftragskiller.« Clara hörte das Rascheln von Unterlagen. »Ich denke, das war's erst mal, ja?«

»Ja, das war's, vielen Dank!«, sagte Clara. »Wir melden uns wieder.«

Sie legte auf. Dann rief sie MacDeath an. »Ich bin gleich wieder im Büro«, ließ sie ihn wissen. »Nach einem schnellen Kaffee können wir los.«

»Gut«, sagte MacDeath am anderen Ende. »Dann sage ich dem Professor, dass wir gleich losfahren.«

15

»Sie forschen im Ägyptischen Museum weiter?«, fragte eine Stimme hinter Clara, als diese sich gerade in der Kaffeeküche an der rumpelnden Kaffeemaschine zu schaffen machte.

Clara drehte sich um.

Es war Karl.

»Was Sie alles wissen«, sagte sie.

»Keine Sorge, ich behalte alles für mich. Ich hatte nur gehört, wie MacDeath ... ich meine, Dr. Friedrich, mit einem Professor telefoniert hat.«

»Sie haben Ihre Ohren auch überall.«

»Liegt an meinem Vater.«

»Wieso?«

»Der arbeitete beim BND, Auslandsgeheimdienst.«

Clara nickte. Sie kannte das berühmte Dreigestirn. Der BND, der Bundesnachrichtendienst, war für die externen Angelegenheiten zuständig, der MAD, der militärische Abschirmdienst, und der Verfassungsschutz für die inneren Angelegenheiten. Ähnlich wie der MI6 und der MI5 in Großbritannien.

»Was macht er da?«

»Er hatte im Oktober 2006 die Operation Alberich aufgebaut.« Karl schaute sie an. »Aber das behalten Sie jetzt auch für sich.«

Sie lachte. »Natürlich!«

»Später war er am Aufbau des GTAZ beteiligt.«

»Das Gemeinsame Terrorabwehrzentrum in Berlin«, ergänzte Clara. »Moment, das war doch Jürgen Martinek, der die Kiste gegründet hat.«

»Richtig«, sagte Karl. »Das war mein Vater.«

Clara schüttelte den Kopf. »Wie klein die Welt ist. Aber was heißt *war?* Lebt Ihr Vater denn nicht mehr?«

Karl schüttelte den Kopf. »Leider nein. Er ist kurz nach seiner Pensionierung an einem Herzinfarkt gestorben. Der jahrelange Stress war zu viel für sein Herz.«

Clara kannte das. Einige ehemalige Polizeikollegen schlugen sich mit Herzproblemen herum. Der jahrelange Stress der Nachtdienste, die nervenaufreibende Ermittlungsarbeit forderten irgendwann ihren körperlichen Tribut.

»Das tut mir leid«, sagte sie.

Karl nickte ihr dankbar zu. »Es ist okay. Er war mir ein guter Lehrmeister. Wenn ich eines von ihm gelernt habe, dann ist es das Schweigen.«

»Das ist gut«, sagte Clara und schenkte sich Kaffee ein. »Dann können Sie auch hier anfangen.«

»Oder beim BKA«, sagte Karl. »Und dann mit dem BND zusammenarbeiten. Mein Vater sagte immer, der Kampf gegen den Terror ist nur noch international zu gewinnen. Er meinte immer, hausgemachte Terroristen – Personen, die in dem Land aufwachsen, das das Ziel ihrer terroristischen Aktivitäten ist –, sind die größte Gefahr. Er wunderte sich immer über die Beschränkungen, die es hierzulande gibt. Autos verwanzen ist verboten, dabei verwanzen sich heute alle mit ihren Smartphones selbst. Trotzdem ist es hier untersagt, Telefonate abzuhören. Worüber die Ermittler in Italien, Frankreich, Großbritannien und den USA nur lachen können. Und die Terroristen erst recht. Und hätten wir nicht die NSA, die uns Daten liefert, hätte es hier schon öfter geknallt. Dabei ist es doch Aufgabe der Geheimdienste, Informationen zu beschaffen. Wie und woher ist zweitrangig.«

»Auch die von Freunden?«

Karl zuckte die Schultern. »Staaten haben keine Freunde. Nur Interessen. Hat Bismarck gesagt.«

»Verstehe, die große Politik«, sagte Clara und trank von ihrem Kaffee. Sie sah die Sache mit dem Datenschutz etwas anders, hatte es aber eilig und deshalb keine Zeit für lange Diskussionen. »Sie wollen also lieber auf Knöpfe drücken und Computer überwachen. Was wir hier machen, mit Leichen, Blut und Geisteskranken, ist Ihnen wahrscheinlich zu unhygienisch.«

»Nicht unbedingt«, sagte Karl. »In beiden Fällen muss man sich in das Böse hineindenken. Und sich manchmal auch mit ihm verbünden. Nach Ende des Zweiten Weltkriegs, als sich der Kalte Krieg abzeichnete und die CIA einen Ableger in Deutschland gründen wollte, brauchte man Experten, die den Ostblock kannten. Also rekrutierten sie Reinhard Gehlen, den ehemaligen Leiter der Abteilung Fremde Heere Ost in Hitlers Generalstab. In den Fünfzigern wurde aus diesem CIA-Ableger dann der Bundesnachrichtendienst. Und an seiner Spitze stand bis 1968 Gehlen.« Er machte eine Pause. »Die Logik dabei ist so alt wie der Krieg selbst: Der Feind meines Feindes ist mein Freund.«

»Und das machen wir hier Ihrer Ansicht nach auch?«

»Natürlich! Sie schauen sich die Seele des Bösen an, um sie zu verstehen. Und sie schaffen Aktivposten, die Ihnen etwas über das Böse erzählen können.«

»Der Vergleich hinkt. Gehlen war Experte für den Ostblock und BND-Chef. Aber ein Serienmörder würde niemals im LKA arbeiten.«

Karl zuckte die Schultern. »Vielleicht würde das die Erfolgsquote erhöhen.«

Clara schaute ihn eine Sekunde lang irritiert an. Vielleicht hatte er gar nicht so unrecht. Hatte sie den tapsigen jungen Burschen unterschätzt?

Auf ihrem Handy ging eine SMS ein. Es war MacDeath.

Wir haben einen Termin. In 30 Minuten am Neuen Museum. Wir müssen los.

Okay, tippte Clara.

»Ich muss weiter«, sagte sie, »die Pflicht ruft. Aber wir können unser Gespräch ja beizeiten weiterführen.«

»Sehr gerne«, sagte Karl. »Was Sie machen, interessiert mich natürlich auch.«

»Das ehrt mich sehr!« Clara trank den Kaffee aus, stellte die Tasse in die Spülmaschine und eilte zum Büro.

16

Sie zeigten am Eingang des Neuen Museums ihre Ausweise und gingen durch das hohe Eingangsportal in die große Empfangshalle.

Clara ging die Geschichte mit dem postmortalen Stich in die Flanke des ermordeten Tobias Steffen nicht aus dem Kopf. Vor allem, weil die Befragung der anderen Nachbarn von Sarah Steffen, die Hermann organisiert hatte, wenig Neues zutage gebracht hatte und keine neuen Anhaltspunkte hinzugekommen waren.

Beamte des LKA hatten Sarah Steffens Wohnung geöffnet. Aber da war niemand. Und es sah nicht so aus, als wäre Sarah Steffens Abwesenheit geplant gewesen, denn die Blumen waren vertrocknet, und die Nachbarin wusste nicht Bescheid. Immerhin hatten die Ermittler Thomas Steffen in den USA erreicht. Er hatte Kalifornien seit vier Monaten nicht verlassen. Er wusste auch nichts von einem geplanten Besuch seiner Frau. Und von seinem Sohn sagte er, der wäre wohl in Deutschland und dass er ihn gerne mal wieder sehen würde, denn er hatte weder Sarah noch Tobias seit Wochen gesehen. Von Tobias' Tod hatten die Ermittler erst einmal nichts berichtet – auch nichts davon, dass Steffens Ex-Frau vermisst wurde, um nicht zu viel Staub aufzuwirbeln. Ein bis zwei Tage konnten sie sich mit dieser Information noch Zeit lassen, dann allerdings mussten sie die Angehörigen informieren.

»Warum hat er das gemacht?«, fragte sie. »Diesen postmortalen Schnitt. Wollte er sicher sein, dass das Opfer wirklich stirbt?«

»Halte ich für unwahrscheinlich«, sagte MacDeath, während sie durch die große Halle schritten. Das Neue Museum war ein Teil des Weltkulturerbes der Berliner Museumsinsel. Siebzig Jahre nach seiner Schließung war es im Herbst 2009 wiedereröffnet worden. Die Sammlung galt seitdem als eine der bedeutendsten, was Vor- und Frühgeschichte im Allgemeinen und ägyptische Geschichte im Besonderen anging. Nicht nur wegen der Büste der Nofretete.

»Er hat ihm beide Halsschlagadern aufgeschlitzt, damit hat er den sicheren Tod des Opfers in Kauf genommen«, sagte Clara. »Der Mörder müsste eigentlich gewusst haben, dass Tobias tot war, als er ihm in die Flanke gestochen hat, weil kein Blut mehr aus den Halsschlagadern spritzte. Warum also der zweite Stich, der in die Flanke?«

MacDeath zuckte die Schultern. »Vielleicht, um das Ganze noch schrecklicher aussehen zu lassen. Auch wenn der Täter durch das Herrichten der Leiche einen friedlichen Status suggeriert, soll das viele Blut den Betrachter schockieren. Er hätte das Blut entfernen können, wenn er gewollt hätte. Es handelte sich schließlich um Fliesen, die sich sehr gut abwischen lassen.« Er schaute einen Moment zur hohen Decke. »Das hat er aber nicht getan.«

Claras Blick folgte dem seinen. »Vielleicht finden wir ja hier Antworten. Müssen wir nicht runter?«

MacDeath schaute auf die Uhr.

»Ja, so langsam. Wir sollen Professor Hoffmann unten bei den Sarkophagen treffen«, sagte er. »Wir haben aber noch zehn Minuten.«

Sie stiegen die Treppe hinunter.

»Wussten Sie, dass Sarkophag eigentlich ›Fleischfresser‹ heißt?«, fragte MacDeath, als sie im Untergeschoss angelangt waren. Clara schaute auf die Mumien, die dort hinter Panzerglas lagen, und auf die zahlreichen Grabbeigaben, die dafür sorgen sollten, dass die Toten im Jenseits ein angenehmes Leben hatten. Sogar an Miniatur-Dienstboten, Schweine, Kühe und Früchte war gedacht worden.

»Fleischfresser? Nein, das wusste ich nicht«, sagte sie. »Hat das mit der Leiche zu tun, die im Inneren liegt?«

MacDeath nickte. »Die Särge wurden innen mit ungelöschtem Kalk ausgelegt, der das Fleisch der Leichen verätzte, sodass alles, was verwesen konnte, zersetzt wurde und nur die Knochen schön sauber übrig blieben.«

Clara schaute auf die Vitrinen mit den Sarkophagen.

»Kamen nach dem Glauben der Menschen damals nur die Knochen ins Jenseits?« Sie schaute MacDeath, der auf der anderen Seite stand, durch die Panzerglasscheibe an. »Oder glaubten sie an die Auferstehung des Fleisches, wie bei den Christen?«

MacDeath zuckte die Schultern. »Den Leichnam des Pharaos jedenfalls haben sie siebzig Tage lang vorbereitet. Schon vor viereinhalbtausend Jahren waren die Ägypter besessen von der Vorstellung, im Jenseits weiterzuleben. Deshalb war der Körper natürlich bedeutsam für das Nachleben. Die Pyramiden dienten ja dazu, den Leichnam des Pharaos für die Reise in die Ewigkeit vorzubereiten.«

Clara konnte nicht umhin, Faszination und Ehrfurcht für das Alte Reich und diese erste Hochkultur der Welt zu verspüren. Auf einem großformatigen Foto sah sie die Pyramiden, die jeder kannte – jene Felsberge, von denen man sich nicht vorstellen konnte, dass sie vor fünftausend Jahren von Menschenhand erbaut worden waren, und die sich noch heute wie ewige Monolithen aus der Wüste erhoben. So mythisch und entrückt diese rätselhaften Nekropolen auch wirkten, so gaben sie doch auch Zeugnis von einem Staatswesen, das offenbar so gut und straff durchorganisiert gewesen war, dass die Menschen solche gigantischen Bauwerke errichten konnten, und das auch noch in der Lebenszeit eines einzigen Pharaos – Gottkönige, die so mächtig waren, dass Tausende von Arbeitern unermüdlich für sie schufteten, um eben diese Pyramiden zu bauen, eines der sieben Weltwunder der Antike. Jahre vergingen, bis das Grab bereit war, den Leichnam des Pharaos aufzunehmen. Und da der Pharao kein Mensch, sondern ein Gott war, hing das ganze Schicksal seines Volkes davon ab, auf welche Weise die Seele des Herrschers nach dessen Tod ins Jenseits gelangte. Entlang der emporstrebenden Pyramiden bewegte sich die Seele zum Himmel, von dem sie der Überlieferung zufolge einst gekommen war.

Und nicht nur der Körper musste erhalten bleiben, auch das Antlitz des Königs. Da man jedoch in Kauf nehmen musste, dass sich das Gesicht des Toten trotz gründlichster Präparierung veränderte, beauftragte man Bildhauer, das Antlitz des Herrschers für die Ewigkeit in Stein zu meißeln. Eines der ägyptischen Begriffe für Bildhauer war daher »Er, der am Leben erhält«, las Clara auf einer der Bildertafeln.

Er, der am Leben erhält, dachte sie. *Das klingt schön.*

Sie merkte, wie eine seltsam melancholische Rührung sie überkam. Sie hatte staunend und still vor dem großen Foto mit den Pyramiden verharrt und gar nicht gemerkt, dass MacDeath bereits ein paar Schritte weitergegangen war. Er hatte eine weitere Infotafel entdeckt. Jetzt wandte er sich an Clara.

»Jedenfalls waren die Ägypter dem griechischen Historiker Herodot zufolge die Ersten, die die Unsterblichkeit der Seele lehrten. Allerdings musste der Körper erhalten bleiben, wenn die Seele im Jenseits weiterleben sollte. Deshalb wurden die Toten, die wichtig waren, mumifiziert.« Er zeigte auf ein Schild an einer der Scheiben.

Clara las den Text halblaut vor:

»Wenn der Leib stirbt, geht die Seele in ein anderes, gerade geborenes Lebewesen ein, und wenn sie durch alle Landtiere, Wassertiere und Vögel gewandert ist, geht sie wieder in den

Leib eines neugeborenen Kindes ein. Dieser Kreislauf dauert dreitausend Jahre.« Sie warf MacDeath einen Blick zu. »Klingt ziemlich monoton.«

»Entspricht der Realität«, sagte er lapidar. »Das Leben ist ja auch monoton. Menschen pflanzen sich fort, um sich zu bekriegen und irgendwann zu sterben. Sinnhaftigkeit sieht anders aus.«

Clara fand diese Ansicht nicht sehr erbaulich, auch wenn sie es gelegentlich ähnlich sah. »Wie hier steht«, las sie weiter, um das Thema zu wechseln, »war das alte Ägypten der erste Nationalstaat der Welt.«

»Wenn man sich anschaut, was derzeit dort vor sich geht, glaubt man eher, dass es der letzte ist.« Er schaute sich um, ob der Professor schon kam. »Wenigstens haben die Altägypter das Bier erfunden.«

Clara seufzte. Manchmal konnte MacDeath ihr mit seinem Zynismus ganz schön auf die Nerven gehen.

In diesem Moment hörte sie eine Stimme hinter sich.

»Die Herrschaften vom LKA?«, fragte der Mann.

Sie drehte sich um. Professor Hoffmann war Mitte sechzig, hatte einen struppigen grauen Bart und trug einen schwarzen Anzug mit roter Krawatte, der im Unterschied zu seiner ansonsten etwas zerstreuten Erscheinung einen stilsicheren Eindruck machte.

Sie schüttelten einander die Hand.

»Sagen Sie bloß, ich darf bei einem Mord mithelfen?«, fragte Hoffmann.

»Eher bei der Aufklärung eines Mordes«, verbesserte Clara und lächelte.

»Und dieser Mord ist gerade erst geschehen?«

»In den letzten Tagen«, sagte Clara.

»Für mich ist das gerade erst«, sagte Hoffmann und schaute sich um, ließ den Blick über die Ansammlung von Mumien und

Sarkophagen schweifen. »Die Menschen, die ich hier habe, sind alle seit mindestens zweitausend Jahren tot.«

Als Clara mit MacDeath und Hoffmann den Gang zum Büro des Professors entlangschritt, blickte sie aus den Augenwinkeln auf eine übersetzte Inschrift an der Wand:

… damit du sie schnellstens wegführst und bei dir unter den Toten in der Unterwelt behältst.

Noch einmal die Worte:

Damit du sie schnellstens wegführst.

Es kam ihr seltsam vor, dass dieser Spruch gerade hier auftauchte. Normalerweise hoffte man doch, dass die Verstorbenen, die man vermisste, aus der Unterwelt zurückkamen. Oder dass man sie in einem Nachleben wiedersah.

Aber hier …

Damit du sie schnellstens wegführst.

Als ob sie weg sein *sollten*.

Clara kam nicht mehr dazu, weiter darüber nachzudenken. Sie hatten das Büro Professor Hoffmanns erreicht.

17

Er packte die letzte Umzugskiste aus. Endlich war er fertig. Insgeheim fragte er sich, warum er sich diesen Stress angetan hatte. Er hätte genauso gut bei seinen Eltern im Haus wohnen bleiben und jeden Tag mit der Bahn zur Uni fahren können. Aber er hatte sich ein Zimmer in einer Studenten-WG in Laufnähe zur Universität gewünscht, auch um seiner allzu besorgten Mutter zu entkommen, die sich schwer damit tat, dass ihr kleiner Junge nun erwachsen war. Sein Vater hingegen hatte ihn verstanden und bezahlte ihm sogar das WG-Zimmer.

Beim Duschen dachte er an seine Eltern und lächelte. Inzwischen fühlte es sich an, als wären sie schon immer seine Familie, als wären seine ersten zehn Lebensjahre nur ein schlimmer Traum gewesen, aus dem seine Mutter ihn liebevoll geweckt hatte.

Er trocknete sich ab, zog sich Jeans und T-Shirt an und verließ die WG. Gleich würde er seine Freundin treffen. Nicht irgendeine Freundin, sondern *seine* neue Freundin, auf die er am Bahnhof wartete.

Sie wollten ins Kino gehen. Und danach noch etwas trinken.

Er war auf dem Weg zum Bahnhof, um sie abzuholen.

Und dann sah er sie.

* * *

Sie verließ die Bahn und sah sich um. Sonnenstrahlen fielen in warmen Orangetönen durch die Glasfront des Bahnhofs und spielten in Sabines offenen Haaren. Ihre Augen blickten warm und neugierig zwischen den zahlreichen Reisenden hindurch und suchten nach ihm.

Der Zug fuhr weiter, während ihr Mantel im leichten Wind wogte, als sie mit langsamen Schritten den Bahnsteig entlangging.

Er beobachtete sie voller Bewunderung und Zuneigung. Er hatte all die Jahre gar nicht gewusst, dass er etwas wie sie nicht hatte, ja, dass er so etwas Wundervolles vermisst hatte. Es war nicht so, dass ihm etwas gefehlt hätte, nur war mit Sabine jetzt etwas Wichtiges – das Wichtigste überhaupt – hinzugekommen. Etwas Kostbares, das er nie mehr verlieren wollte.

Jetzt, wo er sie vor sich sah, wusste er, dass sein Leben lang eine gähnende Leere in seinem Inneren gewesen war. Eine Leere, die er nicht gespürt hatte, weil er sich ihrer nicht bewusst gewesen war, und weil man eine Leere nicht spüren kann.

Bis zu diesem Augenblick.

All die Erinnerungen an früher waren verblasst. Sein Vater, seine Mutter, der Trinker, der später erschienen war ...

Die Zeit heilt alle Wunden, sagte man. Er hatte diesen Spruch immer für eine Ausrede gehalten, mit der sich naive Menschen eine feindliche Welt schönreden. Doch jetzt wusste er, dass der Spruch stimmte. All die bösen Erinnerungen von früher verschwanden wie die Dunkelheit der Nacht, die von der Morgendämmerung vertrieben wird. Jetzt gab es kein Suchen mehr, kein Herumirren, keine Trauer. Es gab einen Fixpunkt. Und das war sie. Sabine.

Durch sie war er *wirklich* nach Hause gekommen.

Ihre Blicke trafen sich. Sie eilten aufeinander zu, fielen sich in die Arme und küssten sich.

18

Professor Hoffmanns Büro war vollgestopft mit Büchern und Papieren, Akten und Notizen sowie Reliquien und Mitbringseln aus dem Vorderen Orient und aus Ägypten. Auch einige afrikanische Kultmasken lagen auf den Regalen, die sich bis zur hohen Decke erhoben.

MacDeath hatte dem Professor die Fotos vorgelegt. Clara waren die Verwunderung und die Abscheu in Hoffmanns Augen nicht entgangen, als er sich die Bilder angeschaut hatte, aber für jemanden, der nicht jeden Tag mit dem Tod zu tun hatte, nahm er es erstaunlich entspannt auf. Vielleicht lag es daran, dass er sich viel mit Totenkulten beschäftigte, wenn auch nicht mit echten Leichen.

»Ja, der Tod«, sagte er schließlich und ließ die Akte sinken. »Er ist eine Erfahrung, der sich kein Mensch zu keiner Zeit entziehen konnte.« Er schaute erst MacDeath, dann Clara an, ein wenig vorwurfsvoll, fand Clara, als wären sie beide schuld daran, dass es den Tod überhaupt gab.

»Doch ohne den Tod«, fuhr Hoffmann schließlich fort, »gäbe es einen Großteil der Mythen, Rituale und Glaubenshaltungen nicht. Er ist eines der letzten und größten Mysterien des Seins. Denn niemand weiß, ob und wie es nach dem Tod weitergeht. Auch Freud sagte, dass wir trotz unserer modernen Zivilisation noch immer wie Wilde denken, was den Tod angeht.«

»Diese Münze«, sagte MacDeath, der schon vorher versucht hatte, den Redefluss des Professors in eine zweckdienliche Richtung zu lenken, und zeigte auf eines der Fotos, »das ist doch eine antike römische Münze, richtig?«

Hoffmann hielt das Foto nahe an die Augen, als würde er dabei etwas entdecken, was er auf eine normale Entfernung nicht sehen konnte. »Allerdings«, sagte er. »Trajan. Um hundert nach Christus, würde ich sagen.« Er schnalzte mit der Zunge. »Dürfte einiges wert sein. Für die Wissenschaft, versteht sich«, beeilte er sich hinzuzufügen. »Werfen Sie die Münzen bloß nicht weg.«

Clara lächelte. »Das sind Beweismittel, die werden wir kaum wegschmeißen. Aber danach werden wir selbstverständlich an die Wissenschaft denken!«

»Wenigstens einer.« Hoffmann nickte zufrieden.

»Wir haben die Münzen unter den Zungen der Leichen gefunden«, nahm Clara den Faden wieder auf. »In drei Fällen. Wir vermuten, dass der Täter damit einen antiken Begräbnisritus imitiert.«

Hoffmann nickte. »Der Charonspfennig«, sagte er. »Bei einem Charonspfennig handelt es sich um eine Münze, die dem Verstorbenen in den Mund gelegt wird.« Er tippte auf das Foto. »So wie hier. Im antiken Glauben diente diese Münze als Fährgeld für den mythischen Fährmann Charon, der die Seelen der Verstorbenen über den Unterweltfluss in das Jenseits beförderte, nachdem er die Seelen von Hermes, dem Götterboten, übernommen hat. Die früheste literarische Erwähnung Charons findet sich in der *Minyas* aus dem sechsten Jahrhundert vor Christi. Bei Aristophanes im fünften vorchristlichen Jahrhundert wird er ebenfalls erwähnt.«

»Das heißt, die Vorstellung dieses Charonspfennigs war durch die Jahrhunderte präsent?«, fragte MacDeath.

»Literarisch ist der Brauch des Charonspfennigs über die gesamte Antike bezeugt«, erwiderte Hoffmann.

Clara schaute an den Regalen in die Höhe. Ihr Blick blieb an einem goldenen Skarabäus haften, der mehrere dickleibige Folianten stützte.

»Charon war also der, der die Seelen über den Styx führte?«, fragte sie. »Und das durch die Zeiten hindurch?«

»Richtig. Das geht von der Antike bis zur Renaissance. In der *Aeneis* des Vergil ist er ein grässlicher Greis in einem schmutzigen Umhang, mit feurigen Augen, struppigem Bart, weißem Haar und grünlichem Gesicht, der selbst wie eine Leiche aussieht.« Er blätterte in einem dickleibigen Buch. »›Ihr, die ihr kommt, lasst alle Hoffnung fahren‹, steht bei Dante.« Hoffmann zitierte eine Passage aus der Göttlichen Komödie:

»Und siehe, übers Wasser kam gesetzt
Zu Schiff, ein Alter, weiß von Greisenhaaren,
Und schrie: Verruchte Seelen, zittert jetzt!
Hofft nimmermehr den Himmel zu gewahren.«

»Spielte da nicht auch der Höllenhund eine Rolle?«, fragte MacDeath.

»Der Kerberos.« Hoffmann nickte. »Den finden wir schon bei Hesiod. Er ist der Hund des Hades, der Wächter der Unterwelt. Vergil und Ovid beschreiben ihn als vierbeiniges Wesen mit drei Köpfen, Schlangenhaaren und einem tödlichen Drachenschwanz. Aeneas, dem sagenhaften Gründer Roms, gelang es schließlich, den Kerberos mit Honigkuchen zu bezwingen. Auch die Musik des Orpheus besänftigte ihn, als er Eurydike in der Unterwelt suchte.«

»Und eine Münze reichte?«, fragte Clara und blickte demonstrativ auf die Uhr.

Hoffmann nickte. »Sie musste nicht mal besonders wertvoll sein. Weil es in den antiken Quellen heißt, dass der Fährmann nur einen kleinen Geldbetrag verlangt, findet sich oft eine geringwertige Münze im Mund des Toten und in den Gräbern. Somit war die Überfahrt auch für die Armen erschwinglich.«

»Richtig sozialverträglich, das Totenreich«, sagte MacDeath. »Sicher SPD-regiert.«

Clara warf ihm einen strafenden Blick zu.

Hoffmann lachte. »Aber einen Mindestlohn nimmt Charon schon, da lässt er nicht mit sich reden. Den Quellen zufolge verlangt er für die Überfahrt über den Unterweltfluss Styx oder Acheron beharrlich und unter Gewaltandrohung ein Fährgeld von ein bis zwei Münzen, das man in Ausnahmefällen aber auch durch Rudern abarbeiten konnte.«

Clara horchte auf. »Also müssen es eigentlich zwei Münzen sein?« Bei den Leichen war es immer nur jeweils eine Münze gewesen. Oder hatten sie etwas übersehen?

»Das nimmt er nicht so genau«, entgegnete Hoffmann. »Wie gesagt, ein oder zwei Münzen, oder man stottert den Fahrpreis durch Rudern ab. Auch lebende Menschen werden gelegentlich transportiert, aber das nur in Ausnahmefällen.«

»Dante und Vergil waren als Lebende drüben«, sagte MacDeath. »Und vorher Aeneas und Odysseus.«

Hoffmann blickte verträumt aus dem Fenster, vor dem die Spree träge an der Museumsinsel vorüberströmte. »Ja, das gehörte früher gewissermaßen zum guten Ton.« Er lächelte Clara an. »Massentourismus wurde allerdings nicht daraus, so was wie ein antiker Ballermann. Die Unterwelt blieb eher dem Adel und Geldadel vorbehalten.«

»Wenn es doch immer so wäre«, sagte MacDeath.

»Jedenfalls, wer in der Antike etwas auf sich hielt, musste unbedingt schon als Lebender wenigstens einmal in der Unterwelt gewesen sein. So wie man vor zehn Jahren unbedingt in den USA gewesen sein musste. Heute ist es, glaube ich, mit China so.«

»Was geschah dann?«, fragte Clara.

»Der greise Fährmann nahm die Münze aus dem Mund des Verstorbenen und erlaubte der Seele, sich in seinen Nachen zu setzen. Dann ging es über einen der Totenflüsse … Lethe, Kokytos und Styx. Für die meisten Kunden ging es in den Hades, die Unterwelt. Und wenn es ganz schlimm kam, in den Tartaros, das, was im Christentum die Hölle wurde. Nur die wenigsten verschlug es ins Himmelreich, das Elysium, das man in Ridley Scotts *Gladiator* sieht.« Er lächelte. »Man kommt in die Unterwelt und muss auch noch dafür zahlen. Die Redewendung ›seinen Obolus entrichten‹ kommt daher.«

»In dem Spielfilm über den Trojanischen Krieg wurden den Toten Münzen auf die Augen gelegt«, sagte Clara.

»Das gab es auch«, erwiderte Hoffmann, »allerdings seltener.«

»Und diese Münze markiert den Übergang zwischen Leben und Tod?«

Hoffmann nickte. »Das, was ich zu Beginn sagte: der Tod. Bisweilen wird der Tod als das Ende der Existenz betrachtet oder als Übergang in eine andere Welt. Bei dieser Vorstellung verlässt die Seele den Körper und tritt ins Jenseits ein. Nach antiker Vorstellung kann sich das Jenseits im Erdinneren befinden, zu dem die Seele hinabsteigt.« Er breitete die Arme aus. »Dante baute das Inferno durch neun Höllenkreise trichterförmig auf. Dieser Trichter entstand, nachdem der Engel Luzifer vom Himmel gefallen und in die Erde gefahren war. Die Dantesche Hölle befindet sich auf der nördlichen Erdhalbkugel und reicht bis zum Erdmittelpunkt, wo sich Luzifer aufhält. Dante unterteilte seine Jenseitsvorstellung in drei Gebiete: Hölle, Fegefeuer und Paradies. Dabei ließ er sich von der Petrusoffenbarung inspirieren. Laut Überlieferung fielen die gefallenen Engel, die sich unter Luzifers Führung gegen Gott erhoben hatten, in die ewige Tiefe dieses Trichters, bis sie unten in der Hölle angekommen waren. Der Tartaros hingegen, die griechische Hölle, war der Ort, in den auch die Titanen geworfen wurden, die gegen Zeus rebelliert hatten und neun Tage in den Abgrund fielen.«

»Neun Tage«, sagte MacDeath und pfiff durch die Zähne. »Da hatten sie ja reichlich Zeit, über ihre Sünden nachzudenken.«

»Ähm …« Clara versuchte, wieder zum Thema zurückzukommen. »Sie sagten, der Brauch mit der Münze habe sich durch die gesamte Antike gezogen?«

»Nicht nur durch die Antike. Es gab und gibt auch Funde aus dem Mittelalter, bei denen die Leichen eine Münze unter der Zunge haben. Selbst heute ist der Brauch noch nicht ausgestorben.«

Clara wechselte einen raschen Blick mit MacDeath, bevor sie Hoffmann wieder anschaute. »Tatsächlich?«

»Es kommt selten vor, aber es gibt solche Fälle. Man glaubt, dass der Tote in einer besseren Welt lebt, wenn man sich um seine Überreste kümmert. In der katholischen Heilslehre gibt es am Jüngsten Tag die Auferstehung des Fleisches. Aus diesem Grunde hat sich die katholische Kirche auch bis zum Zweiten Vatikanischen Konzil gegen die Einäscherung gewehrt. Man betrachtete es als vorgezogenes Fegefeuer oder als Bestattung zweiter Klasse. Weil der Körper eben nicht mehr existierte, und damit gab es keine Verbindung mehr zwischen der Welt der Lebenden und der Toten.«

»Heute lassen sich doch viele Leute verbrennen«, sagte MacDeath. »Ihre Lieben tragen dann die Asche als Diamant gepresst um den Hals.«

»Ja, und das ist eine Unart!«, sagte Hoffmann, plötzlich sehr emotional. Clara sah ihm an, dass er diesen Brauch verabscheute. »Diese Privatisierung des Todes führt dazu, dass man nicht mehr auf den Friedhof, sondern zu Tante XY gehen und die Brillantkette um ihren Hals bestaunen muss, wenn man den Toten besuchen will. Was die Tante, nebenbei gesagt, zu einer Art Grab macht. Von den trauerpsychologischen Konsequenzen einer zu großen Nähe zwischen Toten und Lebenden einmal ganz abgesehen.«

»Unser Mörder nutzt weder ein Krematorium, noch trägt er die Toten als Diamanten um den Hals«, schloss Clara den Gedanken ab. »Er behandelt die Leichen wie einen kostbaren Schatz, wie die Menschen in der Antike es getan haben. Welchen Grund könnte er dafür haben?«

Hoffmann lehnte sich zurück.

»Meines Erachtens glaubt er, dass es den Toten besser geht, nach dem Motto: Wenn ich sie schon umgebracht habe, sollen sie es wenigstens im Nachleben gut haben.« Er wandte sich MacDeath zu. »Doktor Friedrich, wie nannten sie das vorhin am Telefon? Un...?«

»Undoing«, sagte MacDeath. »Die Tat rückgängig machen.«

»Ja, das könnte sein. Oder es ist ihm wichtig, dass die Leiche auch nach dem Tod nicht an Bedeutung verliert.«

»Es gibt Täter, die mit den Leichen etwas ... nun ja, anstellen«, sagte MacDeath. »Entweder sie werden hergerichtet, wie beim Undoing, oder missbraucht. Das nennt man dann Nekrophilie.«

Hoffmann lächelte gequält. »Wenn man sich die Toteninszenierungen der Pharaos in Ägypten anschaut, ist man durchaus versucht, nekrophile Elemente darin zu sehen.«

»Aber das interessiert unseren Täter nicht«, vermutete MacDeath. »Dem geht es darum, diese Zwischenwelt einzufangen, wenn der Körper noch auf Erden ist, die Seele aber schon unterwegs ins Jenseits. Diesen Augenblick zwischen den Zeiten, den Welten.«

»Das sehe ich auch so«, pflichtete Hoffmann ihm bei. »Wenn wir das Jenseits und das alles mal beiseite lassen und davon ausgehen, dass es dem Täter nicht um ein Nachleben geht, bleibt nur eine Erklärung. Wissen Sie, welche ich meine?«

Clara nickte. »Dem Täter ist die Zeit nach dem Mord wichtiger als der Mord an sich.«

19

Der junge Mann glaubte seinen Augen nicht trauen zu können. Was er sah, war zu schrecklich, um wahr zu sein. Es war nicht wie die Schläge von seinem Vater oder von Kevin. Es war auch nicht wie seine tote Mutter, die er auf dem Wohnungsflur in den Armen gehalten hatte. Es war anders. Es war unblutig. Aber es war nicht weniger schlimm.

Er war mit Sabine im Kino gewesen. Irgendein »Frauenfilm«, wie sie lachend gesagt hatte. Sie mochte solche Filme. Der junge Mann mochte sie nicht unbedingt, konnte aber damit leben. Es ging um zwei Menschen, die sich entfremdet hatten und wieder zueinander fanden. Mittlerweile wusste er, wie richtige Menschen miteinander lebten, sonst hätte er die Probleme, die es in diesem Film gab, als Luxusprobleme bezeichnet.

Mann und Frau unternahmen nichts mehr miteinander – na und? Seine wirklichen Eltern hatten nie etwas miteinander unternommen, außer sich zu prügeln. Und der Mann verschwand dann in die Kneipe, um das letzte Geld zu versaufen, während Mama weinend mit dem Jungen zu Hause hockte.

Mann und Frau schliefen nicht mehr miteinander – na und? Das kannte er von seinen früheren Eltern auch nicht anders. Solange die Frau nicht halb totgeschlagen wurde, so wie Mama, sollte sie doch froh sein. Und fremdgegangen wurde in dem Milieu, aus dem er stammte, ohnehin.

Mann und Frau hatten sich nichts mehr zu sagen – na und? Besser, es wurde gar nichts gesagt, als dass gebrüllt und geschrien wurde, was dann in Prügel ausartete, so wie früher in seiner Familie. Und immer war Mama die Zielscheibe gewesen. Oder sie war gleich verprügelt worden.

Der junge Mann hatte sich so gut in seine neue Familie, in sein neues Leben eingelebt, dass er sich gar nicht mehr vorstellen konnte, es könnte jemals anders gewesen sein. Doch als er diesen Film gesehen hatte, war er ins Grübeln gekommen und hatte sich gefragt, ob die Probleme, die in dem Film geschildert wurden, entweder irrelevant waren im Vergleich zu den Schwierigkeiten, die er von früher kannte, oder ob *er* nach wie vor unnormal war. Ob man ihm ansah, wo er herkam, und dass er diese Herkunft und den Schrecken, den er so gut zu vergessen geglaubt hatte, noch immer wie ein Stigma mit sich herumtrug.

Vielleicht war er an diesem Abend deshalb so grüblerisch und in sich gekehrt, obwohl er doch Sabine unterhalten wollte. Vielleicht war es aus diesem Grund, dass Sabine zu den zwei blonden Männern an den Tisch gegangen war, nachdem sie zwei Glas Wein getrunken hatte, weil die Typen ihr erzählten, sie wollten einen Film besetzen und suchten noch eine zweite Hauptrolle. Ob sie es schon mal mit der Schauspielerei versucht habe?

Sabine hatte sich zu den beiden an den Tisch gesetzt. Zu Tom und Gerd. Diese beiden Namen hatte der junge Mann flüchtig gehört. Ja, Sabine hatte sich tatsächlich zu ihnen gesetzt. Gerd hatte ihr einen Wodka Red Bull bestellt. Der andere, der sich Tom nannte, hatte den Drink für Sabine extra an der Bar abgeholt. Er hatte kurz vor dem Glas gestanden, als zögerte er, hatte es dann in die Hand genommen und es Sabine mit einer salbungsvollen Geste überreicht. Sie hatte gekichert und getrunken.

Und dann hatte der junge Mann es gesehen.

Der Kopf des Typen, der angeblich Tom hieß, hatte sich Sabine in diesem seltsamen Winkel zugeneigt.

Er wollte doch wohl nicht …

Sie würde doch wohl nicht …

Doch, er wollte. Und ja, sie würde.

Der Typ versuchte, sie zu küssen, wobei küssen viel zu harmlos klang für die Art und Weise, wie dieser Kerl von *seiner* Sabine Besitz ergriff. Und sie ließ es geschehen. Sie war völlig teilnahmslos, so wie seine Mutter damals. Als würde jemand anders ihr Schicksal bestimmen, nicht sie selbst. So wie seine Mutter sich damals hatte schlagen lassen.

Aber da war noch ein anderer Gedanke. Seine Mutter hatte sich schrecklich vor den Prügeln gefürchtet, hatte panische Angst davor gehabt. Wie könnte es auch anders sein? Hier aber kam es ihm so vor, als würde es Sabine Spaß machen. Oder bildete er sich das nur ein? War sie eher unbeteiligt, und irgendein perfider Teil seines Gehirns versuchte ihm einzureden, sie würde es genießen?

Erst versuchte er woanders hinzuschauen. Blickte scheinbar unbeteiligt über die Gäste im Lokal hinweg. Einer wischte sich ständig die Hände an der Hose ab, zwei andere unterhielten sich fuchtelnd in Gebärdensprache. Ein weiteres Pärchen erinnerte den Kellner zum dritten Mal daran, dass sie zahlen wollten. Ein altmodisch aussehender Flipperautomat dudelte in einer Ecke.

Doch es half nichts.

Alle diese Eindrücke waren so schwach, als würden sie gar nicht existieren, viel zu schwach im Vergleich zu dem, was der junge Mann nicht sehen wollte, aber immer wieder sehen musste. Denn immer wieder meldete ihm sein Gehirn unbarmherzig, was da in der Ecke der Bar passierte. Er sah, wie Sabine sich kurz wegdrehte und dann weitertrank, wie einer der beiden Männer lachte, wie er beim Barkeeper noch ein Glas bestellte und aufstand, um es an der Bar zu holen. Er beobachtete, wie ihre Köpfe sich wieder einander näherten, der von Sabine und dem Typen – langsam, unaufhaltsam. Wie ein Magnet wurde der Blick des jungen Mannes immer wieder zu Sabine und den beiden Männern gezogen.

Doch konnte er hier einfach sitzen bleiben, ohne etwas zu unternehmen? Seiner Mutter hatte er damals nicht helfen können, aber jetzt war er erwachsen. Er war ein Mann.

Verdammt, er musste etwas tun!

Der junge Mann nahm all seinen Mut zusammen, stand auf ging zu Sabine und den beiden Typen an den Tisch.

»Wollen wir langsam nach Hause gehen?«, fragte er.

Einer der beiden Kerle, derjenige, der angeblich Gerd hieß, schaute ihn mit großen Augen an.

»Ich glaube, die Dame ist alt genug, um alleine nach Hause zu gehen«, sagte er, wandte sich wieder ab und fügte hinzu: »Falls sie überhaupt *alleine* nach Hause will.«

»Vielleicht sollte ich wirklich ...«, lallte Sabine und trank hastig einen großen Schluck aus ihrem Glas, als wären Cocktails ab morgen verboten.

»Nein, sollst du nicht«, sagte der andere Typ, der sich Tom nannte, und legte den Arm um sie.

Der junge Mann sah, wie sein Gesicht sich dem Sabines zuwandte, wie sich sein Mund, seine Lippen sich den ihren näherten. Er sah nicht alles, aber er konnte die Zunge des Typen sehen, die in Sabines Mund drang, einer Vergewaltigung gleich.

Gab es nicht diese Wespen, die ihre Larven mit einem Stachel in das Fleisch eines anderen Tieres legten? Was für einen Schmutz würde dieser Mann seiner Sabine einpflanzen?

Der junge Mann ballte die Faust. Überlegte, ob er den anderen schlagen sollte. So wie es in den Filmen immer war. Aber das hier war kein Film. Das hier war die Realität, die oft brutaler war als jeder Film.

Der junge Mann stand dort, scheinbar unbeachtet von den beiden, während Sabine sich halbherzig aus Toms Griff befreite, ihn teilnahmslos anstarrte und sich dann mit einem Labello die Lippen befeuchtete. Sie blickte kurz auf den jungen Mann, lächelte seltsam, wie fremdgesteuert, und schaute wieder weg.

So als hätte sie ihn erkannt, und es wäre ihr irgendwie peinlich. Dann schien sie ihn schon wieder vergessen zu haben.

Was war nur mit ihr?

Wieder nahm der junge Mann allen Mut zusammen. Er atmete tief durch, als würde die Luft die Zweifel aus ihm drängen. Die Zweifel und die Angst. Doch beides blieb. Dennoch hörte er sich sagen:

»Sie belästigen die Dame.«

Jetzt wandte sich ihm der andere zu, der Typ, der sich Gerd nannte.

»Sieh zu, dass wir dich nicht als Nächsten belästigen, Milchgesicht.« Er ließ die Knöchel knacken.

Der junge Mann riss sich aus seiner Erstarrung los, packte seine Jacke, rannte nach draußen. Er musste raus aus dieser Hölle. Weg von diesem Ort, an dem er noch vor einer Stunde einen unvergesslichen Abend mit Sabine hatte verbringen wollen.

Unvergesslich war der Abend. Aber ganz anders, als er gedacht hatte.

Regen empfing ihn. Kalt und feindlich. Doch er lief weiter, stellte sich nicht unter, hoffte, dass der Regen ihm half, die Gedanken aus seinem Kopf zu waschen.

Doch er half nicht.

Er lief den ganzen Weg allein nach Hause, durchnässt, traurig und verzweifelt.

Still weinte er, spürte die Tränen nicht einmal, die sich mit dem kalten Regen vermischten, ehe sie auf den Asphalt tropften und irgendwo auf der nassen Straße verschwanden.

Als der junge Mann zu Hause die Eingangstür schloss, waren nur zwei Türen zwischen ihm und Sabine.

Zwei Türen, zwischen denen sich die Unendlichkeit erstreckte.

20

Die Zeit nach dem Tod war wichtiger als der Mord selbst.

Clara beschloss, jetzt einmal auf die Todesursachen einzugehen. Denn die könnten vielleicht einen Zusammenhang zu den Münzen herstellen, auf den sie und MacDeath bisher noch nicht gekommen waren.

Es war Zeit, Professor Hoffmann die restlichen Fotos zu zeigen.

»Die ersten beiden Opfer waren Frauen. Die eine wurde erstickt«, sagte Clara und zeigte auf die jeweiligen Bilder. »Die zweite wurde erhängt. Dem dritten Opfer, einem jungen Mann, wurden beide Halsschlagadern durchgeschnitten, sodass er verblutet ist. Man könnte es fast schon als Schächten bezeichnen.«

»Allmächtiger«, sagte Hoffmann, als er die blutbespritzte Kachelwand auf dem Foto sah. Damit hatte er erkennbar nicht gerechnet. »Jede dieser Todesursachen«, fuhr er fort, »wird in der biblischen Mythologie mit Höllenqualen und Jenseitserfahrungen in Verbindung gebracht, die zum Teil aus der Antike stammen.« Er zeigte auf das erste Foto. »Der Verlust des Atems durch Ersticken. Es gibt den göttlichen Odem nicht mehr, den Gott dem Menschen in die Nase geblasen hat, wie im Alten Testament zu lesen ist.«

Er zeigte auf das zweite Foto. »Erhängen. Das war durch die Jahrhunderte hinweg, besonders bei Dante, ein Zeichen für Habgier, eine der sieben Todsünden. Judas Ischariot, der Christus verraten hatte, erhängte sich, nachdem er vorher bereit gewesen war, seinen Herrn für dreißig Silberstücke zu verkaufen und dem Kreuz auszuliefern. Pier delle Vigne, ein florentinischer Beamter, starb im Kerker von San Miniato bei Florenz, doch Dante und Vergil begegnen ihm in der Hölle, und er spricht in abgehackten Würgelauten, als würde er in der Hölle, aufgrund seiner Habgier, zur Strafe noch immer hängen. Interessanterweise hängt er nicht wirklich, sondern wurde in der Hölle in einen Baum verwandelt. Also in das, *an dem* man normalerweise Menschen erhängt. Im dreizehnten Gesang des Infernos heißt es: *Io fei giubbetto a me delle mie case.«*

»Und was bedeutet das?«, fragte Clara.

»Ich baue mir aus meinem eigenen Haus einen Galgen.[3] Erhängen ist somit ein Mord- oder Suizidmotiv, das nicht nur den Todesprozess im Diesseits, sondern auch das Jenseits beleuchtet. Denn in der Geistesgeschichte werden diese Menschen auch im Jenseits gezeigt. Pier delle Vigne verwandelt sich in einen Baum, spricht aber noch so, als würde er immer noch hängen. Judas erhängt sich und findet sich bei Dante im letzten Höllenkreis wieder, wo der Teufel selbst auf ihm herumkaut.«

»Chefarztbehandlung, könnte man sagen.« Das war MacDeath.

»Chefarztbehandlung muss nicht immer gut sein«, sagte Clara. »Viele Chefärzte haben zu wenig Routine und überschätzen sich.« Sie deutete auf das dritte Foto, das Tobias Steffen zeigte, dem die Halsschlagadern aufgeschnitten worden waren. Hoffmann fasste das Foto mit spitzen Fingern an und betrachtete die offenen Halswunden und die großflächigen Spritzer an der weißen Wand genau.

»Schauen Sie hier«, sagte Clara. »Er ist verblutet. Nicht nur die Halsschlagadern sind geöffnet, ihm wurde post mortem ein

3 Aus: Erwin Laaths (ed.): Dante: Das neue Leben, die Göttliche Komödie, Emil Vollmer Verlag, München, 1950, S. 112

tiefer Stich in die rechte Seite versetzt. Unterhalb der unteren Rippen.«

»Verbluten«, murmelte Hoffmann. »Und ein Flankenstich. Auch Mumien ließ man ausbluten, um sie für die Ewigkeit zu konservieren. Dieser Vorgang, der noch in der materiellen Welt stattfindet, hat Auswirkungen auf das Leben in der künftigen Welt. Oder auf die Existenz dort, wenn man im Hinblick auf das Jenseits überhaupt von Leben sprechen kann. Im Alten Testament steht: Das Blut ist das Leben.«

»Und bei Dracula von Bram Stoker«, ergänzte MacDeath.

»Genau da hat Stoker es her«, sagte Hoffmann und hob den Zeigefinger. »Aber was den Stich in die Flanke angeht ...«, er zeigte auf das Foto und die Einstichstelle in der rechten Körperseite des jungen Mannes. »Jesus Christus beispielweise wurde nach der Kreuzigung an der rechten Seite von der Lanze des Longinus durchbohrt. Wie Sie wissen, traten dem Neuen Testament zufolge an dieser Stelle Blut und Wasser aus Jesu Körper, und Longinus oder jemand anders fing es in einem Kelch auf. Damit wurde nicht nur der Abendmahlsritus vollendet, der mit dem letzten Abendmahl am Vorabend der Kreuzigung begann, der Kelch mit dem Blut Christi wurde zum Heiligen Gral.«

»Blut und Wasser«, sagte Clara.

»Ich zeige es Ihnen.« Hoffmann stand auf und holte ein Buch aus dem Regal. Ein Renaissancegemälde zeigte die Kreuzigung Christi. Daneben ein römischer Legionär, der einen Speer in Christus' Seite bohrte.

»Ein Fresko von Fra Angelico«, sagte Hoffmann. »Ein Maler der Frührenaissance aus dem fünfzehnten Jahrhundert. Es gibt Hunderte ähnlicher Gemälde. Es gibt auch Bilder, die zeigen, wie zwei Strahlen aus der Wunde Christi spritzen. Einer besteht aus Blut, der andere aus Wasser.«

Clara rückte näher an das Gemälde heran. Jetzt wurde es interessant. Der Stich in der rechten Seite des jungen Mannes.

Der Stich in die rechte Seite Christi. Das Blut, das herausspritzt. *Das Blut ist das Leben.*

Sie wandte sich an MacDeath. »Kann das Absicht sein?«

»Es wäre eine ungewöhnliche Häufung von Zufällen, wenn es nicht so wäre.« MacDeath trat ebenfalls näher an das Bild heran. »Dass ich nicht sofort darauf gekommen bin. Die älteste Vitalitätsprobe der Welt.«

»Die was?«

»Man stach dem Gekreuzigten in die Flanke, um festzustellen, ob er bereits tot ist. Kam kein flüssiges Blut aus der Wunde, sondern Blut und Wasser, konnte man den Gekreuzigten vom Kreuz nehmen, weil feststand, dass das Herz nicht mehr schlägt. Der Kreislauf war zum Stillstand gekommen, und das Blut hatte sich in das durchsichtige helle Plasma und die roten Zellen aufgeteilt.«

Jetzt war Hoffmann neugierig geworden. »Das mit dem Blut und Wasser ist also nicht nur Poesie?«

»Keineswegs, das ist harte Realität«, sagte MacDeath. »Im Tod trennen sich das dunkle Blutserum und das helle Blutplasma, und zwar so, dass die beiden Flüssigkeiten wie Blut und Wasser aussehen. Deshalb wird in der Eucharistie, dem katholischen Abendmahl, Wein mit Wasser vermischt, wobei die wenigsten wissen, dass sie mit diesem Brauch die Verklumpung des Blutes im Körper einer Leiche rückgängig machen, also im Grunde eine Verschiebung vom Tod zum Leben nachinszenieren.«

»Der Eucharistie-Ritus ist aber als Opferritus inszeniert«, entgegnete Hoffmann. »Wenn das Opfer ohnehin bei der Opferung stirbt, so wie Christus am Kreuz und später beim Opfer der Eucharistie, darf es sich ruhig um die Aggregatzustände des Blutes einer Leiche handeln.«

»Vollkommen richtig.« MacDeath nickte. »Genau genommen macht der Vorgang in der Eucharistie, wenn Blut und Wasser wieder zu Wein und Wasser rückvermischt werden, den Tod rückgängig. Alles wird wieder zusammengefügt. Der Tote steht von den Toten auf und kehrt ins Leben zurück.«

»Ziemlich scary«, sagte Clara.

»Ja«, sagte MacDeath. »Aber wenn die normalen Kirchengänger wüssten, was da eigentlich inszeniert wird, wären die Kirchen vielleicht noch leerer als ohnehin schon. Nur eine Sache stimmt nicht.«

»Und welche?«

»Wenn Blut und Wasser, also dunkles und helles Blutplasma, sich geteilt haben, kann kein Blut mehr aus dem Körper spritzen. Die Blutteilung tritt erst post mortem ein. Dann spritzt aber nichts mehr. Denn wer tot ist, hat keinen Herzschlag mehr, und wo kein Herzschlag mehr ist, da gibt es keinen Blutdruck mehr und damit auch kein herausspritzendes Blut und Wasser oder was auch immer.«

»Da habe ja sogar ich etwas gelernt«, sagte Hoffmann und klappte das Buch zu.

»Genau wie in unserem Fall«, sagte MacDeath, »wo der Stich post mortem erfolgte. Ebenso wie bei Jesus am Kreuz. Damit ist es klar. Der Stich in die Seite hat symbolische Bedeutung. Er verbindet das Leben mit dem Tod und nimmt, in seiner christologischen Bedeutung, die Auferstehung vorweg.«

Ein deutlicher Jenseitsbezug, dachte Clara, und daher kein Nachtat-Verhalten, bei dem ein sadistischer Killer wütend über den schnellen Tod des Opfers war und es nach Eintritt des Todes dafür bestrafen wollte, so wie ein U-Bahn-Schläger auf einen leblos am Boden Liegenden eintritt.

Hier war es anders. Keine Wut über das, was geschehen war, sondern ein Ausblick auf das, was kommt. Vielleicht sollte die Wunde, die nach dem Tod zugefügt wurde, eine Verbindung zwischen Leben und Tod herstellen und war somit ein Blick ins Jenseits.

Clara erhob sich. Die Zeit drängte, und das Wichtigste war gesagt. Außerdem musste sie diesen neuen Sachverhalt schnellstmöglich mit MacDeath diskutieren. »Danke, dass Sie uns Ihre Zeit geopfert haben, Professor Hoffmann«, sagte sie. »Wir würden Sie gerne anrufen, falls uns noch etwas einfällt.«

»Jederzeit«, sagte Hoffmann. »Sonst kommen immer nur Archäologen und andere Wissenschaftler zu mir, die wissen wollen, ob eine Grabinschrift echt ist. Da ist so etwas doch mal eine interessante Abwechslung. Ich gebe Ihnen meine Karte.«

Er händigte Clara und MacDeath jeweils eine Visitenkarte aus. »Warten Sie, Sie bekommen auch noch meine Handynummer.« Er zog einen Stift hervor.

Handy.

In diesem Moment fiel es Clara ein. Das Handy, das Barbara Färber in der Hand gehalten hatte. Konnte das auch etwas mit dem Nachleben zu tun haben?

Sie erzählte es dem Professor kurz und knapp.

»Ein Handy bei einer Toten? Und es scheint nur dafür angeschafft worden zu sein?«

Clara nickte.

»Davon habe ich noch nie gehört«, sagte Hoffmann und reichte beiden die Visitenkarten, »aber ich werde mich schlaumachen und Sie anrufen, wenn mir dazu etwas einfällt.«

21

Sie hatten sich in das Café im Neuen Museum gesetzt und einen abgelegenen Tisch gefunden. Die Straßen waren wegen des Berufsverkehrs voll, da konnten sie genauso gut noch eine halbe Stunde hier bleiben.

»Dann sind wir also beide der Meinung, dass dieser postmortale Stich irgendeine Bedeutung hat?« Clara blätterte durch die Notizen, die sie sich gemacht hatte.

»Allerdings«, sagte MacDeath. »Ebenso wie das Undoing. Es geht nicht nur um den Mord und das Opfer, es geht auch um die Feststellung des Todes – wie bei der Prüfung mit dem Blut und dem Wasser. Und letztlich vielleicht sogar um die Zeit nach dem Tod.« Er machte eine Geste mit beiden Händen. »Auf Erden *und* im Himmel.«

»Oder in der Hölle«, ergänzte Clara. »Aber wie passt diese religiöse Komponente zum Psychogramm des Täters? Hat er einen persönlichen Bezug zum Glauben? Oder möchte er seinen Taten bloß einen festen rituellen Rahmen geben?«

»Wahrscheinlich geht es ihm um die Zeit nach dem Tod«, sagte MacDeath. »Und da sind wir bei den Todesursachen, die klar mit einer späteren Existenz im Jenseits konnotiert sind. Wie zum Beispiel Erhängen. Oder Verbluten. Oder die Kreuzigung. Wobei wir die nicht hatten, wohl aber den Stich in die Seite.«

»Wir haben aber eine Kreuzigung an einem Andreaskreuz«, entgegnete Clara. »Die ist der richtigen Kreuzigung nachempfunden, meinen Sie nicht?«

»Doch.« MacDeath stimmte ihr zu. »Punkt für Sie!«

Allmählich fügte sich für Clara alles zusammen. »Das heißt,

die Art des Mordes steht nur insoweit im Vordergrund, wie sie einen Bezug zum Nachleben hat? Beziehungsweise zu der Zeit nach dem Tod, ob auf Erden oder im Jenseits?«

»Vielleicht finden wir eine autobiografische Komponente, wenn wir den Täter genauer kennenlernen.« MacDeath kaute auf seinem Kugelschreiber. »Vielleicht musste der Täter selbst lange Zeit bei einer Leiche ausharren. Möglicherweise sogar Totenwache bei einem geliebten Menschen halten. Vielleicht war er mit einem Tod konfrontiert, den er nicht wollte, und auch mit der Zeit danach. Vielleicht soll es den Opfern ähnlich ergehen wie ihm.«

»Dann wären nicht nur die Taten wichtig, sondern auch die Totenrituale. Könnte das der gemeinsame Modus Operandi sein?«, fragte Clara. »Die Totenwache, die sogenannte Leichentoilette, das Schminken und das Deponieren von Grabbeigaben. Wie das Handy, zum Beispiel?«

MacDeath trank einen Schluck von seinem doppelten Espresso. »Vielleicht ist es gar kein Undoing«, sagte er und blies in die Kaffeetasse. »Was wir vorher für Undoing hielten, gehört zur Tat selbst. Wo der Mord der Anfang der Tat ist ...«

»... ist das, was danach kommt, das Ende.«

MacDeath legte die Fingerspitzen aneinander. »Der Tod ist erst der Anfang«, sagte er feierlich. »Hoffmann sagte mir vorhin am Telefon, dass es in der Antike Grenzwege gab, die zwischen zwei Orten lagen. Das Ding auf der Schwelle. Orte, die böse sind, die Geister anziehen, die am Scheideweg zwischen Leben und Tod liegen. Unsere Leichen«, er zeigte auf seine Notizen, »sind noch in dieser Welt, werden aber durch die Inszenierung schon auf das Jenseits vorbereitet.«

»Ist das ein Modus Operandi?«

»Es kann einer sein. Und es wäre sehr ungewöhnlich, wenn verschiedene Killer auf solche Weise agieren würden. Es erscheint mir sehr viel wahrscheinlicher, dass es nur einer ist.«

Clara öffnete die Mappe und blätterte sie durch, als würde dort irgendeine verborgene Weisheit zu ihr sprechen. Aber da war nichts.

»Als was sieht er sich?«

»So wie er uns sieht.«

Clara zog die Augenbrauen zusammen. »Was meinen Sie damit?«

»Er sieht die Toten. Wir sehen die Toten. Vom Weg aus dem Diesseits zum Weg ins Jenseits.« Er trank seinen Kaffee aus. »Er ist Charon, der Fährmann. So wie wir. Wir schauen uns die Toten auf ihrer Reise in eine andere Welt an. Und er, der Mörder, achtet darauf, dass sie ihren Obolus entrichten und für die Überfahrt bereit sind. Er nimmt sie mit und lässt keinen aus.« Er dachte ein paar Sekunden nach und fügte hinzu: »Er ist ein Wächter der Toten und des Todes.«

22

Der junge Mann hatte Sabine, von der er nicht wusste, ob sie noch seine Freundin war, seit Tagen nicht gesehen. Nicht an der Uni, nicht in der Bibliothek, nicht in der Cafeteria. Auf seine Anrufe hatte sie nicht reagiert. War sie mit diesem Kerl durchgebrannt?

Es konnte nicht anders sein.

Er musste zu ihr, musste mir ihr reden.

An ihrer Wohnungstür klingelte er. Klopfte. Trat gegen die Tür. Klingelte wieder.

»Sabine«, rief er. Dann noch einmal, lauter.

Lange Zeit hörte er nichts.

Dann ihre Stimme. Schwach, brüchig.

»Ich kann nicht ...«

»Ich bin es«, sagte er und nannte seinen Namen.

»Es geht nicht«, antwortete sie.

Er schaute sich im Treppenhaus um. Die Nachbarn sollten ihn nicht für einen Stalker halten.

»Was ist denn los?«, fragte er.

»Ich ...«, begann sie stockend. »Es geht mir sehr schlecht.«

Sie öffnete die Tür.

Als er sie sah, glaubte er, ein Gespenst vor sich zu haben. Sein Zorn und seine Enttäuschung verwandelten sich binnen eines Augenblicks in Schmerz, vermischt mit Wut und Verzweiflung.

Was war mit ihr geschehen? Die Haare fielen ihr wirr ins Gesicht, und sie hatte dunkle Augenringe, als hätte sie seit Tagen nicht geschlafen. Sie war nur noch ein Schatten ihrer selbst. Das übergroße Hemd, das sie zusammen mit der Jogginghose anstelle eines Schlafanzugs trug, wirkte seltsam deplaziert, als würde sie in einem Zelt herumlaufen.

»Was ist los?«, fragte er mit belegter Stimme. Er konnte nicht anders, als sie in die Arme zu nehmen.

»Sie haben mich ...« Ein Sturzbach von Tränen unterbrach ihre erstickte Stimme. Dann, schluchzend: »Die beiden Kerle ... haben mir irgendwas ... in den Drink ... getan. Ich weiß nicht ... was es war.« Zum ersten Mal blickte sie ihn an. Ihre Augen waren rot geweint und wirkten unendlich traurig und verletzt. »Ich bin ... wund.« Sie senkte den Blick.

»Wo bist du wund?«, fragte er.

»Na ... hier.« Sie zeigte auf die Stelle.

Im nächsten Moment wusste er, was sie meinte, und ärgerte sich über seine Frage. Sie hatten sie vergewaltigt und sie vorher wahrscheinlich mit K.o.-Tropfen gefügig gemacht. Deshalb hatte dieser Tom den Drink an der Bar abgeholt, damit er etwas hineinschütten konnte.

Hass loderte in ihm auf.

Sie haben sie wehrlos und gefügig gemacht! Dieser Tom hat seinen Schwanz in meine Freundin gesteckt! Er hat sie vergewaltigt! Bei Gott, er hat sie vergewaltigt! Vielleicht nicht nur er, vielleicht sogar beide ...

Er spürte heiße Tränen in den Augen. Er wusste, dass Sabine jetzt vor allem Schutz und Trost brauchte. Zugleich war ihm klar, dass sie einem Verbrechen zum Opfer gefallen war.

»Du musst zur Polizei«, sagte er. »Was diese Typen getan haben, war ein Verbrechen, eine ...« Er wollte das Wort nicht aussprechen. *Vergewaltigung.* Er wollte nicht, dass Sabine sich noch schmutziger, noch schutzloser fühlte, als ohnehin schon. Sie stand da, so elend, so zerbrechlich und traurig, dass er sie am liebsten nie wieder losgelassen hätte.

»Ich ...«, begann sie, »ich weiß nicht ... vielleicht ist das alles ja auch meine Schuld ... es kam mir so vor, als wollte ich es selbst irgendwie ...«

Ein Stich ging durch seinen Magen. Hatte sie es etwa *genossen*, mit diesen Typen herumzumachen? Doch als er sie in den Armen hielt und ihr Zittern spürte, überwog das Mitleid. Und die Trauer. Und schließlich die Wut.

»Was haben diese Scheißkerle gemacht?«, fragte er.

»Da war irgendwas in meinem Getränk«, sagte sie. »Ich weiß noch, dass du an unseren Tisch gekommen bist, dann warst du auf einmal weg. Und dann ... dann bin ich im Bett von einem dieser Typen aufgewacht ... im Bett von diesem Tom ...« Sie biss sich auf die Hand, suchte nach Worten. »Der andere lief gerade zur Tür raus, als ich aufgewacht bin. Vielleicht haben mich beide ...« Wieder die Tränen, wie ein Sturzbach der Verzweiflung.

»Du musst Anzeige erstatten! Wir müssen zur Polizei!«

»Aber ich kann doch nicht ... Ich kann denen doch nicht sagen, was diese Männer mit mir ...« Sie drückte sich noch Hilfe suchender an ihn. »Ich fühle mich so schmutzig!«

Ihr Kopf sank an seine Schulter. Er spürte ihre warmen Tränen an seinem Hals. Sie stand da, kaum lebendiger als die Schatten in ihrer Wohnung. Das Sonnenlicht, das durch die großen Fenster schien, verliehen dem Raum einen unpassend heiteren Anstrich.

Grauen und Hass tobten in ihm, als die Bilder der beiden Kerle vor seinem inneren Auge aufblitzten, während Sabine in der weiten Jogginghose und dem viel zu großen Hemd in seinen Armen zitterte wie ein Bündel aus Angst und Hoffnungslosigkeit.

Dann aber kam die Nüchternheit, wie es manchmal in Situationen der Fall ist, wenn es scheinbar keinen Ausweg mehr gibt. Schon immer hatte die Fähigkeit, in scheinbar hoffnungsloser Lage eine Lösung zu finden, dem Menschen das Überleben gesichert.

Er schaute ihr in die Augen. »Wir müssen zur Polizei, Sabine. Es geht nicht anders. Ich werde dich begleiten, in Ordnung?«

Sie nickte langsam, kniff dann wieder die Lippen zusammen.

»Lass uns jetzt gehen«, sagte er drängend. »Jetzt sofort. Du musst ihnen alles erzählen! Und du musst Anzeige erstatten!«

Wieder nickte sie bedächtig, wie ferngesteuert. Doch sie bewegte sich nicht.

Dem jungen Mann kam es vor, als würde er einen Stein auszupressen versuchen. Es war wie damals, als seine Mutter vom Vater verprügelt worden war. Es war das gleiche Gesicht gewesen. Die gleichen Augen. Die gleiche Trauer. Und der gleiche Widerwille.

Und auch seine Mutter hatte nie zur Polizei gehen wollen.

»Ja«, sagte Sabine plötzlich, und ihr Blick wurde fester. »Gehen wir!«

23

Die Legende von Paula und Ben.

Clara legte den Kopf schief und blickte auf das Schild über dem Eingang der Bar, wo sie mit Winterfeld und MacDeath an einem der kleinen Tische nahe der Straße saß.

»Lasst uns noch was trinken gehen«, hatte Winterfeld am Abend vorgeschlagen. »Und den Rest des schönen Tages nutzen. Mir fällt in diesem Bau die Decke auf den Kopf.«

Den Ort hatte MacDeath ausgesucht. Das Lokal mit dem seltsamen Namen »Die Legende von Paula und Ben« lag an der Gneisenaustraße zwischen Südstern und Mehringdamm in Kreuzberg und war besonders Wein-, Whisky- und Zigarrenfans in Berlin ein Begriff.

MacDeath schien hier öfter einzukehren, eher des Whiskys und weniger der Zigarren wegen, denn der Barkeeper begrüßte ihn mit Namen und erkundigte sich, was denn die »bösen Buben« machten. Winterfeld bestellte sich unterdessen eine Zigarre, trotz des ärztlichen Verbots, und paffte dann munter in die sommerliche Abendluft.

»Im Moment machen die Bösen hoffentlich nicht allzu viel, jedenfalls nicht, solange wir hier sitzen«, entgegnete MacDeath auf die Frage des Barkeepers.

»Mir hat mal jemand gesagt«, sagte der Keeper, der zugleich Besitzer des Lokals war, »dass jeder ein Mörder sein könnte.«

MacDeath nickte. »Ist auch so. Ich hatte gerade vor ein paar Tagen eine Vorlesung über Psychopathen. Man begegnet ihnen häufiger, als man denkt. Und nur die, die Menschen umbringen, fallen am Ende als Psychopathen auf.«

»Das heißt, ich bin auch einer?«, fragte der Barkeeper.

»Nein«, sagte MacDeath und grinste. »Wer so guten Whisky serviert, kann kein Psychopath sein.«

»Fühle mich sehr geehrt«, sagte der Barmann und vollführte einen halbe Verbeugung. »Was darf es sein?«

»Prinzipiell Scotch Single Malt, oder?« MacDeath blickte sich um. Clara und Winterfeld nickten. »Beim Rest lassen wir uns überraschen.«

* * *

Die Getränke kamen. Clara und Winterfeld waren MacDeaths Empfehlung gefolgt und hatten sich einen Single Malt Whisky bestellt. Sie stießen an und tranken. Die Abendluft trug eine Spur von Kühle mit sich, doch die Straßen waren noch so bevölkert, als wäre es helllichter Tag.

Winterfeld hatte eine Mappe mit den Kopien zum Tatverlauf dabei.

»Damit wir das auch als Arbeitsessen absetzen können«, sagte er und kniff ein Auge zu. »Bringt mich doch mal auf den neuesten Stand.« Er öffnete die Mappe und blies Rauch zum Berliner Himmel.

»Ihr sagt, der Killer sieht sich als Charon, der die Seelen über den Styx führt und ihre letzte Reise, den Tod, überwacht? Ein Todeswächter? Er bereitet die Toten auf ihre letzte Fahrt vor und will, dass wir die Leichen und damit den Tod sehen?«

»Wir sehen möglicherweise das, was er auch gesehen hat«, erwiderte MacDeath. »Er ist der, der zwischen den Welten steht. Der die Menschen vom Diesseits ins Jenseits begleitet.«

»Das klingt so, als ob man mal eben so ins Jenseits latschen könnte und wieder zurück«, sagte Winterfeld.

MacDeath zog ein zusammengefaltetes Blatt Papier hervor. »Für die Helden der Antike gehörte es zum guten Ton, wenigstens einmal auch als Lebende in der Unterwelt zu sein.« Er setzte ein Lächeln auf. »Wie sagte Hoffmann: So wie man in den Neunzigern unbedingt in den USA und heute unbedingt in China gewesen sein muss.« Er breitete die Karte auseinander. »Hoffmann hat sie mir mitgegeben. Er meinte, sie hilft uns vielleicht.«

Clara blickte auf die Karte, während sich das Aroma des Single Malt in ihrem Mund ausbreitete, eine angenehme Mischung aus Schärfe und warmer Wohligkeit.

Auf der Karte lag oben links die Insel der Seligen, davor der Fluss Kokytos. Dann weiter unten der Acheron, südlich davon die Landmasse von Tartaros und wieder ein Stück südlich der Fluss Phlegeton, wo die Titanen nach dem Kampf gegen Zeus hinabgestürzt wurden. Nördlich davon strömte der Styx. In der Mitte lagen die asphodelischen Gefilde, weit dahinter das Himmelreich, das Elysium.

»Das hier ist die griechische Unterwelt«, sagte MacDeath. »Von Dantes Inferno und dem Purgatorium gibt es ebensolche Karten. Eine vollständige Topographie des Nachlebens. Ich sehe noch keinen deutlichen Zusammenhang, aber Hoffmann meinte, es könnte uns helfen.«

Winterfeld zuckte die Schultern und zog an seiner Zigarre. »Mir hilft es nicht so recht. Und wir unterstellen auch, dass der Mörder all diese Mythen kennt, was ja nicht gesagt ist.«

»Muss er vielleicht gar nicht«, sagte MacDeath. »Das Ganze ist im kulturellen Bewusstsein verankert, in einer Art Ur-Bewusstsein. Man kennt es, ohne es tatsächlich gelesen oder studiert zu haben.« Er schwenkte das Glas unter der Nase, trank einen Schluck und bewegte den Whisky im Mund hin und her, bevor er weitersprach. »Das Leben nach dem Tod kann man als Institution bezeichnen, das genauso zur Realität gehörte wie das Leben. Beide, Tod und Leben, durchziehen die gesamte Kulturgeschichte. Der Hades bei Homer, Scheol im

Judentum, die Hölle bei Dante. Dann haben wir die symbolische Komponente.« Er trank noch einen Schluck Whisky. »Sigmund Freud griff in seinen Schriften häufig auf die Metaphorik der Unterwelt zurück, um die untersten Schichten des Bewusstseins als geografischen Raum greifbar zu machen. In seiner Traumdeutung vergleicht er die seelische Krise, die er nach dem Tod seines Vaters durchlitten hat, mit der Unterweltreise des Aeneas.«

»Aeneas«, sagte Clara. »Das war doch der sagenhafte Gründer Roms.«

»Ja«, sagte MacDeath. »Er musste in die Unterwelt, um dort sein Schicksal zu erfahren. Und das hieß, Rom zu gründen. Na ja, besser als Berlin. Jedenfalls sind diese Unterwelten externe Konstrukte von seelischen Prozessen. Das Böse, das Dunkle, das Unvermeidliche. Es sind Topografien unserer negativen Gefühle. Die Seele eines Serienkillers ist damit auch eine eigene Form der Höllenlandschaft. Und in Träumen steigen aus dem Unbewussten, dem Es, verdrängte Konflikte und Emotionen auf.«

»Ich und Es«, sagte Winterfeld. »Da hab ich auch mal von gehört.«

»Dann ist das Es die Unterwelt und das Ich die Wirklichkeit?«, fragte Clara. »Man steigt also in sein innerstes Selbst hinunter?«

»Diese Konstrukte«, sagte MacDeath, »sind Versuche, sein Innerstes greifbar zu machen, eine Art Hardcopy von Seelenzuständen, Ängsten und Unsicherheit. Und unser Killer«, er tippte auf die Ermittlungsakte, »inszeniert die Toten für ihre letzte Reise. Er schaut möglicherweise sogar zu, wie sie diese letzte Reise antreten. Er bringt sie zu Charon, dem Fährmann, und hofft, dass er mit ihnen weiter in die Unterwelt reisen kann. Darum platziert er die Münze. So, als würde er in der Welt jenseits des Todes nach jemandem suchen.«

»Jemand, der tot ist und den er vermisst?«

MacDeath nickte. »Vielleicht.«

* * *

Sie unterhielten sich noch ungefähr eine Stunde. Winterfeld erzählte von ein paar früheren, ähnlichen Fällen. Dann kam er auf Formalien zu sprechen, die er noch in Hamburg erledigen müsse, und auf Gespräche mit seinem Scheidungsanwalt. Winterfeld war seit fünf Jahren von seiner zweiten Frau getrennt. Seitdem kommunizierten die beiden nur noch über ihre Anwälte. Eine kostspielige Art der Gesprächsführung, wie Winterfeld es nannte.

Von der Scheidung hatte Clara schon öfter gehört. Es war eine dieser Trennungen gewesen, die einen Mann in eine tiefe Krise stürzen konnten. Und genau das war mit Winterfeld geschehen. Er war knapp daran vorbeigeschlittert, Alkoholiker zu werden, bis er – damals noch in Hamburg – den sogenannten »Tütenmörder« erwischt hatte, eine Story, die Clara schon kannte, die sie aber immer noch mit Grauen erfüllte. Jedenfalls brachte dieser Erfolg Winterfeld internationale Anerkennung ein, sodass er sogar Vorträge bei Scotland Yard und in Quantico hielt. Dort hatte er dann auch MacDeath kennengelernt.

»Dass MacDeath nach Deutschland kam, lag an Ihnen?«, fragte Clara.

»Nicht nur«, antwortete Winterfeld und paffte munter. »Aber ich war vielleicht ein Zünglein an der Waage.«

Über MacDeaths Züge huschte eine Andeutung von Trauer, die sofort wieder verschwand. Clara fragte sich, was es damit auf sich hatte.

»Schon erstaunlich, wie manchmal eins zum anderen kommt«, sagte sie. »Ich wünschte, das wäre bei unserem Fall genauso.« Sie wandte sich an MacDeath. »Die Story müssen Sie mir mal erzählen.«

»Warum nicht?«, sagte er. »Aber es ist eine lange Geschichte.«

Clara hätte gerne noch mehr von MacDeath gehört. Irgendwann würde sie ihn das alles fragen. Doch sie merkte, wie ihr das Denken und Reden zunehmend schwerfiel. Noch einen Whisky, dann wäre es genug.

Winterfeld erhob sich polternd.

»Ich mach mich vom Acker«, sagte er. »Heute geht's mal mit dem Taxi nach Hause.« Er klemmte sich die Mappe unter den Arm und warf einen Schein auf den Tisch. »Betrachtet euch als eingeladen! Und falls es nicht reicht, betrachte ich selbst mich als eingeladen.« Er grinste, nahm noch einen Zug von der Zigarre und warf sie in den Aschenbecher. Dann stapfte er zur Straße, winkte ein Taxi heran und verschwand in der Dunkelheit.

Clara blickte ihm hinterher, auf den Bürgersteig, wo trotz der vorgerückten Stunde noch immer Passanten in luftiger Sommerkleidung unterwegs waren.

Ihr Blick fiel auf einen Tisch, an dem soeben ein Pärchen aufgestanden war. Jetzt standen die zwei Stühle verlassen auf dem Bürgersteig.

Die Stühle.

Ein Gedanke streifte Clara. Der Sessel am ersten Tatort. Jemand hatte dort gesessen. Und dann nicht mehr. Und die Inszenierung …

Hatte der Mörder sich vielleicht auf dem Sessel gar nicht die Toten angeschaut, sondern ihre Herrichtung für die Reise ins Jenseits? Das Schminken und alles andere? Die Art und Weise, wie sie auf die letzte Reise vorbereitet wurden? Hatte er vielleicht sogar jemand anders gezwungen, die Opfer zu töten, und sich die Ermordung nur angeschaut?

Aber dann konnte er nicht alleine sein. Dann musste es jemanden gegeben haben, der die Toten hergerichtet hatte – freiwillig oder unfreiwillig.

Oder hatte der Täter andere Menschen, vielleicht sogar Angehörige oder Freunde der Opfer, gezwungen, sich den Mord anzuschauen? Und dann die Toten für die Überfahrt herzurichten?

Aber was machte er dann mit den Angehörigen und Freunden?

Waren sie *deshalb* verschwunden – Joachim Färber, Andreas Gerling und Sarah Steffen.

Aber wo waren sie?

»Und?« MacDeaths Frage riss Clara aus ihren Gedanken. »Trinken wir noch einen? Ich habe Zeit. Wie ist es mit Ihnen?«

Clara lächelte. Die Gedanken an Stühle und Sessel verschwanden. Whisky mit MacDeath – das hatte sie schon seit ihrem ersten Fall vorgehabt, aber jedes Mal war etwas dazwischengekommen.

»Einer geht noch«, sagte sie.

24

»Durch Winterfeld sind Sie also nach Berlin gekommen?«, fragte Clara. Ihr war aufgefallen, wie wenig sie über MacDeath wusste. Und sie hatte beschlossen, dass heute der Abend sein würde, ihm all die Fragen zu stellen, die ihr auf dem Herzen lagen.

»Was den Polizeidienst angeht, ja«, sagte er und trank von dem Whisky, den er mit ein wenig Wasser gemischt hatte. »Aber lange vorher habe ich hier in Berlin Medizin studiert und mein Physikum und das erste und zweite Staatsexamen gemacht.«

»Wollten Sie ursprünglich praktizierender Arzt werden?«

»Das wusste ich damals noch nicht genau. Die menschliche Psyche hat mich schon früh interessiert. Doch um die Psyche zu verstehen, muss man ihr Gefäß kennen, den Körper. Deshalb habe ich Medizin studiert.«

Er nickte dem Barkeeper kurz zu, als der wissen wollte, ob ihm die neue Whiskysorte schmeckt. Dann blickte er wieder Clara an und erzählte weiter.

»Ich hatte dann die Möglichkeit, ein Tertial für ein praktisches Jahr in den USA zu machen. Und das auch noch an der Harvard Medical School, eine der besten Ausbildungsstätten der Welt. Ich habe Psychiatrie als Wahlfach genommen. Chirurgie und innere Medizin waren ja Pflichtfächer. In der Psychiatrie hat es mir dann so gut gefallen, dass ich beschlossen habe, in Harvard die restlichen Tertiale zu absolvieren und später meinen Abschluss zu machen.«

Auch MacDeaths Weg, erkannte Clara, schien eher ein Netz von Umwegen gewesen zu sein, ähnlich wie bei ihr. »Und dann sind Sie geblieben?«

Er nickte. »Ich hätte auch zurück nach Berlin gekonnt. Aber ich hatte in den USA meine künftige Frau kennengelernt. Oder besser, meine frühere Frau.«

Claras Augen weiteten sich. Von einer Frau hatte MacDeath nie erzählt. Und die Bezeichnung »frühere Frau«? Konnte das bedeuten, dass sie ...?

»Wo ist sie jetzt?«, fragte Clara, fügte aber gleich hinzu: »Sorry, das war wohl ein bisschen direkt.«

»Kein Problem, wir sind ja unter uns.« Seine Stimme wurde leise und ungewohnt sanft. »Sie ist tot. Ich habe sie an der Kennedy School kennengelernt, an der Harvard University. Dort wird die künftige Elite für internationale Organisationen ausgebildet. Caren wollte an der Schnittstelle zwischen Regierung und Militär arbeiten. Sie war da ziemlich pragmatisch. Militäreinsätze müssten nun mal sein, sagte sie. Es sei aber wichtig, dass man auch für die Zeit nach dem Krieg einen Plan habe. Anders als im Irak.«

Caren, dachte Clara. *So hieß sie also.*

»Wir haben geheiratet«, fuhr MacDeath fort. »Seitdem war ich amerikanischer Staatsbürger. Caren hatte schon während des Studiums im Pentagon gearbeitet und dort streng geheime Projekte koordiniert. Nicht einmal mir durfte sie davon erzählen.« Er machte eine Pause. »Ich bin in der Zwischenzeit zurück nach Berlin geflogen, weil ich hier meinen Abschluss machen wollte. Habe mein drittes Staatsexamen gemacht, in Rekordzeit, denn ich wollte wieder bei Caren sein. Vorher aber kamen die vielen Tests, damit mein Abschluss auch in den Staaten anerkannt wird – das amerikanische Staatsexamen, der CSA-Praxistest ...«

Clara hörte aufmerksam zu. Doch ein Satz ging ihr nicht aus dem Kopf.

Caren ist tot.

»Meinen Facharzt«, sagte MacDeath, »habe ich dann in den

USA gemacht. Aber der Grund, warum ich bin, *was* ich bin …«, er machte eine Pause und schluckte, ohne getrunken zu haben, »ist ebenfalls Caren.«

Clara war erstaunt, den sonst so kühlen, analytischen MacDeath so emotional zu sehen. Traurig, verletzlich. Am Ende auch nur ein Mensch.

»Ich machte meine Facharztausbildung, und Caren beendete ihren MPA.«

»MPA?«, fragte Clara.

»Master of Public Administration. Das ist der Abschluss an der Kennedy School.« Er trank noch einen Schluck. »Sie sollte in einem Projekt die Zusammenarbeit von FBI, Geheimdienst und Militär koordinieren und ging nach Quantico.«

»An die FBI-Akademie?«

MacDeath lächelte. »Ja. Da, wo auch Clarice Starling war. Kennen wir alle aus *Schweigen der Lämmer.* Aber da lag auch das Problem. Oder die Chance. Caren war in Quantico, ich in Harvard. Das hieß Wochenendbeziehung.«

»Und?«

»Caren setzte sich in Quantico dafür ein, dass ich ebenfalls dort arbeiten konnte. Ich war Psychiater, und in Quantico hatten sie in dieser Zeit die Behavioral Science Unit aufgebaut, wo Interviews mit Serienmördern geführt wurden, um das Täterprofil eines Killers, seine Motive und sein Denken zu verstehen. In den blutigen Schuhen eines Killers mitlaufen, nannte Douglas es immer.«

»John Douglas«, sagte Clara. »Der hat die Einheit aufgebaut, stimmt's?«

»Ja.«

»Davon haben Sie ja in der Vorlesung an der Humboldt erzählt. Mit dem haben Sie gearbeitet, nicht wahr?«

MacDeath nickte. »Ja, aber noch mehr mit Robert Ressler, dem zweiten Mann, den Douglas in die Unit geholt hat. Die lebenden Legenden, wie man sie heute noch beim FBI nennt.« Er trank einen kleinen Schluck. »Ohne sie wäre ich nicht, was ich heute bin.«

Clara stellte sich MacDeath und Caren, die sie nie gesehen hatte und auch nie sehen würde, zusammen in Quantico vor. »Es muss eine glückliche Zeit gewesen sein«, sagte sie. Sofort wurde ihr klar, wie unpassend die Bemerkung war, denn die glückliche Zeit musste irgendwann ein abruptes und schmerzliches Ende gefunden haben.

Doch MacDeath schien es nicht zu stören. »Oh ja, es war eine sehr glückliche Zeit«, sagte er. »Bis Caren nach Afghanistan musste. Es gab dort eine neue Schnittstelle zwischen Luftüberwachung, Militär und dem Aufbau einer neuen Landespolizei, die sich aus Afghanen rekrutieren sollte. Das sollte Caren koordinieren.«

»Eine Frau in Afghanistan«, sagte Clara. »Das stelle ich mir nicht einfach vor.«

»Caren war hinter den Linien, da war das kein so großes Problem.« Er lächelte bitter. »Jedenfalls bis zu dem Tag, an dem sie einmal *nicht* hinter den Linien war.« Er trank einen großen Schluck. »Bis zu dem Tag, an dem ein Scharfschützenprojektil sie erwischt hat. In der Nähe von Tora Bora. Die Schlacht dort war längst zu Ende. Der Schuss war eher wie ein Blindgänger, mit dem niemand mehr rechnete. Es war die Ruhe nach dem Sturm. Beim Militär sagt man, dass diese Zeit besonders gefährlich ist. Wenn alle glauben, nichts passiert, passiert meistens etwas.«

Seine Stimme schwankte, und er hielt kurz inne. Clara sah Tränen in seinen Augen. »Auf unserer Hochzeit hatte Caren einen Bibelvers vorgelesen. Die Amerikaner haben es viel mehr mit der Bibel als wir in Europa. Es war aus dem Alten Testament, aus dem Buch Ruth. Ich kann es noch auswendig:

Wo du hingehst, da will ich auch hingehen;
Wo du bleibst, da bleibe auch ich.
Dein Volk ist mein Volk, und dein Gott ist mein Gott.
Wo du stirbst, da sterbe ich auch, da will ich begraben werden.
Und nur der Tod wird mich und dich scheiden.«

Er schluckte. »Ihr Leichnam wurde zurück in die USA gebracht«, sagte er in Worten, die er nicht so eloquent und flüssig hervorbrachte wie sonst, sondern stockend, beinahe widerwillig. »Sie liegt auf dem Militärfriedhof in Arlington. Ich hatte kurz überlegt, ob ich ihr nachfolge. Mir das Leben nehme. Mir erschien alles so sinnlos, so leer. Aber ich wusste, dass Caren das nicht gewollt hätte. Und ich wollte es auch nicht. Arlington ...« Er machte eine Pause. »Wenn ich mal nicht in Schottland Urlaub mache, fliege ich immer dorthin. Aber meistens hilft es mir nicht. Meistens zerstört es mich eher, all die Orte zu sehen, die ich mit Caren in Verbindung bringe. Sind Orte an einen Menschen gebunden, den man liebte, ist es besser, man sieht diese Orte nie wieder, als dass man sie ohne diesen Menschen sieht, jedenfalls ist es bei mir so. Deshalb musste ich weg aus den USA.«

»Nach Deutschland.«

»Ja, das ging über Winterfeld. Und über das BKA. Das war 2009, ein halbes Jahr, nachdem Caren ermordet worden war. Die vom BKA wollten Leute, die sich mit der Psyche von Serienkillern auskennen. Man hat auch hier gemerkt, dass Serienmörder kein amerikanisches Phänomen sind.« Er trank das Glas aus. »Amerikanische Staatsbürgerschaft hin oder her – dort, wo mich alles an Caren erinnerte, konnte ich nicht bleiben. Ich hätte nach Los Angeles gehen können, aber da wird man irgendwann selbst zum Serienkiller. Also habe ich dem BKA zugesagt. Und seitdem bin ich hier.«

Beide schwiegen volle fünf Minuten, jeder in die eigenen Gedanken versunken.

Der Barkeeper kam an den Tisch. »Wir schließen leider für heute«, sagte er. »Aber trinkt in Ruhe aus.«

MacDeath nickte ihm zu. »Ich kann Ihnen die Geschichte gerne noch zu Ende erzählen«, sagte er dann zu Clara, »ich wohne nicht weit von hier.«

»Ich weiß nicht, ob das eine gute Idee ist …«

»Das ganze Leben ist keine gute Idee.« MacDeath drückte dem Barmann einen Schein in die Hand. »Es führt zum Tod.«

25

Als Clara aufwachte, waren ihr Mund und ihr Rachen so staubtrocken, als hätte sie mit einem Sandstrahler inhaliert. Ihr Kopf kam ihr ein paar Nummern zu groß vor und dröhnte vor Schmerz, wenn sie ihn nur leicht bewegte, und ihr Magen fühlte sich an, als würde er die kleinste Menge Flüssigkeit oder Nahrung innerhalb von Sekunden wieder von sich geben. Sie hatte schon öfter einen Kater gehabt, und daran, wie viel oder wenig Alkohol sie vertrug, spürte sie das Älterwerden, aber dieser Kater war in ihrer persönlichen Greatest Hits of Hangovers-Collection unter den Top Ten.

Sie stöhnte, wälzte sich auf den Rücken, schaute nach oben.

Nanu?

Die Decke kannte sie nicht. Die Wände auch nicht. Und auch die Bilder hatte sie vorher noch nie gesehen. Sie wusste nur, dass sie den Geschmack des Mannes kannte, der solche Bilder aufhängen würde.

Und dass dieser Mann …

War sie etwa …?

»Haben wir Gedächtnisverlust?«, sagte eine bekannte Stimme.

MacDeath stand vor ihr, eine Tasse schwarzen Kaffee in der Hand. Offenbar hatte er sie von der Tür aus beobachtet, wie sie orientierungslos in die Gegend geschaut hatte. Auch er sah ein wenig lädiert aus, hatte sich aber schon angezogen.

Clara blickte sich um, schaute an sich hinunter. Sie war nackt. Sofort zog sie sich die Decke über den Körper. »Was machen Sie hier?«

Er blickte einen Moment unsicher drein, dann lachte er. »Ich wohne hier. Und seit gestern Nacht waren wir beim Du.«

Die Erinnerung traf sie wie ein Hammerschlag. Das Gespräch in der Legende, bis sie dort zugemacht hatten. Mehrere Whisky. Dann waren sie hierher gegangen. Zu MacDeath. Und dann gab es noch mehr Whisky. Und dann waren sie …

Waren sie?

»Darf ich was fragen?« Clara nahm den Kaffee und trank in kleinen Schlucken.

»Alles, was du willst. Fast alles.«

»Was ist gestern Abend passiert?« Sie stellte den Kaffee auf den Nachttisch und wollte aufstehen, aber dann fiel ihr wieder ein, dass sie nackt war, also blieb sie liegen.

Er rieb sich die Schläfen. »Wir waren erst in der Legende. Zunächst noch mit Winterfeld. Dann allein. Wir haben über alles Mögliche gesprochen. Und dann waren wir zusammen hier.«

Sie ließ den Kopf sinken, merkte aber, dass es bei ihren Kopfschmerzen keine gute Idee war. Also hob sie den Blick wieder.

»Sag nicht, dass wir zusammen im Bett gelandet sind.«

»Okay, wir sind nicht zusammen im Bett gelandet.«

Sie fixierte ihn. »Wirklich nicht?« Sie fühlte sich nämlich nicht so, als ob letzte Nacht *nichts* gewesen wäre.

Er lächelte gequält. »Doch. Aber mach dir keine Sorgen. Wir haben verhütet. Wir Mediziner denken an so was. Auch wenn wir besoffen sind.«

Clara seufzte. *Wir haben verhütet.* Eigentlich eine total unromantische Information, aber für sie beruhigend. Ein Kind wäre das Letzte, was sie gebrauchen könnte. Andererseits würde ein Kind ihrem Leben ein wenig Ordnung und Struktur geben. Wobei Clara der Ansicht war, dass die Leute sich das mit der »Struktur« bei Kindern nur einredeten, weil mit Kindern in Wirklichkeit alles noch komplizierter wurde. Außerdem war sie mit Anfang vierzig für Kinder wahrscheinlich ein bisschen zu alt. Diese Ausrede kam ihr ganz gelegen, dann musste sie keine eigene Entscheidung treffen.

»Na prima«, sagte sie. »Wie spät ist es überhaupt?«

»Viertel vor zehn.«

»Was?« Sie war sofort hellwach.

Er nickte und trank von seinem Kaffee. »Ich habe im Revier angerufen und gesagt, dass wir noch bei einem Zeugen sind. Alles in Ordnung.«

Clara lächelte wieder und schüttelte gleichzeitig den Kopf. »Was würde ich ohne Sie bloß anstellen?«

»Dich.«

»Was?«

»Wir waren beim Du. Was würde ich ohne dich bloß anstellen, muss es heißen.« Dann fügte er hinzu: »Wir können im Dienst aber gerne beim Sie bleiben. Dann gibt es kein Gerede. Beim Whisky sind wir per Du. Einverstanden?«

Clara nickte. »Klingt nach einem Deal.«

Whisky. Den würde sie die nächsten hundert Jahre nicht anrühren. Aber das sagte sie sich nach jedem Kater aufs Neue, und am Ende gewann doch wieder König Alkohol.

Ihr Handy klingelte.

»Vidalis«, sagte sie. Schmerzen schossen ihr wie bei einem elektrischen Schlag durch den Kopf, als sie sprach. Sie hoffte, dass ihre Stimme nicht allzu versoffen klang. Dem Geräusch nach allerdings hörte sie sich an, als hätte sie mit Eisenspänen gegurgelt. Die Stimme am anderen Ende kannte sie.

»Okay«, sagte sie zu dem Anrufer und blickte dabei MacDeath an. »Klingt gut. Ja, wir können gleich bei Ihnen sein. Dr. Friedrich ist auch bei mir ... Ja, das trifft sich in der Tat gut.«

Sie beendete die Verbindung. Ihr dröhnte der Schädel. *Dr. Friedrich ist auch bei mir.* Manchmal legte das Schicksal einem die schönsten Stilblüten in den Mund.

»Wer war das?«, fragte MacDeath.

»Professor Hoffmann«, sagte sie. »Er hat eine Information für uns, die wir uns ansehen sollten.«

MacDeath lächelte. »Dann stimmte meine Ausrede sogar. Wir sind beide bei einem wichtigen Zeugen.« Er warf ihr einen Bademantel zu. »Das Bad ist da vorne links. Ich bin in meinem Arbeitszimmer. Sag Bescheid, wenn wir los können.«

Clara schaute auf das Bett und stellte sich vor, wie schön es wäre, hier noch zehn Stunden weiterzuschlafen. Aber das war unmöglich. Sie erhob sich mit einem Ruck, wobei sie den Bademantel überstreifte. Augenblicklich durchzuckte ein Stich ihren Kopf, begleitet von einer Woge heftiger Übelkeit.

Hoffentlich sind Bad und Toilette in einem Raum, dachte sie benommen, als sie sich auf den Weg machte.

26

MacDeaths Bad hatte Dusche und Toilette.

In einem Raum.

Und das war gut so.

Denn Clara hatte vor allem die Toilette gebraucht. Es war ein schreckliches Gefühl, wenn man sich übergeben musste, und dann kam nichts. Was immer dann passierte, wenn man auf nüchternen Magen zu viel getrunken hatte. Dann kam nichts außer grünlicher Galle, und auch die erst nach mehrmaligem krampfartigem Würgen. Das Schlimmste aber waren die Kopfschmerzen, die mit dem Würgen einhergingen. Es war, als säßen in ihrem Schädel hundert entzündete Zahnwurzeln, in die mit jedem Würgereiz jemand mit einer dünnen spitzen Nadel stach.

MacDeath hatte die Geräusche bestimmt gehört, doch da er Mediziner war, der sogar besoffen ans Verhüten dachte und auch schon einiges gesehen hatte, hielten sich Claras Scham und ihr schlechtes Gewissen in Grenzen.

Nachdem ihr erster Kaffee ihren Magen wieder verlassen hatte, putzte sie sich mit MacDeaths Zahnbürste die Zähne, spülte mit Listerine, machte sich frisch, so gut es ging, zog sich an und wagte sich dann an einen zweiten Kaffee, der sogar im Magen blieb.

Als sie einige Zeit später auf der Rückbank eines Taxis saß, war ihr, als müsste sie sich jeden Moment noch einmal übergeben. Sie war froh, die Dussmann-Tüte mitgenommen zu haben, die bei MacDeath im Flur gelegen hatte.

Zum Glück ging alles gut.

* * *

Sie trafen Professor Hoffmann in der Cafeteria des Neuen Museums. Er hatte eine blaue Mappe mit einigen Unterlagen dabei und bestellte auf Kosten des Hauses drei Kaffee. Clara schluckte zwei Aspirin und spülte sie mit dem schwarzen Kaffee hinunter. Es fiel ihr schwer, den Blick auf Hoffmann zu fixieren. Hätte sie ihn bloß nicht nach diesem blöden Handy gefragt, nur weil die Leiche Barbara Färbers ein Handy festgehalten hatte, warum auch immer. Jetzt eine konzentrierte Miene aufzusetzen und auch noch richtig zuzuhören – und vor allem zu denken – war extrem schwierig. Als würde man versuchen, mitten auf einer lärmenden Baustelle eine komplizierte Rechenaufgabe zu lösen.

Doch sie war im Dienst. Und wenn sie meinte, sich mitten in der Woche – auch noch an einem Dienstagabend, wo die Woche nicht mal ansatzweise vorbei war – die Seele aus dem Leib saufen zu müssen, zu kotzen und zwischendurch auch noch mit MacDeath ins Bett zu steigen, war das ihr Problem und durfte nicht zulasten der Ermittlungen gehen. Auch wenn das einige Kollegen manchmal anders sahen.

»Gehörte der ermordeten Frau das Handy?«, fragte Hoffmann.

Clara zuckte die Schultern und blickte unauffällig den Gang hinunter, um den Weg zur Toilette abzuschätzen, falls ihr Magen auch diese winzige Spur Kaffee wieder nicht vertragen sollte. Doch noch spielte er mit. Aber der Schweiß, der Clara den Rücken hinunterlief, erinnerte sie daran, dass ihr Kreislauf komplett im Ausnahmezustand war, um die Mengen an Alkohol zu verarbeiten, die sie ihm gestern Abend verabreicht hatte.

Auch MacDeath sah mitgenommen aus, doch er schien weniger getrunken zu haben, oder er war dank seiner Schottlandurlaube den Whisky besser gewöhnt.

»Das wissen wir nicht«, sagte Clara und gab sich alle Mühe,

Hoffmann fest und fokussiert anzuschauen. »Es war ein Prepaidhandy. Der Mörder, oder wer immer es war, scheint es in ihrer Hand platziert zu haben.«

Hoffmann schlug die Mappe auf. »Ich habe mich im Hinblick auf Stammesritten einmal schlaugemacht.« Sein Blick blieb auf dem ersten Blatt haften. »In Afrika zum Beispiel ist es üblich, dass den Toten Handys ins Grab gelegt werden, damit sie mit dem Diesseits Kontakt halten können. Auch in westlichen Ländern gibt es das mittlerweile. Man glaubt, der Tote ist erreichbar, wenn auch nur über die Mailbox des Handys. Witwe oder Witwer bezahlen brav die Telefonrechnung.«

»Der Tote ruft aber nur selten zurück.« Das war MacDeath.

»Sehr selten«, sagte Hoffmann. »Trotzdem sieht man auf manchen Grabsteinen neben Namen und Geburtsdatum auch die Mobilnummer eingemeißelt.«

»Also nicht nur in Afrika?«, fragte Clara. »Auch in der westlichen Welt?«

»Gerade da«, sagte Hoffmann. »Wir sind nicht so modern, oder postmodern, wie wir glauben.«

MacDeath lehnte sich zurück und rieb sich die Schläfen. »Handys im Grab«, murmelte er.

Hoffmann musterte ihn interessiert, als ahnte er, dass seine beiden Besucher gestern Abend zu tief ins Glas geschaut hatten. Clara hoffte nur, dass die diversen Kaugummis und das Listerine ihre Fahne wenigstens notdürftig übertönt hatten, denn sie hatte bisher noch keinen Bissen herunterbekommen.

»Jedenfalls, in Afrika fiel die neue Sitte zuerst bei den Feuerbestattungen auf«, fuhr Hoffmann fort. »Immer häufiger kam es bei der Verbrennung des Sarges plötzlich zu kleinen Explosionen. Irgendetwas fauchte im Krematorium, und das war *nicht* die Leiche. Man fand heraus, dass es die Akkus der Mobiltelefone waren, die man den Toten auf ihrer Reise in Jenseits beigelegt hatte.«

MacDeath faltete die Hände. »Leben und Tod im Handy-Zeitalter.«

»Bei einer Bestattung vor ein paar Jahren«, sagte Hoffmann und schaute auf den Ausdruck, »klingelte das Handy im Sarg, weil einer der Söhne die Nummer der Mutter angerufen hatte. Manche Leute werden nicht nur mit ihren Handys, sondern auch mit ihren Bluetooth-Kopfhörern beerdigt.«

Clara schüttelte den Kopf. Und merkte, dass dies keine gute Idee war, denn es schmerzte, als wäre in ihrem Schädel ein Vulkan ausgebrochen. »Und der Hang der Leute zu Smartphones beschleunigt diesen Prozess wahrscheinlich noch?«, fragte sie und rieb sich ebenfalls die Schläfen.

Hoffmann nickte. »Das Smartphone ist die Fernbedienung des Lebens geworden. Und dieses Leben möchte man in den Tod mitnehmen.«

Clara machte sich eine Notiz. Es war Zeit, zur Sache zu kommen. »Ist das eine ähnliche Symbolik wie bei den Münzen?«, wollte sie wissen.

»Nicht ganz«, antwortete Hoffmann. »Die Münzen sind vorausblickende Grabgaben für das Jenseits. Mit ihnen wird zum Beispiel Charon, der Fährmann, bezahlt, der die Seelen über den Styx bringt – wir sprachen ja darüber. Das Handy könnte man eher als rückblickende Grabgabe betrachten, mit dem der Tote Kontakt ins Diesseits halten kann.«

»Das spräche dann dafür, dass der Modus Operandi der gleiche ist. Auch wenn wir beim ersten Mord ein Handy haben und beim zweiten und dritten die Münzen?« Clara blickte MacDeath an. »Warum hat er sich beim ersten Mord für das Handy entschieden und dann für die Münzen?«

»Die Münze hatte er beim ersten Mord auch dabei«, sagte MacDeath, »nur hat er sie dem Opfer nicht in den Mund gelegt. Vielleicht, weil er es eilig hatte. Vielleicht, weil er noch nicht so routiniert war. Vielleicht, weil es wirklich sein *erster* Mord war.«

»Möglich«, sagte Clara und biss sich auf die Lippe. »Aber da ist noch was anderes. Es ist mir gestern schon eingefallen, aber dann hatte ich es vergessen.«

Die Stühle.

Die Stühle, die sie gestern in der Bar gesehen hatte.

Und der Stuhl, der im Schlafzimmer von Barbara Färber gestanden hatte.

»Lass uns sofort zu Winterfeld fahren.«

»Wolltest du nicht erst in die Apotheke?«, fragte MacDeath. »Ich kann dir mit meinem Arztausweis auch die harten Schmerzmittel besorgen.«

»Nein, erst zu Winterfeld.« Clara biss die Zähne zusammen. »No pain, no gain.«

27

Das Kriminalgericht Moabit in Berlin, auch Großes Strafgericht genannt, war ein beeindruckendes Bauwerk aus dem neunzehnten Jahrhundert und schon von Weitem sichtbar, denn es trug den Zusatz »groß« zu Recht. Die zwei Türme erhoben sich sechzig Meter in die Berliner Luft und ließen den Bau wie eine Mischung aus Festung und Kirche erscheinen – ein Ort irdischer Gerichtsbarkeit, der den Betrachter schon durch seine schiere Größe einschüchterte. Allein die Front zur Straßenseite der Turmstraße war zweihundert Meter breit.

An diesem Ort waren die Prozesse gegen die Mitglieder des Zentralkomitees der SED geführt worden, auch gegen Honecker. 2500 Mitarbeiter, 270 Richter und 350 Staatsanwälte arbeiteten in dem riesigen Gebäude, in dem 1300 Untersuchungshäftlinge aus achtzig Ländern auf ihr Urteil warteten.

Das riesige Treppenhaus mit seinen verschlungenen Wendeltreppen empfing den jungen Mann wie eine Höllendarstellung bei Dante – ein Gewirr aus endlosen Treppen, die sich eindrucksvoll zur Decke hin zogen, als wäre dies die vorletzte Instanz des Absoluten, und nur noch Gott als letzte Instanz könnte das Urteil des Gerichtes infrage stellen. Sowohl die Angeklagten wie auch die Besucher sollten von der gigantomanischen Architektur der wuchtigen Eingangshalle mit ihren geschwungenen Treppen beeindruckt und bestenfalls abgeschreckt werden.

Zumindest galt das für die Besucher. Die Untersuchungsgefangenen wurden über versteckte Gänge und Treppen zum Gerichtssaal geführt. Dadurch wollte man den Kontakt zu den

Zeugen möglichst klein halten und die unfreiwillige Zusammenkunft mit Publikum verhindern.

Auf hoher See und vor Gericht ist man in Gottes Hand, besagte ein alter Spruch. Und auch, wenn er nicht sicher war, ob er an Gott glaubte, hoffte der junge Mann auch auf den Beistand Gottes, als er gemeinsam mit seiner Freundin das riesige Portal durchschritt, vorbei an der Sicherheitskontrolle, wo sie ihre Ausweise zeigen und ihre Taschen durchsuchen lassen mussten, nachdem sie bereits einen Metalldetektor passiert hatten.

Draußen war der blecherne Lärm eines hochgezüchteten Motors zu hören. Kurz darauf fuhr ein aufgemotzter schwarzer Wagen vor, eines dieser Autos, die teuer aussahen, ohne es zu sein. Lachend stiegen zwei junge Burschen aus.

Ein Stich durchzuckte das Herz des jungen Mannes, und sein Kopf ruckte zur Seite. Er sah, wie Sabine das Gesicht verrutschte und wie sich die Verzweiflung in ihre Züge fraß. Es waren die zwei Männer, die Sabines Leben zerstört hatten: Tom und Gerd. Ein dritter Mann im schwarzen Anzug folgte ihnen, lachend und scherzend. Er lief mit einer Aktentasche an ihnen vorbei und zückte den roten Ausweis, den Anwälte und Strafverteidiger vor Gericht tragen. Lässig ging er durch den Angestellteneingang, ohne Sicherheitskontrolle und ohne dass seine Tasche durchsucht wurde.

Er schien den jungen Mann und Sabine zu erkennen, denn er warf ihnen einen spöttischen Blick zu, als hätte er Mitleid mit den beiden armen Würstchen, die sich durch die Sicherheitskontrolle quälen mussten, obwohl sie gar nicht die Angeklagten waren.

Zwei weitere Männer, offenbar Angestellte des Gerichts, gingen ebenfalls an dem Pärchen vorbei. Misstrauisch beäugten sie den Anwalt und die beiden Angeklagten.

»Ein knallharter Konfliktverteidiger«, sagte einer und zeigte auf den Mann im schwarzen Anzug, der mit seinem roten Ausweis soeben die Sicherheitskontrolle passiert hatte.

»Der wird sie wieder raushauen«, sagte der andere. »Ist ja nicht das erste Mal, dass die beiden wegen so was vor Gericht stehen.«

»Hat der Typ schon so viele Tussen angebaggert?«

»Tom?«, sagte der andere Mann. »Der hat mehr Mösen gesehen als 'ne Klobrille.«

Dem jungen Mann rutschte das Herz in die Hose. In welche dreckigen Hände war Sabine geraten? Er konnte nur hoffen, dass sie diesen Satz nicht gehört hatte. Doch sie schien es mitbekommen zu haben. Mit bleichem Gesicht stand sie neben ihm an der Sicherheitskontrolle und hielt seine Hand mit solcher Kraft umklammert, als würde sie über einem Abgrund hängen.

Der Anwalt drehte sich zu ihnen um. Ihre Blicke trafen sich.

»Wir sehen uns gleich«, sagte er. Ein Lächeln, das es nicht bis zu seinen Augen schaffte, huschte über sein Gesicht. »Wenn wir durch sind.«

Es hörte sich an, als wären sie schon durch.

Es klang wie ein Todesurteil.

Aber nicht zu Sabines Gunsten.

28

»Wie seht ihr denn aus? Wart ihr noch lange feiern?«, fragte Winterfeld, als Clara und MacDeath in sein Büro kamen.

Die beiden schauten sich an.

»Könnte man so sagen«, erwiderte Clara und ließ sich auf einen Stuhl fallen. In ihrem Kopf drehte sich noch alles, doch sie riss sich zusammen und brachte Winterfeld kurz und knapp auf den neuesten Stand, besonders, was die Informationen betraf, die sie von Professor Hoffmann bekommen hatten. Die Antwort auf die Frage, wie die Nacht zu Ende gegangen war, überließ sie der Fantasie Winterfelds.

Manchmal war es das Beste, nichts zu sagen.

»Also war das Handy für den Täter auch eine Art Instrument, um das Diesseits mit dem Jenseits zu verbinden?« Winterfeld saß zurückgelehnt in seinem Bürostuhl. In Ermangelung eines Zigarillos kaute er auf seinem Kugelschreiber.

»Ja«, sagte MacDeath. »Sowohl die Münze als auch das Handy verbinden in der Vorstellung des Täters das Diesseits mit dem Jenseits. Und diese Zwischenwelt, dieser Übergang ist es offenbar, der den Killer interessiert.«

»Wenn es *ein* Killer ist«, sagte Winterfeld.

»Das versuchen wir herauszufinden«, entgegnete MacDeath.

»Wir hatten doch gestern darüber gesprochen, dass die Unterwelt eine Art ... wie hast ... haben Sie es noch genannt?« Clara schaute MacDeath an.

»Ein externes Konstrukt von Innenwelten.«

»Genau.« Clara nickte. »Die Unterwelt ist ein externes Konstrukt von Seelenzuständen. Eine Art Hardcopy, so hatten wir es ausgedrückt. Damit inszeniert der Täter die Toten für ihre letzte Reise.«

»Ja, stimmt«, sagte Winterfeld und kratzte sich am Kinn, »das hatten wir gesagt.«

»Also schaut er möglicherweise zu, wie die Toten in seiner Vorstellung ihre letzte Reise antreten, und platziert die Münze unter ihrer Zunge. Und da liegt die Krux.«

»Wieso?«, fragte Winterfeld.

Clara rieb sich die pochenden Schläfen. »Ich hatte gestern, kurz nachdem Sie gegangen waren, auf die Stühle in der Bar geschaut, und plötzlich hat es Klick gemacht.«

Winterfeld runzelte die Stirn. »Was meinen Sie damit?«

»Im Zimmer von Barbara Färber stand auch ein Stuhl. Ein Sessel, um genau zu sein. Direkt vor dem Bett. Der Sessel am ersten Tatort. Jemand hatte dort gesessen, sodass er von dort in Ruhe die Leiche betrachten konnte.«

»Ja«, sagte Winterfeld. »Der Täter hat sich sein *Werk* noch einmal angeschaut.«

»Richtig.« Es fiel Clara schwer, mit ihrem dicken Schädel ihre Gedanken zu ordnen. »Aber wenn ihm dieser Transfer ins Jenseits so wichtig ist und er die dafür notwendigen Reliquien verteilt, erst das Telefon und dann die Münzen, würde ihm doch die Vorbereitung der Leiche auf das Jenseits wichtiger sein als die Betrachtung der Leiche *nach* dieser Vorbereitung. Killer wollen immer Kontrolle. Den Weg des Toten ins Jenseits kann er durch die Vorbereitung der Leiche in gewissem Maße kontrollieren, das Leben im Jenseits aber nicht. Deshalb möchte er den Augenblick des Übergangs festhalten. Sehen. Erleben.«

»Ich fürchte, ich verstehe nicht ganz ...« Winterfeld legte den Kugelschreiber auf den Tisch.

Clara suchte nach Worten und war froh, dass sie offenbar nicht die Einzige war, die sich damit schwertat. Vielleicht vertrug auch Winterfeld keinen Whisky mehr; drei Gläser hatte er auch getrunken. Und dann noch eine Zigarre geraucht, die die Wirkung des Alkohols nicht gerade einschränkte.

»Stellen Sie sich vor, Ihnen ist wichtig, das Entstehen eines Bildes zu verfolgen. Wie der Künstler die Farbe mischt, wie er sie aufträgt, wie er alles komponiert und am Ende seinem Gemälde den letzten Schliff gibt.«

»Okay«, sagte Winterfeld, »verstanden. Und?«

»Wenn Ihnen das so wichtig ist, wann können Sie sich mehr auf die Beobachtung der einzelnen Schritte konzentrieren? Wenn Sie das Bild selbst malen, oder wenn Sie jemanden beim Malen beobachten?«

»Beim Beobachten natürlich.«

»Sehen Sie? Und so kann es bei unserem Täter auch sein. Er saß im Zimmer von Barbara Färber auf dem Sessel. Und er beobachtete nicht nur die Leiche, er beobachtete auch, was mit den Leichen geschah!«

»Dazu würden aber zwei gehören. Der Maler, um in Ihrem Bild zu bleiben, und der Zuschauer.«

»Genau das ist der Punkt!«

Winterfeld erhob sich. »Sie meinen, er war nicht allein?«

»Wenn unsere Theorie stimmt, dann nicht.«

»Und was sollten der oder die anderen machen?« Winterfelds Augen weiteten sich. »Hat der Täter ihn oder sie vielleicht gezwungen, auch die Morde selbst zu begehen?«

MacDeath zuckte die Schultern. »Das hängt davon ab, in welchem Verhältnis diese Leute zu den Opfern standen.«

»Und wie können wir das herausfinden?«

Clara blickte ihn an. Ein Lächeln umspielte ihre Lippen. »Wie war das mit dem Alibi, Herr Kriminaldirektor?«

»Sind wir hier in der Polizeiprüfung?«, polterte Winterfeld und suchte seinen Schreibtisch nach Zigarillos ab. Leider waren keine da. »Verdächtig ist immer, wer nicht da ist.«

»Und wer ist hier nicht da?«

»Der Mörder«, sagte Winterfeld, »und ... verdammt noch mal, ja! Sie haben recht! Die Angehörigen!«

»Korrekt«, sagte MacDeath, der die Ermittlungsmappe in der Hand hielt. »Und wer hat in unseren Fällen immer gefehlt?«

Winterfeld wiederholte die Namen aus dem Kopf. »Im ersten Fall Jochen Färber, von dem wir glaubten, er hätte seine Frau umgebracht, weil sie fremdgegangen war. Weil Färber es im Bett nicht mehr brachte und von seinem Beruf traumatisiert war.«

»Richtig. Dann Gerhard Gerling«, ergänzte MacDeath. »Genau wie sein Bruder Andreas, den wir interviewt haben, hat Gerhard eine beträchtliche Erbschaft von seiner Mutter zu erwarten. Doch anders als Andreas ist Gerhard Gerling verschwunden. Das gilt auch für Person Nummer drei, Sarah Steffen, die Psychiaterin. Ihr Sohn ist tot. Ihren Mann haben wir in den USA erreicht. Er hat seit einiger Zeit nichts von seiner Frau gehört. Und sie ist nirgends zu finden. Obwohl offiziell krankgeschrieben, ist sie nicht in ihrer Wohnung oder sonst irgendwo. Wir haben ihrem Ex-Mann noch nicht die ganze Wahrheit erzählt, damit er nicht sofort herkommt und noch mehr Wirbel macht.«

»Aber diese Leute werden doch vermisst«, sagte Winterfeld. »Wie können sie da am Tatort gewesen sein?«

»Jetzt«, sagte Clara. »Sie werden *jetzt* vermisst. Vorher könnten sie durchaus am Tatort gewesen sein. Und damit sie keiner mehr ausfragen kann, hat der Killer sie vielleicht irgendwo versteckt. Oder gleich umgebracht.«

Winterfeld schüttelte den Kopf. »Das glaube ich nicht. Wie sollte der Killer, wer immer es war, die Angehörigen beauftragt haben, ihre Lieben umzubringen? Einen Mann seine Frau, einen Sohn seine Mutter, eine Mutter ihren Sohn?«

»Das ist fast unmöglich«, pflichtete MacDeath ihm bei. »Die meisten Menschen würden sich eher selbst umbringen, als so etwas zu tun. Oder sie würden unter Lebensgefahr versuchen, den umzubringen, der ihnen den Befehl dazu erteilt hat.«

»Ja, eben. Was haben sie *dann* getan?«, fragte Winterfeld.

»Das, was den Übergang in die andere Welt markiert«, sagte Clara. »Sie mussten das Gemälde malen. Sie mussten die Leiche für das Jenseits herrichten, während der Killer Ihnen dabei zugeschaut hat.«

»Und vorher mussten sie möglicherweise dabei zuschauen, *wie* der Killer sie umgebracht hat«, ergänzte MacDeath.

Bilder erschienen vor Claras Augen. Sie sah, wie jemand den Liebsten eines anderen umbrachte. Eltern, Kinder, Ehepartner. Vor den eigenen Augen. Es war die ultimative Form der Rache. Den eigenen Tod konnte man akzeptieren, vor allem, wenn es schnell ging und man davon gar nichts mehr mitbekam. Doch vor dem eigenen Tod das grausamen Sterben eines geliebten Menschen zu sehen, der Opfer eines Rachefeldzuges wurde, der einem selbst galt, war die schlimmste Strafe von allen.

Winterfeld kaute wieder auf seinem Kugelschreiber. »Verdammter Perverser!«, stieß er dann hervor und schaute aus dem Fenster. »Wenn es so ist, wie wir glauben, haben wir doch eigentlich zwei Typen von Opfern.« Er hob den Daumen. »Wir haben die Opfer erster Ordnung. Das sind Barbara Färber, Martha Gerling und Tobias Steffen – diejenigen, die tot sind und für das Jenseits hergerichtet wurden. Und dann haben wir die Opfer zweiter Ordnung – das sind die, die verschwunden sind und die dem Killer möglicherweise irgendwie helfen mussten.« Er schaute in die Akte. »Dann müsste aber auch DNA von den Angehörigen, also von den Opfern zweiter Ordnung, am Tatort sein. Bei Joachim Färber«, er blätterte durch die Seiten, »ist das der Fall. Was auch kein Wunder ist. Schließlich wohnte er im selben Haus.«

Clara nickte. Allmählich ließen die Kopfschmerzen etwas nach. Sie würde trotzdem auf MacDeaths Angebot mit extrastarken Schmerztabletten zurückkommen, denn Aspirin hatte sie schon wie Würfelzucker zu sich genommen, ohne dass sich etwas gebessert hätte.

Winterfeld legte den Kugelschreiber demonstrativ weit von sich weg, um ihn nicht wieder in den Mund zu stecken und darauf herumzukauen. »Wir sollten so schnell wie möglich feststellen, ob die Vermissten überhaupt am Tatort waren. Wie war das bei dem zweiten und dritten Opfer? War einer der Vermissten da ebenfalls vor Ort? Falls ja, könnte das darauf hindeuten, dass sie noch leben. Oder dass sie mitschuldig sind, was ich nicht glaube. Oder dass sie dem Killer helfen mussten.« Winterfeld griff zum Telefon. »Ich rufe die KTU an. Die sollen sofort die DNA von diesem Anwalt und der Psychiaterin herausfinden und mit der am Tatort abgleichen.« Er wählte eine kurze Nummer. »Verdammt, warum sind wir nicht eher darauf gekommen?«

29

Er saß auf der Zeugenbank. Ihm war, als wäre seit seiner Kindheit überhaupt keine Zeit vergangen, als säße er wieder als kleiner Junge im Gerichtssaal und als würde Kevin Bormann, der seine Mutter totgeprügelt hatte, erneut freigesprochen.

Doch diesmal war es nicht Kevin. Diesmal waren es Tom und Gerd.

Schon als Sabine vor ein paar Tagen in der Charité untersucht worden war, hatte der junge Mann alle Hoffnung verloren. Die Polizei hatte ihn und Sabine ins Krankenhaus gefahren; dann war Sabine in der Gynäkologie untersucht worden. Die Ärzte hatten DNA-Proben genommen, die vor Gericht verwendet werden sollten.

Dann aber war die Zahl genannt worden.

Die schicksalhafte Zahl.

72.

Der Arzt hatte etwas von zweiundsiebzig Stunden gesagt. Maximal achtzig. Dann, hatte er erklärt, sei alles vorbei.

DNA ist nur in den ersten zweiundsiebzig Stunden zu sichern, dann sind die Strukturen verschwunden.

Das galt auch für die DNA von Tom, der seinen dreckigen Schwanz in Sabine gesteckt und vielleicht auch seinen Samen in sie gespritzt hatte.

Nur dass die DNA nach zweiundsiebzig Stunden unbrauchbar geworden war. Auch K.o.-Tropfen waren dann aus dem Körper verschwunden; waren nur sechs bis acht Stunden nachweisbar. Und seit der Vergewaltigung waren deutlich mehr als zweiundsiebzig Stunden vergangen. Deshalb war nichts mehr zu machen gewesen.

Schließlich hatte man sogar daran gezweifelt, dass Sabine überhaupt die Wahrheit sagte. Denn es konnte ja sein, dass ihre Geschichte aufgrund der K.o.-Tropfen unzusammenhängend war. Wenn man aber keine K.o.-Tropfen feststellen konnte, konnte man schnell auf den Gedanken kommen, dass es gar keine Tropfen gegeben hatte und dass Sabines Geschichte eine Lüge war.

Also wurde eine Psychiaterin beauftragt, ein sogenanntes Glaubhaftigkeitsgutachten zu erstellen. Dem jungen Mann hatte es den Atem verschlagen. Es war nicht zu fassen, aber jemand anders sollte feststellen, ob Sabine die Wahrheit sagte oder nicht. Und es war nicht irgendeine Psychiaterin. Der junge Mann erkannte sie wieder. Und ihm wurde bewusst, dass das Schicksal nicht nur grausam sein konnte, sondern dass es sich manchmal wiederholte, um dann noch grausamer zu sein.

Als der junge Mann die Psychiaterin sah, war ihm, als hätte er in die Augen eines Basilisken geblickt.

Es war die gleiche Psychiaterin, die damals das Gutachten für Kevin Bormann geschrieben hatte.

Das Gutachten, das dafür gesorgt hatte, dass der Mörder seiner Mutter in Freiheit kam.

Ein Glaubhaftigkeitsgutachten. Kaum war dieses Wort gefallen, hatte der junge Mann gewusst, dass es schwer werden würde. Oder unmöglich. Dass wieder alle gegen ihn waren. Er hatte seine Untätigkeit verflucht. Warum war er nicht eher zu Sabine gegangen und hatte sie zur Polizei geschleift!

Und nun saß er im Gerichtssaal und traute seinen Ohren nicht. Entgeistert hörte er zu. Er wusste nicht, ob die Stimme tatsächlich vom Richter oder aus seinem Kopf kam – von einem Dämon, der sich an seiner Qual weidete.

Als das Wort »unschuldig« fiel, zuckte Sabine zusammen, als wäre sie von einer Kugel getroffen worden.

Und in dem jungen Mann starb etwas. Die Worte des Richters hämmerten in seinem Kopf, während Tom und Gerd ihn höhnisch angrinsten. Sämtliche Bilder und Geräusche waberten wie nebelhafte Fetzen durch sein Bewusstsein. Saß er wirklich und wahrhaftig hier? Träumte er nicht bloß einen Albtraum, aus dem er gleich erwachen würde?

Wenn es doch so wäre!

Keine Spuren von K.o.-Tropfen messbar … Keine K.o.-Tropfen nachweisbar. Somit steht Aussage gegen Aussage, die von Gerd und Tom gegen die der Klägerin und ihres Freundes. In unserem Rechtsstaat … im Zweifel für den Angeklagten. In dubio pro reo.

Wieder das Gesicht des Richters. Dann das des Staatsanwalts, fassungslos, wütend. Dann die triumphierende Visage des Verteidigers, der vorhin mit dem roten Angestelltenausweis so lässig durch die Sicherheitskontrolle gegangen war. Sein Blick schien zu sagen: »Habe ich es nicht gewusst?«

Dann Sabines Hand in seiner, so krampfhaft und verzweifelt, als wollte sie seine Finger zerquetschen, eiskalt, hart wie ein Schraubstock. Irgendwie erinnerten ihn diese Finger an die erstarrten Finger seiner toten Mutter, als er mit ihr auf dem Flur der alten Wohnung gelegen hatte. Nur waren es diesmal Sabines Finger. Hart und steif wie die einer Toten, während sich in ihren Augen ein endloser, lautloser Schrei spiegelte.

Wieder die Worte, verhöhnend, vernichtend.

Es kann zwar nicht bewiesen werden, aber den Angeklagten zufolge hat Sabine G. den ersten Schritt getan. Nach Zeugenaussagen zu urteilen, hatte einer von ihnen viele Kontakte mit Frauen, auch intimer Art, wobei häufig die Frauen den ersten Schritt tun. Somit ist ein erster Schritt der Klägerin nicht auszuschließen, zumal sie sich an den Tisch der Angeklagten gesetzt hat, ohne dazu aufgefordert worden zu sein. Daher ist die Wahrscheinlichkeit …

Der junge Mann atmete schwer. Er dachte an Toms Worte von vorhin.

Ja, klar war ich auch alkoholisiert, ein bisschen jedenfalls, aber sie hat angefangen … Ich meine, sie kam von selbst zu uns an den Tisch. Und sie hatte viel weniger getrunken. Aber Sie wissen ja, Frauen vertragen nicht so viel. Wir haben ein bisschen rumgeknutscht, und dann bin ich gegangen, zusammen mit Gerd. Mein Kumpel hier kann's bestätigen …

Dann hatte der Staatsanwalt etwas von Schuldfähigkeit und Alkohol erzählt. Wenn einer der beiden stark alkoholisiert ist und einer nüchtern, macht sich der Nüchterne strafbar, denn er hat sein Handeln unter Kontrolle.

Schon wieder Alkohol. Wer trinkt, gewinnt. Wer sich unzurechnungsfähig macht, hat Narrenfreiheit. Was war diese Welt für eine Irrenanstalt!

Waren Sie nüchtern oder betrunken, Angeklagter?, hatte der Staatsanwalt gefragt.

Na ja, ich hatte leicht einen sitzen, wie das in 'ner Kneipe manchmal so ist, hatte Tom geantwortet. *Wir haben ja alle was gesüffelt, und ich hatte schon einiges intus. Ich hab mit ihr Cocktails getrunken, und irgendwann hat sie angefangen, mit mir rumzuknutschten.*

Dann, am Ende, der Richter:

Es konnte nicht nachgewiesen werden, dass es einen sexuellen Kontakt zwischen dem Angeklagten und der Geschädigten gegeben hat. Ebenso wenig konnte eine Verletzung festgestellt werden, die auf eine Vergewaltigung der Klägerin durch den Beklagten hindeutet. Auch waren keine Spuren von K.o.-Tropfen im Blut der Klägerin feststellbar. Tom F. ist daher freizusprechen.

Freispruch.

In diesem Moment wollte der junge Mann die ganze Welt vernichten. Sie alle, wie sie dort saßen, diese selbstgefälligen Mistkerle, vor allem aber Kreaturen wie Tom und Gerd.

Wäre es nicht besser, sie alle wären tot? Wäre es nicht besser, auch er selbst wäre tot? *Keine Existenz* ist besser als *diese Existenz*, dachte er. Denn was war das für eine Welt, die sich daran aufgeilt, immer mehr Grauen und Schmerz zu schaffen? Die das Böse belohnt und über die Opfer lacht, in einem ewigen Perpetuum mobile der Schmerzen und des Todes.

So eine Welt, dachte der junge Mann verzweifelt, *hat keine Existenzberechtigung.*

* * *

Die Verhandlung war zu Ende.

Sabine stieg an seiner Seite, halb an seiner Hand, halb von ihm gestützt, die langen Treppenfluchten hinunter, stumm, zitternd, willenlos wie ein Lamm, das zur Schlachtbank geführt wird. Dabei war sie eben erst auf der Schlachtbank gewesen.

Er fuhr mit ihr nach Hause, legte sie ins Bett, saß stundenlang bei ihr, während sie dalag und schluchzte und mit rotgeweinten Augen zur Decke starrte.

Ich will niemanden sehen, hatte sie gesagt. Und irgendwann hatte sie es geschrien: Niemanden, niemanden, *niemanden!*

Und der junge Mann sagte sich: *Es hat keinen Zweck*.

Irgendwann hatte er den Heimweg angetreten und sich vorgenommen, gleich morgen früh wieder zu Sabine zu gehen, der er helfen wollte, unbedingt, und sei es um den Preis des eigenen Lebens.

Nur wusste er nicht, wie.

In dieser Nacht kamen die Albträume zurück.

30

Claras Telefon klingelte. Es war die Rechtsmedizin.

»Von Weinstein hier«, sagte er statt einer Begrüßung. »Ich soll Ihnen mit schönem Gruß von der KTU etwas mitteilen.«

Clara schnappte sich Zettel und Stift.

»Schießen Sie los!«

»Zunächst mal haben wir am Tatort im Fall Barbara Färber die DNA eines Mannes gefunden. Die von Joachim Färber.«

»Das ist uns bekannt«, sagte Clara. Wieder einmal schien von Weinstein alle Mühe zu haben, schnell zur Sache zu kommen. »Schließlich wohnte Jochen Färber im selben Haus. Außerdem war ein Teilfingerabdruck auf der Maske. Dass die anderen beiden, Gerhard Gerling und Sarah Steffen, aber in irgendwelchen stillgelegten Altenheimen oder Fabrikhallen wohnen, halte ich für unwahrscheinlich. Was ist mit deren DNA?«

»Wir haben am zweiten Tatort die DNA eines bisher unbekannten Mannes und einer bisher unbekannten Frau gefunden.« Er machte eine kurze Pause. »Darauf hatten wir bereits in unserem ersten Bericht hingewiesen, aber Sie haben es wegen Ihrer Münzsucherei offenbar übersehen.«

»Nun mal ruhig«, sagte Clara. »Ohne die Münze und deren Symbolik wären wir nicht da, wo wir sind.«

»Na gut, lassen wir das mal so stehen«, erwiderte von Weinstein. »Jedenfalls haben wir in den Wohnungen der Verdächtigen, also Gerling und Steffen, per Hausdurchsuchungsbefehl Rasierapparate und Haarbürsten auf DNA untersucht und mit der am Tatort gefundenen DNA abgeglichen.«

Clara nickte ungeduldig. *Kommen wir jetzt endlich zur*

Sache?, dachte sie und schaute auf die Packung Schmerzmittel, die MacDeath ihr mithilfe seines Arztausweises besorgt hatte. Die Kopfschmerzen waren so gut wie weg, auch wenn Clara nicht wissen wollte, was für Nebenwirkungen das Zeug hatte.

»Und?«, fragte sie.

»Wir haben eine Übereinstimmung!«

Auch wenn Clara im Stillen damit gerechnet hatte, traf es sie wie ein Schlag.

»Das heißt, die Vermissten, Gerling und Steffen, waren in jedem Fall am Tatort anwesend? Hatten vielleicht sogar mit dem Mord zu der jeweiligen Zeit zu tun?«

»Genau das heißt es!«, antwortete von Weinstein feierlich.

»Ich danke Ihnen«, sagte Clara hastig. »Schicken Sie uns das pdf. Wir hören uns später.«

Sie legte auf und wählte noch einmal.

Die Vermissten! Die Angehörigen! Sie waren Täter. Oder Zeugen. Oder Helfer. Oder alles drei. Jedenfalls mussten sie den Mörder gesehen haben. Mussten wissen, wer der Killer war.

Und wenn sie nicht schon tot waren, waren sie vielleicht diejenigen, die sie zu dem Mörder führen konnten.

Aber dazu musste man sie erst einmal finden. So schnell es ging. Und solange sie noch lebten.

Falls sie noch lebten.

31

Irgendwann hatte er es nicht mehr ausgehalten.

Er hatte Sabine seit Tagen nicht mehr gesehen und hatte sie auch telefonisch nicht erreicht. Ihre Freundinnen wussten auch nicht, wo sie war.

Er hatte bei ihr geklingelt, hatte an die Tür gehämmert, aber Sabine hatte nicht aufgemacht.

Sie hatte ihn abends nach dem Gerichtstermin gebeten zu gehen. Sie müsse allein sein, hatte sie gesagt. Zeit für sich haben. Schon seit der Vergewaltigung hatte der junge Mann nicht mehr bei ihr übernachtet. Was dazu führte, dass er sich schuldig fühlte. Als wäre es nicht Tom gewesen, der sie vergewaltigt hatte, sondern er selbst.

Er war zu ihrer Psychologin gegangen. Auch sie hatte ihm gesagt, Sabine brauche Zeit. Die müsste er ihr lassen. Manchmal sei es besser, allein zu sein. Erst wenn man eine Sache mit sich selbst geklärt habe, so die Psychologin, könne man wieder die Hilfe anderer zulassen. Vorher nicht. Deshalb müsse er ihr Zeit geben, denn solche Dinge könnten dauern.

Doch er hatte keine Zeit. Das Ungewisse nagte an seiner Seele wie eine Ratte an einem halbtoten Menschen.

Schließlich hatte er Sabines Eltern angerufen. Er hatte sich ihre Nummer über die Auskunft besorgt, denn er hatte die Eltern vorher noch nie gesehen. Sie wohnten ja auch in einer fremden Stadt. Sabines Heimatstadt.

Sabines Eltern sagten ihm, auch sie hätten nichts von ihrer Tochter gehört. Sie hatten Sabine nicht erreicht. Hatten nichts von ihren Freundinnen erfahren. Jetzt seien sie kurz davor, zu ihr zu fahren, denn sie waren bei der Polizei gewesen, wo man ihnen gesagt hatte, sie könnten erst in ein paar Tagen eine Vermisstenanzeige aufgeben. Von der Vergewaltigung wussten offenbar weder die Eltern in der fremden Stadt noch die dortige Polizei. Es war ein Geheimnis, das Sabine niemandem anvertrauen wollte.

Der junge Mann hielt es nicht mehr aus. Er hatte seine Wohnung verlassen, hatte sich eine Brechstange besorgt und die Tür zu Sabines Wohnung gewaltsam geöffnet, auch wenn es nicht so einfach gewesen war wie in den Krimis.

Doch als er dann in Sabines Zimmer stand, wünschte er sich, er hätte die Tür niemals aufgebrochen. Wäre niemals in diese Wohnung eingedrungen. Hätte niemals gesehen, was er jetzt sah.

Das Zimmer, das Sabine bewohnte, war ein Loftzimmer mit drei Meter hoher Decke. Ihre wohlhabenden Eltern hatten ihr diese teure Wohnung gekauft, wahrscheinlich auch als Geldanlage. Die Wände bestanden aus roten Ziegelsteinen. Bad und Schlafzimmer waren nur durch hohe Stellwände voneinander getrennt. Früher war hier eine Textilfabrik gewesen; die dicken Stahlträger, an denen sich einst Kräne hin und her bewegt hatten, erstreckten sich von einer Stirnseite des Raumes zur anderen – ein Relikt aus einer industriellen Zeit, das heute retroartig, rustikal oder einfach nur cool wirken sollte.

Doch dieser Stahlträger wirkte nicht cool. Er wirkte grausam. Genauso wie der Stuhl, der unter dem Stahlträger auf dem Boden lag. Und auch das Springseil, das an den Träger geknotet war. Das Seil hing mehr als einen Meter in die Tiefe. Das Seil, das Sabine stranguliert hatte. An einem Ende war ein Henkersknoten. Und in der Mitte des Henkersknotens war ein Hals, in den das Seil sich tief hineingefressen hatte. Unter dem Knoten ein schlaffer Körper. Darüber ein Kopf. Das Gesicht rot von gestautem Blut.

Ein Schwarm Fliegen summte um die Leiche, deren Geruch sich im Zimmer ausgebreitet hatte.

Der junge Mann blickte in das, was von Sabines Augen übrig war. Die Augen, die ihn immer so warm, so freudig angeschaut hatten, die aber irgendwann zwischen der Vergewaltigung und dem Prozess stumpf und leer geworden waren, wie um den nahenden Tod vorwegzunehmen, der kommen musste, weil es keine Alternative für sie gab. Diese Augen waren nun weit aufgerissen und milchig. Zugleich schien es ihm so, als läge ein Ausdruck des Vorwurfs darin, der ihn schaudern ließ.

Warum hast du es nicht verhindert?

Er sank auf die Knie. Seine Lippen zuckten. Tränen strömten ihm über die Wangen.

Er schrie lautlos, mit offenem Mund, nach außen hin stumm, während nach innen ein Orkan der Verzweiflung tobte.

Irgendwann kehrte seine Stimme wieder.

Jetzt waren seine Schreie zu hören.

Und er schrie und schrie.

Er schrie so lange, bis die Nachbarn die Polizei riefen.

Dritter Teil

Wer davon lebt, einen Feind zu bekämpfen,
hat ein Interesse daran, dass dieser Feind am Leben bleibt.

– Friedrich Nietzsche[4]

---

4 Friedrich Nietzsche, »Menschliches, Allzumenschliches«, Könemann, Köln, 1994, S. 565

1

Die Tür war krachend ins Schloss gefallen. Die Frau fiel auf den kalten Boden der Zelle, wo sie hart auf den modrigen Steinen aufschlug.

Sie spürte die Stelle, wo ihr Peiniger ihr die Kanüle in die Armbeuge gestochen hatte. Irgendeine Substanz war in ihren Körper geströmt. Nun drehte sich alles um sie in einem Übelkeit erregenden Wirbel, bis sie das Bewusstsein verlor und eintauchte in eine Welt ohne Konturen, ohne Farben. Es gab nur schwarz und weiß, Licht und Dunkel.

Und dann nichts mehr.

Irgendwann war sie aufgewacht. Stunden oder Tage später. Sie war noch immer in der Zelle. Erst hatte sie geschrien und mit den Fäusten gegen die Tür gehämmert, bis sie die Schritte des Mannes vernahm, die sich auf dem langen Korridor näherten, um sich gleich darauf wieder zu entfernen. Es schien, als wollte er ein zynisches Psycho-Spiel mit ihr treiben.

Sie hatte geschrien und geschrien, bis sie nicht mehr konnte, bis ihr sogar das Schreien zu anstrengend geworden war. Genutzt hatte alles nichts, denn offenbar diente dieser Keller, diese dunkle Hölle, dem Zweck, sie zu isolieren und so weit wie möglich von allen zu entfernen, die sie hören oder ihr helfen konnten. Ihre Stimme war heiser geworden vom Schreien.

Sie hatte ein paar Sätze in der Dunkelheit gesprochen, nur um sich selbst zu hören, war aber sofort wieder verstummt. Es klang unheimlich, in der Finsternis zu sich selbst zu sprechen. Es war, als spräche jemand anders, der mehr zuhörte als redete. Und wenn sie weitersprach, würde dieser Jemand zu ihr sagen:

Siehst du, Sarah, jetzt bist du wahnsinnig geworden. Und davor hatte sie noch mehr Angst als vor der tintenschwarzen Dunkelheit, die sie umgab.

Irgendwann fing sie wieder zu schreien an, obwohl es das Verkehrteste war, was man in einer solchen Situation tun konnte, wie sie genau wusste. Denn jeder Schrei, jeder Schlag gegen die Wand, jede Panikattacke würde sich verstärken, bis es irgendwann in Autoaggression umschlug. Dann würde sie sich selbst verletzten, würde mit dem Kopf gegen die Wand rennen, bis sie nur noch ein irre grinsendes Etwas war. Sie hatte einmal von einem Häftling in St. Quentin gehört, der in der Einzelhaft wahnsinnig geworden war. Der Mann hatte sich selbst beide Augen herausgerissen. Die Wärter hatten ihn auf dem Boden seiner Zelle gefunden. Dort, wo die Augen gewesen waren, das Tor zu seiner Seele, waren nur noch zwei blutige Löcher.

Schon damals war ihr bei dieser Beschreibung übel geworden. Und damals war das alles beruhigend weit weg gewesen. Jetzt wusste sie nicht, was sie machen würde, wenn *sie* wochenlang oder gar monatelang in dieser Zelle wäre. Je länger sie hier blieb, desto eher würde sie sich in ein zitterndes, sabberndes Bündel verwandeln. Und wer immer sie an diesem Ort haben wollte, hätte gewonnen.

Schließlich hatte Sarah Steffen begriffen. Sie war allein in der Finsternis. Die Tränen waren noch nicht auf ihrer Haut getrocknet, ihre Stimme noch rau und heiser vom Schreien, ihre Fingernägel abgebrochen, als sie den wahnwitzigen Versuch unternommen hatte, die Wände hinaufzuklettern. Doch es gab kein Oben, es gab nur eine Steindecke. Und eine Tür. Groß und massiv. Und irgendwo eine Frischluftzufuhr, damit sie nicht an Sauerstoffmangel krepierte. Denn das wäre ja zu einfach gewesen. Wer immer sie hierher gebracht hatte, wollte sie leiden sehen.

Sie hatte seine Stimme gehört. Das erste Mal. Vielleicht war sie verzerrt, aber Sarah war sicher, dass sie einen Mann vor sich hatte.

»Du weißt nicht, wer ich bin?«, hatte der Mann gefragt. »Ich bin der Todeswächter.«

Todeswächter, dachte sie. Und überlegte, ob sie die Bezeichnung schon einmal gehört hatte. Aber sie konnte sich nicht erinnern.

»Du weißt nicht, warum du hier bist«, sagte der Mann. »Du kennst nicht den Grund.«

»Welchen Grund?«, hatte sie gefragt.

»Das wirst du sehr bald erfahren. Und dann wirst du verstehen und wissen, wer ich bin.«

Sie lag auf dem Boden, das Gesicht nach unten, und versuchte, etwas zu sagen, doch ihr Mund war so trocken, dass sie nur ein Röcheln hervorbrachte. Die Stille und Schwärze wirkten so betäubend wie das Zeug, das der Mann ihr vorhin in die Vene gespritzt hatte. In der Dunkelheit gab es keine Realität mehr, nur noch Gerüche, manchmal Geräusche. Und Gefühle. Vor allem Angst. Und manchmal Nässe. Weil sie in der Bewusstlosigkeit ihre Blase entleert hatte.

Nur langsam baute ihr Körper die Substanz ab, die der Mann ihr gespritzt hatte. Ein Vorgang, der mit Übelkeit, Magenkrämpfen und Kopfschmerzen einherging. Die Minuten, Stunden, Tage waren ein monotones Kommen und Gehen aus Wachsein und Schlafen, ein Rhythmus, der sie früher oder später zu einem wahnsinnigen Wrack machen würde.

Ihre Handgelenke waren noch wund von den Handschellen. Kalter Schweiß überzog ihren Rücken, ein See aus Angst, genau wie der unter ihr, der See aus Urin. Der Schmerz, der nach dem Schreien durch ihren Körper tobte, war wie ein Kater nach durchsoffener Nacht. Ihre Augen tränten, ihre Kehle war ausgedörrt. Stiche zuckten durch ihren Kopf, die zu höllischen Kopfschmerzen wurden.

»Schmerz ist Ansichtssache«, hatte der unheimliche Kerkermeister zu ihr gesagt. »Aber er ist auch der beste Garant für Gehorsam.«

* * *

Sie atmete tief ein, blickte sich um. Allmählich nahm sie Konturen wahr. An der Decke war eine Art Neonlampe, die aber nicht leuchtete. Und wenn, würde sie wahrscheinlich schwach und funzelnd vor sich hin flackern und ihr Gefängnis noch mehr in eine kalte, klamme Steinhölle verwandeln.

Sie stand auf und ging vorsichtig einen Schritt nach vorn. Irgendetwas platschte unter ihren Füßen. Pfützen aus brackigem Wasser. Der Boden war übersät damit.

Waren hier auch Ratten?

Sie atmete einmal tief ein.

Nein, sagte sie sich, *dieser Kerker ist viel zu klein. Und abgeschlossen ist er auch. Wo sollen hier Ratten herkommen?*

Dann hörte sie die andere Stimme. Die ihr erzählte, dass es vielleicht doch Ratten gäbe. Dass das Rauschen nicht von einer Luftversorgung kam, sondern von einer Öffnung irgendwo in den Wänden. Eine Öffnung, aus der die Ratten kommen würden, um sie in der Nacht anzuknabbern.

Sie sehnte sich nach einem Zeichen, dass sie noch lebte, nicht nur vor sich hin vegetierte. Nach Berührung, einem Hauch von Zuneigung. Vielleicht war das der Grund, warum Menschen sich in der Gefangenschaft mit Tieren anfreundeten. Doch hier gab es nichts. Keine Tiere. Keine Menschen. Niemanden.

Und deswegen auch keine Ratten.

Hoffentlich.

* * *

Die Zeit verging, ohne dass sie sah, *wie* sie verging. Es war dunkel, wenn sie die Augen schloss. Es war dunkel, wenn sie die Augen aufmachte.

Morgens wurde es ein paar Sekunden hell in der Zelle. Dann mittags. Und dann noch mal abends. Es gab Essen. Mieses Essen. Und Wasser.

Bücher gab es nicht, natürlich nicht. Und keinen Fernseher, keinen Computer, kein Internet. Nur schwarze Leere.

Wie war sie hierhergekommen?

Langsam kamen die Erinnerungen wieder. Sie war in der Tiefgarage gewesen und hatte sich in ihr Auto gesetzt. Wie immer. Wollte gerade den Schlüssel im Schloss drehen, als sie etwas gefühlt hatte, was vorher noch nicht da gewesen war. Das, was man sechster Sinn nennt. Was dem Menschen seit Urzeiten das Überleben gesichert hatte. Ihr Haar stand vom Kopf ab, ihr Blut schien zu gefrieren. Dann hatte sie den Schatten gesehen, auf der Rückbank des Wagens. Er hatte eine Pistole in der Hand gehalten.

Und er hatte ihr gezeigt, dass er es ernst meinte.

Ein Hund strich in der Nähe umher. Sie wusste nicht, woher das Tier kam.

Der Schatten hatte die Pistole gehoben, hatte auf den Hund gezielt.

Und geschossen.

Das Tier war zu Boden gefallen, hatte ein paar Mal gezuckt und lag dann still.

Er hatte den Hund erschossen. Einfach so.

Ein Schalldämpfer hatte den Schuss zu einem Flüstern gemacht.

»Warum haben Sie den Hund getötet?«, hatte Sarah den Mann mit der Maske voller Entsetzen gefragt. »Er hat Ihnen doch nichts getan!«

»Stimmt«, hatte der Mann erwidert. »Trotzdem habe ich die Töle erschossen. Weil ich Lust dazu hatte. Einfach so.«

Einfach so.

Er starrte sie an. Seine Augen waren so ausdruckslos wie die Neonlampen der Tiefgarage.

»Er hat mir nichts getan, trotzdem habe ich ihn erschossen. Kurz und schmerzlos. Sie hingegen mag ich nicht besonders. Und nun stellen Sie sich vor, was ich erst mit *Ihnen* anstelle, wenn Sie Schwierigkeiten machen.«

Danach hatte sie nichts mehr gesagt.

* * *

Hatte sie nicht eben noch an Tiere gedacht, mit denen sie sich anfreunden konnte?

Ja, dachte sie, *fast jedes Tier wäre mir willkommen, nur keine Spinnen. Oder Ratten.*

Sie kannte die Geschichten aus den Weltkriegen, von den Frontsoldaten in den Schützengräben, von den Verwundeten, die bei lebendigem Leib von Ratten gefressen wurden.

Schlaf bloß nicht, sagte sie sich. *Du darfst nicht schlafen. Du musst wach bleiben, sonst kommen die Ratten.*

Sie lachte bitter.

Wach bleiben würde sie ohnehin. Denn auch wenn eine brennende Müdigkeit von ihren Augen und ihrem Kopf Besitz ergriffen hatte, wusste sie, dass sie in diesem unterirdischen Kerker, wo immer er sein mochte, niemals würde schlafen können.

* * *

Er hatte den Hund erschossen.

Einfach so.

Sie würde die Nächste sein, die er tötete.

Einfach so.

Und vielleicht würde er sie auf ganz andere Weise umbringen.

Ihr Gehirn sammelte ein wahres Pandämonium an Grausamkeiten, so wie es nachts geschehen kann, wenn der Schlaf einfach nicht kommen will, weil man sich fragt, ob einem am nächsten Tag etwas Schreckliches bevorsteht, weil irgendwelche Arbeit noch erledigt werden musste oder ein unangenehmes Gespräch mit dem Vorgesetzten anstand. Das, was man im normalen Leben als »schrecklich« bezeichnete. Doch all das war nicht schrecklich. Schrecklich war das, was ihr hier drohte. Schließlich war sie in der Hand eines Geisteskranken, der sich Todeswächter nannte, warum auch immer.

Du könntest sterben, ging es ihr durch den Kopf. *Nein, du* wirst *sterben.*

Sie versuchte, sich diesen Gedanken auszureden, versuchte das anzuwenden, was sie beim Yoga gelernt hatte, indem sie sich auf ihre Körpermitte konzentrierte und an gar nichts dachte.

Wenn ich hier in der absoluten Schwärze bin, sagte sie sich, *wo ich nichts sehe, muss es mir doch auch gelingen, nichts zu denken.*

Aber gerade das gelang ihr nicht.

Die Stille zog sich endlos dahin. So wie das Warten.

Sie stellte sich vor, wie die Sonne schien. Blauen Himmel. Warmen Sommerwind. Den Duft von frisch gemähtem Gras. Das Aroma von Fleisch auf dem Grill. Manchmal war Musik in ihrem Kopf, eingängige Melodien, die sie nicht wieder loswurde. Dann wieder waren es Worte, Sätze, ganze Gespräche, die ständig wiederkehrten und dadurch, dass sie ihr in dieser Hölle durch den Kopf gingen, für alle Zeiten verdorben waren. Denn sie würde sie immer mit diesem Verlies in Verbindung bringen. Und selbst wenn sie eines Tages aus diesem Kerker herauskommen sollte, wären die Worte und Lieder verpestet, denn ein Teil dieser Hölle würde für immer und alle Zeit ihren

Alltag bestimmen. Angst, Einsamkeit und Finsternis hatten ihr eine tiefe Wunde geschlagen. Auch wenn diese Wunde heilen sollte, die Narbe würde bleiben und ihr für den Rest ihres Lebens zeigen, dass die Vergangenheit einst grauenvolle Realität gewesen war.

Dann kamen andere Gedanken, die noch schrecklicher waren.

Ihr Sohn.

Und die Erinnerung war da.

Sie sprang sie an wie eine Bestie.

Sie hatte ihren Sohn sterben sehen.

Und *er* hatte sie dazu gezwungen.

Es war noch gar nicht lange her.

Er hatte sie gezwungen, ihren Sohn an der Wand zu befestigen. Dann hatte sie zuschauen müssen, wie er die Messer ansetzte, und hatte sich vor ihm verneigen müssen. Vor ihrem Sohn. Als wäre er bereits Teil eines Grabes, dem man Respekt erweist. Als wäre er schon Teil einer anderen Welt. Der Welt des Todes.

Und dann das Blut, das aus dem Hals ihres Sohnes spritzte.

Sie würgte, als bittere Galle ihren Mund füllte, und spuckte den glitschigen Pfropfen angewidert auf den Boden.

Was für ein krankes Ritual! Was für ein kranker Sadist!

Tränen liefen ihr die Wangen hinunter.

Er hatte den Hund getötet.

Er hatte ihren Sohn getötet.

Was würde er mit ihr machen?

Doch auch wenn die Situation ausweglos erschien, ihr Verstand vermochte dennoch anzuwenden, was dem Menschen seit Jahrtausenden das Überleben gesichert hatte. Und das war, die Situation einzuschätzen und zu handeln. In ihrem Fall hieß das, sich nicht von diesem modrigen, dunklen Keller alle Hoffnung rauben zu lassen.

Was waren die Fakten?

Erstens: Sie war hier eingesperrt. Und wahrscheinlich wusste niemand, dass sie hier war. Hören konnte sie auch keiner.

Zweitens: Sie konnte sich keine Hilfe holen. Ihr Handy war weg. Alles andere auch. Sie trug noch die Kleidung, die sie getragen hatte, als sie den Schatten auf dem Rücksitz ihres Autos sah, aber alles andere – ihr Geld, ihr Handy, ihre Tasche mit dem Laptop – hatte der Mann ihr weggenommen.

Drittens: Es konnte sein, dass sie für immer in diesem Kellerloch blieb, dass sie hier verrottete, wenn der Irre, der sie hier eingesperrt hatte, es so wollte.

Soweit die Fakten. Aber da war noch mehr. Sie wusste, dass in diesem Verlies noch andere Menschen in einer Zelle saßen. Jeder genauso alleine wie sie. Nur wusste sie nicht, was mit ihnen geschehen sollte. Genauso wenig, wie sie ihr eigenes Schicksal kannte.

Sie schluckte und merkte an dem salzigen Geschmack im Mund, dass ihr die Tränen übers Gesicht liefen, während sich der schwarze Nebel der Verzweiflung in ihrer Seele ausbreitete.

Und so weinte sie, wie sie zuletzt als Kind geweint hatte. Wie jedes Kind hatte sie Angst vor der Dunkelheit gehabt, doch immer war die Dunkelheit dem Licht gewichen. *Diese* Dunkelheit jedoch schien kein Ende zu nehmen. Es war eine Nacht, die keinen Morgen kannte.

Es war keine Zelle.

Es war kein Keller.

Es war ein Grab.

Wieder atmete sie tief ein.

Versuchte, nicht zu schreien.

Ihr nüchterner Verstand übernahm wieder die Oberhand.

Warum?, fragte sie sich. *Warum bin ich hier? Was habe ich getan?*

Was war das Motiv des Mannes, der sie hier festhielt? Und wer *war* dieser Mann? Kannte er sie? Woher? Und warum gerade sie?

Vielleicht passiert dir dasselbe wie deinem Sohn, dachte sie. *Vielleicht wird dir auch jemand die Halsschlagader aufschlitzen.*

Doch wenn sie ihr Schicksal betrachtete, hier, in dieser dunklen Zelle mit dem unsichtbaren Kerkermeister, erschien ihr der Tod als die bessere Alternative. Zugleich aber fürchtete sie, dass es so einfach nicht werden würde.

Und dann erklang die hässliche Stimme wieder, wie ein Vorbote der Apokalypse, der ihr aus einem verzerrten Mund ins Ohr flüsterte:

Wenn dich hier niemals jemand findet, ist es der perfekte Mord.

Sie kniff die Augen zusammen, als könnte sie die Worte damit aussperren.

Denn der perfekte Mord ist ein Mord ohne Leiche.

»Nein! NEIN!«

Sie hörte, wie ihre Stimme schrill und schneidend von den modrigen Wänden widerhallte, und zuckte zusammen.

Jetzt hatte sie doch wieder geschrien.

Wahrscheinlich wollte der Kerkermeister, der dieses düstere Reich beherrschte, es nicht anders.

Letztendlich würde sie alles tun, was er von ihr verlangte.

Und damit hatte er gewonnen.

In diesem Moment ging eine Öffnung in der Mitte der Tür auf. Sie war viel zu klein, als dass Sarah hätte fliehen können, aber groß genug, dass sie hindurchschauen konnte.

Auf das Licht.

Grelles Licht. Wie von einer Atomexplosion.

Ich bin blind, schoss es ihr durch den Kopf.

Dann aber schälten sich Konturen heraus.

Vor der Tür.

Sie sah ihren Peiniger, den unheimlichen Kerkermeister, der sich Todeswächter nannte.

Und neben ihm einen anderen Mann. Gefesselt. Auf einem Stuhl. Die Augen vor Angst geweitet.

»Sieh her«, sagte der Todeswächter, »ich möchte dir etwas zeigen. Wenn du auch nur eine Sekunde wegschaust, wirst du genauso sterben wie dieser Mann.«

2

Das Blut war noch immer an den Wänden.

So viel Blut.

Es schien Clara unmöglich, dass eine solche Menge Blut aus dem schmächtigen Körper des jungen Mannes kommen konnte, der noch vor Kurzem an dem Andreaskreuz an der Wand gehangen hatte.

Clara war noch einmal an den Tatort gefahren. Nun stand sie dort und schaute wie hypnotisiert auf die ehemals weißen Kacheln und das braunrote Blut, das längst getrocknet war – getrocknet an den Wänden und auf dem Flur, nachdem die roten Blutkörperchen abgestorben waren, allmählich zerfielen und von Bakterien zersetzt wurden. Auch der metallische Geruch, der von den Eisen-Ionen im Hämoglobin stammte, war verschwunden.

Dafür hing nun ein anderer Geruch in der Luft, den man nicht so schnell loswurde, wie Clara wusste, auch wenn die Leiche längst verschwunden war. Ein Geruch, dem erst die Reinigungsteams, die bald kommen würden, zu Leibe rücken konnten: der langsam einsetzende Gestank nach verfaultem Fleisch, verbunden mit dem süßlichen Odem des Todes. Der Geruch aus Angst und Ohnmacht, Verzweiflung und Exkrementen. Der Geruch des Bösen.

Dennoch stand Clara allein und schweigend vor der blutigen Wand, wie ein Museumsbesucher vor einem Meisterwerk. Es war Teil ihres Jobs. Und es half ihr, so wie einem Kunstkenner vielleicht die Betrachtung eines Meisterwerks half.

Denn der Tod war Claras Meisterwerk.

Wenn sie sich allein an einen Tatort begab, half es ihr, ihre Gedanken zu ordnen. Es war fast wie eine Sucht. Sie konnte sich alles noch einmal ungestört anschauen und fand manchmal Hinweise, die sie sonst übersehen hätte. Aber diesmal war es nicht nur das Chaos der Ermittlungen und das diffuse Motiv des Täters, das sie ordnen musste. Es war auch ihr Innenleben, ihr Seelenleben, das schon immer chaotisch gewesen war, aber heute, in dieser Zeit, erschien es ihr noch schlimmer und ungeordneter als sonst – wie die chaotischen Spritzer von Blut, die sich in einer Mischung aus scheinbarer Symmetrie und Ordnung an der Wand verteilten. Geordnetes Chaos, sagte man dazu.

Die Fliegen waren verschwunden.

Zum Glück.

Clara brauchte eine Zigarette. Am Tatort durfte sie nicht rauchen, also ging sie nach draußen. Sie zündete sich eine neue Zigarette an. Ihr Blick folgte den blauen Schwaden, die zum Himmel stiegen, ähnlich symmetrisch und chaotisch zugleich wie die Blutspritzer an der Wand.

Sie dachte an den Stand der Ermittlungen.

Die DNA der Angehörigen, die die Kriminaltechnische Untersuchungsstelle tatsächlich an allen drei Tatorten gefunden hatte. Bei Jochen Färber war es kein Wunder, schließlich war er mit Barbara verheiratet. Bei den anderen beiden war es eher ungewöhnlich, denn es war kaum zu erwarten, dass Andreas Gerling in einem alten Schwimmbad und Sarah Steffen in einem stillgelegten Fabrikgebäude wohnten.

Winterfeld hatte daraufhin die Bezeichnungen »Opfer erster Ordnung« und »Opfer zweiter Ordnung« ins Spiel gebracht. Die Opfer erster Ordnung waren diejenigen, die tot am Tatort lagen. Die Opfer zweiter Ordnung waren die Angehörigen, die beim Sterben zusehen und dann eine bizarre Form der Totenwache halten mussten.

Die Argumentation von Clara, MacDeath und Winterfeld,

dass die Angehörigen am Tatort gewesen waren, sodass man von ihnen am ehesten erfahren konnte, wer der Killer war, hatte selbst Bellmann überzeugt, den Chef des LKA.

Nur musste man diese Leute erst einmal finden. Also war eine groß angelegte Fahndung nach dem Polizisten, dem Anwalt und der Psychiaterin ausgeschrieben worden, größer noch als die Vermisstenmeldung, die ohnehin schon lief. Das Ganze garniert mit einer riesigen Pressekampagne.

Karl hatte sich bereit erklärt, die Fahndung nach draußen zu leiten. Außerdem hatte er eine Mailadresse und eine Website eingerichtet, damit sich Bürger, die die Vermissten irgendwo entdeckten, schnell und ohne großen Aufwand bei der Polizei melden konnten. Zu diesem Zweck hatte Karl von Hermann einen speziell eingerichteten Laptop erhalten, sodass er von überall die eingehenden Hinweise bearbeiten konnte.

Gleichzeitig wurde der Großrechner des BKA eingespannt, der mittels Metadaten und Kreuzverbindungen herausfinden sollte, ob es Gemeinsamkeiten gab, bei denen die gesuchten Personen, die Opfer erster und zweiter Ordnung, etwas miteinander zu tun hatten, irgendwelche Gemeinsamkeiten, auf welche Weise auch immer.

Vielleicht, so glaubte oder hoffte man, würde diese Spur irgendwann zu dem unsichtbaren Killer führen.

* * *

Clara rauchte noch einen Zug und trat die Zigarette aus.

Die Sonne brannte noch immer vom blauen Himmel, doch am Horizont türmten sich bereits Wolken, von denen man nicht sagen konnte, ob sie nur die Sonne verdunkelten oder ein Unwetter brachten. Denn jeder Sommer trug seinen Winter in sich, jedes Licht seinen Schatten, jeder Anfang sein Ende. Und jedes Leben seinen Tod.

Der Herbst, dachte Clara. *Er kommt schneller, als man denkt.*

Und dann kam schon der Winter. Das Ende war stets unvermeidlicher als der Anfang. Und die Dunkelheit war immer schneller als das Licht.

Sommer und Licht, Anfang und Ende, dachte sie.

Ein Gedicht von Shakespeare ging ihr durch den Sinn.

Soll ich dich einem Sommertag vergleichen,
Der du viel lieblicher und sanfter bist?
Durch Maienblüten raue Winde streichen,
Und Sommers Pracht hat allzu kurze Frist.

MacDeath, dachte Clara. Sie war in der Nacht von Dienstag auf Mittwoch mit ihm im Bett gelandet. War da mehr? Konnte mehr daraus werden? *Sollte* mehr daraus werden? Oder war es nicht darauf angelegt?

Doch MacDeaths verstorbene Frau hatte Clara fast noch mehr beschäftigt als diese Fragen.

Die Liebe und der Tod.

Würde es bei ihnen beiden ähnlich sein? Würde das, was zwischen ihnen war, sie irgendwann ins Herz treffen, ob zum Guten oder zum Schlechten?

Oder war es nur eine Patrone, die unterwegs war, im Rausch der Geschwindigkeit, fern der Waffe, die sie abgefeuert hatte, aber auch weit weg vom Ziel, für das sie bestimmt war?

Oder war es Claras Bestimmung, allein zu sein? Eine Jägerin, ständig auf der Fährte von Menschen, die ebenfalls allein waren und aus der Einsamkeit ihrer Seelen heraus die schrecklichsten Verbrechen begingen? War sie die Richtige für diese Aufgabe, weil sie allein *war*? War sie deshalb besser als alle anderen dafür geeignet, die Schattenwesen zu jagen, die ihre Einsamkeit an verfluchten Orten herausschrien, über zerstückelte und geschändete Opfer gebeugt, deren rohes Fleisch sie mit blutigen Kiefern zerrissen?

Und war sie, Clara, wirklich nur *allein?*

War sie *einsam?*

Oder war sie nur *allein.*

Denn das war ein Unterschied.

Sie zog noch eine Zigarette aus der Packung, zündete sie an.

Alleine sein, dachte sie. *Einsam.*

Es gab eine Legende: Einst war der Mensch glücklich allein. Dann kam ein neidischer Gott und schlug den Menschen in zwei Hälften. Seitdem ist er auf der Suche nach sich selbst und nach dem anderen.

Einmal hatte jemand ihr gesagt: Liebe ist, den verlorenen Teil des Selbst in einem anderen Menschen wiederzufinden. Dann ist man vollständig. Dann ist man ganz. Dann ist man nicht mehr allein.

Es ist nicht gut, dass der Mensch allein sei, stand in der Bibel.

Aber genau das war Clara.

Allein.

Ganz allein.

Und wenn sie mit jemandem zusammen war, dann waren sie halt – zusammen allein.

Aber allein, schrecklich allein, war und blieb sie.

Doch deines Sommers Glanz wird nie ermatten,
Nie von dir fallen deine Herrlichkeit,
Nie wirst du wandeln in des Todes Schatten,
In ewigen Reimen strahlst du durch die Zeit.
Solange Menschen atmen, Augen sehn,
Wird dies mein Lied, wirst du in ihm bestehen.

Clara wollte es nicht wahrhaben, aber sie spürte Tränen in den Augen. Vielleicht musste sie lernen, einfach loszulassen.

Und vielleicht ist genau das unmöglich.

Man konnte schließlich nicht loslassen, was man vorher nicht festgehalten hat. Und man konnte nicht verlieren, was man nicht besaß.

Clara warf die Zigarette auf den Boden, stieg ins Auto und fuhr zurück ins LKA.

Die Kippe qualmte noch eine Weile.

Und erlosch.

3

Der Todeswächter nahm dem Mann auf dem Stuhl die Kappe ab. Sein Kopf wurde von einem Stativ, das zu dem Stuhl gehörte, auf dem er saß, auf skurrile Weise nach hinten gedreht.

»Ist das nicht eine wundervolle Ruhe hier?«, fragte der Todeswächter. »Keine Reporter, die vor der Tür campen und irgendwas sehen und hören wollen, sobald etwas Ungewöhnliches passiert. Und, bei Gott, hier *wird* gleich etwas Ungewöhnliches passieren.« Er schaute beide an, den Mann auf dem Stuhl und die Frau in der Zelle. »Sonst sind sie immer da, wie ein Rudel hungriger Wölfe, die sich an den Schmerzen laben wie Mücken am Blut. Und die Löcher in ihren Storys füllen mit eigenen Fantastereien.« Er grinste die Frau an. »Aber heute nicht.«

Er legte dem gefesselten Mann eine Hand auf die Schulter. »Darf ich vorstellen? Das ist Sarah.« Er trat vor, wobei er auf sie zeigte. Sie konnte nicht glauben, was sie sah. Auch dieser Mann, der sich Todeswächter nannte, trug eine schwarze Stoffmaske.

Er blickte sie an. »Und das hier, liebe Sarah, ist Tom.« Er zeigte auf den Mann auf dem Stuhl. »Mit ihm werden wir arbeiten. Er hatte mal einen guten Freund namens Gerd. Aber Gerd hat sich von ihm abgewendet und ist geflüchtet. Vielleicht, weil er Angst bekommen hat. Na, egal. Gerd werde ich auch noch finden. Oder ich habe ihn schon gefunden. Wer will das wissen?« Er blickte Tom an. »In jedem Fall werde ich jetzt mit *dir* arbeiten. Und sie«, er zeigte auf Sarah, »will uns dabei zuschauen und etwas lernen.«

Der Mann, der Tom hieß, starrte beide aus panikerfüllten Augen an. Speichel tropfte an seinem Kinn herunter. Sein Mund war weit aufgerissen. Unfreiwillig, denn irgendwie hatte der Kerkermeister ihm die Kiefer auseinandergebogen, was offenbar mit dem Stativ zu tun hatte. Doch genau konnte Sarah das in der Dunkelheit des Kellers nicht erkennen und wollte es auch gar nicht. Vor dem Körper des Mannes hing eine lange Kette, die an einem Flaschenzug befestigt war.

»Du fragst dich sicher, liebe Sarah«, fuhr der Todeswächter fort, »warum ich dir das zeige.« Er blickte sie durch die Maske an. »Nun, damit du weißt, was mit Leuten passiert, die ich nicht mag. Erinnerst du dich an den Hund?«

Oh ja, Sarah erinnerte sich. Der Bastard hatte den unschuldigen Hund einfach abgeknallt.

»Ich hatte nichts gegen den Kläffer«, sprach der Todeswächter weiter. »Es ist nur so, dass ich als Kind keine guten Erfahrungen mit Hunden hatte. Aber diesen Straßenköter hier«, er zeigte auf Tom, als wäre er nur ein Gegenstand, »hasse ich.« Sarah sah, wie Toms Kopf zurückzuckte, doch das Eisenstativ hielt ihn so fest fixiert, als wäre sein Körper mit Beton ausgegossen. »Weißt du warum? Er hat dafür gesorgt, dass eine Frau gestorben ist. Sie ist elendig verreckt. Eine Frau, die mir sehr viel bedeutet hat. Er hat diese Frau angesprochen, obwohl er es nicht sollte. Und dann hat er sie vergewaltigt. Hat seinen dreckigen Schwanz in sie reingesteckt.« Er spuckte die Worte fast aus. »Und dann hat er auch noch behauptet, die Frau hätte gelogen. Die Frau, die vergewaltigt wurde! Deshalb hat diese junge Frau, diese unschuldige hübsche Frau sich umgebracht.« Er schaute Sarah direkt in die Augen. »Und wenn diese unschuldige Frau gestorben ist, sollte dann nicht auch so ein Straßenköter sterben wie unser Freund Tom?«

Der Todeswächter schaute den Gang hinunter, während er auf eine Antwort wartete, als würde dort irgendetwas vorbereitet. Dann wandte er sich schon wieder Sarah zu.

»Weißt du, Sarah, warum ich dir das zeige?«

Sie schüttelte den Kopf.

»Denk scharf nach.«

Ihr fiel beim besten Willen nichts ein. Vielleicht hatte sie das Gesicht von diesem Tom schon einmal gesehen. Doch bei dem grotesk geöffneten Mund und dem seltsamen Stativ, das seinen Körper so grotesk verdrehte, hätte sie wohl auch ihre eigene Mutter nicht wiedererkannt.

»Dieser Tom«, fuhr der Todeswächter fort, »hat meine Freundin vergewaltigt. Das hat Toms Anwalt nicht gepasst. Er hat ein Glaubhaftigkeitsgutachten für die Aussage meiner Freundin Sabine angefordert. Du musst wissen, dass Tom«, er machte eine kurze Pause, »Sabine K.o.-Tropfen gegeben hat. Damit sie willig ist. Wegen der K.o.-Tropfen konnte sie sich vor Gericht nicht mehr an alles erinnern. Was dazu führte, dass Toms Anwalt«, er spuckte das Wort »Anwalt« verächtlich aus, »zwei Dinge glaubte, die dann zu einem wurden. Sabines Geschichte war wegen der K.o.-Tropfen lückenhaft. Aber da die Ärzte die Tropfen nicht mehr feststellen konnten, zog man es vor zu glauben, dass die Geschichte deshalb lückenhaft war, weil Sabine sie sich *ausgedacht* hat. Das Gericht«, sein Blick ruhte auf Sarah, »das hierzulande ohnehin immer für die Täter und gegen die Opfer ist, sah es ähnlich und ließ dieses beschissene Glaubwürdigkeitsgutachten anfertigen, das darlegen sollte, ob die Geschichte, die Sabine erzählt, überhaupt wahr ist.«

Sein Blick ruhte starr auf Sarah.

»Und weißt du, wer dieses Gutachten für Sabine, aber eigentlich *gegen* Sabine geschrieben hat? Wer das Gutachten geschrieben hat, das diesen kleinen Kläffer«, er schaute Tom an, »diesen miesen Vergewaltiger in die Freiheit entließ?«

Sarah sah die Augen hinter der Maske funkeln. Sie kamen ihr wie Dolche vor, die sich in ihre Seele bohrten.

»Diesem Vergewaltiger hat eine gewisse Psychiaterin geholfen. Das warst du, Sarah. Du hast ihm mit deinen vor Lügen triefenden Gutachten geholfen. Du warst es. Deshalb dürfte es nachvollziehbar für dich sein, weshalb du dir jetzt den Tod des Mannes anschaust, den du offenbar tief ins Herz geschlossen hast. Fast so tief wie deinen eigenen Sohn. So tief, dass du ihm sogar ein lügnerisches, falsches Gutachten geschenkt hast.«

Er machte eine Pause und schien es zu genießen, wie die Erinnerung an ihren Sohn ihr Herz erzittern ließ. Doch da sprach er schon weiter.

»Tom wird sterben. Denn wenn dieses Land schon keine Gerichte hat, die Strafen verhängen, muss man das Recht eben selbst in die Hand nehmen. Man muss Recht, Gericht und Vollstrecker sein. Legislative, Judikative, Exekutive. Dann werden Leute wie du zwar arbeitslos, aber deine Stelle muss ohnehin neu besetzt werden. Denn eine Psychiaterin, die in den nächsten fünfzig Jahren in einem Keller verfault, kann keine Gutachten schreiben. Aber zurück zu Tom.« Er zerrte an der Kette. »Wir werden dafür sorgen, dass er niemanden mehr anspricht. Weißt du wie, du kleiner Mistköter?«

Tom gab ein panisches Grunzen von sich, das wohl ein Nein bedeuten sollte. Auch wenn er bestimmt ahnte, dass dieser Wahnsinnige nichts Angenehmes mit ihm vorhatte.

»Gehen wir in der Geschichte ein bisschen zurück.« Der Todeswächter schaute erst Sarah, dann Tom an. »Ich will dir sagen, was dir droht, du kleiner stinkender Kläffer. Weil du die Finger nicht von meiner Freundin lassen konntest. Weil du den Hals nicht vollkriegen konntest. Also, Tom, was dich jetzt erwartet, musste im Jahre 1599 ein spanischer Gouverneur über sich ergehen lassen. Da er den Hals von Gold nicht voll bekam, das er den Ureinwohnern abpresste, nahmen die Jivaro-Indianer in Südamerika in Ecuador die Goldgier dieses Mannes wörtlich. Willst du wissen, was sie mit ihm gemacht haben?«

Der Mann, der Tom hieß, bewegte sich in seinen Fesseln, die aber kaum nachgaben. Seine Augen quollen aus den Höhlen, und er grunzte mit offenem Mund. Mehr brachte er nicht hervor.

»Willst *du* es wissen?« Der Peiniger wandte sich an Sarah Steffen, schien aber keine Antwort zu erwarten. Sie konnte auch keine geben, konnte den Todeswächter nur entgeistert anstarren.

»Diese Art der Bestrafung«, sagte der Todeswächter, »wurde auch von der Römischen und Spanischen Inquisition angewendet. Wie wir alle wissen, waren das keine Institutionen, die von Amnesty International mit dem Preis für Menschlichkeit ausgezeichnet worden wären.«

Er schaute Tom an, der sich auf seinem Stuhl ruckartig hin und her bewegte.

»Aber kommen wir zur Sache«, sagte der Todeswächter und blickte wieder den Gang hinunter, als würde dort hinten etwas Besonderes warten. Diesmal aber schaute er länger als vorhin. Von Zeit zu Zeit hörte Sarah das Knistern eines Feuers und ein Zischen, das mal lauter, mal leiser wurde. Doch was es war, vermochte sie nicht zu erraten. Und vielleicht war das gut so.

Der Todeswächter schien ihre Gedanken zu erraten.

»Habt ihr euch schon mal ein Museum der Inquisition angeschaut? Du sicher nicht, kleiner Tommy, du bist ja immer nur da, wo junge Frauen sind, in die du deinen Schwanz stecken kannst. Aber du, Sarah, du scheinst gebildet zu sein. Du hast es bestimmt schon gesehen. Daumenschrauben ... Nadeln, die unter die Fingernägel geschoben werden ... Schneidewerkzeuge und andere Köstlichkeiten.«

Tom verdrehte die Augen so weit nach hinten, dass nur noch das Weiße zu sehen war. Sarah verfolgte fassungslos, was vor sich ging, während ihr schnell gehender Atem und ihr rasender Puls sich ein Kopf-an-Kopf-Rennen lieferten.

»Aber das alles ist langweilig«, fuhr der Todeswächter fort.

»Interessanter ist die Geschichte des spanischen Gouverneurs in Ecuador, der den Hals von Gold nicht vollkriegen konnte. Die Strafe, die auch in Frankreich für den Mörder Heinrichs IV., Ravaillac, und für Damiens, den Attentäter gegen Louis XV., angeordnet wurde, ist zweifellos orientalischen Ursprungs. Auch die Hebräer bestraften habgierige Verbrecher auf diese Weise.« Er schaute beide an. »Könnt ihr euch noch immer nicht denken, was es ist?«

Den Hals nicht vollkriegen ... Gold ... Folter ... Tod ...

Langsam kroch die furchtbare Erkenntnis in Sarahs Hirn und versetzte sie in eine seltsame Mischung aus höchster Anspannung, animalischer Angst und tiefster Resignation.

Der Todeswächter bewegte sich den Gang hinunter. Als er wiederkam, trug er dicke Handschuhe und eine Schürze, wie Schmiede sie verwenden. In den Händen hielt er eine Art eisernen Topf, den er an dem Haken an der Kette befestigte.

»Ich muss zweimal um Entschuldigung bitten, lieber Tom«, sagte er zu seinem Opfer, das kurz davor stand, vor Angst bewusstlos zu werden. »Erstens kann ich dir nicht sagen, woran du sterben wirst. Die thermische Verletzung der Lungen kann zum sofortigen Tod führen. Anderenfalls wirst du, da kann ich dich beruhigen, ersticken. Denn wie willst du atmen, wenn ein Block Metall zwischen Mund und Lunge ist? Und falls das nicht passiert, wird natürlich das kochende Metall sein Übriges tun, das deine Mundhöhle, deine Kehle, ja deinen ganzen Körper in einen brodelnden Hexenkessel verwandelt. Also, wie du siehst, lieber böser Tom – sterben wirst du, da kannst du ganz beruhigt sein.«

Er zog den Topf in die Höhe, wobei ein knirschendes Geräusch zu hören war.

»Oh ja, sterben wirst du. Aber in einer Sache muss ich dich enttäuschen. Du hast dich sicher auf Gold gefreut, so wie dieser spanische Gouverneur. Tja, Gold ist mir in Krisenzeiten wie diesen für Abschaum wie dich zu teuer. Wir nehmen etwas anderes. Günstigeres. Aber dennoch genauso Wirksames. Aber verreckten wirst du damit auf genau dieselbe Weise wie unser spanischer Freund vor ein paar hundert Jahren. Sei also ganz beruhigt.«

Doch Tom war alles andere als beruhigt. Er zuckte und zappelte grunzend und würgend auf seinem Stuhl, als der Todeswächter den glühend heißen Topf mit dem blubbernden Metall am Flaschenzug in die Höhe zog und an der Kette befestigte.

Sarahs Atem ging rasselnd. Sie hatte eine solch animalische Angst, dass ihre Muskeln zu Stein wurden, sodass sie sich nicht mehr bewegen konnte, selbst wenn sie es gewollt hätte.

Sie sah, wie Toms Augenlider flatterten.

Und auch sie fühlte sich mit einem Mal hellwach. Die Wirkung der Droge, oder was auch immer dieser Irre ihr eingeflößt hatte, schien nachzulassen. Dafür waren die Schmerzen da. Grauenhafte Kopfschmerzen, die mit jeder Sekunde schlimmer wurden und im Rhythmus ihres wild pochenden Herzens gegen ihre Schädelwand hämmerten.

»Hier haben wir geschmolzenes Blei«, sagte der Todeswächter, zog den brodelnden Topf bis über Toms Mund und hakte eine Stange in den Rand des Gefäßes, um den Topf nach vorne kippen zu können. »Aber wie gesagt, ich kann dich beruhigen. Ich halte mein Versprechen. Gold oder Blei, tödlich ist beides.«

Sarah schaute wie erstarrt zu. Und auch wenn sie selbst nicht das Opfer war, dem Mund und Kehle mit Blei ausgegossen wurden, umfing die Bewusstlosigkeit sie wie eine schwarze Decke, und sie hieß diese Schwärze willkommen.

Sie sah noch, wie das Blei in Zeitlupe nach unten floss.

Dann hörte sie den grässlichen Schrei.

Dann nichts mehr.

4

Kevin Bormann hatte sich an der Bar der Eckkneipe breitgemacht. Seine unruhigen, hektischen Bewegungen erweckten den Anschein ständiger Explosionsbereitschaft. Er rupfte den Filter von seinem Zigarillo, zündete ihn an und inhalierte tief den Rauch. Zigarillos mit Filter waren billiger als Zigaretten. Genauso wie Schnaps. Der musste knallen und nicht schön aussehen.

Der junge Mann, der in einer Ecke der schäbigen Kneipe saß, hatte Bormann schon seit Längerem beobachtet. Er wusste, was Bormann mochte und wo er sich bevorzugt aufhielt. Er wusste auch, was Bormann als Nächstes erleben würde. Nur Bormann wusste es noch nicht.

Ich will Schnaps, sagte Bormann häufig. Und wenn er dann gefragt wurde, welchen, sagte er meist: Den billigsten.

»Was darf's sein?«, erkundigte sich der Mann hinter der Bar, ein glatzköpfiger Schrank mit der Statur eines Sumoringers. Er besaß das Gesicht eines Mannes, der den Großteil seines Lebens hinter Gittern verbracht hatte. Farbige Tattoos zogen sich über die muskelbepackten Oberarme, die bei anderen als Oberschenkel hätten durchgehen können. Selbst sein Gesicht war tätowiert. Was noch fehlte, waren zwei Gitterschatten auf den Wangen. Der junge Mann hatte schon Leute aus dem Halbweltmilieu gesehen, die sich genau solche Stangen auf die Wange tätowieren ließen.

»'n Kurzen und 'n Bier«, knurrte Bormann, »und immer schön nachladen!«

Ein anderer Mann aus der Zuhälterszene gesellte sich zu ihm.

»Na, Günni, alte Schnapsdrossel. Wat macht Ursel?«, fragte Bormann.

»Geht ganz gut«, sagte der andere und bestellte ebenfalls einen Kurzen. »Is' nur 'n bisschen widerspenstig. Du kennst ja die Alte. Ist ja mal für dich gelaufen, das Pferdchen.«

Für dich gelaufen, dachte der junge Mann. Das hieß, dass eine Frau für einen Luden auf den Strich ging. Bormann hatte sich offenbar in der Zuhälterszene versucht. Ob mit Erfolg, vermochte der junge Mann nicht zu sagen.

Bormann legte dem anderen, der offenbar Günni hieß, den Arm um die Schultern. »Die musste hart rannehmen, Alter«, sagte er. »Die musste richtig einreiten, sonst zickt die nur rum. Ich kenn die.« Er trank einen großen Schluck Bier und spülte mit dem Kurzen nach, während er dem Barmann gleichzeitig einen Wink gab, einen Kurzen nachzulegen. »Ich hab die damals richtig eingeritten, die Schnalle, da hat sie nicht mehr rumgezickt. Drei Tage danach lief die immer noch wie 'n Cowboy in *High Noon* durch die Gegend.« Er stand auf und stakste mit gespreizten Beinen an der Bar hin und her. Der andere lachte dreckig.

»Wat macht Eckie denn so?« Bormann setzte sich wieder, trank Bier, rauchte und wandte sich wieder an den, der Günni hieß.

»Der versucht's immer noch mit Dealen. Letztens war er im Saunaclub. Du weißt ja, die haben unten den Club und oben den Puff. Hat da versucht, seinen gestreckten Scheißstoff zu verkloppen.«

»Wat hat Horst gesacht?«

»Hat ihn sich mit 'n paar von seinen Knochenbrechern zur Brust genommen. Hat ihm gesacht, dat se mit ihm den Boden aufwischen, wenn er dat noch mal macht.«

»Hat er ihn hingehängt?«

Günni hatte ebenfalls seinen Schnaps bekommen. Nun prostete er Bormann zu und kippte den Fusel hinunter.

»Nee«, sagte er dann. »War 'n Schuss vor 'n Bug. Sie haben ihm nur gesacht, wenn dat noch mal vorkommt, musser von Suppe leben, weil er dann außer Schnabeltasse trinkt.«

Bormann pfiff durch die Zähne. »Hätt' ich nie gedacht, dat Horst so gnädig is'.«

»Ich auch nich'«, sagte Günni. »Eigentlich schlägt der hart zurück. Aber die Zeiten werden brutaler, da will er's vielleicht nich' mit so Kleinigkeiten übertreiben.«

Bormann schüttelte den Kopf. »Quatsch, brutal waren die Zeiten schon immer. Nur damals waren die Zeitungsfritzen noch nich' so gut. Und da gab's auch noch kein Internet und den ganzen Scheiß.« Er drückte seinen Zigarillo im Aschenbecher aus und zündete sich gleich einen neuen an. »Und hat der Ecki noch seine Pferdchen?«

Günni trank noch einmal. »Naja, der hat sich so 'ne alte Schabracke aufgerissen, die er auf 'n Strich schickt.« Er schüttelte den Kopf. »Hat Titten bis zum Bauchnabel, weil sie keinen BH trägt, die alte Streuselschnecke, und so viele Krampfadern, die kann ihre O-Beine an Google Maps verkaufen.« Er trank wieder. »Wie 'ne Landkarte.«

Bormann hatte seinen zweiten Kurzen getrunken und den Rest des Bieres in einem Zug geleert.

»Igitt«, sagte er. »Wat für Gestörte wollen denn so 'ne Matratze vögeln und auch noch dafür blechen?«

»Weiß ich auch nich'.« Günni zuckte die Schultern. »Die alte Milchschnitte macht's wohl ohne Gummi für 'nen Zwanni und Blasen mit Schlucken. Beides zusammen unter 'nem Fuffi. Dafür isse auch hässlich wie die Nacht. Wenn die Visage von der Tussi auf 'ner Zigarettenschachtel wär, würd keiner mehr rauchen.« Mit diesen Worten zündete Günni sich selbst eine an.

Bormann schüttelte sich. Das schien sogar er widerlich zu finden. »Ich brauch noch was Starkes. Hey, Dicker!« Er wandte sich an den Barkeeper. »Noch mal 'n Herrengedeck!«

»Bier und Kurzer, kriegst du!«

»Ich geh mal kurz pissen.« Bormann trank den letzten winzigen Rest aus dem Schnapsglas und schlurfte Richtung Toilette. Dabei kam er an dem jungen Mann vorbei. Ihre Blicke trafen sich für weniger als eine Sekunde.

Innerlich zuckte der junge Mann zusammen. Die gleichen blutunterlaufenen Augen. Wie bei einem Pitbull, der kurz davor ist, sich festzubeißen.

Doch Bormann erkannte ihn nicht. Er schien allmählich betrunken zu werden, denn er schwankte auf dem Gang wie ein Schiff in der Brandung. Wahrscheinlich hatte er vorher schon einiges getankt und wurde nun immer betrunkener.

Der junge Mann lächelte, als Bormann an ihm vorbei war.

Genau so, wie es sein sollte.

5

Clara fuhr die Allee Unter den Linden hinunter. Sie war gerade bei einem Treffen im Roten Rathaus gewesen und dort mit Mitarbeitern der Senatsverwaltung für Justiz zusammengetroffen, um die Pressekampagne zu koordinieren. Alle wichtigen Presseorgane der Stadt sollten die Vermissten auf ihren Landing Pages schalten.

Soweit der Plan.

Nur kam das Ganze leider mal wieder nicht so schnell in die Gänge, wie Clara es sich gewünscht hätte, vor allem, weil sie lang und breit den Zusammenhang zwischen den »Opfern erster und zweiter Ordnung« erklären musste. Dabei hatten die hohen Herrschaften sich ausgesprochen begriffsstutzig angestellt.

Gleichzeitig hatte Clara mit drei Einsatzbeamten einer größeren Tageszeitung einen Besuch abstatten müssen. Der Chefredakteur hatte behauptet, er habe Informationen zu Jochen Färber, die er aber erst in einem Artikel verwenden müsse, bevor er sie der Polizei zur Verfügung stellen könne.

»Schließlich«, hatte der Mann Clara mit schleimigem Grinsen gesagt, »haben unsere Leser das Recht darauf, die Dinge als Erste zu erfahren.«

»Okay«, hatte Clara gesagt, »wenn Sie Hardball spielen wollen, wir können das auch.« Dann hatte sie vom Staatsanwalt per Eilbeschluss eine Hausdurchsuchung bei der Redaktion besorgt, Begründung: dringender Tatverdacht der Vorenthaltung zweckdienlicher Informationen und Behinderung der Ermittlungsbehörden in einem laufenden Verfahren. Was am Ende darauf hinausgelaufen wäre, dass eine Hundertschaft die Redaktionsräume durchsucht und sämtliche Rechner, Festplatten und USB-Sticks konfisziert hätte. Dann hätte der Chefredakteur zwar nach wie vor seine Story gehabt, aber keine Plattform mehr, um sie zu veröffentlichen.

In Anbetracht dieser Aussicht hatte der Mann die Information dann doch freiwillig herausgerückt. Allerdings war es nicht der Jochen Färber gewesen, den Clara suchte, sondern ein Halb-Promi, der zufällig genauso hieß und nach erfolgter Geschlechtsumwandlung vom Mann zur Frau geworden war.

Das LKA hatte die Bilder der Vermissten – Jochen Färber, Andreas Gerling und Sarah Steffen – nicht nur auf sämtliche Polizeiwebseiten gestellt, auch alle Medien sollten nun die Bilder auf ihre Webseiten stellen. Das funktionierte gut. Denn für die Medien waren schlechte Nachrichten gute Nachrichten.

Die Medien, dachte Clara. Mal waren sie Freund, mal Feind. Es tat ihr leid, dass es zwischen ihr und der Presse manchmal zu Verstimmungen kam. Denn eigentlich waren die Medien, gerade die Boulevardpresse, ihre Freunde und Verbündeten. Sie zeigten mit dem Finger auf die Wunde, sie zeigten das Grauen und die Schrecken, die es in dieser Stadt gab, und sie verschafften Bellmann, dem Chef des LKA, damit immer genug Munition, wenn es in die jährlichen Budgetverhandlungen ging. Würden die Medien nicht immer die Steine dieser Stadt umdrehen und zeigen, welche Maden und Würmer darunter herumkrochen und welche Leichen dort lagen, Clara wäre nicht sicher, ob es in Berlin überhaupt noch ein LKA gäbe.

Auch bei der aktuellen Story hatten die Medien gleich angebissen. Denn die Geschichte von einer vermissten Person, nach der alle mit Hochdruck suchen, war immer eine gute Story. Clara hatte mal in einem Medientraining für LKA-Mitarbeiter gelernt, was Journalisten hören wollten. Dinge müssen *neu* sein: Rockstar XY hat seine Frau verprügelt. Oder es mussten *Tabu*-

Themen sein: Rockstar XY steht auf Analsex mit Hunden. Darum war auch der Namenlose, den die Medien als »Facebook-Ripper« bezeichnet hatten, so beliebt gewesen. Auch wenn er selbst an die Presse gegangen war. Stets ein Renner waren auch Exklusivberichte, bei denen es um Ereignisse ging, von denen der 08/15-Bürger in der Regel ausgeschlossen war: Stargala im Ritz mit anschließendem Schneepolo zum Beispiel. Oder wenn es um Dinge ging, die mit Gefahr verbunden waren, etwa nach dem Motto: Wenn die Eurokrise so weitergeht, sind wir alle unser Erspartes los.

Doch am Ende lief alles auf die vier »T« hinaus.

Titten, Tiere, Tränen, Tote.

Und wenn es kein spannendes Thema gab, galt die einfache Regel: Haste keins, erfinde eins.

In Claras Job war es mit den Medien, wie es privat mit den Männern war. Mit ging es nicht. Ohne aber auch nicht.

Clara fuhr am Pariser Platz vorbei und sah das Brandenburger Tor flirrend in der Sommerhitze stehen.

Demonstranten zogen über die Glinkastraße. *Schafft die Polizei ab*, stand auf den Transparenten. Vorne und hinter dem Demonstrationszug liefen Polizisten, die die Demonstranten schützten.

Polizeischutz für eine Demo, die die Abschaffung der Polizei fordert, dachte Clara. Manchmal fragte sie sich, ob sie den richtigen Job hatte und was mit diesem komischen Land, in dem sie lebte und für das sie arbeitete, eigentlich nicht stimmte. Und ob sie nicht besser auswandern sollte.

6

Zurück im Revier bog sich der Schreibtisch unter der Last der Akten, und ihre Mailbox quoll über. Die Arbeit häufte sich an wie der Schnee in Berlin jeden Winter, weil er niemals geräumt wurde. Doch der Schnee, selbst in Berlin, schmolz irgendwann. Die Arbeit schmolz leider nicht.

Winter, dachte Clara. Es war Hochsommer, und sie dachte an den Winter. Wie eben schon, als sie am Tatort gewesen war und ihr das Gedicht von Shakespeare durch den Kopf ging.

Sie traf Winterfeld bei der Kaffeeküche. Er hatte diverse Fenster aufgerissen, um für Kühlung zu sorgen, auch wenn er nicht nach draußen rauchte.

»Wie sieht's aus?«, fragte er.

»Der Senat weiß Bescheid«, sagte Clara. »Natürlich wissen sie nicht alles. Wir wollen ja nicht, dass der ganze Zusammenhang gleich morgen in der Zeitung steht. In der Zeitung soll nur stehen, wen wir suchen.«

»Opfer erster und zweiter Ordnung.« Winterfeld schnaufte. »Welcher Blödmann hat sich eigentlich diese dämlichen Begriffe ausgedacht?«

Clara lächelte. »Ich glaube, das waren Sie.«

»Wie auch immer.« Er trank von seinem Kaffee.

»Wie läuft es hier?«, spielte Clara den Ball zurück.

»Mühselig«, sagte Winterfeld. »Hermann ist dabei, den Großcomputer des BKA mit Daten zu füttern, um zu schauen, wann und wo die Vermissten irgendeine Gemeinsamkeit in der Vergangenheit haben könnten.«

»Und?«

»Zieht sich ewig hin.« Winterfeld trank behutsam von seinem Kaffee und schien sich mehr als zuvor einen Zigarillo zu wünschen. »Die Koordination ist hier bei uns noch in den Kinderschuhen, anders als bei der NSA und dem FBI.« Er blickte nach draußen. »Hermann sagt, du rutschst in Deutschland eher auf Drachenscheiße aus, als dass in diesem Land mal irgendwelche Computersysteme reibungslos zusammenarbeiten. Kommen Sie, wir gehen mal zu ihm.«

* * *

Drachenscheiße, dachte Clara, als sie unterwegs zu Hermanns Büro waren. Sie wusste, dass Hermann in seiner Freizeit gerne Computer-Rollenspiele wie *World of Warcraft* spielte und auch sonst Fantasyfan war, wie es bei den IT-Leuten offenbar zum guten Ton gehörte.

Hermann kauerte vor einem der Rechner und schaute angestrengt auf den Bildschirm.

»Haben wir denn schon was?«, fragte Clara.

»Ja.« Hermann nahm zwei Gummibärchen und schaute sie gutmütig an, als erwartete er, dass Clara weiterfragte. Das tat sie auch, um ihm den Gefallen zu tun. »Und was?«

»Es gibt eine Gemeinsamkeit zwischen allen Opfern zweiter Ordnung. Also zwischen Jochen Färber, Andreas Gerling und Sarah Steffen.«

»Und welche?« Langsam war Clara die Fragerei leid.

»Wie es aussieht, waren alle Vermissten an einem Prozess beteiligt, bei dem eine Chantal Wauer eine zentrale Rolle spielte.«

»Chantal Wauer?« Clara hob die Augenbrauen. »Wo können wir die finden?«

»Auf dem Friedhof«, sagte Hermann knapp. »Es ging um ein Tötungsdelikt an dieser Frau.«

»Okay«, sagte Clara. »Chantal Wauer also nicht. Das Opfer

scheidet schon einmal als unbeteiligt aus, weil es tot ist. Aber zu jedem Opfer gehört ein Täter. Wen haben wir noch?«

Hermann klickte durch die Dokumente.

»Da gibt es noch einen.« Er gab einige Suchbegriffe ein. »War wohl angeklagt in dem Prozess. Ein Kerl namens Kevin.«

»Kevin?«, fragte Clara. Kevin war meist kein Name, sondern eine Täterbeschreibung. Wenn irgendwelche Typen totgeschlagen wurden oder andere totprügelten, hießen sie in den meisten Fällen Kevin.

»Kevin Bormann.«

Clara schrieb den Namen auf ein Blatt Papier.

»Was hat er gekriegt?«

»Steht hier nicht. Aber nach Freispruch sieht es nicht aus.«

Clara blickte Winterfeld an. »Könnte er der Täter sein?«

Winterfeld zuckte die Schultern. »Werden wir rausfinden. Hinfahren, den Typen einkassieren und ausfragen. Oder habt ihr eine bessere Lösung?«

Clara schüttelte den Kopf. »Nein.« Sie wandte sich an Hermann. »Dieser Bormann ist aber nicht auf dem Friedhof?«

»Nein, der ist noch hier. In Berlin. Wohnt im Brunnenviertel.«

Winterfeld klatschte in die Hände. »Dann los. Sagt dem MEK Bescheid. Wir schnappen uns diesen Bormann. Sichten und vernichten!«

Clara blickte auf die Uhr. »Wie lange braucht das MEK? Zehn Minuten?«

Winterfeld nickte.

Clara beugte sich über Hermanns Rechner. »Da steht etwas zu dem Prozess. Was war da los?«

Dann sah sie das Wort.

Totschlag.

7

Irgendwann erwachte Sarah Steffen aus einem von Albträumen verdüsterten Schlaf auf dem harten Boden der Zelle. Trotz dieser Albträume war es ihrer Psyche in der Zeit zwischen Bewusstlosigkeit und Schlaf offenbar gelungen, die schrecklichen Erinnerungen unter die Oberfläche ihres Bewusstseins zu drücken, doch kaum war sie wach, waren die Bilder wieder da.

Der Kopf, der an dem Stativ nach oben gestreckt war.

Die Kette.

Der Topf.

Der Dampf.

Das flüssige Feuer, das nach unten floss.

Der offene Mund.

Der Schrei.

Schwärze.

Sie dachte an das, was sie in ihrem Studium gelernt hatte. Nie hätte sie erwartet, einmal in der Praxis in derart brutaler Form zu erleben, was sie damals in der Theorie gehört hatte. Es gab fünf Phasen des menschlichen Umgangs mit Krisen. Als Psychiaterin kannte Sarah Steffen sie natürlich. Die erste Phase war das Leugnen. *Es kann nicht sein, dass ich hier bin. Das muss ein Irrtum sein. Sehr bald wird man mich befreien. Ich weigere mich, zur Kenntnis zu nehmen, dass es so ist, wie es gerade zu sein scheint.*

Zweite Phase: Hass und Angst, die sich in Wut verwandelten. *Ich werde alle töten, die mich hierher gebracht haben.*

Sarah hatte sich ein paar Mal gegen die Tür geworfen. Doch abgesehen von einem stechenden Schmerz, der seitdem in den

Rippen und ihrer Schulter wütete, hatte sich an ihrer Situation nicht allzu viel geändert.

Dritte Phase: Verhandeln. *Ich gebe Ihnen alles, was ich habe, wenn Sie mich hier rauslassen.* Aber das half nichts. Nicht bei diesem Mann. Um das zu erkennen, brauchte man nicht Medizin oder Psychologie studiert zu haben. Es war, als würde sie mit einem Stein sprechen.

Phase vier: Akzeptanz. *Das alles ist sowieso nicht zu ändern.* Also würde sie hierbleiben, bis jemand sie rettete. Oder auch nicht. Dann würde sie hier sterben.

Fünfte Phase: Depression. *Es ist vorbei. Also sorgen wir dafür, dass es wirklich vorbei ist.* Suizid. Sich selbst das Leben nehmen. Schnell sterben, anstatt langsam sämtliche Energie, sämtliche Hoffnung, sämtlichen Lebenswillen zu verlieren.

Suizid.

Es würde sogar gehen.

Das Sägeblatt.

Es war ihre letzte Hoffnung. Und irgendwann würde sie es benutzen. Für was auch immer. Um aus der Zelle herauszukommen. Oder aus der Welt.

Denn mit dem Sägeblatt konnte sie sich auch die Pulsadern durchsägen. Aber das wäre die letzte Möglichkeit. Vorher würde sie alles versuchen, um aus diesem Gefängnis, diesem Grab herauszukommen. Erst die Zelle. Und wenn das nicht ging, die Welt. Das Leben.

Das Sägeblatt.

Sarah hatte es in der grotesken Halle gefunden, wo sie den Tod ihres Sohnes mit angesehen hatte. Dort hatte es auf dem Boden gelegen. Und sie hatte es mitgenommen. Hatte es in einem stillen Augenblick an einer Stelle in ihrem Körper versteckt, wo *er* es nicht finden würde. Auch wenn es furchtbar wehtat, wenn sie sich bewegte. Sie hatte es *dorthin gesteckt.*

Und jetzt zog sie es hervor. Langsam, vorsichtig, mit

schmerzverzerrtem Gesicht förderte sie das Sägeblatt zutage, das von Schleim und Blut bedeckt war. Sah seine Kontur, die ihr als die letzte Hoffnung in diesem schwarzen, ewigen Kerker erschien.

Das Sägeblatt. Ein kostbarer Schatz.

Sie wischte die Körpersekrete von dem Metall und betrachtete es einen Moment in der Dunkelheit der Zelle.

Dann setzte sie es an.

Sägte. Minuten. Stunden. Immer, wenn der Kerkermeister nicht da war. Denn meistens war er nur morgens und abends vor Ort. Tagsüber war er weg und ließ sie allein zurück. Und alle anderen, die er womöglich noch in diesem unterirdischen Reich gefangen hielt. Und das war Sarahs Glück.

* * *

Das Licht war erloschen, doch ein blasser Schein schob sich durch die Ritze zwischen Tür und Wand hindurch. Dort, wo sich der Riegel befand, der den Weg zwischen ihr und der Freiheit blockierte. Der Riegel, den sie beseitigen musste. Sonst würde *sie* beseitigt werden. Es war wie ein Zweikampf. Mensch gegen Ding.

Sie sägte. Und sägte.

Und sägte.

Nach einer gefühlten Ewigkeit hielt sie inne. Ihre Hände waren voller Blasen, ihr Nacken und ihre Schultern waren verspannt und fühlten sich an wie mit Beton ausgegossen.

Das Licht, das von draußen kam und auf den tropfenden Wänden schimmerte, wurde schwächer und erlosch schließlich. Als sie wieder allein war mit der Dunkelheit und Stille, verharrte sie so stumm und düster wie das Gewölbe und die Zelle, deren feuchte Kälte ihr in die Glieder kroch.

Sie schlug in ihrer Verzweiflung gegen die Mauer.

Ich habe alles verloren. Ich bin ganz allein.

Sie wusste, warum der Mann sie hier gefangen hielt. Und sie wusste auch, dass sie nicht mit Gnade rechnen konnte. Er würde sie niemals hier rauslassen. Oder am Leben lassen. Wenn sie sich nicht selbst befreite, würde das hier ihr Grab.

Der Tod grinst mich an.

Sie sah eine Mischung aus Krankenschwester und Amme in einem schwarzen Kittel, die ein Kind in den Armen hielt. Einmal war es ihr Sohn, einmal sie selbst. Und die Amme stillte das Kind mit der schwarzen Milch der Nacht, der bitteren Milch der Verzweiflung und des Todes.

Sie ertappte sich dabei, wie sie ein Lied summte. Ein Lied aus ihrer Kindheit.

Der Mond ist aufgegangen, die goldenen Sternlein prangen,
am Himmel hell und klar.
Der Wald steht schwarz und schweiget, und aus der Dämmerung steiget, der weiße Nebel wunderbar.

Half es ihr? Sie wusste es nicht. Doch wenn sie sich konzentrierte, so gut sie es vermochte, würde der Mond irgendwann vielleicht wieder auf sie herunter scheinen. Dann würde sie irgendwann wieder frei sein und vor Türen stehen, die sich öffnen ließen und hinter denen blauer Himmel war, Blumenwiesen, Frühlingsluft.

Freiheit.

Bei diesem Gedanken liefen ihr Tränen der Hoffnungslosigkeit über die Wangen, die kurz darauf von fauchender Wut verscheucht wurden, weil sie den verdammten, elenden, beschissenen Riegel noch immer nicht durchgesägt hatte.

Dann hörte sie, wie sie weitersang. Hörte, wie sie den Namen ihrer Mutter rief, die seit zwei Jahren tot war und nicht wusste, dass irgendeine Bestie ihren Enkel umgebracht und ihre Tochter eingesperrt hatte, vielleicht für immer.

Wie ist die Welt so stille und in der Dämmerung Hülle so traulich und so hold,
Wie eine stille Kammer, wo ihr des Tages Jammer verschlafen und vergessen sollt.

Tages Jammer. Stille Kammer.

Sie selbst war in dieser stillen Kammer. Eine Kammer jenseits aller Tage, jenseits aller Zeit.

Seht ihr den Mond dort stehen, er ist nur halb zu sehen,
und ist doch rund und schön.
So sind wohl manche Sachen, die wir getrost belachen,
weil unsere Augen sie nicht sehen.

Die letzte Strophe gönnte sie sich noch. Als ihre Stimme verklungen war, machte sie sich wieder ans Sägen. Schneller und verbissener als zuvor. Sie sah, wie winzige Metallsplitter durch die Luft flogen und vor dem bleichen Licht des Korridors tanzten wie Himmelskörper vor einer fernen Sonne. Sie erhöhte den Druck, erhöhte die Geschwindigkeit. Bald würde sie frei sein. Bald wäre es vollbracht.

Ob er merkt, was ich hier tue? Wird er hören, wie ich langsam säge? Langsam, Mikrometer um Mikrometer, bis ich irgendwann, nach Stunden, bei einem Millimeter bin? Wird er es sehen?

Sie hatte gesehen, was er mit dem anderen gemacht hatte, mit diesem Tom. *Wenn du nicht hinschaust, wirst du sterben,* hatte er gesagt. Sie hatte hingeschaut. Und deshalb hatte er ihr kein Blei…

Sie konnte den Gedanken nicht zu Ende denken.

Dennoch: Was würde er mit ihr machen, wenn er herausfand, was sie hier tat?

Tropfen fielen von der Decke, als sie langsam weitersägte. Sie hatte es die ganze Zeit nicht wahrgenommen, aber jetzt auf einmal hörte sie jeden Tropfen so laut wie einen Hammerschlag. Es machte sie wahnsinnig. Doch noch schlimmer war, dass der Riegel kein bisschen nachgab, sondern stur und boshaft zwischen dem Korridor und der Zelle verharrte, ein winziges Stück Metall, das Welten voneinander trennte.

Sie sägte mit noch mehr Kraft. Noch mehr Druck.

Rutschte ab.

Ein hässliches knirschendes Geräusch war zu hören. Sie hatte sich tief in den Finger gesägt. Zog die Hand zurück. Und stieß mit dem Ellbogen mit schmerzhafter Wucht gegen die kalte Wand. Sie schrie auf, legte den verletzten Finger an den Mund. Schmeckte Blut. Spürte Blut.

So mühsam, wie die Säge das Metall durchdrang, so mühelos hatte sie Haut und Fleisch durchtrennt. Sie spürte den beißenden Schmerz. Sah im trüben Licht, das aus dem Korridor hereinfiel, das Blut, das langsam aus der Wunde sickerte.

Mit einem heulenden Schrei warf sie das Sägeblatt in die Ecke. Steckte den blutenden Finger in den Mund, rollte sich schluchzend auf dem Boden zusammen. Tränen strömten ihr über die Wangen, während sich das Blut aus ihrem Finger in ihrem Mund verteilte und einen metallischen Geschmack hinterließ.

Metall, dachte sie. *Der gleiche Geruch, als dieser Kerl meinem Sohn die Halsschlagadern durchgeschnitten hat.*

Dann war das Tropfen wieder da.

Das Wasser, das von der Decke fiel.

Das ständige Tropfen, das sie schier verrückt machte.

Aber sie durfte nicht schon wieder schreien. Sie wusste ja

nicht, wann ihr Peiniger wiederkam. Vielleicht lauerte er nur darauf, sie bei einem Fluchtversuch zu beobachten, um ihr dann endgültig alles wegzunehmen. Das Sägeblatt, und damit ihre allerletzte Hoffnung.

Hasserfüllt starrte sie auf den Riegel, wie auf einen alten Erzfeind, den sie schon seit Jahrzehnten jagte und der sich niemals ihrem Willen beugen würde. Der eher sie zerstören würde als sie ihn. Ja, genau das fürchtete sie: Eher würde sie hier verbluten, als dass der Riegel auch nur einen Millimeter nachgab.

Irgendwann, das wusste sie, würde sie den Verstand verlieren. Irgendwann, wenn sie dieses Geräusch, das Tropfen, die ganze Nacht hören musste. Die ganze Nacht und den ganzen Tag. Und dann vielleicht noch eine Nacht. Und noch einen Tag. Und immer so weiter, bis zum bitteren Ende. Aber diese Gedanken waren Gift. Sie durfte nicht aufgeben. Sie durfte nicht wahnsinnig werden.

Noch ein Schlag gegen die Tür, wütend, mit aller Kraft. Sie spürte den Schmerz in Händen und Armen. Doch die Tür ging nicht auf, gab nicht mal einen Millimeter nach.

Stille. Nur ihr keuchender Atem war zu hören. Und das gottverdammte Tropfen.

Sie rollte sich auf dem Boden zusammen, hilflos, schutzlos, hoffnungslos, wie ein Embryo ohne den Mutterleib.

Ein paar Minuten lag sie wimmernd da und lauschte dem Tropfen des Wassers, so endlos und monoton wie die Schwärze ihres Verlieses.

Ihr Verstand war verdunkelt, ein Nebel vor ihren Augen, der nicht weichen wollte. Das Sägeblatt lag neben ihr auf dem Boden, rot von ihrem Blut, wie ein falscher Verbündeter, der sie verraten hatte. Der Riegel hingegen steckte noch immer schwarz und fest und unzerstörbar zwischen Tür und Wand.

Vielleicht half es zu beten. Sarah war im Glauben aufgewachsen, aber wie so viele Menschen hatte sie diesen Glauben verloren, als der berufliche und private Erfolg sich eingestellt hatte. Jetzt betete sie nur noch, wenn es ihr wirklich schlecht ging.

Gott hilft dir nicht, wenn du nur dann betest, wenn du etwas von ihm willst, sagte eine Stimme in ihrem Kopf. *Du musst auch beten, wenn es dir gut geht. Nur dann hilft dir Gott.* Und dann fügte die innere Stimme ganz leise hinzu: *Aber jetzt ist es zu spät.*

Irgendwann nahm sie das Sägeblatt wieder in die Hand.

Beten half nichts.

Hoffen half nichts.

Nur eines half.

Weitersägen.

Immer weiter.

Durch das Metall.

Und wenn das nicht half, durch ihre Pulsadern.

Oder ihre Halsschlagader.

Dann wäre es vorbei.

8

Er beobachte Kevin Bormann, als er von der Toilette kam.

Er ging an ihm vorbei.

Ihre Blicke trafen sich.

Er hatte ihn nicht erkannt.

So, wie es sein sollte.

Bormann machte an der Bar eine Geste, doch der Barkeeper schüttelte den Kopf.

»Du kriegst nix mehr, hast gesoffen wie 'ne Bergziege!«

»Wat?«, knurrte Bormann, »willste keinen Umsatz machen, Dicker? Du lebst doch davon, dass die Leute hier saufen!«

»Das schon«, sagte der Barmann, »aber erst mal lässt du immer anschreiben und machst hier 'nen dicken Deckel. Außerdem kotzt du mir danach das Klo voll. Da kann ich von deinem Saufumsatz gleich die Kosten für die Putze abziehen, wenn die den Dreck aufwischen muss.«

Bormann wandte sich an Günni. »Ich wisch hier gleich mit dem da auf.« Er zeigte auf den Barmann.

»Lass gut sein, Kevin«, sagte Günni. »Du hast echt genug getankt.«

»Ich fass es nicht. Ich krieg hier nichts zu saufen!« Bormann schaute sich um. »Früher hab ich mit jedem dat Treppenhaus tapeziert, der mir nix zu trinken geben wollte. Und wenn ich mit 'ner Ollen zusammen war und die kein Pils und keinen Kurzen im Kühlschrank hatte, bekam die eins verpasst, die Sumpfkuh!«

Der junge Mann atmete tief durch, dann machte er drei Schritte nach vorne.

»Ich bestelle, und du trinkst«, sagte er und schaute Bormann an. »Wie hört sich das an?«

Bormann glotzte ihn mit trüben Augen verwundert an. »Verarschst du mich, Kleiner? Dann häng ich dich zum Trocknen auf!«

»Aber nein«, sagte der junge Mann. »Sie können mit mir trinken. Wie wär's?«

Günni hatte unterdessen sein Handy gezückt und sprach ein paar Sätze hinein.

»Kevin, ich muss los«, sagte er dann.

»Wat? Wieso?« Bormanns Stimme lallte. Er schaute Günni aus glasigen Augen an.

»Ich muss innen Saunaclub am Ostkreuz. Eine von Carstens Schwalben hat da inne Kasse gegriffen. Fehlen wohl 'n paar Hunnies. Dat müssen wir glattstoßen.«

Bormann zeigte auf den jungen Mann, so unauffällig es ging. »Wat meinste?«, fragte er Günni. »Soll ich mit dem einen zur Brust nehmen? Der Spacko sagt, er zahlt alles.«

Günni lächelte und zeigte zwei Goldzähne. »Nimm, wat du kriegen kannst. Wenn der Schnösel Ärger macht ... mit dem Warmduscher wirste ja wohl noch im Koma fertig.«

»Klaro. Dem Weichei zieh ich die Hose über 'm Kopp aus.«

Er kippte sich den Kurzen hinter die Binde.

Der junge Mann sah ihn an. »Noch einen?«

»Aber sichi!«

Er bestellte noch einen Schnaps. Doch jetzt schüttelte der Barkeeper auch bei ihm den Kopf.

»Wieso das denn?«, fragte der junge Mann. »Ich habe doch bestellt. Darf ich nichts trinken?«

Der Barmann blickte ihn eisig an. »Du schon. Aber du gibst es ja alles der alten Saufziege da drüben.« Er zeigte auf Bormann. »Hab keinen Bock, dass er mir wieder das Scheißhaus vollkotzt. Wenn ihr saufen wollt, dann macht das woanders. Schönen Abend noch!«

Er verschränkte die Arme und spannte die Muskeln. Der junge Mann sah die Totenkopf- und Spinnen-Tatoos auf den mächtigen Oberarmen des Mannes.

»Na gut«, sagte er zu Bormann, »das war ein Rausschmiss. Ich habe aber noch Schnaps im Auto.«

»Na, geil! Dann hol den Stoff mal her, Kumpel, und wir saufen bei mir weiter.«

Der junge Mann nickte. Extrem-Alkoholiker wie Bormann bekam man mit solchen Versprechungen immer.

»Wo wohnst du denn?«, fragte der junge Mann draußen vor der Kneipe. Ein getuntes Motorrad fuhr mit lautem Getöse vorbei.

»Ganz inner Nähe.«

»Ich hol die Flaschen aus dem Auto. Wenn man Durst hat, soll man trinken, nicht wahr?«

Bormann legte ihm die Hand auf die Schulter. Dem jungen Mann war, als würde Eiswasser durch seine Schulter fließen. »Du bis' in Ordnung, Kumpel. Du verstehst mich.«

Der junge Mann nickte. »Ja, wir werden uns sehr gut verstehen.«

Ihre Blicke trafen sich noch einmal.

Bormann hatte ihn noch immer nicht erkannt. Oder wahrscheinlich erst recht nicht.

Der junge Mann lächelte in sich hinein, als er die Flaschen aus dem Auto holte.

Alles war so, wie es sein sollte.

9

»Jetzt blicke ich endlich durch«, sagte Hermann, legte einen Stapel Ausdrucke auf den Tisch und schob die Papiere zusammen. »Kevin Bormann. In den Neunzigerjahren lief ein Prozess gegen ihn. Er war angeklagt wegen Körperverletzung mit Todesfolge.«

»Dann hat er Chantal Wauer umgebracht?«

Hermann nickte.

»Seine Freundin. Chantal Wauer. Er hat sie die Treppe hinuntergestoßen. Sie starb an einem Genickbruch durch den Sturz.«

»Was hat er gekriegt?«

»Zwölf Wochen Entziehungskur. Er war damals starker Alkoholiker. Ist dank des Zwanzigers an einer richtigen Bestrafung vorbeigeschrammt.«

Der Zwanziger, dachte Clara. Paragraf 20 Strafgesetzbuch, der Paragraf, der oft bei Unzurechnungsfähigkeit angewandt wurde.

»Hat es was gebracht?«

»Wahrscheinlich nicht. Aber das ist ja auch nicht der Punkt.«

»Sondern?«

»Alle, die Opfer zweiter Ordnung unseres Killers sind, waren damals an dem Prozess beteiligt.«

»Auch Jochen Färber?«

»Ja. Er war der Polizist, der als Zeuge im Bormann-Prozess ausgesagt hat. Offenbar ist er damals mal von Nachbarn in die Wohnung der Wauers gerufen worden, weil es da ständig Prügeleien und Geschrei gab.«

»Und Gerhard Gerling?«

»Der war der Strafverteidiger von Bormann.«

»Und Sarah Steffen?«

»Die war damals schon Psychiaterin. Hat das Gutachten für Bormann geschrieben.«

»Was könnte das dann sein?«, fragte Winterfeld und blickte von einem zum anderen. »Eine Art Rachefeldzug?«

Hermann zuckte die Schultern und verbog eine Büroklammer, wobei er auf den Aktenstapel schaute. »Kann sein. Bormann rächt sich an allen, die ihm diese Strafe aufgebrummt haben. Der Polizist, der gegen ihn aussagte, der Strafverteidiger, der ihn nicht richtig verteidigt hatte ...«

»... und schließlich«, schloss Winterfeld, »die Psychiaterin, die ihn durch ihr Gutachten in den Zwangsvollzug geschickt hat.«

Clara runzelte die Stirn. »Zwölf Wochen auf Bewährung?« Sie schaute die beiden Männer an und warf dann einen Blick in die Akten. »Das erscheint mir als Strafe aber nicht allzu drakonisch, um einen derartigen Rachefeldzug zu rechtfertigen.« Ihr Blick flog über die Akten. »Und hier steht auch noch, dass der Polizist die zahlreichen Prügelaktionen in der Wauer-Wohnung, wegen denen die Nachbarn die Polizei gerufen haben, eher heruntergespielt hat. Das passt doch alles nicht zusammen!«

»Tja«, sagte Winterfeld. »Die Wege des Herrn, und auch die der Menschen, vor allem die der Justiz, sind bekanntermaßen unergründlich. Außerdem, wer sollte es denn sonst gewesen sein? Chantal Wauer? Das Opfer? Die ist tot.« Er wandte sich an Hermann. »Da stehen doch bestimmt noch andere, die an dem Prozess beteiligt sind?«

Hermann nickte. »Der Richter, ein Schöffe, der Staatsanwalt ...«

»Gut«, sagte Winterfeld. »Diese Leute sind sofort unter Polizeischutz zu stellen. Und wir werden diesem Bormann jetzt mal einen Besuch abstatten!«

10

Fünfzehn Minuten später waren sie unterwegs Richtung Brunnenviertel.

Direkt neben ihnen, an der Ecke Volta- und Hussitenstraße, erhob sich die ehemalige AEG-Montagehalle. Und davor, in gotisch-byzantinischer Manier, das sogenannte Beamtentor. Es wirkte wie ein Bau aus Babylon oder Mesopotamien, mit Backsteinen, goldenen Blitzen und Sternen, dazu Lebensbäume mit Glühbirnen.

Etwas, das nur aus dem neunzehnten Jahrhundert stammen kann, dachte Clara. Einen winzigen Augenblick lang sah sie die Menschen von damals vor sich, die Ingenieure in Gehröcken, gestärkten Kragen und Zylindern, erfüllt von Fortschrittsglaube und der festen Überzeugung, mithilfe der Technik alles besiegen und bewältigen zu können, was die Natur dem Menschen in den Weg legte. Zwei Jahrzehnte, bevor die Titanic gesunken war.

Das Tor hieß »Beamtentor«, weil damals die Beamten und Angestellten durch dieses Tor zu ihren Büros geströmt waren. Das Schlimmste für einen Deutschen ist es, sagte Winterfeld immer, vor einem Schalter zu stehen. Und das Größte, hinter einem Schalter zu sitzen.

Allgemeine Electricitaets Gesellschaft, stand in großen Buchstaben auf dem Tor.

»Tja«, sagte Winterfeld vom Vordersitz aus, als das Tor an ihnen vorbeizog, »damals wurden in Berlin noch große Unternehmen gegründet. Jetzt ist alles vorbei. AEG. Wurde 1996 aufgelöst. Das ist auch bald zwanzig Jahre her.«

MacDeath, der mit Clara auf der Rückbank des Einsatzwagens saß, nickte bloß. Er blätterte in den Ausdrucken, die Hermann ihnen gegeben hatte. »Ich weiß nicht so recht«, sagte er. »Die Morde sind viel zu drastisch für zwölf Wochen Entziehungskur. Und der Modus Operandi ist völlig anders. Was meinen Sie?« Sie waren im Dienst und mit Kollegen zusammen. Wie abgesprochen siezten sie sich wieder. »Glauben Sie wirklich, dass das unser Mann ist? Die Vorgehensweise ist wirklich vollkommen anders.«

»Anders als bei unserem Killer?«, fragte Clara.

»Ja. Der eine hier, dieser Bormann, ist den Unterlagen zufolge ein Trinker und brutaler Schläger, ein Zuhälter aus dem Asozialenmilieu.«

»Passt nicht so ganz«, sagte Clara. »Habe ich ja vorhin schon gesagt. Aber offenbar ist der Spatz in der Hand besser als die Taube auf dem Dach. So haben wir wenigstens einen dingfest gemacht. Auch wenn er es vielleicht gar nicht war.«

MacDeath nickte. »Ja, ich sagte es ja in meiner Vorlesung. Psychopathen wie unser Killer, die eine bestimmte Mission haben, wollen andere um den Finger wickeln, um sie dann mit ihren Schwächen zu konfrontieren und nackt dastehen zu lassen. Sie sind intelligent und gehen sowohl strategisch als auch taktisch vor. So wie Hannibal Lecter mit Clarice Starling. Sie erinnern sich?«

Clara nickte. Der Film war Pflicht am LKA.

»Der hier hingegen«, sagte MacDeath, »ist ein brutaler Säufer, unreflektiert und emotional. Einer, der erst zuschlägt und dann das Gehirn einschaltet – oder das, was davon übrig ist. Vor allem, wenn er seine frühere Partnerin totgeprügelt hat. Offenbar im Affekt. So was würde einem echten Psychopathen oder unserem Killer nicht passieren.«

»Hannibal Lecter.« Clara lächelte kurz. »An den erinnert mich dieser Bormann in der Tat nicht.«

»Nein. Der eine möchte Dominanz und Kontrolle. Der andere konsumiert Alkohol und nimmt Kontrollverlust in Kauf.« MacDeath schüttelte mit Nachdruck den Kopf. »Das ist nicht unser Mann!«

* * *

Sie hatten die Wohnung erreicht. Clara blickte die verwitterte Fassade hinauf. Das Brunnenviertel galt als Problemviertel. Schon vor der Wende war der Todesstreifen direkt durch das Viertel verlaufen, jetzt verlief eine andere, unsichtbare Grenze hindurch. Auf der einen Seite gab es teure Townhouses, auf der anderen Seite Migranten und Hartz-IV-Empfänger.

Bei manchen Menschen herrschte die Angst, ob das Geld für eine warme Mahlzeit am Tag reicht, ob die Miete im nächsten Monat bezahlt werden kann oder ob morgen der Strom abgestellt wird. Bei den Leuten auf der anderen Seite der Bernauer Straße stellte sich die Frage, ob und wie in den Penthouses und Town Houses ein »Wohnen ohne Kompromisse« möglich ist, wie die Werbung sagt. Ob mit fugenlosem Stein in Erdtönen oder einer Duschterrasse aus Naturkieseln. Die neuen Townhouses bildeten eine der ersten »guarded citys« oder »gates communities«, eine von Wachdiensten abgeschirmte Stadt, wie man sie sonst nur aus Südamerika kannte. Der neue Schutzwall war keine Mauer und kein Todesstreifen, es war ein unsichtbarer Wall, der die Reichen vor den Armen abschirmte. Eine Mauer, die das neue Berlin vom alten Berlin abgrenzte. Hier traf Alt auf Neu, Arm auf Reich, Mangel auf Besitz.

Bormann gehörte mit Sicherheit zur ersten Fraktion.

Sie stiegen die schmutzigen Treppen des verwinkelten Treppenhauses hinunter. Marc und Philipp, zwei Männer des mobilen Einsatzkommandos, bildeten mit Gewehren und dem Rammbock die Spitze des Trosses.

»O Gott, der hat 'ne Kellerwohnung«, sagte einer der MEK-Beamten.

Bormann, stand in verschmierter Kugelschreibertinte auf einem gelblichen Klingelschild.

»Zugriff?«, fragte Marc und brachte den Rammbock in Stellung.

»Zugriff«, sagte Winterfeld, ballte die Fäuste und ließ die Gelenke knacken.

11

Das Kellergeschoss, in dem Bormann wohnte, war ein fürchterliches Drecksloch. Es hatte keine Fenster und wurde offenbar von einer Art Lüftung versorgt, die aber, dem Gestank nach zu urteilen, nicht funktionierte.

Schmutzige Wäsche stapelte sich in einer Ecke zu einem hohen Berg. Daneben stand ein Turm aus Bierdosen, Kornflaschen und Pizzakartons. In der Ecke des Raumes sah der junge Mann eine Leiter, die nach unten führte. Ein alter Brunnenschacht, wie es aussah. Flüchtig fragte er sich, ob das Viertel deshalb Brunnenviertel hieß.

Er reichte Bormann eine Flasche, der sie sofort ansetzte und trank, während der junge Mann kurz über die Brüstung des Brunnens in die Tiefe schaute, als wollte er etwas abschätzen.

Drei Meter tief. Unten voller Unrat, den man bis hier oben riechen konnte. Die Gitter an der Kante waren irgendwann abgebrochen; Teile der Balustrade lagen unten im Brunnen, zusammen mit stinkendem Dreck. Bormann schien den Brunnen als bequemen Mülleimer zu benutzen. Nur ausgeleert wurde er offenbar nie.

»Schmeckt's?«, fragte der junge Mann.

»Jau, Mann. Echt stark, der Stoff!« Bormann trank. Er schien nicht zu ahnen, warum dieser Alkohol besonders stark war. »Wat haste eigentlich für 'n komischen Anzug an?«

Der junge Mann würde Bormann niemals erzählen, dass es ein Endlosfaserflies-Anzug war, der am Tatort keinerlei Spuren zurückließ.

»Das ist meine Kellneruniform«, sagte er. »Und Handschuhe

trage ich auch.« Er hob die Hände. »Dann kann ich dir besser nachschenken.«

Bormann saß da, trank und nickte. »Bist ja 'n ganz Feiner. Na, mir soll's recht sein. Hauptsache, et gibt wat zu süffeln.« Er trank wieder.

Der junge Mann beobachtete ihn aufmerksam. *Welche Krankheit wäre wohl mit Alkohol vergleichbar?*, hatte Edgar Allan Poe gesagt. Wer wirklich süchtig war, tat alles, um weiter trinken zu können.

In diesem Moment waren wieder die Bilder vor den Augen des jungen Mannes. Wie sie damals in der Küche gesessen hatten.

»Das sind die letzten paar Mark«, hatte seine Mama immer geklagt. »Das Letzte, was wir für diese Woche haben.«

»Das Letzte?«, hatte Bormann daraufhin zu Mama gesagt. »*Du* bist das Letzte!«

Und dann hatte er Mama geschlagen.

Der junge Mann beobachtete Kevin Bormann weiter, wie er trank und rülpste und sich eine Zigarette anzündete. »Guter Stoff«, nuschelte Bormann. »Geiler Stoff.« Mit diesen Worten schob er die leere Flasche beiseite, um nach der nächsten zu greifen.

Und dieser Hund damals.

Kevin Bormanns verlauster Kläffer.

Dieses zerrupfte, dreckige, bellende Vieh von einem Köter, der nicht mal einen Namen hatte, weil er sowieso nie kam, wenn man ihn rief, und dem der Junge immer einen runterholen musste, damit er zu bellen aufhörte.

Was hatte Bormann damals gesagt? *Einer von diesen stinkenden, kläffenden Kötern, für die man das Wort Gnadenschuss erfunden hat.*

Irgendetwas riss den jungen Mann aus seinen Erinnerungen.

Bormann war plötzlich aufgesprungen und griff sich an den Kopf.

»Was 'n jetzt los, Mann? So 'n Scheißkater hab ich lange nicht mehr gehabt. Verdammter Mist, was ist das?«

»Du musst noch was trinken«, sagte der junge Mann, »das betäubt. Dann gehen die Kopfschmerzen weg.«

Die Schmerzen gehen weg. Das sagte er nur so. Denn die Schmerzen sollten nicht weggehen. Und die Schmerzen würden auch nicht weggehen. Bormann sollte leiden. Sollte bezahlen für alles, was er Mama und ihm, dem jungen Mann, angetan hatte. Und wie aus einem Albtraum tauchten wieder die Bilder vor seinem inneren Auge auf, während er Bormann beobachtete, der mit schmerzverzerrtem Gesicht stumpfsinnig auf die Flasche starrte. So, wie er damals in der schmutzigen Küche gesessen und Mama angestarrt hatte. Feindselig. Hasserfüllt. Und irgendwann war der Schlag gekommen.

Der junge Mann sah wieder das Blut, das Mama aus der Nase spritzte, vermischt mit dem trockenen Knacken, das von der zerbrochenen Tasse kam und von einem anderen, *nassen* Knacken begleitet wurde.

»Verdammtes Miststück!«, hatte Kevin geschrien. »Ich schlag dir die Fresse ein, du elende Schlampe!«

Und er sah das Bild seiner Mama, die zwei Zähne in ihre Handflächen spuckte.

Fluchen und Stöhnen rissen den jungen Mann aus seinen quälenden Erinnerungen. Bormann versuchte wieder aufzustehen, schwankte, hielt sich an der Wand fest, setzte sich wieder hin. Er trank noch einen kleinen Schluck aus der Flasche, die er sich eben erst genommen hatte und die mittlerweile fast leer war, und starrte aus roten Augen ins Leere.

Ein Lidzucken lang hielt er inne, als wäre die Zeit für Sekundenbruchteile stehen geblieben. Dann sank er in sich zusammen und schlief ein.

Der junge Mann entspannte sich. Es würde zwar noch etwas dauern, bis es soweit wäre, doch er hatte Jahre auf diesen Moment gewartet. Da kam es auf eine oder zwei Stunden auch nicht an. Die Nacht war noch lang, und er hatte Zeit. Viel Zeit.

Bormann schnarchte unterdessen laut vor sich hin.

Irgendwann erwachte er.

Erhob sich mit taumelnden Schritten.

Schaute den jungen Mann an. Blieb wie erstarrt stehen.

Dann riss er die Augen auf und erbrach sich würgend in einem ekelhaften Schwall, dass das Erbrochene drei Meter weit spritzte, bis an die gegenüberliegende Wand, wo verblichene Pin-up-Girls hingen, an deren Achtzigerjahre-Bikinis jetzt Bormanns Kotze herunterrann.

»Heilige Scheiße, was is' 'n das für 'n Zeuch?« Bormann setzte sich mühsam wieder auf und fixierte den jungen Mann. »Duuuu«, brachte er dann schleppend hervor. »Wat waaar dat? Dat ... dat bekooommt mir nich'!« Er stand auf, machte zwei Schritte und schlug der Länge nach auf den Steinfußboden. Er stöhnte, spuckte einen blutigen Zahnsplitter aus. »Scheißeee ...«

Gut so, dachte der junge Mann. *Auge um Auge, Zahn um Zahn.*

Dann sah er seine Mama, sah noch einmal, wie sie die Zahnsplitter in ihre Hand spuckte, sah, wie sie von Bormann die Treppe hinuntergestoßen wurde, wie sie versuchte, sich mit der Hand am Geländer festzuhalten, jedoch ins Leere griff. Und dann hatte Bormann noch einmal zugetreten. Und der Junge hatte das trockene Knacken gehört. Hatte den blutigen Speichel gesehen, der der Mama aus den Mundwinkeln rann.

Bormann hob den Kopf. Glotzte den jungen Mann an. Rieb sich die Augen. Glotzte wieder. Rieb sich noch einmal die Augen und schrie los: »Ich kann nix sehen! Ich kann nix mehr sehen! *Scheiße, Mann, ich seh nix mehr!*«

Er rappelte sich schwankend auf. Blut tropfte von seinen Lippen, und die dreiviertel leere Schnapsflasche zerstob in einem Sturm aus tausend Scherben auf den Steinen. Bormann tappte auf den jungen Mann zu, rannte gegen einen Schrank, von dem Gläser und Flaschen zu Boden fielen und auf dem Steinboden zerschellten.

Der junge Mann stand auf. Stellte einen Fuß vor den anderen. Wartete.

Bormann sah tatsächlich nichts. Er war blind. Er stolperte über einen Fuß des jungen Mannes, kippte vornüber und schlug mit grausamer Wucht auf dem Steinfußboden auf, inmitten der Scherben der Schnapsflasche. Er stieß ein wut- und schmerzerfülltes Geheul aus und hob sein zerschnittenes, blutiges Gesicht, während er im gleichen Moment noch einmal mit einem rülpsenden Geräusch einen Schwall von Erbrochenem ausspuckte.

»Du Arschloch!«, schrie er. »Ich krieg dich! Wo bist du? *Wo bist du?*«

Der junge Mann sah die blutige, mit Erbrochenem verschmierte Fratze Bormanns, so wie er damals das geschundene, blauschwarze Gesicht seiner Mama gesehen hatte, die Hämatome, die aufgeplatzte Haut an ihrer linken Schläfe, das blutige Erbrochene an Nase und Mund. Wieder sah er ihr Bild vor Augen, deutlicher als das zerschmetterte Gesicht Bormanns. Seine Mama. Er musste sie festhalten, musste bei ihr sein. Sie hatte doch sonst niemanden. Sie durfte nicht allein sein. Wenn sie tot war, würde auch er tot sein. Er würde bei seiner Mama bleiben. Gemeinsam in der Wohnung, wie in einem großen Sarg.

Sie hatte gesagt: »Ich liebe …« Und dann nichts mehr. Der Moment, als ihre Augen brachen. Ihr letzter Blick galt ihm.

Er schaute wieder auf das Polaroidfoto, das damals, an Weihnachten, die Nachbarin gemacht hatte und das ihn bei Mama auf dem Schoß zeigte. Er hatte es immer dabei. Er blickte auf das Foto, während Bormann sich erneut aufrappelte und wieder hinfiel. Und als der junge Mann auf das Foto schaute, stiegen ihm Tränen in die Augen, so wie damals, als er mit seiner toten Mama auf dem dunklen Flur gelegen hatte. Seine Tränen waren auf Mamas Kopf getropft und hatten sich mit dem Blut vermischt, das aus ihren Mundwinkeln gesickert war.

Bormann lag unterdessen auf dem Bauch, die blinden Augen geöffnet. Keuchend, hektisch atmete er die modrige Luft des Kellers, schnappend, panisch, wie ein Fisch auf dem Trockenen. Noch einmal atmete er stoßweise ein. Dann aus. Ein. Aus.

Dann schlug sein Kopf schwer auf den Boden, und er lag still.

Narkotischer Schlaf, dachte der junge Mann und schaute auf die Uhr.

So wie damals bleich und vorsichtig das Licht in den Flur gekrochen war und die Augen und das Gesicht seiner toten Mama mit einem falschen, hoffnungsvollen Farbton versehen hatte, so musste auch oben, draußen vor dem Keller, in diesen Minuten der Tag die Umgebung erobern.

Fünf Uhr früh.

Der junge Mann nahm einen Lappen. Tränkte ihn mit der Flüssigkeit aus der zweiten Flasche, die Bormann nicht angerührt hatte. Dann legte er Bormann den Lappen unter das Gesicht und den schlaffen, offenen Mund, aus dem stoßweise die Luft drang, als hätte Bormann Kiemen und keine Lungen.

Der Junge entzündete ein Streichholz. Warf es auf das Tuch.

Fauchend fing der Lappen Feuer. Im selben Moment sprang Bormann mit fürchterlichem Geheul auf, taumelte in die eine Ecke, dann in die andere, bis er sich schließlich, wie ferngesteuert, dem Brunnenschacht näherte, um dann kurz davor abzudrehen.

Er stampfte in seiner schäbigen Wohnung brüllend auf und

ab, wie ein ferngesteuerter Roboter ohne Fernsteuerung. Taumelte hier gegen den Stapel Bierdosen, die klappernd zu Boden fielen, lief dort gegen einen schmuddligen Schrank aus Pressspanholz, der krachend und Staub aufwirbelnd zu Boden fiel, ehe Bormann selbst noch einmal der Länge nach hinschlug.

»Du Arschloch!«, kreischte er. »Ich bin blind! Wo bist du, du Drecksack?«

Dann wimmerte er eine Zeit lang vor sich hin, bevor er mit beiden Fäusten auf den Boden schlug und sich unglaublicherweise noch einmal aufrappelte.

Blind tastete er sich voran. Übergab sich noch einmal. Grünliches Erbrochenes lief aus seinem Mund über sein stockfleckiges Hemd, ohne dass er es bemerkte. Grunzend, brüllend tappte er auf den Brunnen zu.

Noch ein Schritt, dachte der junge Mann, *nur noch ein einziger Schritt, und ich bin am Ziel.*

Bormann stand blind und schwankend vor dem Brunnenschacht. Er holte Luft, blieb vor dem Abgrund stehen, ohne zu wissen, dass es nur wenige Zentimeter vor ihm abwärts ging. Doch er hatte keine Zeit mehr, darüber nachzudenken. Gerade als er dabei war, sich noch einmal zu erbrechen, bekam er von hinten den Stoß. Bevor er auch nur ein Wort sagen oder einen Laut hervorbringen konnte, stürzte er, würgend und schreiend zugleich, begleitet von einem Schwall Erbrochenem, der ihm aus dem Mund schoss und wie ein bizarrer Kometenschweif mit ihm in die Tiefe segelte.

So fiel er kopfüber und schlug, nach einem kurzen, vertikalen Flug, mit einem trockenen Krachen direkt mit dem Kopf auf dem steinernen Boden auf. In einem Meer aus Blut und Hirnmasse, Schleim und Erbrochenem, die Wirbelsäule an mehreren Stellen gebrochen, Schädelknochen und Schädelbasis zerschmettert, brach er tot in sich zusammen wie ein Turm, der gesprengt wird.

Zuckend lag er da, bis die letzte Bewegung erlahmte.

Der junge Mann schaute zufrieden über den Brunnenschacht nach unten.

Kevin Bormann war Geschichte.

12

Sarah Steffen hatte es geschafft. Zwar waren ihre Hände blutig und voller Blasen, ihr Hals und der Schulterbereich so verspannt, als hätte sie Eisenspäne in den Muskeln, aber sie hatte es tatsächlich geschafft. Sie hatte den Eisenriegel durchgesägt, war in einem unbewachten Moment aus dem Verlies geflohen und hatte die Chance, dem Verrückten zu entkommen.

Der Weg durch den Wald war unendlich.

Der Weg über das Feld war unendlich.

Die Füße taten ihr weh, so wie alle Muskeln, die sie seit Tagen oder gar Wochen kaum benutzt hatte, und sie hatte jegliches Zeitgefühl verloren. Doch sie nahm keine Notiz von alledem. Der Schmerz war in der letzten endlosen Zeit ohnehin ein ständiger Untermieter in ihrem Körper geworden.

Sie hatte kein Handy.

Sie hatte gar nichts.

Sie schrie sich die Seele aus dem Leib, doch niemand hörte sie.

Irgendwann vernahm sie ein fernes, an- und abschwellendes Rauschen. Sah eine Abgrenzung aus Büschen, Bäumen und Lärmschutz.

Die Abgrenzung einer Autobahn.

Sie nahm alle Kraft zusammen und schritt schneller aus.

* * *

»Hier Krause, Direktion sechs, VB eins«, rief der Beamte ins Telefon. »Wir brauchen einen Notarzt, sofort.«

Er schaute in den Innenspiegel und beobachtete, was im hinteren Teil des Polizeibusses vor sich ging. Die Frau trug eine von Dreck starrende Hose und eine weiße, mit Blut und Schmutz beschmierte Bluse, die ihn an eine Mischung aus Schlafanzug und Leichenhemd erinnerte. Der Sommerregen, der seit ungefähr einer halben Stunde auf Berlin niederging, hatte die Frau bis auf die Haut durchnässt, aber sie schien keine Notiz davon zu nehmen. In ihrem Schritt war ein dunkler Fleck. Offenbar hatte sie unterwegs ihre Blase entleert, ohne Halt zu machen. Oder schon vorher. Es wusste ja niemand, wer sie war und woher sie kam. Die strähnigen Haare hingen ihr nass und wirr ins Gesicht, und ihre Augen funkelten panikerfüllt in ihrem hageren, von Schmutz starrenden Gesicht.

Sie hatten die Frau vor zehn Minuten auf dem Standstreifen gesehen. Wie ferngesteuert war sie dort entlanggelaufen und hatte ab und zu in Richtung der Autofahrer gewinkt. Irgendwann hatte einer die Polizei angerufen, und die Beamten hatten dem Streckenabschnitt mitgeteilt, wo die Verrückte herumirrte.

Krause und seine Kollegen hatten sie dann auf der A 10 nahe Karlshorst am Berliner Ring zuerst gesehen, eine einsame, gespenstische Gestalt, die mit ruckartigen Schritten auf dem Standstreifen durch den Sommerregen irrte.

Als das Polizeifahrzeug vor der Frau stoppte, hatte sie sich mit den Händen an den Kopf geschlagen, den Blick zum Himmel erhoben und einen langen, hohlen Schrei ausgestoßen. Dann hatte sie irgendetwas gebrabbelt, aber Krause hatte sie kaum verstanden, höchstens ein paar Worte, die sich anhörten wie *Er ist noch dort, er ist noch dort!* Dabei hatte sie nach Norden gezeigt und ein paar regelrechte Luftsprünge auf dem nassen Standstreifen der Autobahn vollführt. Danach hatte sie sich auf die nasse Straße gesetzt und an einen Pfosten der Leitplanken gelehnt, den sie dann geradezu umarmt hatte.

Und dann hatte sie hemmungslos geweint.

Jetzt saß sie im Mannschaftswagen.

Alkohol hatte die Frau offenbar keinen getrunken, aber das sollten die Ärzte gleich in der Klinik feststellen. Ob andere Drogen eine Rolle spielten, vermochte Krause nicht zu sagen.

Er ging nach hinten in den Mannschaftswagen und reichte der Frau einen Becher Wasser. Der Notarzt musste jeden Moment da sein. Wie es aussah, war die Frau völlig dehydriert.

Auf einem iPad des Kollegen war die Website des LKA offen. Krause sah eine Liste vermisster Personen, nach denen die Fahndung auf Hochdruck lief.

Er schaute auf das Display, dann auf die Frau, die leise vor sich hin brabbelnd neben ihm saß.

Vorsichtig näherte er seine Hand ihrem Kopf. Wartete, ob sie zurückzuckte. Aber das tat sie nicht. Offenbar vertraute sie ihm.

Dann strich er ihr eine nasse, vor Schmutz starrende Haarsträhne aus dem Gesicht.

Blickte in ihre Augen.

Und erstarrte.

13

Es roch nach Blut, Feuer und Alkohol. Und nach Tod.

»Wenn das Bormann ist, dann kann er's nicht gewesen sein«, sagte Winterfeld.

»Jedenfalls nicht mehr«, ergänzte MacDeath.

Der Mann, der vor ihnen lag, war toter als tot.

Mit Hilfe der Feuerwehr hatte die Spurensicherung eine übel zugerichtete Leiche aus dem Brunnenschacht gezogen, der Teil des muffigen Kellers war. Marc und Philipp und zwei weitere Beamte vom mobilen Einsatzkommando standen mit ihren schwarzen Masken, ihren Einsatzuniformen und ihren Gewehren daneben und kamen sich ziemlich überflüssig vor.

Claras Blick schweifte über das aufgedunsene Gesicht des Toten. Sie versuchte, den Geruch beginnender Leichenfäulnis, den Gestank einer völlig verwahrlosten Wohnung und die Ausdünstungen von Alkohol zu ignorieren, so gut es ging, während sie die Leiche betrachtete. Der Kiefer und das Gesicht des Mannes waren blutüberströmt, die Haut an den Wangen war abgeschürft, Jochbein und Nasenbein zerschmettert. Der Schädel gebrochen, Hirnmasse blitzte glitschig zwischen Bormanns fettigen Haaren hervor. Sein Gesicht hatte lange in seinem eigenen Erbrochenen gelegen, sodass sich ein Teil der Haut durch die Magensäureeinwirkung abgelöst hatte. Teile des Gewebes waren darunter zu sehen, und ein Stückchen Kinnknochen schimmerte hervor. Die vom Erbrochenen verätzte Haut und der Kopf, der durch die Stauchung tiefer im Genick saß als normal, verliehen der Leiche, abgesehen vom vielen Blut und dem zerschmetterten Jochbein, ein bizarres Aussehen.

Clara hielt sich ein Taschentuch vor die Nase, obwohl sie es sich auch gerne vor die Augen gehalten hätte. Glücklicherweise war es in diesem dunklen Kellerverschlag um einiges kühler als draußen, sonst hätte die Leiche sicher schon ganz anders gerochen. Es war beinahe kalt hier unten, jedenfalls, wenn man aus der Gluthitze des Tages hier herunterstieg.

»Der ist offenbar kopfüber da reingefallen«, sagte Winterfeld und zeigte mit dem Finger nach unten Richtung Brunnenschacht. »Und so wie es hier riecht, war er nicht ganz nüchtern.« Die Nase des Mannes war derart in Mitleidenschaft gezogen worden, dass sie wie ein verbogener blutiger Knopf aus dem verwüsteten Gesicht ragte.

»Wahrscheinlich ist vom Sturz auch sein Genick gebrochen und die Wirbelsäule gestaucht«, sagte von Weinstein, der eben mit einem Kollegen, einen Asservatenkoffer in der Hand, den Raum betreten hatte. Ein Polizeifotograf begann Fotos zu machen, bevor die Leiche zur Obduktion nach Moabit gebracht werden sollte.

»Der ist ganz schön im Eimer, was?«, fragte Winterfeld respektlos.

»Ja, wenn ich das vor lauter Erbrochenem, Blut und Schleim erkennen kann«, entgegnete Clara. Vom Blitz der Kamera tanzten bunte Schatten vor ihren Augen. Schaudernd blickte sie in das, was vom Gesicht des Mannes übrig war, und schaute in die Augen, die irgendwie schief und verdreht in den Höhlen lagen. »Offenbar ist durch den Sturz auch der Augenhöhlenboden gebrochen«, sagte sie. »Der Mann muss da frontal heruntergefallen sein. Oder …«

»Oder?«, fragte Winterfeld.

»Oder jemand hat nachgeholfen. Besoffen war der Kerl bestimmt schon länger, so wie es hier riecht und wie es hier aussieht. Und dann hat ihm eventuell noch jemand einen letzten Tritt verpasst.«

»Klingt umständlich«, sagte Winterfeld, »ihn auf diese Weise zu töten. Sieht mir eher so aus, als wäre das Kind im Vollrausch in den Brunnen gefallen, um mal das Sprichwort zu bemühen. Verwunderlich, dass ihm das nicht früher passiert ist.«

»Eben«, sagte Clara. »Genau das wundert mich auch!«

Winterfeld streckte sich. »Schlage vor, gleich in den Saal mit ihm, wenn die Spurensicherung hier durch ist.«

Von Weinstein nickte.

»Der Saal« war die Abkürzung für den Sektionssaal, wo die Obduktionen vorgenommen wurden.

Claras Handy klingelte. »Vidalis.«

»Polizeidirektion sechs hier, Abschnitt zweiundsechzig, Marzahn Hellersdorf, Funke mein Name.«

»Was kann ich für Sie tun?«

»Ich habe gerade mit Ihrem Kollegen Martinek gesprochen. Er hat mir geraten, mich gleich mit Ihnen in Verbindung zu setzen.«

Clara merkte, wie ihr Herz vor Aufregung schneller schlug. Hatten sie etwa jemanden gefunden?

»Sagen Sie bloß, Sie haben eine der Personen von der Liste?«

»So ist es! Eine Frau, um die fünfzig. Wie es aussieht, ist es Sarah Steffen.«

Sarah Steffen, dachte Clara. *Die Psychiaterin, deren Sohn vom Killer die Halsschlagadern durchgeschnitten worden waren.*

»Wo ist sie?«

»Die Kollegen haben sie auf der Stadtautobahn aufgegabelt. Es geht ihr gar nicht gut. Sie ist in der Intensivstation des UKB.«

»Ist sie ansprechbar?«

»Das weiß ich nicht. Mit den Kollegen hat sie wohl ein paar Worte gewechselt.«

»Alles klar«, sagte Clara. »Ich komme sofort hin!«

Sie beendete die Verbindung. Schaute Winterfeld und Mac-Death an.

»Wir haben eine«, sagte sie und konnte die Aufregung in ihrer Stimme kaum zügeln. »Das letzte Opfer zweiter Ordnung. Die Mutter von Tobias Steffen!«

»Sarah Steffen?« Winterfeld ließ beinahe die Taschenlampe fallen.

»Sie ist im UKB. Ich fahre sofort hin.« Clara war schon auf dem Weg zur Treppe. »Ich sehe zu, dass ich mit ihr sprechen kann. Sagt mir Bescheid, wenn die Obduktion mit Bormann durch ist.«

»Aber natürlich, Señora«, sagte Winterfeld. »Große Augenblicke teilt man mit Freunden.«

14

Clara fuhr mit Vollgas über die Landsberger Allee in Richtung Biersdorf, Bezirk Marzahn-Hellersdorf. Ihr Ziel war das UKB, das Unfallkrankenhaus Berlin, das besonders auf Brandverletzungen spezialisiert war. Die Berliner Brand-Intensivstation, kurz »Brand Intensiv« genannt, war hier stationiert. Clara hatte schon einige der Wunder gesehen, die von den Ärzten dort auch bei großflächigen Verbrennungen vollbracht wurden.

Am Eingang zur Intensivstation kam Clara eine Stationsschwester entgegen.

»Kann ich Ihnen helfen?«

»Das werden wir herausfinden.« Clara zeigte ihren Ausweis. »Ich bin Clara Vidalis, LKA Berlin. Sie haben hier eine Patientin namens Sarah Steffen.«

»Oh, ja, Frau Vidalis. Guten Tag. Ich bin Schwester Lydia«, sagte die rotblonde Frau, die sofort höflicher wurde. »Sie wurden uns schon angekündigt. Herr Funke hat uns angerufen.«

Clara nickte. »Der hat sich auch bei mir gemeldet. Wer hat Frau Steffen identifiziert?«

»Einer seiner Polizeikollegen, soviel ich weiß.« Schwester Lydia schaute in eine Notiz. »Ein Herr Krause. Er hat sie auch an der Autobahn aufgesammelt und dann den Notarzt gerufen. Eine unsere Kolleginnen hat Frau Steffen aber auch erkannt, als sie ihr die Haare gewaschen hat.«

»Haben Sie noch eines der Kleidungsstücke, die sie getragen hat?«, fragte Clara. »Oder eine Haarbürste?« Als sie den verwunderten Gesichtsausdruck der Schwester sah, erklärte sie ihr den Sachverhalt. »Dann können wir die DNA abgleichen und haben hundertprozentige Gewissheit, dass es sich wirklich um Sarah Steffen handelt.«

»Können Sie das hier gebrauchen?« Sie reichte Clara einen Kamm.

Clara nickte. »Das müsste gehen!« Sie steckte den Kamm in eine Asservatentüte.

»Was hat sie denn getan?«, fragte die Schwester und zupfte an ihrem Kittel.

»Sarah Steffen? Gar nichts. Wir nehmen aber an, dass sie bei einem schweren Verbrechen eine Opferrolle spielt.« Clara blickte an der Schwester vorbei zur Intensivstation. »Wie geht es ihr?«

»Im Moment schläft sie, und das ist ein Glück.« Schwester Lydia drehte sich zu der Station um. »Sie war stark dehydriert. Wir rehydrieren sie gerade über einen ZVK mit Infusionen.«

ZVK. Ein zentraler Venenkatheder, dachte Clara.

»Konnten Sie schon mit der Frau reden? Die Polizisten haben offenbar noch nichts aus ihr herausbekommen.«

Die Schwester schüttelte den Kopf. »Wir auch nicht. Und es geht ja auch nicht darum, etwas aus ihr herauszubekommen.« Der Blick der Schwester wurde energisch. »Die Patientin braucht jetzt erst einmal viel Ruhe. Sie hatte einen Kreislaufzusammenbruch und ist stark dehydriert, wie ich bereits sagte. Möglicherweise leidet sie obendrein an einem Trauma, aber das werden wir erst später herausfinden können.«

»Das verstehe ich ja alles«, sagte Clara. »Mir ist klar, dass die Frau Ruhe braucht. Aber sie ist eine wichtige Zeugin in einem sehr brisanten Fall, in dem es um mehrere Morde geht.«

»Mehrere Morde?« Schwester Lydia blickte sie entgeistert an. »Davon stand nichts auf der LKA-Website. Da stand nur das Übliche ... seit längerem vermisst ... zweckdienliche Hinweise nimmt jede Polizeidienststelle entgegen ...«

»Es geht um mehrere Morde, denen noch weitere folgen können«, fuhr Clara unbeirrt fort. »Es könnte sein, dass Sarah Steffen in der Gewalt des Mörders gewesen ist, sodass sie uns einiges über ihn sagen kann.« Sie machte eine Kunstpause und ließ die Worte auf Schwester Lydia wirken. »Je eher wir mit Frau Steffen reden können, desto höher ist die Wahrscheinlichkeit, dass wir Menschenleben retten. Unschuldige.«

Die Schwester wand sich einen Moment. Dann blickte sie nach hinten und öffnete die Tür zum Zimmer von Sarah Steffen.

»Also gut«, sagte sie mit einer Stimme, die kaum mehr als ein Flüstern war. »Aber nicht länger als fünf Minuten. Wir nehmen an, dass die Patientin traumatisiert ist. Seien Sie also vorsichtig.«

Sarah Steffen lag regungslos da, inmitten von Schläuchen, Kabeln und Apparaten. Das Gesicht war hager und ausgezehrt, die Augen lagen tief in den Höhlen. Clara sah, dass die Frau wach war. Ihr Blick war hektisch und unruhig, als rechnete sie damit, dass jederzeit irgendetwas Schreckliches im Zimmer auftauchen könnte.

Hinter ihr blinkte ein Überwachungsmonitor. EKG-Elektroden waren an ihrem Oberkörper und den Armen befestigt. Die Herzfrequenz wiederholte sich mit einem regelmäßigen Piepton, und auf einem Monitor waren die Herzschläge in einem grünen Diagramm auf schwarzem Grund zu sehen. An ihrem Zeigefinger leuchtete rot eine Pulsoxymetrie, mit der per Lichtverfahren der Sauerstoffgehalt im Blut über die Blutfrequenz im Zeigefinger gemessen wurde. Verschiedene Infusionsnadeln hingen an ihrem zentralen Venenkatheder, durch sie mit Flüssigkeit und Elektrolyten versorgt wurde.

»Denken Sie bitte daran, vorsichtig zu sein. Wir möchten nicht, dass es zu einer Retraumatisierung kommt«, flüsterte Schwester Lydia.

»Natürlich«, sagte Clara und setzte sich auf einen Stuhl am Bett der Patientin, die sie ein wenig ängstlich beobachtete. »Ich heiße Vidalis, Clara Vidalis«, stellte sie sich vor. »Ich bin vom LKA Berlin, Kriminalpolizei. Ich bin gekommen, um Ihnen zu helfen.«

Sarah Steffen nickte unmerklich.

Als Schwester Lydia gegangen war, zog Clara das Foto von Bormann hervor.

»Ich weiß, das alles ist hart für Sie. Ich werde Sie auch nicht länger belästigen als notwendig.« Clara beugte sich vor. »Ich weiß, dass es nicht schön war, was Sie erlebt haben.« Clara vermied bewusst, Worte wie »traumatisch«, »schrecklich« oder »grauenvoll« zu verwenden. Was man hörte, konnte in der Vorstellung schnell wieder Realität werden, und der Patient wäre auf der Stelle retraumatisiert. Sagte sie hingegen »nicht schön«, blieb meist nur das Wort »schön« hängen.

»Der Mann, mit dem Sie zu tun hatten ...«, sie zeigte Sarah das Foto von Kevin Bormann, »war es der hier?«

Sarah Steffen öffnete ein paar Mal den Mund. »N... nein«, stammelte sie schließlich. Es klang, als wäre ihre Kehle völlig ausgetrocknet. Clara reichte ihr eine Schnabeltasse mit Wasser, das sie dankbar trank. »Nein, der war es nicht. Völlig ausgeschlossen. Der bei mir ... war jünger.«

»Jünger?«

»Viel jünger«, flüsterte sie. »Und der hier, der sieht doch aus wie ein Penner.«

Clara nickte. »Er war Hartz-IV-Empfänger und Alkoholiker, beides schon seit Langem.«

»Eben«, sagte Sarah mit brüchiger Stimme. »Die Statur ist auch ganz anders. Der war es nicht. Und der spricht bestimmt auch anders.«

»Wie hat denn ...«, begann Clara. »Wie hat denn der Mann bei Ihnen gesprochen?« Sie wollte keine Worte wie »Entführer« oder Ähnliches verwenden, um die Frau nicht noch mehr aufzuregen.

»Sein Wortschatz war sehr ausgewählt ... mit Metaphern und Beispielen und Fremdwörtern ... ganz anders, als so einer«, sie zeigte mit zitternder Hand auf das Foto, »sich ausdrücken könnte.«

»Und das ist Ihnen aufgefallen?«

»Das lernt man als Psychiaterin.«

»Verstehe.«

Sarah erwiderte nichts. Beide Frauen schwiegen eine Zeit lang.

»Haben Sie seine richtige Stimme gehört?«, fragte Clara dann.

»Nein. Ich ... ich glaube, er hatte einen Stimmenverzerrer. Ich bin nicht sicher, ob ich sie wiedererkennen würde.« Sie setzte sich aufrecht hin. »Haben Sie seine Stimme?«

Clara schüttelte den Kopf. »Leider nicht.« Sie überlegte einen Moment. Der DNA-Probe zufolge war Sarah Steffen dabei gewesen, als ihr Sohn ermordet worden war. Clara hatte ein ungutes Gefühl bei der Frage, aber sie musste das Thema ansprechen, solange die Erinnerung der Frau noch einigermaßen frisch war. Vielleicht konnte sie dadurch herausfinden, ob Sarah den Killer nicht doch irgendwie einordnen konnte.

»Als Sie Ihren Sohn zuletzt gesehen haben«, sagte Clara, »war da ...«

Die Wirkung dieser Worte war durchschlagend. Clara sah, wie der Frau das Gesicht entglitt, als wären ihre Züge aus Wachs, das sich einer lodernden Flamme näherte. Sie riss die Augen auf und stieß einen langen, schrillen Schrei aus.

»Mein Sooohn! Wo ist er? *Wo ist er?*«

Sie setzte sich ruckartig auf, zerrte an den Kabeln.

»Er war dort. Er war dort! Nicht der auf dem Foto! Sondern der, der ihn mir genommen hat! Der meinen Sohn ermordet hat! Und ich musste es mit ansehen!«

Clara erkannte, dass sie bei Sarah Steffen soeben eine Erinnerung geweckt hatte, die sie besser unter der Decke des Vergessens gelassen hätte. Doch Sarah Steffen umklammerte bereits Claras Handgelenk wie ein Schraubstock. Clara konnte nicht glauben, wie viel Kraft in dem ausgemergelten Körper steckte. »Ich musste alles sehen! Alles! Wie er starb! Das Blut! *Das viele Bluuut!*«

Hinter ihr fingen die Geräte laut zu piepen an. Das EKG machte verrückte Sprünge, als wäre es kein Herzschlag, sondern der Aktienkurs irgendeiner dubiosen Internet-Firma.

Doch auch wenn sie die Erinnerung an Steffens toten Sohn besser nicht losgetreten hätte – hilfreich war die Information, die Clara gerade bekam, dennoch. *Es stimmt also,* dachte sie. *Sie ist tatsächlich dort gewesen.* Sarah Steffen hatte den Mord an ihrem Sohn miterlebt. Der Täter hat nicht nur die DNA der Frau am Tatort platziert, sie war dabei gewesen.

Aber das war nicht das Problem, das Clara im Moment zu schaffen machte. Wieder stieß Sarah Steffen einen schrillen Schrei aus. Wieder riss sie an den EKG-Sonden und an dem ZVK in ihrer Vene. »Ich muss ihn kriegen!«, kreischte sie. »Ich ... muss ... ihn ... kriegen! Er hat meinen Sohn! Meinen *Sooohn!*«

Ihr Kinn zitterte, Speichel flog aus ihrem Mund, als sie schrie, während ihre Augen abwechselnd teilnahmslos blickten, dann wieder vor Schrecken geweitet waren.

»Mein Sooohn!«, schrie sie. »Mein Sooohn!« Tränen strömten ihr über die Wangen. Sie lag da wie ein waidwundes Tier. Oder nur wie eine Mutter, die ihr Kind verloren hatte.

Clara spürte den Schmerz, als wäre er ihr eigener. Denn auch sie hatte etwas verloren. Damals. Ihre Schwester Claudia, die von einem perversen Scheusal entführt worden war. Sie spürte den Schmerz noch heute.

Doch nun musste sie etwas unternehmen. Wenn die Frau weiter so schrie, war gleich das gesamte Krankenhauspersonal hier. Und dann würde sie nie erfahren, wer der Mörder ...

Sie spürte den harten Griff an der Hand. Von jemandem, der

es gewohnt war, hart zuzupacken, im wahrsten Sinne des Wortes.

Die Krankenschwester.

»Jetzt reicht's!«, zischte Schwester Lydia. »Ich hatte Ihnen doch gesagt, Sie sollen die Patientin schonen! Und was tun Sie?«

»*Mein Sohn ist tot!*«, schrie Sarah Steffen und krallte ihre Finger in ihre Haare.

»Ich muss einen Mord aufklären. Das ist eine laufende Ermittlung«, verteidigte sich Clara.

»Einen Dreck müssen Sie! Verlassen Sie sofort dieses Zimmer!«

Clara ließ es geschehen, dass Schwester Lydia sie langsam, aber bestimmt aus dem Zimmer schob, während ein Assistenzarzt zum Bett eilte und Sarah eine Spritze setzte. Sekunden später war sie ruhig.

Als die Tür geschlossen war, wandte Clara sich an die Schwester. »Hören Sie, wir ermitteln hier in einem Mord. Und es geht nicht nur um ein Opfer, sondern um mindestens drei. Wir können es uns nicht leisten, dass noch mehr Menschen sterben. Die Frau hat vielleicht den Mörder gesehen oder kann uns zu ihm führen.«

»Jetzt hören Sie mir mal zu«, fauchte Schwester Lydia. Alle Freundlichkeit war von ihr abgefallen. »Diese Frau ist unsere Patientin. Wir sind für ihre Heilung zuständig. Wenn Sie die Frau in einen Zustand versetzen wie eben, gefährden Sie ihr Leben. Dann werden wir Ihnen untersagen, überhaupt noch einmal mit ihr zu reden, das verspreche ich Ihnen. Es sei denn, es geht ihr wieder sehr viel besser. Ich sage es noch einmal: Wir sind für ihre Heilung zuständig!«

»Und ich für Recht und Gesetz. Wir suchen einen Mörder«, erwiderte Clara, gab sich aber innerlich bereits geschlagen.

»Das ist mir egal.« Schwester Lydia verschränkte die Arme.

»Wir haben hier das Hausrecht. Die Patienten kommen zuerst. Wenn Sie uns weiterhin Ärger machen, lasse ich Sie aus dem Haus werfen.« Dann wurde ihre Stimme leiser. »Oder wollen Sie wirklich, dass die Patientin womöglich einen Herzinfarkt bekommt und stirbt?«

Clara ließ die Schultern sinken. Hier war nichts zu machen. Die Schwester hatte in der Tat das Hausrecht, genauso wie die Ärzte, und nicht sie, Clara Vidalis – LKA hin oder her. Und wenn Sarah Steffen an einem Herzinfarkt starb – und daran fehlte offenbar nicht viel –, würden sie gar nichts mehr von ihr erfahren, es sei denn, sie hätten einen Geisterbeschwörer.

Claras Handy klingelte. Eine SMS von MacDeath:

Sektion von Bormann ist im Gange. Kommst du auch?

Bormann? Was half der ihnen noch? Er war es ja offenbar nicht gewesen.

Bedrückt verließ Clara das UKB, stieg ins Auto und fuhr zur Rechtsmedizin nach Moabit. Die DNA-Probe von Sarah Steffen, die die Schwester ihr gegeben hatte, nahm sie mit.

15

Der war's nicht, hatte Winterfeld gesagt, als sie die Leiche Kevin Bormanns aus dem Brunnenschacht geborgen hatten.

Jetzt lag das, was von Bormann übrig war, auf dem Obduktionstisch bei Weinstein. Und Kevin Bormann konnte es tatsächlich nicht gewesen sein. Jedenfalls nicht mehr. Das Gesicht war schrecklich entstellt, der Augenhöhlenboden gebrochen, ebenso das Jochbein, die Nase und der Kiefer. Und was da lag, roch penetrant nach Alkohol. Eine Mischung aus Fusel und Leichenfäulnis, wie ein verwestes Stück Fleisch, das auf einer Grillparty vergessen wurde und neben einer Flasche billigem Schnaps verrottete.

»Der hier ist offenbar durch den Sturz aus etwa drei Metern Höhe gestorben. Wie wir sehen und riechen«, er schnüffelte demonstrativ, »war der Kerl sternhagelvoll. Und das wohl nicht nur mit Alkohol.«

»Womit denn noch?«, fragte Winterfeld. »Drogen?«

»Dazu kommen wir gleich.« Von Weinstein schaute kurz auf den aufgeschnittenen Körper und die Organe, die bereits auf dem Organtisch am Fußende der Leiche lagen. Dann zeigte er auf den deformierten, blutigen Schädel. »Wie Sie sehen, sind sowohl Ober- als auch Unterkiefer gebrochen. Die Unterlippenschleimhaut ist durchgequetscht, der Mund voller Blut, und mehrere Frontzähne im Kiefer fehlen oder sind stark gelockert.« Er wackelte mit dem Finger an einem der Zähne. Ein leises Knirschen war zu hören. Clara schüttelte sich und holte zischend Luft.

Von Weinstein zeigte auf das rechte Ohr des Toten. »Aus dem

rechten Gehörgang ist Blut ausgetreten, ein klares Indiz für einen Schädelbasisbruch.

Außerdem sind Nase, Kiefer und Jochbein infolge des Sturzes zertrümmert und der Schädel angebrochen. Der Mann ist frontal mit dem Kopf auf dem Boden aufgeschlagen.« Von Weinsteins Stab zog weiter Richtung Oberkörper. »Beide Arme sind an Elle und Speiche gebrochen. Das heißt, er hat noch versucht, sich vor dem Sturz abzustützen, was aber nicht funktioniert hat.«

»Ein Angreifer mit einem Baseballschläger oder so etwas kann es nicht gewesen sein?« Das war Winterfeld.

Von Weinstein schüttelte den Kopf. »Nein, das wären völlig andere Verletzungen. Und auch die Abwehrverletzungen wären ganz anders. Und dass auch die Wirbelsäule an mehreren Stellen gestaucht und gebrochen ist, spricht eindeutig für einen Sturz, nicht für eine gewaltsame Attacke mit einem Baseballschläger oder was auch immer.«

Ein Sektionsassistent hatte gerade die Schädelhaut abgezogen und mit einer oszillierenden Säge den Kopf aufgesägt. Nun nahm er das Gehirn heraus und reichte es von Weinstein.

»Hier haben wir's«, sagte der. »Das Hirn ist geschwollen, ein Zeichen des zentralen Todes, wie man sagt.« Er legte das Gehirn auf eine Wage. »Zirka 1480 Gramm«, murmelte er. »Anderthalb Kilo. Größer und schwerer als normal.«

»Ein Alki als Intelligenzbolzen?«, fragte Winterfeld, der sich einen unpassenden Spruch mal wieder nicht verkneifen konnte.

»Das hat mit der Größe nichts zu tun«, sagte von Weinstein und legte das Gehirn zurück auf den Organtisch. »Bei einer Hirnschwellung durch zu viel Alkohol wird das Gehirn größer. Der Besitzer wird aber nicht unbedingt schlauer – es sei denn, er lässt das übermäßige Saufen.« Er zeigte auf das Gehirn. »Außerdem sehen wir hier, dass Hirnstamm und Atemzentrum geschädigt sind.« Er wies auf eine Stelle des Gehirns, wobei Clara beim besten Willen nicht erkennen konnte, wo von Weinstein dort irgendwelche Schädigungen erkennen konnte.

»Dann ist er an einer Alkoholvergiftung gestorben?«, fragte sie.

»Abwarten.« Er machte einen Schnitt und zog den Magen aus Bormanns aufgeschnittenem Leib. Es stank nach Alkohol und billigem Fusel wie in einer Eckkneipe. »Aromatischer Geruch«, sagten die Rechtsmediziner dazu immer. Clara fand es wenig aromatisch. Zimtkekse rochen für sie aromatisch, aber kein toter Säufer.

Von Weinstein wühlte weiter in den Innereien herum.

»Enddarm ist geweitet. Sie wissen ja«, er blickte in die Runde, »beim zentralen Tod kommt es zur Hirnschwellung. Gleichzeitig haben wir Blut- und Saftstau in der Lunge und in den sogenannten weiten Hohlorganen: Magen, Darm und Blase.« Er griff in den Körper hinein. »Hier die Blase mit fast fünfhundert Millilitern Urin.«

Er zog die Blase hervor.

Clara musste würgen.

»Und hier die Leber.« Er zeigte auf das Organ, das er halb aus dem Körper gezogen hatte. »Gelbbraun. Komplett knotig umgebaut und verdreht. Das heißt schwere Leberzirrhose. Lange hätte der es eh nicht mehr gemacht.«

»Und was heißt das?«, fragte Clara und wandte den Blick ab.

»Dass es sich um eine unspezifische Vergiftung handelt.«

»Durch Alkohol?«

»Durch etwas Alkoholisches«, verbesserte von Weinstein.

»Kommen Sie, Kollege«, sagte Winterfeld. »Sie wollen es ja nur wieder spannend machen. Die Leiche ist seit zwei Stunden hier. Da können Sie mir doch nicht erzählen ...«

»Na gut, gewonnen.« Von Weinstein nestelte an seiner Brille. »Wir haben einige seiner Organe schon zu einem Schnelltest in die Toxikologie gebracht. Es war kein Ethanol, kein klassischer Alkohol, also kein C_2H_5OH. Es war die Vorstufe davon. Ein Kohlenstoffatom weniger.«

»Moment mal«, sagte Clara. »Sie meinen … Methanol?«

»CH_4O. Sie sagen es.«

»Also hat ihn jemand mit Methanol vergiftet? Das Zeug, von dem man blind wird?«

»Oder er hat es sich selbst reingepfiffen. Solche Storys hört man ja öfter. Von Arbeitern in russischen Eisenbahndepots, von dummen Touristen in den Arabischen Emiraten. Bei der Menge tippe ich aber darauf, dass jemand Bormann immer wieder zum Trinken animiert hat, als der schon angeschlagen war.«

»Von Methanol wird man doch blind, oder?«, wiederholte Winterfeld.

»Das auch. Von wenig Methanol wird man blind. Von viel wird man tot.«

»Er war aber nicht sofort tot«, sagte Winterfeld. »Er hat sich möglicherweise wieder aufgerappelt. Die Spurensicherung hat Fingerabdrücke und DNA in der ganzen Wohnung gefunden, insbesondere an der Wand, am Geländer und an der Kante, die zum Brunnen hinunterführte.«

»Die Abdrücke könnten auch älter sein.«

»Könnten.«

»Der Tod durch Methanol kann sich lange hinziehen.« Von Weinstein musterte Clara und Winterfeld mit bedeutungsschwangerem Blick. »Wobei man nicht am Methanol als solchem stirbt, sondern an den Abbauprodukten. So wie man bei einem Kater keine Kopfschmerzen wegen des Alkohols hat, sondern aufgrund der Stoffe, die beim Abbau des Alkohols entstehen.«

»Und was für Produkte entstehen beim Abbau von Methanol?«

»Übles Zeug«, sagte von Weinstein. »Formaldehyd und Ameisensäure, beides in hohem Maße toxisch.«

Er nahm die Lunge aus einer Organschale und schnitt seitlich an dem Organ entlang. Clara musste unbewusst an einen Thanksgiving-Truthahn denken. Weinstein würde einen guten Werbeträger für Familienfeste abgeben. Die Art, wie er die Lunge aufschnitt, hatte etwas Gravitätisches, Feierliches.

Er machte einen Flachschnitt am Lungengewebe entlang, ergriff dann die Lunge und drückte. Eine schaumige Flüssigkeit blubberte hervor.

»Da haben wir's«, sagte er. »Die Lunge ist erst einmal dunkellila und auch noch überwässert. Das bedeutet Blut- und Saftstauung im Organ. Ebenso ist das Atemzentrum gelähmt. Und hier ...«, er zeigte noch einmal auf die Lunge, »haben wir Fremdmaterial und Speisebrei in den Bronchien. Er hat also auch seinen Mageninhalt eingeatmet.«

»Und was war das?«

Von Weinstein ergriff ein Glas, das neben dem Tisch stand. »Hier ist der Mageninhalt. Ich vermute, dass es so etwas wie Döner war. Vermischt mit sehr viel Alkohol.« Dann zeigte er auf die Halspartie des Toten.

»Der Genickbruch kam erst kurz danach. Wir haben keine Unterblutungen an der Wirbelsäule.«

Clara nickte. Hätte es Unterblutungen an der Wirbelsäule gegeben, wäre das der Beweis, dass Bormann an dem Genickbruch gestorben war.

»Und woran genau ist er gestorben? An dem Sturz oder an etwas anderem?«, fragte sie.

»Das ist fast eine Art Polytrauma«, antwortete von Weinstein, »also ein Todesfall mit mehreren Ursachen, wo jede Ursache für sich allein ausreichen würde, um den Tod herbeizuführen. Die Vergiftung durch Methanol, der Sturz in den Brunnen, das Ersticken an Erbrochenem.«

»Und der hier ist erstickt?«

»Sieht auf den ersten Blick so aus. Das gibt es aber öfter«, sagte von Weinstein. »Man nennt es Mageninhaltsaspiration. Bewusstlose, gerade sogenannte Alkoholintoxikierte, atmen manchmal ihren eigenen Mageninhalt ein, insbesondere, wenn sie sich in einer liegenden Position befinden. Wenn Leute bewusstlos sind oder stark alkoholisiert, fehlt der schützende Hustenreflex.«

Clara hatte noch den Anblick des Erbrochenen vor Augen, das nicht nur den Boden des Brunnen bedeckt, sondern mit dem Bormann die ganze Wohnung vollgespritzt hatte.

»Dann hat Bormann sein Erbrochenes wieder eingeatmet?«

»Ja. Eine Aspiration, also das Einatmen von flüssigem oder festem Fremdmaterial, kann besonders bei größeren Mengen dazu führen, dass das Opfer erstickt. Die agonale Aspiration beschränkt sich auf die Luftröhre und die daran anschließenden Hauptbronchien, während die vitale, also die zu Lebzeiten stattgefundene Aspiration bis in die Peripherie, also die kleinsten Bronchien und Lungenbläschen auftritt. Ich habe das erst kürzlich erlebt. Speisebrei landete in den Bronchien, ging dann in die Lunge, und das war's.« Er machte eine Pause. »Darum ist es so wichtig, Bewusstlose in eine stabile Seitenlage zu bringen und den Kopf nach hinten zu überstrecken. Dann passiert nichts.«

»Ist nicht mal irgendein Rockstar an seinem eigenen Erbrochenen erstickt?«, fragte Winterfeld.

»Sie meinen Jimi Hendrix«, sagte von Weinstein. »Ja.«

»Ich meinte nicht Jimi Hendrix, der war vor meiner Zeit.«

»Sondern?«

»Bon Scott, der erste Sänger von AC/DC.«

»Ja, das wird behauptet«, sagte von Weinstein.

»Behauptet klingt so, als wäre es nicht wahr.«

Clara glaubte ihren Ohren nicht zu trauen. Sie ermittelten in einem dringenden Mordverfahren, und ihr Chef und der Rechtsmediziner unterhielten sich über AC/DC.

»Ich habe mich mit der Story mal beschäftigt«, sagte von Weinstein. »Egal was ich tue, macht es nicht nach, hat Scott immer gesagt. Er ist im Februar 1980 in London gestorben. Es war drei Grad über dem Gefrierpunkt an diesem Abend in London, als Bon Scott mit seinem Kumpel Kinnear in London auf Sauftour ging. Nach der durchzechten Nacht fuhr Kinnear in den frühen Morgenstunden mit seinem Renault nach Hause. Bon Scott schlief auf dem Beifahrersitz ein, war nicht wach zu bekommen und wurde von Kinnear im Wagen zurückgelassen. Am nächsten Abend erst wurde der Sänger tot aufgefunden, immer noch im Wagen liegend, so wie Kinnear ihn zurückgelassen hatte. Dem offiziellen Totenschein zufolge, dem Death Certificate, ist Bon Scott an einer akuten Alkoholvergiftung gestorben. Inoffiziell heißt es, er sei an seinem Erbrochenen erstickt.«

»Und? Ist er?«, fragte Winterfeld.

»Nein«, sagte von Weinstein. »Er ist erfroren.«

»War es denn so kalt?«

»Nachts war es um die drei Grad. Und er war sechzehn Stunden in dem Auto.«

Winterfeld schüttelte den Kopf. »Da erfriert man doch nicht, vor allem, wenn man in einem Auto liegt.«

»Er ist aber erfroren«, beharrte von Weinstein, »da bin ich ganz sicher.« Er hob dozierend die Hände. »Er war ein solch hoffnungsloser Alki, der konnte gar keine richtige Alkoholvergiftung mehr kriegen, in deren Folge er sein Erbrochenes hochwürgen könnte. Ich sagte ja, das passiert nur, wenn man richtig betrunken ist. Und richtig betrunken konnte der gar nicht mehr werden.«

»Ich dachte, man hätte Erbrochenes in den Atemwegen gefunden?«

Von Weinstein nickte und zeigte auf Bormanns Lunge. »Ja, das kann aber ebenso gut post mortem geschehen sein. Erbrochenes oder Mageninhalt in den Atemwegen sagt nichts über die Todesursache aus. Ich sagte ja, im Sterben setzen die Schutzreflexe aus, und hervorgewürgter Speisebrei wird möglicherweise wieder eingeatmet.« Er zeigte zur Untermalung auf die Speise- und Luftröhre Bormanns, als läge Bon Scott vor ihnen. »Ebenso kann postmortal Mageninhalt die Speiseröhre hinauf laufen und beim Transport der Leiche in die Luftröhre gelangen.«

»Und warum ist dieser Sänger erfroren? Kann es nicht eine andere Todesursache gegeben haben?«

»Nun ja, drei Grad Celsius und sechzehn Stunden in dem Auto.« Er gab seinem Sektionsassistenten ein Zeichen. »Den Kopf kannst du schon mal zumachen. Danke. Was wollte ich sagen …? Ach ja. Hoher Alkoholkonsum erweitert die Gefäße, was zu einer sehr viel schnelleren Auskühlung führt. Erst kühlt die Körperoberfläche aus, dann auch der Körperkern. Damit ist es sehr wahrscheinlich, dass Scott in dem Auto schlicht und einfach bei plus drei Grad erfroren ist. Denn Tod durch Erfrieren ist sogar bei Temperaturen von bis zu zehn Grad Celsius möglich. Nicht nur, wenn die wärmeabgebende Körperoberfläche, wie zum Beispiel bei Kindern, relativ zum Gewicht größer ist, oder wenn die Kleidung feucht ist, sondern auch durch Umstände, wie sie bei Bon Scott maßgeblich zum Tod beigetragen haben: Immobilität und fehlende Muskelarbeit zur Wärmeerzeugung. Er lag sechzehn Stunden regungslos im Auto. Hinzu kommen physische Ermüdung, Unterernährung und so weiter. Gerade Letzteres ist bei Alkoholikern, die sich oft nur von ihrer bevorzugten Flüssignahrung ernähren, häufig zu beobachten.«

»Haben Sie mal einen Brief nach London an die Rechtsmedizin geschrieben?«, fragte Winterfeld.

»Sie werden es nicht glauben, aber genau das habe ich.«
»Und? Was gehört?«
»Floskeln, sonst nichts.«
Winterfeld antwortete, indem er den Text von »Highway to hell« von AC/DC zitierte und leise die Melodie dazu summte:

»Don't need reason, don't need rhyme,
Ain't nothing I would rather do,
Going down, party time,
My friends are gonna be there too.
I'm on the highway to hell.«

Clara konnte nur den Kopf schütteln. »Das ist ja alles gut und schön, Leute«, sagte sie. »Nun aber zurück zu Mister Bormann. Was lehrt uns die Tatsache, dass er tot hier liegt?«
»Dass er sich selbst oder jemand anders ihn mit Methanol vergiftet hat«, sagte von Weinstein. »Möglich ist beides. Der erste Fall, dass er selbst es war, ist allerdings wahrscheinlicher.«
»Dann hat er sich ursächlich durch das Methanol vergiftet und ist dann entweder an seinem Erbrochenen erstickt oder hat sich im Brunnen das Genick gebrochen?«
Von Weinstein nickte. »Oder beides. Das Methanol kam aber zuerst.«
»Wenn wir jetzt dachten, Bormann wäre der Mörder gewesen«, sagte Clara, »der Rache an dem Anwalt, der Psychiaterin und allen am Prozess Beteiligten nehmen wollte ...« Sie blickte Winterfeld an. »Das wäre für einen Toten eine außergewöhnliche Leistung.«
»Kann man wohl sagen. Also muss jemand anders der Mörder sein«, sagte Winterfeld.
»Und da Bormann offenbar von irgendjemandem mit Methanol ermordet wurde«, fuhr Clara fort, »könnte derjenige,

der das getan hat, genau diese Person sein. Der wahre Mörder! *Wenn* es so ist. Und der, den wir für den Täter hielten, nämlich Bormann, ist am Ende auch eines seiner Opfer geworden. Ähnlich wie bei den anderen, den Opfern zweiter Ordnung, wie wir sie so schön genannt haben.« Sie überlegte einen Augenblick. »Es sind auch noch keine Infos von den Vermissten aus der Fahndung und der Pressekampagne eingegangen. Und warum ist dieser Mann gewaltsam gestorben? Kann er trotzdem der Mörder der anderen sein? Oder gibt es einen Puppenspieler hinter all dem? Haben wir es wieder mit einem Phantom zu tun, wie beim Namenlosen?«

»Wer weiß«, sagte Winterfeld.

»Wer weiß«, sagte von Weinstein.

»Dann, liebe Kollegen«, schloss Clara, »sollten wir uns die Prozessunterlagen noch einmal genauer anschauen, ob nicht noch jemand anders in Frage kommt, der ein ebenso starkes oder sogar noch stärkeres Motiv hat. Oder wir müssen in einer anderen Richtung suchen.«

»Was immer Sie sagen, Señora«, murmelte Winterfeld.

Claras Handy klingelte. Es war die Nummer des Unfallkrankenhauses in Marzahn.

16

Der junge Mann hatte einen weißen Kittel angezogen. Bei all den Studenten und Ärzten im praktischen Jahr und der Schlagzahl und Hektik, die in einem Krankenhaus heutzutage herrschten, fiel es niemandem auf, ob in einem Ärztekittel ein Gesicht steckte, das man kannte oder nicht.

Er sah sie. Noch vor Kurzem hatte er sie in seinem Keller gesehen. Anders. Aber irgendwie doch genauso. Genauso verletzlich. Genauso hilflos. Jetzt konnte sie sich nicht einmal mehr bewegen, weil sie eine Beruhigungsspritze bekommen hatte.

Danke, Clara Vidalis, dachte er. Und er meinte es ernst. *Du hast die Frau so sehr aufgeregt, dass man dich aus dem Zimmer geworfen hat, und der Frau wurde eine Spritze verpasst, sodass sie jetzt nichts mehr mitbekommt. Danke, Frau Kommissarin.*

Gut, dass Vidalis auch die Sache mit dem Sohn angesprochen hatte. Es war ja auch nicht schön gewesen, was er mit dem Burschen angestellt hatte.

Aber meistens war es besser, gefürchtet als geliebt zu werden.

Er schaute auf die Frau in dem Bett. Sie war in seinem Kellerverlies gewesen. Und jetzt war sie wieder in einem anderen Verlies. Das eine war schwarz, das andere weiß. Geändert hatte sich eigentlich nichts. Denn sie war wieder bei *ihm*. Sie konnte ihm nicht entkommen, was sie auch tat. Er war immer da.

Immer.

Er schloss die Tür hinter sich, betrachtete sie noch einen Moment, sah und hörte das EKG, das hinter ihr piepte, sah das

Heben und Senken ihrer Brust, sah die geschlossenen Augenlider, die manchmal zuckten. Vielleicht träumte sie schlecht. Doch vor schlechten Träumen brauchte sie keine Angst mehr zu haben. Ihr nächster Schlaf würde ein Schlaf ohne Träume sein.

Ein ewiger Schlaf.

Er hatte ein Paar Handschuhe aus dem Verbandswagen vor der Tür genommen und angezogen. Und eine 100ml Spritze. Er öffnete die Plastikverpackung, nahm die Spritze heraus und zog sie leer auf, bis der Stempel bei hundert Millilitern war.

Er nahm einen Zugang des Zentralen Venenkatheders in die Hand, über den Sarah Steffen mit Elektrolyten versorgt wurde, schraubte das Rädchen am Infusionsschlauch nach oben, drehte den Dreiwegehahn zu und schraubte die Infusion ab. Dann steckte er stattdessen die mit Luft gefüllte Spritze in die Öffnung, drehte den Hahn wieder auf und injizierte Sarah Steffen hundert Milliliter Luft in die Vene.

Ein paar Sekunden lang geschah nichts.

Dann fing das EKG wild zu piepen an. Schuld daran war eine Kombination aus Luftblasen in der Herzhöhle und einer beginnenden schweren Herzrhythmusstörung.

Der junge Mann warf die leere Spritze in den Mülleimer. Auf dem Weg nach draußen zog er die Handschuhe aus. Mit schnellen, aber nicht zu schnellen Schritten lief er zum Ausgang und steckte die Handschuhe in die Tasche.

In diesem Moment war Sarah Steffen bereits tot.

17

Der Anruf traf Clara wie ein Hammerschlag.

»Sarah Steffen ist tot.« Nach einer winzigen Pause: »Wir vermuten eine Lungenembolie.«

»Wir sehen uns!«, stieß Clara hervor.

Damit ließ sie Winterfeld und von Weinstein im Obduktionssaal mit der nach Alkohol stinkenden Leiche Kevin Bormanns stehen, rannte hinaus zum Wagen und raste von Moabit aus Richtung Marzahn.

Als sie dort eintraf, waren die Notärzte gerade mit der Wiederbelebung fertig. Wobei »fertig sein« nicht ganz stimmte, denn das hätte ja bedeutet, dass die Wiederbelebung erfolgreich gewesen war. So war es aber nicht, obwohl sie alles versucht hatten. In den fünfundvierzig Minuten, als Clara in Moabit vor der Leiche Kevin Bormanns gestanden hatte, war Sarah Steffen verstorben. Einer der Ärzte war gerade dabei, den Totenschein auszufüllen.

Clara griff zum Handy, um den Staatsanwalt anzurufen und eine Sofortsektion der Leiche zu erwirken.

Moabit, überlegte sie. *Das rechtsmedizinische Institut. Da, wo ich gerade herkomme, geht sie nun hin.*

Sie verscheuchte diesen Gedanken und wandte sich an die Schwester. Es war Schwester Lydia, die Frau, die Clara vorhin vor die Tür gesetzt hatte.

»Hat irgendjemand etwas gesehen?«

»Sie schickt der Himmel«, sagte die Schwester, den Tränen nahe.

»Auf einmal?«

Schwester Lydia zeigte auf das EKG. »Sehen Sie das? Als wäre es zu einer Embolie gekommen. Es kann ein Herzinfarkt gewesen sein. Stressbedingt.«

»Es kann aber auch sein, dass jemand nachgeholfen hat, oder?«

»Sie sind die Kriminologin«, sagte die Schwester. »Und ich bin kein Arzt. Aber ja, es könnte sein, auch wenn ein Herzinfarkt in Anbetracht des Zustands der Patientin niemanden erstaunen würde, und bei all dem Stress, dem sie ausgesetzt wurde ...«

Clara hörte den leisen Vorwurf in der Stimme, als wollte die Schwester sagen: Wäre es ein Herzinfarkt, wären Sie nicht ganz unschuldig daran, denn Sie mussten ja unbedingt noch den Sohn aus dem Hut zaubern.

»Gut«, sagte Clara. Und wunderte sich wieder einmal darüber, in welch unpassenden Situationen die Menschen manchmal »gut« sagten. »Ich schaue mich ein bisschen um und bin gleich wieder da.«

Sie rief Winterfeld an.

»Was Neues, Señora?«

»Ich weiß noch nicht. Schicken Sie ein paar Beamte vorbei, die die Leute vernehmen.«

»Glauben Sie, es war Mord?«

»Keine Ahnung. Wenn, müsste der Täter verdammt schnell sein. Und verdammt abgebrüht. Wie kann er wissen, dass Sarah Steffen hier ist?«

»Manche riechen so was«, sagte Winterfeld. »Halten Sie die Ohren steif.«

»Ja. Wir hören uns.«

Clara beendete das Gespräch.

»Frau Vidalis ...«

Eine Stimme ließ sie herumfahren.

Ein junger Mann im weißen Kittel stand vor ihr, offenbar ein Assistenzarzt.

»Kann ich Ihnen helfen?«, fragte Clara knapp. Sie hatte keine Lust auf Smalltalk, aber vielleicht hatte der Mann ja irgendetwas gesehen.

»Erinnern Sie sich nicht an mich?«, fragte der Arzt. »Wir haben uns nach der Vorlesung von Dr. Friedrich vor ein paar Tagen kurz unterhalten.« Clara erinnerte sich an die Vorlesung, zu der sie etwas später dazugekommen war, erkannte den Mann aber trotzdem nicht.

»Ihr Kollege ist auch hier«, fügte der junge Arzt hinzu.

Clara zog die Stirn kraus. »Welcher Kollege?«

»Na, der junge Mann, der ebenfalls bei der Vorlesung von Dr. Friedrich war. Vor ein paar Tagen. In der Humboldt-Uni. Sie waren doch auch da. Haben ganz oben gesessen. Der junge Mann hat Dr. Friedrich assistiert. Wie hieß er noch ...?«

»Sie meinen Herrn Martinek?«

»Der war's!«

Was die Leute so alles sehen, ging es Clara durch den Kopf. *Wer braucht da noch die NSA?*

»Und Herr Martinek ist hier?« Hinter Claras Stirn arbeitete es. Warum war Karl hier? Hatte er Sarah Steffen gesehen? Oder hatte er gesehen, wer bei ihr war? Ermittelte er jetzt auf eigene Faust? Er war ein Heißsporn, der es fertigbrachte, dem Täter hinterherzufahren und sich selbst in Gefahr zu bringen.

»Ich habe ihn eben noch gesehen«, sagte der junge Arzt. »Ich wollte mit ihm sprechen, aber er schien es sehr eilig zu haben.«

»Als ob er jemanden verfolgt?«

»Ja, ganz genau.«

»Okay, danke«, sagte Clara und zückte wieder ihr Handy. »Vielen Dank. Wir sehen uns.«

Sie musste Karl finden. Musste hören, was er gesehen hatte. Falls er etwas gesehen hatte.

Und überhaupt – was hatte er hier eigentlich zu suchen?

Sie sah überall die »Handys verboten«-Schilder und eilte nach draußen, um in Ruhe zu telefonieren.

Betrat den Parkplatz.

Und sah Karl. Er stieg in ein Auto und fuhr los.

Hinterher, dachte sie und rief Winterfeld an. »Ich habe hier noch eine heiße Spur.«

»Sie machen es aber spannend.«

»Sobald ich Näheres weiß, sag ich's Ihnen. Vielleicht ist es eine falsche Spur. Dann will ich es nicht beschreien und am Ende doof dastehen.«

»Verstehe ich, Señora«, sagte Winterfeld. »Nur die Paranoiden überleben.«

Clara blickte auf ihr Handy. Der Akku war fast leer.

Was soll's, sagte sie sich. Sie wollte ja Auto fahren und nicht telefonieren.

Sie stieg in den Wagen und gab Gas.

Sollte sie Karl per Handy anrufen? Aber wenn er hier auf eigene Faust ermittelte, würde er möglicherweise sofort anhalten. Außerdem wüsste er dann, dass sie hinter ihm her war. Und vielleicht hatte er ja wirklich eine heiße Spur, der Junge war ein cleveres Kerlchen. Dieses Risiko wollte Clara nicht eingehen.

Und dann war da noch die Frage, wer der wirkliche Killer war. War er auch der Mann, der Sarah Steffen gefangen gehalten hatte?

Er ist jünger. Seine Stimme ist anders, hatte die Frau gesagt, die jetzt tot war.

Clara beschloss, MacDeath anzurufen. Sollte er sich um diese Spur kümmern.

Sie nahm ihr Handy, aktivierte das Headset, gab Gas, bog auf die Straße vor dem UKB ein und nahm Karls Verfolgung auf.

18

MacDeath hatte gerade mit Clara telefoniert, als er Winterfelds Büro betrat.

»Na, was gibt's?«, fragte Winterfeld.

»Ich habe darüber nachgedacht, was Sarah Steffen gesagt hat, die Frau, die offenbar in der Gewalt des Killers war und jetzt im Krankenhaus gestorben ist.«

»Gestorben? Oder wurde sie ermordet?«, fragte Winterfeld.

»Wohl eher Letzteres. Das wird uns die Rechtsmedizin ja bald sagen.«

Er setzte sich zu Winterfeld an den Tisch. Der hatte einen Berg Akten vor sich liegen und überlegte, ob er einen Zigarillo rauchen sollte, entschied sich aber dagegen.

»Sarah Steffen hat zu Clara gesagt, der Mann, der sie gefangen hielt, sei jünger gewesen. Seine Stimme würde ganz anders klingen als bei einem Säufer, wie dieser Bormann einer war.«

»Und?« Winterfeld hob das Kinn.

MacDeath hatte einen Stapel Akten dabei. »Clara und ich hatten die Idee, beim Gericht noch mal in den Akten nachzuschauen, wer beim Prozess gegen Bormann noch alles dabei gewesen ist. Einer unserer Assistenten hat diese Akten vorhin bekommen. Ging schneller als gedacht.«

Er breitete die Unterlagen vor Winterfeld aus und fügte den Stapeln auf dem Tisch einen weiteren hinzu.

»Es gab da noch einen Jungen«, sagte MacDeath. »Michael Wauer. Er war der Sohn von Chantal Wauer, um deren Ermordung oder Körperverletzung mit Todesfolge es in dem Prozess ging.«

»Bormann war nicht der Vater dieses Jungen?«

»Nein, er war offenbar ein neuer Freund der Mutter. Der leibliche Vater des Jungen, Uwe Wauer, war ungefähr ein Jahr zuvor verstorben.«

»Hing er auch an der Flasche?«

»Ja«, sagte MacDeath, »hier ist die Akte. Und das Obduktionsprotokoll.« Er zeigte auf ein Foto, auf dem Uwe Wauers von Wasser geschwollener Bauch, bedingt durch die Fehlfunktion der Leber, zu sehen war. »Seine Leber selbst war nur noch ein verhärtetes Knäuel, und in seinem Mund wucherte ein pflaumengroßer, schleimiger Tumor. Auch wenn er gewollt hätte – er hätte keine feste Nahrung mehr zu sich nehmen können.«

Winterfeld verzog das Gesicht.

»Das ist aber noch nicht alles«, fuhr MacDeath fort. »Vom vielen Saufen haben sich Krampfadern in der Speiseröhre gebildet, die dann geplatzt sind. Wauer hat deshalb große Mengen von Blut ausgespuckt. Ich habe so etwas schon mal gesehen. Das Blut schießt mit einem solchen Druck aus dem Mund, dass es bis zur Zimmerdecke spritzt.«

Winterfeld hob die Augenbrauen. »Jackson Pollock lässt grüßen. Und so was hatte der Vater auch?«

»Hier ist noch ein Bild.« MacDeath zog ein Foto aus der Akte. Es zeigte einen Mann, der wie ein toter Fisch auf dem Badezimmerboden lag, in einem Meer von Blut. Ein Zentimetermaß der Spurensuche lag daneben. »So hat der Junge seinen Vater entdeckt. Tot und verblutet. Die Wände, der Boden, die Decke, alles voller Blut.«

»Igitt. Wie hat der Junge das weggesteckt?«

»Wider Erwarten gut, wie es scheint. Er war offenbar erleichtert, als sein Vater starb. Aber dann kam dieser Bormann. Und der war noch schlimmer.«

»Und er hat die Mutter verprügelt?«

»Ja.« MacDeath holte Luft. »Er war derjenige, der die Mutter des kleinen Jungen totgeschlagen hat. Hier ist das Obduktionsprotokoll.«

Winterfelds Blick huschte über den Text. »Schädel- und Genickbruch.«

»Ja, der Kerl hat sie die Treppe hinuntergestoßen und ihr dann noch gegen den Kopf getreten.«

»Hat der Junge das auch gesehen?«

»Schlimmer«, sagte MacDeath.

»Wie meinen Sie das?«

»Es gibt hier einen Auszug aus der Anklageschrift des Staatsanwalts und einen Bericht von der Bereitschaftspolizei.« MacDeath wühlte in der Mappe. »Demnach hat der Junge seine sterbende Mutter die Treppe hinaufgezogen, zurück in die Wohnung. Und dann ...«, er senkte die Stimme, und man sah sogar ihm das Entsetzen an, »... dann hat er die ganze Nacht bei seiner toten Mutter gelegen. Die Nacht und einen Teil des Tages.« Er schaute wieder in den Text, obwohl er den Inhalt wahrscheinlich schon auswendig kannte. »Die Nachbarn haben morgens die Blutspur der Mutter gesehen, die über die Treppe in die Wohnung führte, und haben die Polizei verständigt. Und die haben den Jungen dann gefunden. Eng umschlungen auf dem Flur mit seiner toten Mutter, voller Blut und Tränen.« Er blickte Winterfeld an. »Er hat nicht wahrhaben wollen, dass sie tot ist.«

Winterfeld schnaufte. »Lassen Sie mich raten. Es kam zum Prozess. Und der Mörder, dieser Bormann, hat Bewährung gekriegt. Hat der nicht sogar den Zwanziger bekommen?«

MacDeath nickte. »Ja. Zwölf Wochen Zwangsentzug, und den Zwanziger wegen Alkoholismus und aufgehobener Schuldfähigkeit.«

»Könnte das ein Motiv sein?«, fragte Winterfeld.

»Wir hielten Bormann für den Killer, der jeden umbringt, der mit dem Prozess zu tun hat. Genauer gesagt lässt der Mörder die Menschen leiden, an denen er sich rächen will, indem sie den Tod eines geliebten Menschen mit ansehen müssen. Und wie es scheint, müssen sie dann auch noch bei den Leichen bleiben, ihnen Münzen unter die Zunge legen und dergleichen. Eine Art Begräbnisritual.« Er schüttelte den Kopf. »So ein perfider Mord passt aber nicht zu einem plumpen Säufer wie Bormann. Auch nicht zu den Opfern. Und zu der Strafe erst recht nicht.«

»Und die Opfer«, Winterfeld kniff die Augen zusammen, »bleiben bei den Leichen ihrer Angehörigen, so wie der Junge damals bei seiner toten Mutter, wo er eine Art Totenwache gehalten hat. Alles, was der Junge erleiden musste, müssen auch die erleiden, die den Mörder seiner Mutter zu sanft angefasst haben.«

MacDeath nickte. »Und das könnte sehr wohl ein Motiv sein.«

»Wie alt ist dieser Junge jetzt?«, fragte Winterfeld.

»Er ist 1982 geboren. Zur Tatzeit war er sechs Jahre alt. Dann ist er jetzt ...« Er rechnete kurz im Kopf. »Neunundzwanzig.«

»Bisschen jung für so einen Mörder, nicht wahr?«

»Eigentlich ja.« MacDeath rückte seine Brille zurecht. »Aber wir wissen von Kindern, die aufgrund traumatischer Erfahrungen in der Kindheit viel reifer und weiter sind als andere in ihrer Altersgruppe. Kindersoldaten aus dem Kongo beispielsweise, wenn sie erwachsen werden. Oder Kinder aus Elendsgebieten, die Schlimmes durchgemacht haben. Oder jemand wie Michael Wauer. Obwohl körperlich noch Kinder, sind sie geistig wie Erwachsene. Mit dreißig sind sie wie andere mit fünfzig. Und sie sind dauerparanoid.«

»Das heißt, Michael Wauer könnte mit neunundzwanzig solche Dinge planen wie das hier?«, fragte Winterfeld und zeigte auf ein Foto an seiner Pinnwand, das Tobias Steffens Leiche mit den aufgeschnitten Arterien zeigte.

»Oh ja«, sagte MacDeath. »Es wäre zwar ungewöhnlich, ist aber möglich. Er hat seinen Vater in einem See aus Blut sterben sehen. Er hat mit Bormann die Hölle erlebt. Er hat seine Mutter verrecken sehen und bei ihrer Leiche gelegen. Und dann hat das Gericht ihm auch noch den Mittelfinger gezeigt und den Mörder laufen lassen. Das prägt.« Er rückte näher an den Tisch heran. »Der ist mit neunundzwanzig dreimal so weit – und zehnmal so gefährlich – wie die Riesenbabys unserer Zeit, die mit fünfunddreißig noch zu Hause wohnen.«

Winterfeld nahm einen Zigarillo aus der Packung und suchte nach seinem Feuerzeug.

»Wo haben die gewohnt? Wauer, Bormann und Co meine ich, nicht die Riesenbabys.«

»Im damaligen Westberlin«, sagte MacDeath. »Bezirk Tegel, Reinickendorf. Schon damals ein Problembezirk.«

Winterfeld stand auf und steuerte das Fenster auf dem Flur an, an dem er immer nach draußen rauchte.

»Geben Sie das Hermann«, sagte er. »Wir müssen sofort herausfinden, wo dieser Michael Wauer wohnt. Und rufen Sie Clara an. Sie soll so schnell wie möglich herkommen.«

19

Clara fuhr in hohem Tempo stadtauswärts über die Autobahn, blickte angestrengt auf die Straße und versuchte, sich von Karl nicht abhängen zu lassen. Wahrscheinlich wusste er irgendetwas. Doch ehrgeizig wie er war, wollte er sein Wissen mit niemandem teilen, sondern selbst die Lorbeeren dafür einheimsen.

Das Handy klingelte. Es war die Nummer der Rechtsmedizin, von Weinstein.

»Vidalis«, meldete sich Clara.

»Neuigkeiten«, sagte von Weinstein. »Es ist Sarah Steffen. Das Labor hat den Kamm untersucht, die Sie aus dem Krankenhaus mitgebracht haben. Die DNA entspricht genau der, die die KTU gefunden hat und die auch am Tatort war.«

»Und woran ist sie gestorben?«, fragte Clara. »War es Fremdverschulden oder Mord?«

»Man behauptet immer«, sagte von Weinstein anstelle einer Antwort, »dass Luft im Herzen nicht sichtbar ist. Und dass man jemanden umbringen könnte, indem man ihm Luft in eine Vene spritzt. Das stimmt aber nicht.«

»Sprechen Sie von Sarah Steffen?«, fragte Clara. »Hat jemand ihr Luft in eine Vene gespritzt?«

Sie schaute mit einem Auge auf die Straße, mit dem anderen auf ihr Handy. Nicht mehr lange, und die Batterie machte schlapp.

»Ja«, sagte von Weinstein, der mit einem Sektionsassistenten am Obduktionstisch stand. Auf dem Tisch lag die Leiche von Sarah Steffen. »Das vermuten wir.«

»Können wir zur Sache kommen?«, drängte Clara. »Ich bin unterwegs, und mein Handy ist gleich leer.« Sie wühlte im Handschuhfach, fand aber das Kabel nicht, mit dem sie das Handy am Aschenbecher aufladen konnte.

Von Weinstein sprach weiter. »Wir haben die Leiche schon mal durchs CT geschoben. Ich könnte Ihnen das Bild mailen, aber dann gibt Ihr Handy wohl endgültig den Geist auf. Jedenfalls, auf dem Foto sieht man im Herzen eine schwarze Blase.«

»Und?«

»Schwarz bedeutet Luft.«

»Haben wir das nicht häufiger? Auch bei faulen Leichen?«

»Stimmt«, sagte von Weinstein und gab seinem Assistenten mit einem Nicken zu verstehen, dass er den Brustkorb der Leiche öffnen sollte. Das Skalpell schnitt eine lange Bahn vom Hals bis zum Schambein. Der Sektionsassistent klappte die Haut nach rechts und links auseinander. Dann nahm er eine Rippenschere zur Hand, um die Rippen durchzuschneiden und an das Herz zu kommen.

»Bei faulen Leichen«, fuhr von Weinstein fort, »haben wir dann aber auch Luft im Darm, in der Leber und in den großen Gefäßen, also den Hauptarterien. Hier haben wir das alles nicht. Hier ist sie nur im Herzen. Außerdem ist die Leiche noch warm. Die Restwärme ist noch spürbar. Die Rippenschere, bitte.«

Frisch und warm. Diese Umschreibung passte Claras Meinung nach eher zu Brötchen, nicht zu Leichen.

Der Assistent kniff mit der Rippenschere die Rippen durch. Clara hörte das Knacken sogar durchs Handy.

»Wir machen hier jetzt was Schönes. Die Methode ist wahrscheinlich zweihundert Jahre alt, funktioniert aber nach wie vor sehr gut«, sagte von Weinstein. »Wir haben soeben den Brustkorb aufgeschnitten und die Rippen durchtrennt. Das Herz der Toten liegt vor uns, eingebettet in den sogenannten Herzbeutel, auch genannt Perikard. Das ist ein Sack aus Bindegewebe, der das Herz umgibt und ihm eine Art … sagen wir mal, Beweglichkeit erlaubt.«

»Warum ist das wichtig?« Clara starrte angestrengt auf die Straße und tastete unter ihrem Sitz, ob das Aufladekabel nicht doch da war.

»Wir werden jetzt beweisen – sozusagen live, mit Ihnen am Telefon zugeschaltet –, dass Sarah Steffen an einer Luftembolie gestorben ist, also an Luft im Herzen.«

»Ist ja wie bei *Wetten, dass … ?*«, sagte Clara. Sie ärgerte sich über von Weinsteins Langatmigkeit und hoffte, dass ihr Handy noch ein wenig durchhielt. »Dann schießen Sie mal los.«

Luft im Herzen, das wusste Clara, führte zu Herzflimmern und Herzstillstand. Das Herz konnte dann nicht mehr schlagen. Es war wie mit einer Heizung, bei der sich Luft im Heizungsrohr befand. Da musste der Klempner kommen. Nur beim Menschen war dann alles zu spät. Da gab es in solchen Fällen keinen Klempner, nur den Bestatter.

»Erinnern Sie sich, wie man früher einen Reifen am Fahrrad geflickt hat? Wie man festgestellt hat, wo das Loch im Schlauch ist?«

Clara wunderte sich über die Frage. »Mein Vater hat den Schlauch in einen Eimer Wasser gehalten. Da, wo Luftblasen herauskamen, war das Loch.«

»Und genau das machen wir jetzt hier auch!«

Von Weinstein beschrieb Clara das Vorgehen, während der Assistent den Herzbeutel Mercedesstern-artig aufschnitt und die drei Enden des Beutels mit einer Pinzette nach oben hielt. Gleichzeitig füllte von Weinstein ein Plastikgefäß, in das man sonst den Mageninhalt kippte, mit Wasser und goss das Wasser dann vorsichtig in den Herzbeutel hinein. Dann hob er ein langes spitzes Messer.

»Der Herzbeutel ist jetzt der Wassereimer«, sagte von Weinstein, »das Herz ist der Fahrradschlauch. Und die undichte Stelle … nun, die machen wir jetzt selbst. Wir wollen ja nicht wissen, wo das Loch ist, wir wollen wissen, ob Luft im Herzen ist.«

Er stach mit dem Messer in die rechte Herzkammer. Luftblasen blubberten aus dem Herzen hervor und traten durch das Wasser im Herzbeutel hindurch an die Oberfläche.

»Positiv«, sagte von Weinstein. »Die Luft, die jetzt rauskommt, hat ihr irgendjemand eingespritzt. Wenn Luft in geschlossene Systeme kommt, brechen diese Systeme zusammen. Die Frau ist an einer Luftembolie gestorben. Jemand hat ihr Luft in den ZVK gespritzt.«

Das muss der Killer gewesen sein, überlegte Clara. *Damit sie nichts mehr verraten konnte. Der Mörder war ganz in der Nähe gewesen. Im Krankenhaus. Vielleicht hatte Karl ihn sogar gesehen.*

»Also gut«, sagte Clara, die sich damit abgefunden hatte, dass sie das Ladekabel nicht mehr fand. »Ich muss noch Winterfeld anrufen. Sorgen Sie bitte dafür, dass der gesamte Mülleimer in Sarah Steffens Zimmer konfisziert wird, okay? Wenn wir Glück haben, liegt da noch die Spritze, und wenn wir noch mehr Glück haben, sind da irgendwelche Hautpartikel oder Fingerabdrücke drauf.«

»Wird gemacht. Ich fürchte allerdings«, sagte von Weinstein, »so dämlich ist unser Killer nicht.«

»Das fürchte ich auch. Aber hoffen ist besser als fürchten.« Damit beendete sie die Verbindung und rief Winterfeld an.

20

MacDeath hatte das Jugendamt Tegel auf Rückruf. Wenn dieser Junge, Michael Wauer, beide Eltern verloren hatte, musste er in einem Heim oder irgendeiner Institution für betreutes Wohnen gelandet sein.

Die massige Gestalt Hermanns stand in der Tür.

»Und?«, fragte MacDeath, »was haben wir?«

»Ich habe bei INPOL und POLIS nachgeschaut«, sagte Hermann. POLIS war eine Datensammlung der Landeskriminalämter, in denen Personen gespeichert wurden, die bei einer Straftat als Täter, Opfer oder anderweitig beteiligt waren. INPOL war das bundesweite Informationssystem der Polizei, das blitzschnell Verbindungen zwischen den LKA-Daten und den gespeicherten Daten des Bundeskriminalamts herstellen konnte. »Michael Wauer ist drin. Geboren am neunzehnten November 1982.«

MacDeath nickte zufrieden. »Wo wohnt er jetzt?«

Hermann zuckte die Schultern. »Das wissen wir nicht.«

»Ist er denn nicht beim Einwohnermeldeamt gespeichert?«

»Wir haben nichts gefunden. Fast so wie bei dem Namenlosen.«

»Die Macht zu töten könnte ebenso befriedigend sein wie die Macht zu erschaffen«, murmelte MacDeath.

»Wie bitte?«, fragte Hermann.

»Ach, nichts«, sagte MacDeath. »Das sagt Brandon Shaw in Hitchcocks *Cocktail für eine Leiche*.« Er blickte Hermann an. »Wäre schön, wenn wir seine Adresse kriegen würden. Könnte es sein, dass er seinen Namen geändert hat?«

»Ja, kann sein, aber das würden wir über POLIS nicht herausfinden. Die Daten sind aus den Neunzigern und mit Mühe und Not digitalisiert worden. Die Synchronisierung mit aktuellen Daten wie Adress- oder gar Namensänderungen ist noch nicht drin.«

»Ärgerlich«, sagte MacDeath. »Was sagt denn Clara?«

»Die telefoniert gerade mit dem Oberguru und fährt Karl hinterher. Offenbar hat er eine heiße Spur.« Der »Oberguru« war Winterfeld. »Winterfeld sagt, wir brauchen sie jetzt hier und nicht auf Verfolgungsjagden von LKA-Praktikanten.«

»Könnte es sein, dass Karl mehr weiß als wir?«, fragte MacDeath. »Er ist ja ein schlaues Kerlchen.«

»Er kann trotzdem was erleben, wenn er wieder hier ist, hat Winterfeld gerade gesagt.« Hermann stemmte die Hände in die Hüften. »Wenn er irgendwas weiß, muss er das sofort mitteilen, anstatt auf eigene Faust loszurennen und sich womöglich noch in Gefahr zu bringen.« Er machte eine Pause. »Für Clara gilt das natürlich auch. Rast einfach los und ist nur noch per Handy zu erreichen, wo jede Sekunde der Akku leer ist.« Er drehte sich im Türrahmen um. »Manchmal erinnert sie mich an Clarice Starling.«

In dem Moment klingelte das Telefon auf dem Schreibtisch von MacDeath.

»Friedrich«, meldete er sich. »Jugendamt Tegel? Wunderbar! Betreutes Wohnen? Natürlich. Und er wurde … *was?* Adoptiert? Von wem? Augenblick!«

Er wandte sich an Hermann, der sich wieder in Richtung Büro gedreht hatte, und hielt die Hand über den Hörer. »Steht in der Datenbank irgendwas darüber, wer diesen Michael Wauer adoptiert hat?«

Hermann schüttelte den Kopf. »Nein. Aber das müsste doch das Jugendamt wissen. Also die, mit denen Sie gerade telefonieren.«

»Machen wir es kurz«, sagte MacDeath und sprach wieder ins Telefon. »Wir müssen erfahren, wer Michael Wauer adoptiert hat. Können Sie das herausfinden? Ja, bitte schnell!« Er legte auf und blickte Hermann an. »Die Kollegin ist gerade auf einer Fortbildung, aber in einer halben Stunde ist sie wieder an ihrem Platz. Es gab wohl eine Akutvermittlung vom Jugendamt, nachdem Wauers Mutter tot war.«

»Also wird die Suppe langsam heiß?«

MacDeath nickte. »Hoffentlich verbrühen wir uns nicht.«

21

Es klingelte dreimal, dann hörte Clara Winterfelds Stimme.

»Was machen Sie?«, fragte er. »Wo sind Sie überhaupt?«

»Möglicherweise nahe an der Lösung.« Der Wagen, in dem sie Karl vermutete, war etwa fünfzig Meter vor ihr auf der linken Spur. Sie stellte das Navi leiser und gab Gas. »Was gibt's Neues?«

Winterfeld erzählte ihr kurz und knapp die Geschichte von Michael Wauer und der Adoption, die er eben von MacDeath und Hermann erfahren hatte.

»Könnte Michael Wauer der Killer sein?«, fragte Clara. »Ist der Junge vielleicht der Meinung, die Strafe für den Mörder seiner Mutter sei viel zu mild ausgefallen? Werden deshalb alle Beteiligten in eine Situation gebracht, die der seinen ähnelt, als damals seine Mutter starb? Wo sie erleben müssen, wie ein geliebter Mensch stirbt? Und anschließend müssen sie die Totenwache halten?«

»Ich weiß es nicht«, antwortete Winterfeld. »Sicher, er hätte wegen der Vorkommnisse damals einen Grund, alle Beteiligten zu bestrafen, vielleicht sogar aus Rache zu töten …« Clara hörte, wie Winterfeld in Papieren blätterte. Ein großes Schild zeigte ihr, dass sie soeben Berlin verlassen hatte.

»Aber nach so langer Zeit?«, fragte sie. »Wann ist seine Mutter ermordet worden? Ende der Achtziger? Und jetzt fällt ihm ein, dass er dafür Rache nehmen will? Warum hat er sich dann so lange ruhig verhalten?«

»Vielleicht waren die Wunden verheilt und sind aus irgendeinem Grund erst vor Kurzem wieder aufgerissen.« Was Winterfeld sagte, klang logisch. Aber es waren nur Vermutungen. »Wo sind Sie?«

»A 10, Höhe Schönerlinde, Richtung Mühlenbeck. Nördlich von Berlin. Ich hoffe, ich habe ihn bald. Schicken Sie am besten einen Wagen hinterher, falls wir etwas finden. Was meinen Sie?«

Sie wartete ein paar Sekunden auf eine Antwort, aber es kam keine. War Winterfeld beleidigt?

»Herr Winterfeld? Hallo?«

Keine Antwort.

Clara schaute auf ihr Handy.

Kein einziger Strich mehr beim Akku.

Leer.

»Verdammt!« Sie warf das Handy auf den Beifahrersitz, nahm das Auto, das sie verfolgte, wieder ins Visier und gab Gas.

Sie war von ihren Leuten abgeschnitten. Aber sie war auch frei. Das konnte gut oder schlecht sein.

Oder beides.

22

Clara war dem anderen Wagen über einen langen Waldweg gefolgt. In einigem Abstand, sodass der andere nichts merkte. Manchmal hatte sie befürchtet, die Fährte zu verlieren, falls der Wagen vor ihr plötzlich irgendwo abbog, aber es war ihr gelungen, den Sichtkontakt nicht abreißen zu lassen.

Schließlich hielt der Wagen auf einer Lichtung.

Vor Clara erhob sich ein dunkles Gebäude, das aussah, als hätte es früher irgendeinem Geheimdienst gehört, der dort unerwünschte Personen verschwinden ließ. Und folterte. Oder gleich umbrachte.

Stasi? KGB? NVA?

Clara entsicherte ihre Waffe.

Das gedrungene Gebäude, das sie an eine Festung erinnerte, stand auf einer Lichtung mitten im Wald. Es wirkte wie eine Leiche, die sich langsam, aber beständig aus ihrem feuchten Grab herausarbeitete. Moos wuchs auf den Mauern, dennoch trug das Gebäude nicht die Zeichen des Verfalls, sondern war perfekt in seiner Verkommenheit. Zwar bröckelten die Steine hier und da, aber die Mauer war stabil. So, als sollte niemand, der dieses Gebäude betrat, es jemals wieder verlassen.

Es war schwül. Die Bäume, die um die Lichtung standen, waren in voller Blüte, doch irgendwie hauchte dieser Sommer bereits den Atem des Vergangenen, als würde er geradewegs in den Winter übergehen, ohne Umweg über den Herbst. Der Landstrich hier war so trist wie der graue Beton des Mauerwerks, und ein schwüler, tief hängender Wolkenhimmel kündigte bereits die Schatten des Abends an.

Als Clara sich vorsichtig dem Eingang näherte, lastete ein düsteres, schwer zu beschreibendes Gefühl auf ihr, das aber nicht von poetischen Empfindungen gelindert wurde oder diese erst hervorbrachte wie in vielen Gedichten, die traurig waren, aber dennoch Hoffnung spendeten und einem halfen, sogar Bildern des Trostlosen und Düsteren eine gewisse Schönheit abzuringen. Diesmal halfen ihr kein Byron und kein Shakespeare, wie noch vor Kurzem.

Das Gebäude stand am Rand eines schwarz schimmernden, bedrohlich wirkenden Teiches. Clara blickte in das brackige Wasser. Beinahe rechnete sie damit, Wasserleichen und bleiche Gesichter zu sehen, die sie aus toten Augen vom Grund des Tümpels anblickten, doch sie sah nur das verzerrte Spiegelbild ihrer selbst. Dahinter waren das Gebäude, die grauen Mauern und die blinden Fensteraugen zu sehen, die sie unablässig zu beobachten schienen.

Clara fröstelte unwillkürlich. Noch einmal schaute sie auf die spiegelnde Oberfläche des Teichs.

Was ist wirklich, was ist Traum?, überlegte sie. *Was ist Spiegel, was reale Welt? Ist Karl wirklich hier hineingegangen? Und wenn, wen hofft er hier zu finden? Ist er nicht selbst in Gefahr?*

Sie hob den Blick, schaute vom Spiegelbild im Teich zum Gebäude, um sicher sein zu können, dass es auch in der Realität existierte.

Ja, es existiert tatsächlich.

Ein bleierner Nebel schwebte über dem Teich. Und es schien Clara, als würden selbst die Vögel hier nicht singen. Wie vor einem Gewitter. Vielleicht zog tatsächlich ein Unwetter auf, denn der Himmel war schmutzig grau. Und vielleicht wäre es gut so, denn ein Gewitter würde die Spannung lösen, die Clara bis zum Zerreißen spürte. Ein Gewitter wäre eine Befreiung, denn dies hier war die Ruhe vor einem Sturm, der niemals kam. Dies hier war wie ein Mann, der mit geladener Pistole hinter ihr stand, ohne jemals abzudrücken, der aber immer in ihrem Rücken blieb.

Die Lichtung, das Gebäude, der Tümpel. Alles war perfekt in seiner Verkommenheit, so wie der drückende, schwüle Tag. Mit der toten Sarah Steffen, die im Krankenhaus starb, mit den anderen Leichen und mit dem Kater, der Clara immer noch zu schaffen machte und der von den Whiskys herrührte, die sie mit MacDeath getrunken hatte. Sie spürte die Nachwirkungen noch jetzt, obwohl es vorgestern Abend gewesen war. Und was in der Nacht darauf passiert war, in MacDeaths Wohnung, war auch nicht ohne Bedeutung, ganz und gar nicht. Bei dieser Erinnerung kam Clara sich ähnlich verdorben vor wie der Tümpel.

Dann sah sie den Riss entlang des Mauerwerks, der scheinbar durch den modrigen Boden bis zum Teich führte und sich ebenfalls im Tümpel spiegelte. Es sah aus, als würde er die Realität spalten und sie, Clara, von einer Welt in die andere führen.

Sie hatte nun die Tür erreicht.

Die Schwelle, dachte sie. *Was dahinter liegt, kann ganz anders sein alles, was davor ist. Eine andere Welt.*

Sie öffnete die Tür.

Spürte die Dunkelheit dahinter.

Und betrat das Haus.

23

MacDeath kam in Winterfelds Büro geeilt, hinter ihm Hermann, der einen offenen Laptop dabei hatte. Sein Gesicht war angespannt.

»Bingo!«, sagte MacDeath. »Die Suppe wird heiß!«

»Na, dann mal los«, sagte Winterfeld. »Je schneller wir Bescheid wissen, desto besser. Wir haben nämlich den Kontakt zu unserer Señora verloren.«

MacDeath hob die Augenbrauen. »Wie das?«

»Wahrscheinlich ist der Akku von ihrem Handy leer.« Er hob den Kopf und lockerte seinen Hemdkragen. »Also, was gibt's?«

»Das Jugendamt hat zurückgerufen. Michael Wauer ist adoptiert worden. Es schien ihm lange Zeit gut zu gehen.«

»Also, das verstehe ich nicht«, sagte Winterfeld, rieb sich die Schläfen und trank einen Schluck von dem kalten Kaffee, der seit einer halben Ewigkeit auf seinem Schreibtisch stand. »Entweder ich räche mich sofort an allen, die mich verraten haben, oder ich vergesse das Ganze. Wieso wird er erst jetzt aktiv, wenn seine Mutter 1988 umgebracht wurde?«

»Dazu haben wir diese Daten hier gefunden«, ergänzte Hermann. »Ein weiterer Gerichtsprozess ...«

»... in dessen Verlauf es bei Michael Wauer wohl zu einer Retraumatisierung kam.« MacDeath sprach den Satz zu Ende.

Winterfeld griff sich eines der Papiere wie ein Raubvogel, was gut zu seiner Adlernase passte. »Wurde der Prozess gegen den Mörder von Wauers Mutter wieder aufgerollt?«, fragte er.

»Nein, es ging um eine Sabine Schmidt, offenbar die Freundin von Wauer.«

»Wurde die auch umgebracht?«

»Nicht ganz«, sagte Hermann und öffnete einen der Aktenordner, während er seinen aufgeklappten Laptop zum Schreibtisch von Winterfeld balancierte. »Sie wurde vergewaltigt. Jedenfalls war das die Anklage.«

»Von wem?«

»Von einem gewissen Tom Sperlich.«

»Gibt es wenigstens den noch?«

»Wir haben den Namen durch die BKA-Datenbank gejagt. Sperlich ist seit drei Wochen als vermisst gemeldet.«

Winterfeld hob die Augenbrauen. »Ach was! Hat er sie damals wirklich vergewaltigt?«

»Laut Anklage ja. Wauer selbst hat im Namen seiner Freundin Anzeige erstattet. Allerdings«, MacDeath putzte seine Brille an seinem Hemd, »allerdings waren sie erst achtzig Stunden nach der Tat bei der Polizei. Zu der Zeit waren keine Vergewaltigungsspuren, kein Sperma und keine DNA mehr in Sabine Schmidts Vagina feststellbar. Und K.o.-Tropfen waren auch nicht mehr nachzuweisen.«

»Das heißt also, *in dubio pro reo?«* Winterfeld kaute auf seinem Kugelschreiber.

»Im Zweifelsfall für den Angeklagten, so ist es.« MacDeath klappte den Ordner zu.

»Wauer wurde also zweimal Unrecht zugefügt?«, fragte Winterfeld. »Erst wurde der Mörder seiner Mutter freigesprochen, dann dieser Tom Sperlich?«

»Richtig. Es war aber nicht nur der Prozess, der ihm den Rest gegeben hat. Es war seine Freundin selbst.«

»Wieso? Was hat sie denn getan?«

»Sie hat sich erhängt. Und Wauer war derjenige, der sie gefunden hat.«

Winterfeld blickte einen Moment starr aus dem Fenster. Das Vogelgezwitscher, das durchs offene Fenster drang, passte so gar nicht zu der beklemmenden, angespannten Atmosphäre. Schließlich drehte er sich um und schaute seine beiden Kollegen an. »Und das war die Retraumatisierung? Als er das Mädchen entdeckt hat? Von da an führte er seinen Racheplan durch?«

MacDeath nickte. »Jetzt ist er auch alt genug. Mit neunundzwanzig immer noch ziemlich jung, aber sehr viel handlungsfähiger als damals, das ist ja wohl klar. Bormann war eines der Opfer, die er direkt umbrachte. Sperlich vielleicht auch. Und die anderen auf diesem indirekten Weg.«

»Bormann auf jeden Fall«, sagte Winterfeld. »Wissen wir bei diesem Sperlich Näheres?«

»Wir sollten eine Suche starten«, sagte Hermann. »Vielleicht führt diese Spur zum Mörder.«

»Und dieser Mörder heißt Michael Wauer?«, schnaubte Winterfeld.

MacDeath und Hermann nickten.

»Und wir wissen nicht, wo er ist?« Winterfelds Kopf wurde langsam rot. »Der muss doch irgendwo gemeldet sein, verdammt noch mal!«

Beide schüttelten den Kopf.

»So einfach ist das nicht«, sagte MacDeath. »Laut der Dame vom Jugendamt hat er möglicherweise seinen Namen geändert. Mit dem alten Namen ist er jedenfalls nirgends mehr gemeldet.«

»Und den neuen Namen kennt keiner?«, bohrte Winterfeld nach.

»Ich habe das Jugendamt auf Rückruf«, sagte MacDeath. »Die können mir hoffentlich sagen, wer Wauer adoptiert hat. Vielleicht hat er den Namen dieser Familie angenommen.«

Winterfeld stemmte die Hände in die Hüften und setzte eine grimmige Miene auf. »Macht denen Beine! Sofort! Wir sind hier in einem Ermittlungsverfahren. Sagt denen, dass ich den Namen wissen will, und zwar in fünf Minuten. Sonst kriegen die 'ne Dienstaufsichtsbeschwerde an den Hals!«

MacDeath war sofort wieder am Telefon.

24

Der Schritt über die Schwelle in eine andere Welt.

Als Clara das Tor durchschritten hatte, wurde sie von undurchdringlicher Dunkelheit umschlossen. Als wäre sie auf der Reise in das Innere eines gigantischen Leviathans, eines riesigen Monsters, in dessen Innereien sie so lange herumirren musste, bis die Magensäure sie auflösen würde.

Sie schmeckte Staub auf der Zunge und nahm den Geruch von feuchter Tapete und altem Leder wahr. *Wie ein Grab*, dachte sie. *Oder wie das Innere einer verfaulten Leiche.*

Sie dachte an den Spruch, den Winterfeld ihr zu Beginn ihrer Ausbildung gesagt hatte: »Über den Gräbern wächst Gras. Und dann Bäume. Und irgendwann steht dort eine Stadt. Und niemand weiß, dass diese Stadt auf einem Grab steht.«

Der Riss, dachte sie. Ihr war, als würde der Riss, den sie eben an der Wand des Bauwerks gesehen hatte und der durch den Boden bis zum See führte, sich auch hier fortsetzen. Und als wären es wieder zwei Welten, die dieser Riss trennte: die sommerlich-schwüle Atmosphäre draußen und das nächtlich-kalte Grab hier drinnen, diese Höhle, die Magen, Gruft und Gedärm zugleich war.

Eine andere Welt, war es Clara vorhin durch den Kopf gegangen, als sie das Gebäude betreten hatte. *Eine Welt, in der man die Dunkelheit spüren kann.*

Nur hatte sie den Eindruck, die Dunkelheit obendrein riechen und schmecken zu können.

Wie schmeckt die Dunkelheit?, dachte sie noch.

Dann schleuderte die zuckende elektrische Energie eines Tasers sie zu Boden.

25

MacDeath hielt die Akte mit zitternden Fingern, als Hermann durch das Personalsystem des LKA klickte.

Das Jugendamt hatte sich schließlich doch beeilt.

»Und?«, fragte Winterfeld.

»Jetzt wissen wir mehr«, sagte MacDeath. Sein Gesicht war noch angespannter als vorhin. Er machte eine Pause und stand auf, sodass er vor Winterfelds Schreibtisch stand, als würde er von einer Bühne aus vortragen oder vor einem Senat eine unheilvolle Botschaft verkünden.

»Michael Wauer«, sagte MacDeath, »hat den Nachnamen seiner Adoptivfamilie angenommen. Er ist unter dem Namen Wauer nirgends mehr gemeldet. Außerdem hat er seinen Zweitnamen angenommen, um seine Vergangenheit zu vergessen.«

»Und wie heißt er?«, fragte Winterfeld.

»Ich …« MacDeath hatte offenbar Schwierigkeiten weiterzusprechen. »Ich möchte nichts vorwegnehmen.« Er wandte sich an Hermann, der den Laptop bereits aufgeklappt hatte. »Wir müssen kurz in unsere Personalakten schauen, dann wissen wir mehr.«

»Und wenn das passiert, was ihr vermutet?« Winterfeld schaute beide an. »Wären das gute oder schlechte Nachrichten?«

»Schlechte«, sagte MacDeath. Winterfeld sah, wie ihm die Gesichtszüge entglitten. »Sehr schlechte.«

26

Fünf Stunden? Fünf Minuten?

Clara wusste nicht, wie viel Zeit vergangen war, als sie in der Finsternis die Augen aufschlug. Eine solch undurchdringliche Finsternis, dass es keinen Unterschied machte, ob sie die Augen öffnete oder schloss. Es schien, als wäre die Dunkelheit vollkommen – oder als wäre sie, Clara, blind.

Dafür roch sie etwas. Pfefferminz. Man hatte ihr Wick Vaporub oder etwas Ähnliches unter die Nase gerieben. Aber warum?

Dann wandten ihre Gedanken sich etwas anderem zu. Der dringlichsten Sorge. Dem Überleben. Jenem machtvollen Instinkt, der den Menschen immer schon gelenkt hatte.

Sie musste wissen, ob sie sich bewegen konnte.

Und atmete erleichtert auf.

Ja, sie konnte die Hände bewegen. Dann aber spürte sie Ketten an beiden Füßen. Ketten, die an der Wand befestigt waren.

Also nützte es ihr gar nichts, dass sie sich bewegen konnte.

Sie konnte nicht weg von hier.

Ein greller Lichtstrahl stach ihr ins Gesicht.

Dann hörte sie die Stimme.

Blechern und verzerrt, als würde das Navi sich wieder melden. Aber sie war nicht mehr in ihrem Wagen. Sie war im Magen des Monsters. Und hier sprach sie mit dem Torwächter, mit Charon, wie es ihr vorkam, dem mystischen Fährmann, der die Seelen über den Styx brachte. Seelen, von denen Clara selbst eine werden sollte.

»Clara Vidalis!«, sagte die Stimme.

Clara war nicht allzu erstaunt, dass die Person, der die

Stimme gehörte, sie kannte. Doch es war ein eigenartiger Beiklang in dieser Stimme, irgendetwas Vertrautes, das sie zusammenzucken ließ.

Ein Verdacht keimte in ihr auf. Doch alles in ihr schrie, dass es nicht sein könne, nicht sein dürfe.

Doch als die Person, der die Stimme gehörte, die Taschenlampe auf sich selbst richtete, wusste Clara, dass sie mit ihrem Verdacht richtig lag.

Dennoch traf es sie wie ein Hammerschlag, als sie das Gesicht des Mannes sah.

»Willkommen, Frau Vidalis«, tönte es blechern durch das Verlies. »Willkommen im Reich des Todeswächters.«

27

Hermann war dabei, die Personalakten des LKA zu durchforsten, während MacDeath und Winterfeld ihm vor dem Laptop über die Schulter schauten.

Clara, dachte MacDeath. Sie war unterwegs, doch niemand wusste, wo. Nicht einmal ihr Handy konnten sie tracken. Sie konnten nur hoffen, dass Clara sie bald von einer öffentlichen Telefonzelle anrufen würde. Ihre letzte Nachricht war von der A 10 gekommen, Höhe Kartbahn Schönerlinde.

Hermanns IT-Leute waren bereits dabei, mögliche Orte zu definieren, an die Claras Reise sie statistisch hinführen müsste. Doch eine innere Stimme sagte MacDeath, dass Clara sich in Gefahr begeben könnte. Und seit ihrer gemeinsamen Nacht war sie mehr als nur eine nette Kollegin oder gute Freundin – unabhängig davon, was privat aus ihnen beiden wurde.

»Geboren am neunzehnten November 82?«, fragte Hermann.

MacDeath nickte und beobachtete mit klopfendem Herzen die Mini-Eieruhr auf dem Monitor des Computers während des Rechenvorgangs. Anstatt lange in den Personalakten herumzuwühlen, hatte Hermann sich einfach in die Polizeidatenbank von Gesamt-Berlin eingeloggt.

»Es sind Arbeitskräfte da drin verzeichnet?«, erkundigte sich MacDeath.

»Alle, sogar die Zeitarbeiter«, antwortete Hermann.

Dann blitzte der Datensatz auf.

19. 11. 1982

»Das gleiche Datum«, sagte MacDeath und vergaß beinahe zu atmen.

»Und der gleiche Name«, ergänzte Hermann. »Aus Wauer wurde Martinek.«

»Und aus Michael«, ergänzte MacDeath, »wurde Karl.«

Die drei Männer schauten sich an.

»Clara!«, riefen sie wie aus einem Mund.

28

Es war Karl.

Der Praktikant von MacDeath.

Der Killer arbeitete beim LKA.

Clara konnte es nicht fassen.

Sie wusste es in dem Moment, als Karl das Licht der Taschenlampe auf sein Gesicht richtete und sie aus starren Augen fixierte.

Er versuchte, einen Anflug von Triumph zu zeigen, doch er grinste nur verzerrt und lachte abgehackt. Ein Lachen, das eher ein Schluchzen war.

Der junge Mann im Kittel, dachte Clara. Der sie im Krankenhaus gesehen hatte. Er hatte ihr gesagt, dass »der junge Mann, der bei der Vorlesung mit Dr. Friedrich assistiert hatte«, ebenfalls im Krankenhaus gewesen sei.

»Das warst du«, sagte Clara. »Du hast Sarah Steffen Luft in den ZVK gespritzt.«

Karl grinste, jetzt mehr im Triumph, obwohl die Trauer in seine Züge eingemeißelt war, wann immer er die Rolle des Todeswächters spielte. Es war eine Trauer, die wohl nie vergehen würde.

»Beweismittelbeseitigung«, sagte er. »Ich wusste sofort, in welches Krankenhaus sie kam. Schließlich war es meine Aufgabe, die Fahndung zu koordinieren. Sämtliche Mails mit Informationen zu vermissten Personen gingen bei mir ein. Schon vergessen?«

Clara schüttelte innerlich den Kopf. Wie dumm waren sie alle gewesen? Sie hatten Karl den Laptop überlassen und ihm die

Zugangsdaten an die Hand gegeben. Er war zuständig gewesen für alle Informationen, die zu Färber, Gerling und Steffen eingingen.

Sie hatten den Bock zum Gärtner gemacht.

Sie hatten es der Schlange überlassen, auf die frisch geschlüpften Vögelchen aufzupassen.

»Mein Vater«, sagte Karl, »mein richtiger Vater hat meine Mama nicht geliebt. Er hat sie geschlagen. Und mich. Und eines Tages war sein Bauch angeschwollen. Immer mehr. Keiner wusste, warum das passierte. Man glaubte nur, es hinge mit seinem Saufen zusammen. Doch mein Vater hat einfach weitergesoffen.«

Diesmal leuchtete er Clara mit der Taschenlampe ins Gesicht, als wollte er erfahren, welche Reaktionen seine Worte hervorriefen. Clara zog es vor, nicht zu antworten. Sie hielt es für besser, ihn erst einmal reden lassen und ihn dann in ein Gespräch zu verwickeln. *Alles, was Zeit bringt, kann dir helfen*, riet ihr der rationale Teil ihres Gehirns.

Der irrationale Teil aber hatte Angst. Angst, für immer hierzubleiben, in der Gewalt des Killers, der umso gefährlicher war, weil er anders war als andere Mörder: nicht triebgesteuert, verstandlos und sprunghaft, sondern hochintelligent, kalt und berechnend.

»Eines Tages«, fuhr Karl fort, »kam ein schreckliches Gegurgel und Geschrei aus dem Badezimmer. Papa lag dort auf dem Boden und hat Blut gespuckt. So viel Blut ... Wie ein zappelnder Fisch, den man gerade aus einem blutigen Ozean gezogen hatte, lag er da. Weißt du, was es war?«

Clara zuckte die Schultern.

»Krampfadern in der Speiseröhre«, sagte Karl. »Das kommt davon, wenn man zu viel säuft. Irgendwann platzen sie, und das Blut spritzt meterweit aus dem Mund. Es war, als hätte sich all der Alkohol, den Papa in den Jahren in sich reingesoffen hatte, in Blut verwandelt. Er hat geschrien, bis ihm die Luft wegblieb. Er hat geröchelt, als er beinahe an seinem Blut erstickt wäre. Er hat gezittert und gezuckt. Und irgendwann lag er ganz still in seinem Blut … dunkelrotes Blut, mit schwarzen Körnern durchsetzt. So lag er auf dem Boden des weißgefliesten Badezimmers, als wir ihn fanden. In einer Pfütze aus seinem eigenen Blut. Wie ein Monster, das gerade geschlachtet worden ist. Aber weißt du was? Es hat mir nichts ausgemacht, weil er es nicht besser verdient hatte.« Er leuchtete Clara wieder ins Gesicht. »Sicher, es war schrecklich, so etwas als kleiner Junge sehen zu müssen, auf der anderen Seite aber war es gut. Weißt du warum?«

Clara fehlte die Vorstellungskraft, zu erkennen, was an einem solchen Anblick gut für ein Kind gewesen sein könnte, doch ehe sie antworten konnte, sprach Karl bereits weiter.

»Damals dachte ich, die Welt wäre gerecht. Dass die Bösen bezahlen müssen für das, was sie tun. Dann aber musste ich erkennen, dass sie eben nicht bezahlen müssen. Im Gegenteil, die Welt hilft den Bösen. Denn die Welt selbst ist böse.« Er machte eine Pause. »Kennst du meine Geschichte?«

Clara nickte.

»Gerhard Gerling?«

»Der Strafverteidiger«, antwortete Clara.

»Ja, der Strafverteidiger«, sagte Karl und zog das Wort in die Länge. »Er hat Bormann verteidigt. Und er war ebenfalls böse.« Noch eine Pause. »Willst du Gerling kennenlernen?«

Clara hielt die Frage zuerst für einen Scherz. Doch jedes Lachen wäre ihr augenblicklich im Halse steckengeblieben, als sie sah, was der Lichtkegel der Taschenlampe aus der Dunkelheit riss. Es war ein Gesicht direkt neben ihr. Die Reste eines Gesichts. Clara sah Blut und Fleischfetzen, als hätte man dem Mann eine blutige Maske aufgesetzt. Nur dass es keine Maske war.

»Darf ich dir Gerhard Gerling vorstellen?«, sagte Karl. »Ich musste sein Gesicht ein bisschen … ähm, bearbeiten, bevor er sich bereit erklärt hat, seine eigene Mutter aufzuhängen. Dann hat er es aber doch getan. Wie sagt man so schön beim FBI? ›One man's force is another man's education.‹« Er schaute Clara erwartungsvoll an, wie ein Raubvogel, der ihr die Tränen vom Gesicht picken wollte.

Clara war gebannt und abgestoßen zugleich von dem zerschnittenen, verwesenden Antlitz des Strafverteidigers, von dem sie nicht mehr genau wusste, ob er ihr zu Lebzeiten nicht gelegentlich auf den Gängen eines Gerichts über den Weg gelaufen war. Gleichzeitig merkte sie, wie sich der Geruch des Wick Vaporub unter ihrer Nase allmählich verflüchtigte, um Platz zu machen für …

»Was ist mit Färber?«, fragte sie und merkte, wie ihre eigene Stimme ihre Gedanken durchbrochen hatten. Vielleicht war es ein Schutzreflex, um gewisse Dinge nicht zu Ende denken zu müssen. »Jochen Färber? Wo ist er?«

»Ach ja, Jochen Färber«, sagte Karl in einem Tonfall, mit dem andere von einer Urlaubsbekanntschaft erzählen würden.

Gleichzeitig nahm Clara den Geruch immer deutlicher wahr. Es war ein beißender Geruch, eine Mischung aus Wasserstoffperoxid, Schwefel und Rohmilchkäse, vermischt mit einem leichten Parmesan-Aroma.

Der Geruch von Leichen.

In diesem Moment zuckte sie zusammen.

Da war etwas.

Direkt neben ihr.

29

Sie schwiegen ein paar Sekunden.

»Er muss es sein«, sagte MacDeath. »Das kann kein Zufall sein, oder?«

»Statistisch unmöglich.« Hermann schüttelte den Kopf.

Michael Wauer *war* Karl Martinek. Der achtundzwanzigjährige Praktikant des LKA Berlin. MacDeaths vielversprechender junger Mitarbeiter. Der Mann, den Clara verfolgt hatte.

MacDeath blickte Hermann an. »Kommen wir an Claras Handysignal heran, auch wenn das Handy aus ist?«

Hermann schüttelte den Kopf. »Kaum möglich. Die Kollegen versuchen es ja die ganze Zeit.«

»Haben wir die Handydaten von Karl?«

»Auch nicht«, sagte Hermann. »Alles aus. Wir könnten höchstens die Kollegen fragen, ob sie irgendwo Claras Wagen gesehen haben. Das wäre aber wie die Nadel im Heuhaufen.«

Auf Winterfelds Stirn stand eine steile Falte, teils Zorn, teils Verzweiflung.

»Das heißt, wir haben keine Möglichkeit herauszufinden, wo Clara steckt? Dieser Typ hat sie möglicherweise in seiner Gewalt und kann mit ihr machen, was er will? Nur weil die beschissenen Handys aus sind?«

»Die Handys …«, wiederholte Hermann und schaute angestrengt nach unten. Dann hellte seine Miene sich auf. »Die Handys schon!«, rief er aus.

Die anderen schauten ihn verständnislos an.

»Mir ist gerade etwas eingefallen.« Abrupt stand Hermann auf. »Kommt mit in mein Büro!«

30

Da war etwas neben Clara.

Glitschig, weich. Sie sah Haut, grünfaule Haut auf einer grünfaulen Leiche. Es war wie eine Horrormaske, bei der man damit rechnet, dass die Augen aus der Fratze fallen. Aber es fiel nichts heraus. Doch weil Clara die Hand in die falsche Richtung bewegt hatte, platzte eine der Fäulnisblasen der Leiche auf, mit einem widerlich schmatzenden Geräusch, wobei Clara ein Strahl stinkender Flüssigkeit ins Gesicht spritzte.

»Du weißt, was es ist?«, fragte Karl. »Ich spreche ja mit einer Expertin.« Der Strahl der Taschenlampe ruhte auf der verrottenden Leiche. »Fäulnisflüssigkeit. Von ... darf ich vorstellen? Jochen Färber!«

Jochen Färber, der ehemalige Polizist, grinste Clara an. Oder besser, der Kopf, der auf dem Schoß der Leiche lag und auf den die Lampe nun strahlte. Er grinste mit graugrünem Zahnfleisch und weggefaulten Lippen. Das Gesicht sah aus wie bräunlich eingetrocknetes Papier, der Körper war aufgedunsen und voller giftgeblähter Blasen, wo sich die Oberhaut ablöste und sich von Bakterien wimmelnde Flüssigkeit unter der fauligen Haut spannte.

»Bald siehst du genauso hübsch aus, Clara. Du wirst hier genauso vermodern, denn ich kann nicht dulden, dass du mir auf die Schliche kommst. Und du kannst schreien, so viel du willst. Niemand wird dich hören.«

Er blickte sie an. Wieder spürte sie das grelle Licht der Lampe auf ihrem Gesicht. »Glaubst du, einer von denen, die um dich herum liegen, ist gehört worden? Glaubst du, sie haben nicht auch geschrien? Bei Gott, das haben sie. Aber hat es ihnen etwas gebracht? Sehen sie so aus, als wären sie befreit worden?«

Der Lichtkegel bewegte sich noch einmal zu dem abgetrennten Kopf. Bräunlichrote Flüssigkeit tropfte dem Ding, das Jochen Färber gewesen war, aus Mund und Nase, während der Körper, der mehr auf einem Stuhl hing als saß, aufgebläht war wie eine von Pestilenz genährte, riesige Larve.

»Du kennst den Vampirmythos, Clara?«, fragte der Todeswächter. »Man glaubte, die Toten würden die Lebenden aussaugen. Weil zur Zeit der Schwindsucht, als es zu wenig Gräber gab, bestehende Gräber geöffnet wurden, um dort die Toten hineinzulegen. Und da sah man solche Leichen.«

Der Strahl richtete sich noch einmal auf den aufgeblähten Leib von Jochen Färber. »Man dachte, die Toten seien gut genährt, während die Lebenden verhungerten. Und gleichzeitig ...« Der Strahl wanderte nach oben. »Gleichzeitig löste sich bei den Toten die Schleimhaut auf, weil das Gewebe wegfaulte, sich verflüssigte und aus den Öffnungen abfloss, zum Beispiel dem Mund. Und alle dachten: Diese Leiche ist ein Vampir. Diese Leiche hat Blut getrunken!«

Der Lichtkegel fing wieder den Kopf ein, die zugeschwollenen Augen, die aufgeblähten Lippen, die Züge, die von der Fäulnis so verformt waren, dass man kaum mehr die ethnische Zugehörigkeit erkennen konnte.

»Die Vampire wurden damals geköpft«, sagte der Todeswächter. »Nun, das ist bei dem guten alten Jochen ja schon proaktiv geschehen.«

Clara spürte die Verzweiflung, die wie eine schwarze Woge über ihr zusammenschlug. Sie, ganz allein in der Dunkelheit, zwischen den verfaulten Leichen mit zerschnittenen Gesichtern und abgetrennten Köpfen. Sie würde zwischen ihnen enden. Bei den Toten, für die sie stets gelebt hatte. Und bei denen sie nun endgültig bleiben würde.

So saß sie da inmitten von Tod und Verwesung. Es kam ihr vor wie in den schrecklichen Stunden, wenn sie Angehörigen die Nachricht vom Tod eines lieben Menschen überbringen musste. Entweder konnte man dort bleiben, oder man ging, doch meist brachte man es nicht übers Herz, die Trauernden in ihrem Schmerz allein zu lassen. Man wurde zu einem Phantom, wurde selbst zu einem Toten. Doch hier war es nicht nur im übertragenen Sinne so: Karl, der Todeswächter, wollte sie hier sterben lassen.

Sterben zwischen Leichen.

Clara dachte an den grauenhaften Traum, der sie in der Nacht auf Montag heimgesucht hatte. War dieser Albtraum zu Anfang der Woche eine Ankündigung gewesen? Wahrscheinlich würde man sie nicht zu Tode foltern, aber sie würde elendig verdursten. Oder den Verstand verlieren. Oder den Kopf so lange gegen die Wand rammen, bis der Schädel brach. Vielleicht gelang es ihr auch, sich an der Kette aufzuhängen. Oder sich den Kugelschreiber, den sie noch in ihrer Jacke trug, durchs Auge ins Gehirn zu bohren. Um zu sterben. Um diesen Raum zu verlassen. Den Raum der Verwesung, der Fäulnis und des Todes. Zu sterben, um dem Tod zu entkommen.

Den Toten und dem Tod.

Und Gott? *Entweder gibt es ihn nicht, oder er ist ein gnadenloser Sadist*, hatte mal einer der Psychopathen gesagt, den Clara gejagt hatte, der Drache.

Wahrscheinlich Letzteres, ging es ihr durch den Kopf.

Sie versuchte aufzustehen.

Und spürte, wie sie etwas Feuchtes, Schleimiges berührte.

Da erst hörte Clara, dass sie schrie.

Sie schrie und schrie, während ihr Tränen übers Gesicht strömten. Sie wusste, sie konnte sich hier die Seele aus dem Leib schreien, niemand würde sie hören, niemand würde sie finden.

Karl starrte sie an wie ein Raubvogel. Dann drückte er den Lichtschalter.

In diesem Moment sah Clara, was sie berührt hatte.

Sah all die Toten auf einmal.

Gerhard Gerling mit dem zerschnittenen Gesicht.

Jochen Färber, den eigenen Kopf auf dem Schoß.

Einen toten Mann, den sie vorher noch nicht entdeckt hatte, den Mund geöffnet, Lippen und Wangen schwarz verbrannt, der Kopf grotesk nach hinten verrenkt, als wäre dort etwas Festes, was einmal flüssig gewesen war, und als hätte dieses Etwas seinen Hals ausgefüllt und in eine starre Statue des Schreckens verwandelt.

Und sie sah noch zwei oder drei andere Leichen, von denen sie nur ahnen konnte, wer es war.

Der Richter?

Der Gutachter?

»Der Tod steht dir gut, Clara Vidalis«, hörte sie Karls Stimme. »Im Leben und im Tod.«

Dann hörte sie, wie die schwere Tür ins Schloss fiel.

Sie war allein in einem Raum aus Tod, Schwärze und Schweigen.

31

»Also, Hermann, was ist die Idee?«, fragte Winterfeld.

Hermann hatte sich an einen Laptop gesetzt und hackte hektisch einige Koordinaten in die Tastatur. »Es gibt zwei Nachrichten«, sagte er, während er tippte und drei oder vier seiner geliebten Gummibärchen in sich hineinstopfte. »Eine schlechte und eine gute.«

»Und?« Winterfeld war anzusehen, dass er sich große Sorgen um Clara machte. Und dass er sich nach einem Zigarillo sehnte.

»Die schlechte Nachricht könnte sein: Clara meldet sich nicht, weil sie in der Gewalt von Karl ist. Und das ist gleichzeitig die gute Nachricht«, sagte Hermann und tippte weiter. »Denn *wenn* sie bei Karl ist, wissen wir, *wo* sie sich befindet. Weil wir wissen, wo *er* ist.«

»Warum? Können wir da sicher sein?«

»Ziemlich. Wir kennen Karls Aufenthaltsort, wenn er das LKA-Laptop dabei hat, und davon gehe ich aus. Denn er wird wissen wollen, ob Informationen zu unseren Vermissten eingehen.«

»Das stimmt«, warf MacDeath ein. »Schließlich hat er sich bereit erklärt, die Koordination der eingehenden Meldungen zu übernehmen.«

»Ganz uneigennützig, wie es aussieht«, sagte Winterfeld und zupfte an seiner Krawatte. »Also, was ist mit dem Laptop? Können wir das orten? Das geht doch nur, wenn er online ist, oder?«

»Nein«, sagte Hermann, »das kann ich immer orten. Per GPS. Egal, ob er per W-LAN online ist. Egal, ob er sich über

Kabel, Hotspot oder gar nicht einloggt. Mein GPS in seinem Laptop ist immer online.«

Ein Lächeln lag auf MacDeaths Gesicht. »Du weißt also, wo die Laptops sämtlicher Leute sind, die hier arbeiten?«

Hermann lächelte ebenfalls und warf sich noch zwei Gummibärchen in den Mund. »Keine Sorge, von euch Festangestellten nicht. Aber was die befristeten Stellen angeht, die Praktikanten und so weiter ... ja! Da sind in letzter Zeit ständig Laptops weggekommen. Die Leute geben sie nun mal nicht gern zurück.« Er tippte weiter. »Deshalb habe ich jedes Gerät mit einer Tracking Device ausgestattet, um stets zu wissen, wo es ist. Auch bei Karl.«

Er zeigte auf eine Landkarte von Nord-Berlin.

»Bingo«, sagte er. »Das hier ist der letzte Empfang von Claras Handy, bevor der Akku leer war. Der Sendemast, der das Signal empfangen hat. Und hier«, er zeigte auf eine andere Stelle, »ist das Laptop von Karl Martinek!«

»A 10 Berliner Ring«, murmelte Winterfeld, »die L 30 runter Richtung Schönweide.« Er hielt kurz inne. »War da nicht mal ein Gefängnis der Stasi?«

»Das könnte passen«, sagte Hermann und klappte das Laptop zu. »Ich habe die Koordinaten auf meinem Smartphone.«

Winterfeld war schon am Telefon und sprach mit dem mobilen Einsatzkommando. »Treffen unten in fünf Minuten. Vier bis fünf Männer. Ja, es gibt Arbeit!«

32

Im Licht der Lampe, die allmählich schwächer wurde, sah sie die Leichen, die um sie her an die Wand gelehnt saßen, als wäre sie, Clara Vidalis, in einem Verhörraum, in dem sie von den Toten vernommen wurde. Jenen Toten, die mit blutigen Augen und zerschlagenen Köpfen durch ihre Albträume geisterten.

Sie sah die Leichen, sah die frei liegenden Zähne, die stumpfen, geschwollenen Augen, die schwarz verfaulte Haut, die Arterien, die wie Würmer unter der Haut hervortraten, als würden sie jeden Moment die Oberfläche durchbrechen. Die langen Fingernägel.

Sie sahen tatsächlich wie Vampire aus. Es wunderte Clara nicht, dass man diese Toten in vergangenen Zeiten für unheilige Blutsauger gehalten hatte, damals, zu Zeiten der Schwindsucht.

Die aufgedunsenen Leichen, so wie hier, denen rote Flüssigkeit aus Nase und Mund tropfte.

Clara hatte an Suizid gedacht. Hatte erwogen, sich selbst zu töten, bevor sie in diesem Massengrab wahnsinnig wurde. Doch sollte sie nicht ausharren? Hoffen, dass Winterfeld oder wer auch immer sie fand? Half es zu schreien? Oder würde dadurch der Wahnsinn nur noch lauter an ihre Seele anklopfen?

Wenn du im Dunkeln allein deine eigene Stimme hörst, dachte sie, *macht diese Stimme dir Angst. Dann ist es die Stimme eines anderen.*

Wer das in diesem Verlies wohl sonst schon gedacht hatte? Vor ihr. Wer von denen, deren Körper jetzt hier verrotteten, vergessen von Gott und der Welt?

Und würde Karl nicht genau das erwarten? Würde er nicht

wissen, dass er gewonnen hatte, dass er ein Hindernis beiseitegeräumt hatte, wenn er ihre Schreie hörte? Wäre das nicht ein Triumph, dem sie ihm nicht gönnen durfte? Aber hatte sie nicht schon geschrien? Und hatte er dadurch nicht schon längst gewonnen?

Unvermittelt erlosch das Licht der Lampe. Clara war umfangen von undurchdringlicher Finsternis. Ihr war, als würde sie erwachen, ohne zu wissen, ob sie die Augen geöffnet hatte.

Doch die Bilder der Toten waren noch auf ihrer Netzhaut eingebrannt. Als Letztes hatte sie die Leiche gesehen, die der Todeswächter vorhin »Tom« genannt hatte. Was immer er verbrochen hatte – Karl hatte ihm geschmolzenes Metall in den Mund gegossen. Clara sah das Bild von Toms grässlich entstellter Leiche noch vor sich, den grotesk nach hinten gebogenen Kopf, als würde ein metallenes Stativ seinen Schädel fixieren. Allerdings nicht von außen, sondern von innen.

Passgenau, dachte Clara. Und hätte fast über diesen bitteren Witz gelacht.

Die Luft war stickig, verbraucht. Hinzu kam der Geruch der Leichen. Der süßliche, ammoniakhaltige Gestank, den Clara kannte und hasste. Vermischt mit dem Geruch nach Blut und Angst und Exkrementen.

Auch das hier war ein Tatort. Nur war sie diesmal nicht mit dem Ermittlerteam dort, nicht mit dem mobilen Einsatzkommando, nicht in einem der Anzüge aus Endlosfaserflies, um sich gemeinsam mit der KTU ein erstes Bild des Tatorts zu machen.

Diesmal war sie Teil des Tatorts.

Es war wie in ihren Albträumen. Diesmal war sie nicht nur eines der Opfer, diesmal war sie Teil eines riesigen Grabes.

Genau wie damals, auf der Jagd nach dem Namenlosen, hatte sie ganz allein ein abgelegenes Gebäude betreten. Wurde sie denn niemals klüger? Musste sie immer wieder mit dem Kopf gegen die Wand rennen und hoffen, dass jemand ihren Hintern rettete?

Aber was, wenn es diesmal niemanden gäbe, der sie aus der Klemme befreite? Wenn sie hier verdursten würde, inmitten dieses furchtbaren Gestanks, inmitten all dieser Toten? Es war, als würde sie die Leichen nicht nur riechen, sondern schmecken, als würde der Gestank des Todes in sie hineinkriechen, in ihre Nase, ihre Lunge, ihren Kopf, ihre Seele.

Claras Brustkorb hob und senkte sich im Rhythmus ihrer schnellen Atemzüge. Es war die einzige Bewegung in diesem Mausoleum des Grauens. Jeden ihrer Atemzüge begleitete ein leises, panisches Wimmern.

In diesem Moment flammte das Licht wieder auf.

Es beleuchtete erneut das Bild des Schreckens, den Kopf Jochen Färbers, die Zähne in der lippenlosen Fratze gebleckt, die Augen zu bräunlichen Eiweißkrümeln geschrumpft.

O Gott, dachte Clara. *Hört das nie auf?*

Das Licht ließ bunte Muster vor ihren Augen tanzen. Oder waren es Dämonen, die in der Hölle auf sie warteten?

Clara schrie, zerrte mit Gewalt an den Fesseln, mit solcher Kraft, dass ein stechender Schmerz durch ihre Fußgelenke raste. Doch die Fesseln hielten. Ihre Stimmbänder fühlten sich an wie aus kochendem Metall. Kochendes Metall … Ein erschreckender Gedanke schoss Clara durch den Kopf. Würde Karl auch ihr flüssiges Metall in den Rachen gießen?

Erneut erlosch das Licht, und sie war wieder allein in der tintigen Schwärze. Wollte Karl, der selbsternannte Todeswächter, sie psychisch zerbrechen, bis sie nur noch ein sabberndes Bündel aus Angst und Verzweiflung war?

Dann war er auf einem guten Weg.

Sie hielt inne.

Moment!

Waren da Geräusche …?

Clara lauschte. Ja, da waren Stimmen. Gedämpfte Rufe. Das Pochen von Hartgummisohlen auf Stein. Das Kratzen von Kunststoffjacken, die auf kugelsicheren Westen scheuern.

Noch wagte Clara es nicht zu hoffen, aber die Geräusche erschienen ihr wie der Soundtrack ihrer Erlösung.

33

Das mobile Einsatzkommando hatte Karl überwältigt.

Er hatte kaum Widerstand geleistet. In dem Moment, als er die schwarz gekleideten Truppen sah, hatte er gewusst, dass Widerstand zwecklos war.

Es wunderte Clara, dass Karl sich nicht in einem spektakulären Kamikazemanöver selbst umgebracht hatte, so wie damals der Namenlose. Aber vielleicht war diese Handlungsweise genau das, was ihn von einem echten Psychopathen unterschied.

Nun saß sie im Einsatzwagen neben MacDeath, der ihr ein Glas Wasser und ein Beruhigungsmittel gegeben hatte. Vor dem düsteren Gebäude war mittlerweile ein ganzer Fuhrpark aufgefahren: Einsatzwagen der Polizei, gepanzerte Wagen des mobilen Einsatzkommandos, Krankenwagen und vor allem Leichenwagen. Mittlerweile waren es vier.

Der unheimliche Killer, der »Todeswächter«, wie er sich genannt hatte und der in Wirklichkeit Karl Martinek hieß, saß in einem der Einsatzwagen, in Handschellen, bewacht von Marc und Philipp vom MEK.

MacDeath hatte Clara kurz und knapp erzählt, wie Hermann den Todeswächter über dessen Laptop aufgespürt hatte. Das GPS, das Hermann in die Geräte installiert hatte, war Claras Rettung gewesen. Hätte es diese Möglichkeit nicht gegeben, wäre sie wohl für immer in diesem Verlies geblieben, tief unter der Erde, inmitten von Leichen, irgendwo im Nirgendwo, vergessen von den Menschen, vergessen von der Zeit, verlassen von Gott.

Diesmal hatte Hermann ihr das Leben gerettet.

MacDeath schüttelte den Kopf, als er über Karl Martinek nachdachte. »Mein Praktikant«, sagte er. »Nicht zu fassen. Mein Praktikant – ein Serienkiller.« Vorhin noch hatte Winterfeld halb im Scherz, halb entrüstet zu ihm gesagt: »Wir müssen mal unsere Einstellungskriterien überprüfen.«

Bellmann, der Chef des LKA, wäre beinahe durchs Telefon gekrochen, als Winterfeld ihn darüber informiert hatte, *wer* unter dringendstem Tatverdacht stand.

»Ein unbescholtener Praktikant am LKA in der Abteilung für operative Fallanalyse ist ein *Serienkiller?*«, hatte Bellmann getobt.

»Kein wirklicher Serienkiller«, hatte Winterfeld ihn zu beschwichtigen versucht. »Eher einer, der aus Rache ...«

»Wir wissen von mindestens acht Todesopfern«, war Bellmann ihm über den Mund gefahren. »Wenn dieser Kerl kein Serienkiller ist, was soll er dann sein? Ein Mitarbeiter der Caritas?«

Bellmanns Zorn war verständlich. Dank seiner Tätigkeit im LKA besaß Karl die perfekte Plattform, von der aus er alle Schritte der Gegenseite kontrollieren konnte.

»Einmal«, sagte MacDeath nun zu Clara, »hätte ich aufmerksam werden müssen.«

Clara nahm die Beruhigungsmittel und trank das Wasser in langsamen Schlucken. Um die aufgescheuerten Stellen, wo sie gefesselt gewesen war, hatte sich bereits ein Arzt gekümmert. Und die psychologische Beratung des LKA hatte ihr sogleich ein Therapiegespräch zur Traumabewältigung angeboten. Doch diese Kuschelpsychologen, die ohnehin alles auf traumatische Erinnerungen in der Kindheit schoben, halfen Clara überhaupt nicht. Da war ein Gespräch mit MacDeath viel besser.

Nun griff Clara dessen Bemerkung auf. »Du meinst, du hättest aufmerksam werden müssen, als Karl sich in den Sessel gesetzt hat, nicht wahr? Am Tatort des Mordes an Barbara Färber.« Der Sessel hatte demonstrativ vor dem Bett gestanden, auf dem die tote Frau gelegen hatte. »Lernt man das in den USA?«, hatte Clara Karl damals angefahren, und er war aufgesprungen wie von der Tarantel gestochen.

»Ja, genau da hätte es mir auffallen müssen«, antwortete MacDeath. »Auf diese Weise gelangte seine DNA an den Tatort, wo sie wahrscheinlich ohnehin schon war. Er muss dort gesessen und sich die Totenwache bei Barbara Färber angeschaut haben. Und keiner von uns konnte sich darüber wundern, dass dort DNA von ihm war. Spurensicherung. Das hat er alles gewusst, alles gelernt. In den Vereinigten Staaten, aber auch bei uns. Nur, warum hat er es dort getan, an den anderen Tatorten aber nicht?«

Clara schluckte eine der Pillen. »Vielleicht«, sagte sie, »weil es sein erster Mord war.«

Einer der Bereitschaftspolizisten stieg auf den Fahrersitz. Winterfeld setzte sich auf den Platz des Beifahrers. Am Himmel brauten sich Gewitterwolken zusammen, als der Wagen losfuhr und das düstere Gebäude hinter ihnen zurückblieb.

MacDeath nickte. »Vielleicht. Beim ersten Mal war er wahrscheinlich noch nicht so routiniert, sodass er seine DNA am Tatort hinterlassen hat. Dieses Risiko wollte er ausschließen.«

»Aber mehr ist Ihnen auch nicht aufgefallen?« Jetzt, wo der Fahrer und Winterfeld vorne saßen, waren sie wieder zum Sie übergegangen.

Sie fuhren durch den Waldweg und bogen auf die Landstraße ab, die zur Autobahn in Richtung Berlin führte. Claras Audi, mit dem sie hergekommen war, wurde von einem Beamten zum LKA gefahren.

»Nein, mehr ist mir auch nicht aufgefallen«, antwortete MacDeath nun auf Claras Frage. »Karl entsprach so gar nicht dem Profil des typischen soziopathischen Serienmörders. Traumatisiert und viktimisiert sind viele von ihnen, aber hier haben wir es mit einer einzigartigen Kombination zu tun.«

Er verstummte, dachte ein paar Sekunden nach.

»Der Todeswächter«, sagte er dann, »war genau genommen der Einzige seiner Art.«

34

Karl Martinek war in Untersuchungshaft und würde als Nächstes verhört werden, allerdings zunächst einmal nicht von Clara und MacDeath, da beide zu nahe an dem Fall waren. Sie würden ihn anschließend in seiner Zelle in Moabit besuchen.

Draußen zogen immer dunklere Gewitterwolken über den Himmel, die endlich – hoffentlich – Erlösung an diesem schwülen Tag bringen würden.

Clara und MacDeath saßen in MacDeaths Büro und gingen noch einmal die Prozessunterlagen durch. Claras Blick blieb am Obduktionsbericht von Karls Mutter hängen. MacDeath hatte gerade eine Kanne mit Earl Grey auf den Tisch gestellt und ließ den Tee noch eine Weile ziehen.

»Seit es in Deutschland einfacher ist, sich scheiden zu lassen, gibt es weniger Morde an Ehemännern«, sagte er. »Manche Frauen hätten vor fünfzig Jahren ihren Göttergatten getötet. Heute passiert das seltener.«

»Du meinst, Chantal Wauer hätte sich auch scheiden lassen können? Oder Bormann verlassen?«, fragte Clara. »Ich fürchte, dazu war sie zu schwach.«

»Ja, sie war zu schwach. Und Michael Wauer ist Karl Martinek«, sagte MacDeath. »Einer meiner Praktikanten – ein Serienmörder.« Er schüttelte den Kopf, konnte es immer noch nicht glauben. »Seine Kindheit grauenvoll. Von überdurchschnittlicher Intelligenz, aber aufgewachsen in einer absolut prekären Umgebung.« Er blickte Clara an. »So wie Danny aus Stephan Kings *Shining*. Nur dass Karls Eltern, anders als die Familie Torrance, tatsächlich am Abgrund angelangt waren.«

»Wo der Vater sich so schrecklich verhält, dass sein Tod eine Erlösung für den Sohn ist. Auch wenn Karls Vater auf höchst unappetitliche Weise den Abgang machte, weil er so viel getrunken hatte, dass er Blut spuckte.« Sie schauderte. »Im Obduktionsbericht steht, dass das Blut meterweit an die Decke spritzte.«

MacDeath nickte. »Und dennoch, als der Sarg seines Vaters in der Erde verschwindet, scheint für Karl die Stunde der Erlösung gekommen zu sein.«

Clara blätterte weiter zu dem Foto, auf dem Uwe Wauer tot in seinem Blut im Badezimmer liegt. Ein anderes Bild zeigte Karl – damals noch Michael – als Kind, mit fröhlichem Gesicht. Noch.

»Aber dann kam Kevin Bormann«, sagte MacDeath, »den wir vergiftet, paniert mit dem eigene Erbrochenen, mit zerschmettertem Schädel und gebrochenem Genick in einem Brunnenschacht gefunden haben. Der neue Freund von Karls Mutter, der noch brutaler ist als Uwe Wauer. Er verprügelt Karl nicht nur, er zwingt ihn auch, so steht es hier, seinen ständig kläffenden Hund zu befriedigen, damit er aufhört zu bellen.«

Clara schüttelte sich innerlich bei dieser Vorstellung.

»Am Ende ist er auch nur ein Kind, das sich hilflos gefühlt hat, ausgeliefert und unterlegen«, sagte MacDeath. »Es gibt viele Kinder, die sehr schnell lernen, dass ihre Umgebung gefährlich ist. Aber sie wundern sich kein bisschen darüber, schließlich kennen sie es nicht anders. Und genauso wie Karl aus einer zutiefst angsteinflößenden Welt kam, so gut konnte er sich der wirklichen Welt anpassen und niemanden sehen oder spüren lassen, was wirklich sein Ziel war. Uns eingeschlossen.« Er nahm das Tee-Netz aus der Kanne und schenkte ihnen beiden Earl Grey ein.

»Er hat seine Paranoia gut versteckt, nicht wahr?«, sagte Clara.

»Ja«, pflichtete MacDeath ihr bei. »Er hatte einerseits gelernt, die Gesten zu lesen, die man kennen muss, um zu überleben. Er war mit Gewalt groß geworden. Wenn der Vater – und später Bormann – volltrunken nach Hause kamen, war der kleine Karl in der Lage, die feinsten Signale wahrzunehmen. Wie ist er heute drauf? Wie muss ich gehen, mich bewegen? Wo muss ich mich aufhalten, damit er nicht ausrastet? Schlägt er wieder die Mama? Oder mich? Kommt er in mein Zimmer? Und was muss ich tun, damit er nicht in mein Zimmer kommt? Alle diese Fragen hat er sich immer wieder stellen müssen und stets die richtige Antwort gefunden. So konnte er sich perfekt der neuen Welt anpassen, in die er dann kam. Und so konnte er schließlich auch hier bei uns als vorbildlicher Praktikant arbeiten. Alles war nur eine Fassade, eine Maske. Psychopathen können sich perfekt verstellen. Das gilt auch für Karl.«

Clara nickte. »Ja. Was das angeht, ist er wie eine Antilope, die den Löwen beobachtet. Und später muss er erkennen, dass alles ganz anders sein kann. In der Adoptivfamilie, meine ich.«

»Richtig. Vorher aber geschieht das, was ihn das erste Mal traumatisiert haben dürfte«, sagte MacDeath.

»Wieso das erste Mal?«, fragte Clara.

»Das erste Mal, nachdem Bormann Karls Mutter von der Treppe gestoßen und ihr dabei das Genick gebrochen hat. Der Junge zerrt seine sterbende Mutter in die Wohnung hinauf und bleibt die ganze Nacht bei ihr. Er sieht nicht nur, *wie* seine Mutter stirbt, er bleibt auch bei ihr, als sie tot ist. Er bekommt als kleiner Junge aus erster Hand mit, wie ein lebender Mensch stirbt, ein geliebter Mensch. Diese Totenwache bei der Leiche seiner Mutter prägt ihn für sein Leben.« MacDeath schaute kurz in die Teetasse und sprach dann weiter. »Es kommt zum Prozess gegen Bormann. Der aber wird nicht schuldig gesprochen, sondern nach Paragraf 20 für unzurechnungsfähig erklärt. An diesem Tag bricht Karls Welt zusammen. Er wird schwer traumatisiert. Denn der Böse, Kevin Bormann, wird nicht bestraft. Und Karl hat den Eindruck, dass alle gegen ihn sind.«

Clara überflog eine Kopie des Gerichtsurteils. Sie konnte es nicht fassen, auch wenn sie so etwas nicht zum ersten Mal sah.

Der Angeklagte Kevin Bormann hat den Hang, alkoholische Getränke und andere berauschende Mittel im Übermaß zu sich zu nehmen. Die Tat an Chantal Wauer erfolgte ebenfalls im Alkoholrausch. Das Gericht kann daher eine aufgehobene Schuldfähigkeit nicht ausschließen und verurteilt den Angeklagten, Kevin Bormann, zur Unterbringung in einer Entziehungsanstalt, gemäß Paragraf 64 StGB, da die Gefahr besteht, dass der Angeklagte infolge seines Hanges zum missbräuchlichen Alkoholkonsum weitere rechtswidrige Taten begehen wird. Die Einweisung in den Zwangsentzug hat unverzüglich zu erfolgen und wird eine Dauer von 12 Wochen haben.

Clara schüttelte den Kopf, auch weil sie wusste, dass solche Urteile auch heute noch jeden Tag verkündet wurden.

»Alle waren gegen Karl«, sagte MacDeath. »Vielleicht schwor er schon damals Rache an allen, die an dem Prozess beteiligt waren – am Richter, am Strafverteidiger, am Polizisten, an der Psychiaterin.«

»Warum schon damals?«

»Weil es sein kann, dass die Rachekonstruktion, wie er sie an den Opfern erster und zweiter Ordnung vollzogen hat, selbst für einen Jungen wie Karl zu komplex ist. Und dass er diesen Plan erst später gefasst hat.«

»Wie auch immer«, sagte Clara. »Zunächst kam etwas anderes dazwischen. Die Akutvermittlung in eine Wohngruppe.«

»Richtig«, sagte MacDeath. »Zwei Betreuerinnen und drei Kinder. Kleine Rangeleien, aber kein Vater, der Blut erbricht, und kein Freund, der die Mutter totschlägt. Hier musste er sich nicht wegducken, wenn jemand den Arm hebt, weil er befürchten muss, dass ein Schlag kommt.« Er überlegte eine Sekunde. »Karl hat mal zu mir gesagt: Für manche ist die normale, die ruhige Welt wie ein Computerspiel. Ein Computer-Kriegsspiel für jemanden, der gerade aus einem echten Krieg zurückgekehrt ist.« Er schaute Clara an. »Jetzt weiß ich, was er damit gemeint hat.«

Clara nickte und schaute wieder in die Akten. »Dann wird er adoptiert«, sagte sie. »Von der Familie Martinek.«

»Martinek.« MacDeath schüttelte den Kopf. »Der alte BND-Mann. Dem bin ich sogar mal begegnet. Na ja, er ist auch schon seit fünf Jahren tot.«

»Gelingt es Karl in dieser Zeit, das alles zu vergessen?«, fragte Clara. »Was meinst du?«

MacDeath nickte. »Es sieht so aus. Dank der neuen Familie schafft er es, seine schreckliche Vergangenheit hinter sich zu lassen. Ebenso vergisst er seinen Racheschwur – falls er ihn damals überhaupt schon hatte –, sämtliche Personen aus dem Bormann-Prozess umzubringen.«

»Jedenfalls bis zu einem bestimmten Punkt.«

»Ja, bis seine Freundin Sabine vergewaltigt wird. Es kommt erneut zum Prozess, doch da Karls Freundin sich erst achtzig Stunden nach der Tat hat untersuchen lassen, sind keine Vergewaltigungsspuren mehr festzustellen. Tom, der Mann, der Sabine vergewaltigt hat, verlässt als Unschuldiger den Gerichtssaal. Sabine aber fühlt sich beschmutzt und verletzt.«

»So schrecklich verletzt, dass sie sich aus Verzweiflung umbringt«, sagte Clara bitter. »Und Karl ist der Erste, der die Tote von der Decke baumeln sieht.«

»Und genau in diesem Moment kommt es zur Retraumatisierung. Alles in Karl bricht auf. Er ändert seinen Namen in dem Versuch, die Vergangenheit loszuwerden. Und so wird aus Michael Wauer Karl Martinek. Doch er kann die Vergangenheit nicht loswerden.«

»Und die Bilder in seinem Kopf?«, fragte Clara.

»Die auch nicht. Das Bild seiner Mutter. Das seiner Freundin. Deshalb gibt es nur eine Lösung für ihn: Selbstjustiz.«

Draußen zogen Gewitterwolken vorbei, die sich am Horizont zu gewaltigen Massiven auftürmten. Donner krachte wie die Faustschläge eines wütenden Gottes.

MacDeath lehnte sich zurück und fuhr fort: »Karl beschließt, seinen Racheplan, den er vielleicht schon damals gefasst hat, gnadenlos umzusetzen. Doch nicht die Schuldigen sollen sterben – jedenfalls nicht sofort. Sie sollen beim Tod eines für sie lieben Menschen dabei sein und später Totenwache bei der Leiche halten. So wie er selbst nach dem Tod seiner Mutter Totenwache hielt – bei dem Menschen, den er über alles liebte. Und dann hat der kleine Junge von damals bittere Rache geübt. Er hat die umgebracht, die an dem Fall beteiligt gewesen sind und den Mörder zu milde bestraft haben. Und vorher mussten sie erleben, wie es ist, wenn ein geliebter Mensch vor ihren Augen stirbt.«

»Und entsprechend verlaufen dann die Morde«, ergänzte Clara. »So muss Jochen Färber, der Polizist, der Karl als Kind nicht geholfen hat, seiner Frau Barbara dabei zusehen, wie sie erstickt. Der Strafverteidiger Gerhard Gerling sieht, wie seine Mutter erhängt wird. Und die Psychiaterin Sarah Steffen sieht ihren Sohn, wie ihm jemand die Halsschlagadern aufschneidet. Alle mussten das sehen, was auch Karl gesehen hatte. Nicht nur den Mord, auch den Weg in die andere Welt. Die Totenwache. So wie er.« Sie machte eine Pause. »Mit zwei Ausnahmen.«

MacDeath blickte einen Moment verwirrt drein. Dann hellten seine Züge sich auf. »Richtig. Die beiden, die seinen Liebsten direkt geschadet haben, unmittelbar, hat er sich ohne Ritual vorgeknöpft, ohne Totenwache, ohne das, was wir damals noch als Undoing interpretiert haben. Diesen Tom Sperlich, dem er«,

MacDeath verzog das Gesicht, »kochendes Blei in den Mund gekippt hat. So einen Fall hatte ich selbst in den USA noch nicht.«

»Ist das schlimm?«, fragte Clara. Diese Art der Tötung erschien ihr ausgesprochen barbarisch. Aber MacDeath schüttelte den Kopf.

»Nicht wirklich. Blei wird bei einer Temperatur von circa dreihundertdreißig Grad flüssig. Eine derartige Hitze zerstört augenblicklich die Nervenzellen, sodass man nichts merkt.« Er schaute einen Moment kopfschüttelnd ins Leere und trank dann von seinem Tee. »Und dann Bormann, der sadistische Säufer. Auch ihm galt die geballte Rache Karls, deshalb gab es bei ihm keine Totenwache, keine Rituale. Jetzt war es Karl, der die Macht ausübte. Eine klare Kausalität: Je überlegener und mächtiger er ist, umso weiter entfernt er sich von seinen Kindheitserinnerungen. Das erklärt auch, weshalb er als Neunundzwanzigjähriger solche Dinge tun kann.« Er zeigte auf die Mappe. »Er war viel weiter. Viel paranoider. Viel gefährlicher. Und in ständigem Alarmzustand – eine Erfahrung aus der Kindheit, als er jede Sekunde darauf geachtet hat, wie sein Vater sich bewegt, wie seine Miene ist, sein Haltung, was er als Nächstes tut. Der kleine Karl musste sich wie ein Tier verhalten, das mit einem offenen Auge schläft. Der Stress ist unerträglich und kann nicht heruntergeregelt werden. Das Hirn greift nur noch auf die ältesten Notfallprogramme aus der Menschheitsentwicklung zurück und schwankt permanent zwischen Kämpfen, Fliehen oder Furcht. Fight, Flight, Fright. Dann hat es sich beruhigt. Jedenfalls für eine Weile. Denn irgendwann kam der Schrecken mit Gewalt zurück.«

»In dem Moment, als er seine Freundin Sabine fand, die tot am Strick hing«, warf Clara ein.

MacDeath nickte. »Da wurde der Schalter wieder umgelegt. Alles, was auch nur entfernte Ähnlichkeit mit den traumatischen Erlebnissen der Kindheit hat, löst augenblicklich den Alarm und eine der alten Notfallreaktionen aus. Die Stresshormone Kortisol, Dopamin und die Katecholamine werden aktiviert, und die innere Alarmanlage in seinem Kopf, die Amygdala, sagt ihm, dass er einer Gefahr ausgesetzt ist.«

Clara blickte MacDeath an. »Wie hast du es mal formuliert? Keiner ist so verrückt, dass er nicht einen noch Verrückteren fände, der ihn versteht.«

»Das ist nicht von mir, das ist von Heinrich Heine.« MacDeath atmete tief ein und schaute aus dem Fenster, wo ein langer, heißer Tag in einem tosenden Gewitter zu Ende gehen würde.

»Aber Karl war im Grunde gar nicht verrückt«, fuhr er dann fort. »Er war ein armer junger Bursche, der viel zu früh und viel zu oft zum Opfer geworden ist. Und der nie mehr Opfer werden wollte. Dadurch, indem er selbst zum Täter wurde.«

Es klopfte. Hermann steckte den Kopf zur Tür herein, in der Hand einen Umschlag. »Diese Fotos haben wir gefunden«, sagte er. »War schon bei der Spurensicherung. Kopien haben wir auch davon gemacht.« Er reichte Clara den Umschlag. »Schaut es euch mal an.«

35

Clara blickte auf die Fotos.

Das Erste war eine alte Polaroidaufnahme.

Es schien an Weihnachten zu sein.

Sie zuckte zusammen, als es draußen krachte. Das Donnergrollen war jetzt direkt über ihnen. Blitze zuckten am Himmel wie Tatortaufnahmen.

Auf dem Bild war ein kleiner Junge zu sehen. Vielleicht war es Karl. Der Junge saß auf dem Schoß seiner Mutter und schlief, während die Mutter still und in sich gekehrt auf einem abgewetzten Sofa saß. Sie schaute nachdenklich und ein wenig sorgenvoll zur Decke, während der Junge, wie in Gottes Armen, auf ihrem Schoß schlief. Es war ein Bild des Friedens und der Geborgenheit, als trüge die Mutter einen kostbaren Schatz.

Für immer behalten, stand in einer krakeligen Schrift auf der Rückseite des Fotos. Es war die Schrift eines kleinen Jungen.

Dann ein anderes Foto.

Von der Polizei.

Es zeigte denselben Jungen, vielleicht ein bis zwei Jahre älter.

Ein dunkler Flur.

Auf dem Flur eine Frau, der das Blut aus der Nase lief.

Und der Junge lag neben ihr und hielt sie fest.

Auf der Rückseite dieses Fotos stand nichts.

Irgendetwas sagte Clara, dass diese Frau Karls Mutter war, die damals stundenlang tot auf dem kalten Flur der Wohnung gelegen hatte, während ihr kleiner Sohn an ihrer Seite die Totenwache hielt.

Clara fasste einen Entschluss. Sie würde Karl das erste Foto in die Zelle bringen. Das Foto von Weihnachten. Er würde es bestimmt bis an sein Lebensende behalten. Wie er es vorher schon getan hatte.

Kann ich ihm böse sein?, fragte sich Clara. Auch wenn er sie für immer in dem Raum mit den Leichen festhalten wollte? Auch wenn sie ohne Hermanns Scharfsinn vielleicht niemals befreit worden wäre? Auch wenn er am Ende nicht besser gewesen war als die Schuldigen, die er bestrafen wollte? Weil er in Kauf genommen hatte, dass Unschuldige grausam starben? Barbara Färber, Martha Gerling und Tobias Steffen, die alle nichts dafür konnten, dass ihre Angehörigen schlimme Fehler gemacht hatten?

Doch hassen konnte Clara ihn trotzdem nicht. Sie konnte ihm nicht einmal richtig böse sein. Sie konnte auch sein Verhalten nicht in Bausch und Bogen verurteilen, auch wenn er die Strafe, die er bekommen würde, mehr als verdient hatte.

MacDeath hatte über Psychopathen gesprochen. Sie können sich perfekt anpassen. So wie Karl. War er deshalb auch ein Psychopath?

Nein. Es war bloß ein verletzter Junge, der immer ein verletzter Junge geblieben war. Und irgendwann war er stark genug und seinem Alter weit genug voraus gewesen, um dafür zu sorgen, dass er nie wieder verletzt wurde.

Er war ein Killer. Aber er war kein Psychopath, kein typischer Serienmörder.

Die Erkenntnis traf Clara mit brutaler Klarheit.

Jeder kann zum Killer werden, wenn die Umstände entsprechend sind.

Clara hatte kein Mitleid mit Gewalttätern, die Menschen zu körperlichen und geistigen Krüppeln machten und für die der Richter dann auch noch Verständnis hatte, weil sie ja eine so schwere Kindheit durchmachen mussten. Sie hatte kein Mitleid mit Serienmördern, auch wenn sie noch so gestört und von Albträumen geplagt waren, denn schließlich waren *sie* es, die bestialisch töteten, nicht ihre Opfer oder der Staat oder die Gesellschaft. Je länger Clara in diesem Job arbeitete, desto nachdrücklicher vertrat sie die Meinung, dass man als Erstes selbst für sein Tun verantwortlich war. Wer als Bürger seine Rechte und seine Mündigkeit wahrnehmen wollte, musste am Ende auch für seine Taten geradestehen.

Doch hier war es anders. Hier war jemand zu einem Monster geworden, weil fast alle Instanzen versagt hatten.

»Kommst du?«, fragte MacDeath.

Clara war so in das Foto versunken gewesen, dass sie gar nicht gemerkt hatte, wie MacDeath aufgestanden war.

»Karl ist jetzt mit dem ersten Verhör durch. Ich nehme an, wir können zu ihm. Er sitzt in Moabit in U-Haft. Komm, schauen wir ihn uns mal an.«

Clara merkte, dass MacDeath immer noch nicht fassen konnte, dass ausgerechnet sein Praktikant ein Serienmörder war.

Clara wusste nicht, warum sie mit wollte. Aber sie wollte mit. Es war kein Triumph, den sie Karl entgegenhalten wollte. Kein »Sieh her, ich bin frei, und du bist im Knast«.

Vielleicht war es eine Form der Anteilnahme. Und der Wunsch, diesen Menschen irgendwie zu verstehen.

36

Sie zeigten am Eingang der Justizvollzugsanstalt Moabit ihre Ausweise, gaben ihre Dienstwaffen ab und gingen dann, in Begleitung eines Wachmanns, durch die Schleuse Richtung Haus 1.

Clara hasste den Moment, wo sich in der Schleuse die erste Tür hinter ihnen schloss und die zweite Tür vor ihnen noch nicht geöffnet war. Und das in einem winzigen Raum, in dem gerade mal drei Menschen Platz hatten. Schon das war eine Art Gefängnis. Clara hatte mal eine der Sicherheitskräfte gefragt, was passieren würde, wenn beide Türen blockierten, sodass man in diesem engen Schlauch eingesperrt war. Als Antwort hatte sie nur ein Schulterzucken geerntet.

Doch in diesem Moment öffnete sich die zweite Tür.

Sie betraten den Innenhof, begleitet von dem Wachmann. Zur Rechten erhob sich die Fassade des Gefängnisses mit den vergitterten Fenstern, zur Linken die hohe Mauer mit dem Stacheldraht in den vom Sturm gepeitschten düsteren Himmel. Im Laufschritt überquerten sie den Hof, denn die ersten Tropfen kündigten bereits einen furchtbaren Wolkenbruch an. Als sie den Hof hinter sich gelassen hatten, betraten sie einen langen Gang.

»Zelle fünfzehn«, sagte der Wachmann und schloss die Tür auf.

Clara sah eine der typischen U-Haft-Zellen, die sie schon so oft gesehen hatte.

Ein Bett, ein Stuhl, ein Tisch, eine Toilette, ein kleines Fenster.

Sonst nichts.

Und niemand.

Sie blickte MacDeath an – in dem Moment, als auch der Wachmann sie verwundert anschaute.

»Das ist doch die Zelle von Karl Martinek?« Clara blickte den Wachmann an. Der nickte.

»Ist er noch im Verhör?«

»Nein«, sagte der Wachmann verwirrt, »der muss hier sein!«

Doch die Zelle war leer.

37

Die Zelle war nicht leer.

Sie hatten ihn unter dem Bett gefunden.

Aus dem Augenwinkel hatte Clara schon vorher gesehen, dass ein Teil des Bettlakens abgerissen war.

Aus dem Karl sich eine Schlinge geknüpft hatte.

Nun lag er unter dem Bett. Oder das, was von ihm übrig war.

Er hing und lag dort in der blauen Gefängnismontur.

»Mein Gott«, entfuhr es dem Wachmann.

Damit er nie wieder ausgeliefert wäre, hatte Karl sich selbst dem Tod ausgeliefert.

Halb auf dem Bauch liegend, halb an der Schlinge hängend, die er an dem metallenen Lattenrost des Bettes befestigt hatte. Er hatte sich erhängt. Sein Kopf war abgeknickt, der Hals durch den Strang nach oben gerissen. Der Strang hatte auf die Mundbodenmuskulatur gedrückt, sodass die Zunge aus dem Rachen gedrückt worden war und seitlich aus dem Mund hing. Sie war vorne leicht eingetrocknet, aber noch nicht schwarz, wie es bei Erhängten der Fall war, die man erst nach einiger Zeit fand. Hier waren wahrscheinlich nur eine oder zwei Stunden vergangen. Ein langer Speichelfaden zog sich aus dem Mund bis zum grauen Boden der Zelle.

Clara zog einen Handschuh hervor und löste gemeinsam mit MacDeath den Strang. Mit vereinten Kräften schoben sie das Bett nach vorne und drehten die Leiche auf den Rücken. Im Gesicht hatten sich bereits Leichenflecken gebildet. Massive Zyanose des Gesichts mit zahlreichen dicht stehenden Stauungsblutaustritten, wie die Rechtsmediziner es nannten.

Das bedeutete, dass es vorbei war. Endgültig und unwiderruflich. Es gab keine Notwendigkeit mehr, einen Arzt zu rufen.

Sie taten es trotzdem und verständigten den Notarzt und die Gefängnisleitung.

Auf dem kleinen Tisch der Zelle lag ein Brief. Clara hatte den Zettel vorhin schon gesehen, doch erst jetzt nahm sie ihn mit der Hand, an der sie den Gummihandschuh trug, und faltete ihn auseinander.

Mit zitternden Händen las sie, wobei MacDeath ihr über die Schulter blickte.

Patere legem, tuam ipse tulisti.

Erdulde das Gesetz, das du selbst gegeben hast.

Ich bin vergangen.

Was habe ich erlebt?

Erst starb mein Vater. Um ihn war es nicht schade.

Dann wurde meine Mutter ermordet.

Ihr Mörder kam ungestraft davon.

Und meine tote Mutter war nach Ansicht des Gerichts eine tote Schlampe.

Jahre später wurde meine Freundin vergewaltigt.

Ihr Vergewaltiger kam ungestraft davon.

Und meine vergewaltigte Freundin war nach Ansicht des Gerichtes eine vergewaltigte Schlampe.

Sie hat sich umgebracht.

Die eine Frau war tot und wurde von euch zur Schlampe erklärt, die andere Frau war für euch eine Schlampe und wurde von euch in den Tod getrieben.

Ihr habt die Wölfe beschützt und die Schafe gejagt. Ihr habt dafür gesorgt, dass mir mein Leben weggenommen wurde, immer wieder. Dass ich immer wieder zu dem kleinen Jungen wurde, der verletzt wird, der verletzt werden darf

und dessen Angehörige ermordet werden dürfen, ohne dass die Täter Konsequenzen fürchten müssen.

Ich habe mit eigenen Augen gesehen, wie meine Mutter als Unschuldige starb und ins Jenseits ging. Und so habe ich dafür gesorgt, dass die Angehörigen der Schuldigen sterben. Und dass *sie* miterleben, wie ihre Lieben ins Jenseits gehen.

Und jetzt sterbe ich, unschuldig, und folge ihnen. Ich weiß nicht, was mich dort erwartet, wohin ich jetzt gehe, aber meine Rache ist vollendet.

Diejenigen, die eine Strafe verdient haben, sind nie ins Gefängnis gekommen. Ich aber habe mein Leben im Gefängnis verbracht, ohne Eltern, und habe zur stärksten aller Vaterfiguren aufgeblickt, zur Rache. Ich habe die Schuldigen in mein eigenes Gefängnis gesperrt. Ich habe Jochen Färber, den feigen Polizisten, zuschauen lassen, wie seine Frau erstickt ist. Ich habe Gerhard Gerling, den schlangenzüngigen Strafverteidiger, zuschauen lassen, wie seine alte Mutter an der Schlinge hing und zappelnd starb. Ich habe Sarah Steffen, die Beschützerin der Perversion, an einer Perversion anderer Art teilhaben lassen, indem ich sie zuschauen ließ, wie ihr eigener Sohn ausblutete.

Ich habe sie alle mit dem Tod konfrontiert, den sie bestritten haben. Ich habe sie bei den Toten wachen lassen, damit sie nicht nur den Schrecken des Mordes vor sich sehen, sondern auch den Verlust des Lebens. Ich habe mit brennenden Lettern geschrieben, die sogar Blinde sehend machen würden. Hätte ich ihnen Zeit gelassen, hätten sie sich selbst gerichtet. Doch diesen gnädigen Tod wollte ich ihnen nicht gewähren.

Ich habe Jochen Färber enthauptet, Gerhard Gerling zerschnitten, Sarah Steffen gebrochen und auf ihrem armseligen Krankenbett hingerichtet, wie sie es nicht besser verdient hatte. Kevin Bormann habe ich vergiftet und die Knochen gebrochen. Tom Sperlich, der seinen schmutzigen Samen in meine Sabine gespritzt hat, habe ich kochendes Blei in den Schlund geschüttet – eine Penetration ganz besonderer Art.

Auf welche Justiz sollte ich denn warten? Auf welches Mitleid hoffen? Ist Mitleid nicht bloß die letzte Ausrede, um nicht aktiv helfen zu müssen? Ist Mitleid nicht die letzte Waffe der Schwachen, um anderen Menschen Schmerz zuzufügen?

Ich werde nie mehr Mitleid erregen, nie mehr Mitleid haben. Jeder ist sich selbst der Fernste.

Ich weiß, dass ich selbst der Einzige bin, über den ich richten kann. Ich bin vom Opfer zum Täter geworden, um nie mehr Opfer zu sein. Ich habe mich umgebracht. Und euch bleibt nicht mehr viel Zeit, bevor ihr euch alle selbst umbringen werdet und euer falsches System implodiert.

Ihr wollt auch mich umbringen? Das könnt ihr nicht, denn ich bin längst tot. Ich bin mein Leben lang tot gewesen. Ich habe in einem Grab gelebt, das ihr geschaufelt habt.

Jeder, der einen neuen Himmel gebaut hat, hat die Werkzeuge dafür in der Hölle gefunden.

Ich habe das System gereinigt, so wie ich die gierige Kehle von Tom Sperlich mit kochendem Blei gereinigt habe. Weil das Niedere, Schmutzige das Höhere, Reine niemals im Kampf besiegen kann, verpestet das Niedere die Werte des Höheren. Ich aber habe das Niedere vernichtet.

In einem System, wo Täter zu Opfern werden, musste ich als Opfer zum Täter werden.

Ihr glaubt, das wäre jetzt alles? Nein, ist es nicht. Es gab noch einen zweiten Gerichtsprozess. Mit Sabine, meiner Freundin. Und auch dort gab es einen Richter und einen Anwalt. Und Gerd, den Freund von Tom Sperlich.

Überlegt euch, was mit ihnen ist. Wo sie sind. Und ob sie noch leben.

Vielleicht findet ihr sie. Vielleicht auch nicht.
Vielleicht sind sie tot. Vielleicht leben sie noch.
Aber wenn sie noch leben, würden sie sich selbst umbringen, sobald sie die Möglichkeit hätten.
Schaut sie euch an. Ihr Leben. Ihren Tod.
Eure Kinder. Die euch mit Messern angreifen.
Ich bin vergangen.
Mir geschieht nichts mehr.
Denn *ich* geschehe!

Clara ließ den Brief sinken, einen Schleier von Tränen vor den Augen. Von draußen drangen Donnerschläge herein, ein dumpfes Grollen, untermalt vom Krachen der Blitze, die grell hinter den Gitterstäben zuckten, während auf das Dach des Gefängnisses ein Platzregen niederging.

Dann war die Erinnerung an das Foto wieder da. Das Bild eines Jungen, der auf dem Boden lag, die tote Mutter neben sich. Und nun sah Clara auch hier eine Leiche am Boden liegen, den Körper eines Menschen, der zu Lebzeiten als Racheengel Leid und Tod gebracht hatte. Ein kleiner Junge, der zu einem Mann geworden war, der er nicht hatte werden sollen.

Clara nahm das Bild, das Hermann ihnen vorhin gegeben hatte. Das Foto, das den jungen Karl zeigte, wie er auf dem Schoß seiner Mama lag. Sie legte es dem Toten auf die Brust, deckte das Bild mit seiner rechten Hand zu. Sie würde dafür sorgen, dass es ihm in den Sarg gelegt wurde, auf seiner Reise in die Welt jenseits des Todes.

Sie schaute in die Züge des jungen Mannes, die jetzt einen Anflug von Frieden zeigten. Er hatte getötet. Er hatte Unschuldige grausam sterben lassen. Und er hatte bei sich selbst keine Ausnahme gemacht. Nun wurde seine Seele fortgetragen auf den Schwingen des Todes.

Als Clara auf den Toten schaute, durch den Tränenschleier hindurch, und sein Leben und seine Tragödie vor ihrem inneren Auge vorbeizogen, fühlte sie sich eins mit all den Toten, deren letzte Reise sie nicht verhindern konnte. Und sie stand hier, mit MacDeath, in der tristen Gefängniszelle neben Karls Leiche.

Wieder grollte Donner über das Firmament. Clara nahm MacDeaths Hand, und gemeinsam standen sie schweigend neben der Leiche des Todeswächters, der irgendwann in den letzten Stunden nach dem ersten Verhör beschlossen hatte, das Spiel zu beenden.

Nun war er selbst derjenige, der seinen eigenen Tod gesehen hatte und der nun auf seiner letzten Reise war in eine andere Welt.

Der Todeswächter, der letzte Spieler in seinem eigenen Spiel.

Der nie mehr Opfer sein wollte und damit auch zum Täter gegen sich selbst geworden war.

Der sich selbst gerichtet hatte, um nicht noch einmal in einem Gerichtssaal auf der falschen Seite zu sitzen.

Dank

Der erste und größte Dank gilt natürlich meinen Lesern! Wenn keiner unsere Bücher lesen und dafür Geld ausgeben würde, gäbe es uns Autoren nicht. Vielen Dank für eure Treue, eure Besuche bei den Lesungen, eure Anregungen, euer Feedback und einfach dafür, dass es euch gibt!

Abgesehen davon würde es diesen Thriller in der vorliegenden Form nicht geben, hätten nicht einige außergewöhnliche Menschen bei seinem Entstehen geholfen.

Ein besonderer Dank geht zunächst an meine Frau Saskia, die mir nicht nur mit rechtsmedizinischer Expertise zur Seite stand, sondern auch, wie schon bei »Seelenangst«, brillante Ideen zum Plot beisteuerte, auch wenn mich einige ihrer Fälle aus dem wirklichen Leben oft fassungslos zurücklassen. Diesmal waren es besonders die Verhältnismäßigkeiten von Taten und Strafen und die Frage, wie deutsche Gerichte damit umgehen, die mich zu der Handlung von »Todeswächter« inspiriert haben.

Viele unserer Diskussionen zum Text fanden übrigens im Café »More« in Berlin Schöneberg statt, wo man sehr gut frühstücken (und auch fachsimpeln) kann.

An dieser Stelle geht auch ein großer Dank an meinen Freund Prof. Michael Tsokos, den Leiter des rechtsmedizinischen Instituts der Charité, der mich wieder einmal von seinem immensen Fachwissen profitieren ließ (von ihm kam die Erkenntnis, dass Bon Scott von AC/DC in seinem Auto erfroren und nicht an seinem Erbrochenen erstickt ist, Näheres dazu im Text) und ohne den ich Saskia nicht kennengelernt hätte.

Ebenso herzlich danken möchte ich meiner Lektorin Gerke

Haffner von Bastei Lübbe. Ich denke gerne an die Stunden in Berlin und Köln zurück, die wir über dem Exposé und dem Plot verbracht haben, inklusive der Kommentare (»... das müssen wir anders machen – zu abgehoben, zu krass, zu verworren ...«). Ein großer Dank geht auch wieder an Wolfgang Neuhaus, der mit gewohntem Charme und Expertise mittlerweile zum dritten Mal das finale Lektorat des Textes besorgte. Vielen Dank auch an Marco Schneiders, Verlagsleiter Belletristik bei Bastei Lübbe, für das gemeinsame Knobeln an den ersten Entwürfen. Ich freue mich sehr auf die nächsten Bücher mit euch!

Ebenso danke ich dem gesamten Team von Bastei Lübbe, besonders Stefan Lübbe und Klaus Kluge, Marc Schneider, Matthias Siebel, Ricarda Witte-Masuhr, Barbara Fischer für das Kümmern auf Messen, Umsorgen und Vermarkten, Franziska Paar und Momke Zamhöfer für das geduldige Versenden von Presseexemplaren, Sonja Lechner für die vielen schönen Lesungen und Events und Christian Stüwe für die großartige Arbeit mit Auslands-Lizenzen – ihm und seinem Team ist es zu verdanken, dass immer mehr Leser in anderen Ländern meine Geschichten lesen.

Ein großer Dank geht auch an den Vertrieb von Bastei Lübbe, der meine Bücher auf magische Weise in die Buchhandlungen bringt, und an alle Buchhändler, die sie ihren Kunden empfehlen und die mich zu Lesungen einladen.

Ich danke auch allen Journalisten, Reportern und Bloggern, die meine Werke offenbar für interessant genug halten, um darüber zu berichten. Und natürlich geht ein herzlicher Dank an meinen Agenten Roman Hocke und die Agentur AVA international für die ausgezeichnete Zusammenarbeit ebenso wie an Sören Bauer und sein Team von Sören Bauer Events für viele tolle Events und Ideen.

Doch nun genug der Worte. Ich wünsche euch allen viel Spaß und Spannung beim Lesen und freue mich auf ein Wiedersehen! Spätestens auf der nächsten Lesung. Nicht nur »die Toten reiten schnell«, wie es in Bram Stokers *Dracula* heißt. Der Todeswächter tut es auch.

Herzliche Grüße
Euer
Veit Etzold

Berlin, im Februar 2014

»Ein überzeugendes, brutales und sehr vielversprechendes Debüt« THE TIMES

Luke Delaney
MEIN BIST DU
Thriller
Aus dem Englischen
von Axel Merz
512 Seiten
ISBN 978-3-404-16933-7

DI Sean Corrigan ist nicht wie andere Cops. Die Schatten seiner eigenen Vergangenheit machen ihn empfänglich für die Dunkelheit anderer - für die Abgründe von verlorenen Seelen, von Vergewaltigern, von Mördern. Das macht ihn zu einem außergewöhnlichen Ermittler.

Als ein junger Mann brutal ermordet aufgefunden wird, geht die Polizei zunächst von einer Beziehungstat aus. Corrigan vermutet jedoch schnell, dass viel mehr hinter der Sache steckt. Die Jagd nach einem überaus cleveren Killer beginnt. Einem Killer, der weder Gnade noch Reue kennt ...

Bastei Lübbe